Sibylle Morgenstern
Quentins Reise
Roman

Sibylle Morgenstern

Quentins Reise

Roman

Bibliografische Information der Deutschen Nationalbibliothek:
Die Deutsche Nationalbibliothek verzeichnet diese Publikation in der Deutschen Nationalbibliografie; detaillierte bibliografische Daten sind im Internet über http://dnb.dnb.de abrufbar.

Zeichnung Coverbild: Martin Zieburg

Verlag: BoD · Books on Demand GmbH, In de Tarpen 42, 22848 Norderstedt, bod@bod.de

Druck: Libri Plureos GmbH, Friedensallee 273, 22763 Hamburg

ISBN: 978-3-7693-1338-3

Allen Menschen gewidmet.

Wir sind so viel mehr
als nur eine körperliche Hülle
mit Verstand.

Der technologische Fortschritt hat uns lediglich wirksamere Mittel zur Verfügung gestellt, um rückwärtszugehen.

Aldous Huxley

Verlorener Klang

Einmal in Kindertagen
Ging ich die Wiese lang,
Kam still getragen
Im Morgenwind ein Gesang,
Ein Ton in blauer Luft,
Oder ein Duft, ein blumiger Duft,
Der duftete süß, der klang
Eine Ewigkeit lang,
Meine ganze Kindheit lang.

Es war mir nicht mehr bewusst –
Erst jetzt in diesen Tagen
Hör ich innen in der Brust
Ihn wieder verborgen schlagen.
Und jetzt ist alle Welt mir einerlei,
Will nicht mit den Glücklichen tauschen,
Will nur lauschen,
Lauschen und stillestehn,
Wie die duftenden Töne gehn,
Und ob es noch der Klang von damals sei.

Hermann Hesse

PROLOG

ARIZONA, USA (1958)[1]

Die Vierte Welt wird bald enden, und die Fünfte Welt wird beginnen. Das wissen die Ältesten überall. Die Zeichen haben sich über viele Jahre erfüllt und nur wenige sind geblieben.

Das ist das erste Zeichen: Uns wurde berichtet vom Kommen weißhäutiger Menschen, Menschen, die das Land, was nicht ihres war, nahmen, die ihre Tiere mit Donner erschlugen.

Das ist das zweite Zeichen: Unsere Länder werden das Kommen drehender Räder, gefüllt mit Stimmen, sehen.

Das ist das dritte Zeichen: Ein starkes Vieh wie ein Büffel mit großen, langen Hörnern wird das Land in großer Zahl überrennen.

Das ist das vierte Zeichen: Das Land wird durchzogen von Schlangen aus Eisen.

Das ist das fünfte Zeichen: Das Land wird kreuz und quer durchzogen von einem gigantischen Spinnennetz.

Das ist das sechste Zeichen: Das Land wird kreuz und quer durchzogen mit Flüssen aus Stein, die Bilder in der Sonne machen.

Das ist das siebte Zeichen: Ihr werdet hören, dass die See sich schwarz färbt und viele lebende Wesen sterben deswegen.

Das ist das achte Zeichen: Ihr werdet viele Junge sehen, die ihr Haar lang tragen wie unsere Leute, die kommen und sich mit den Eingeborenen treffen, um unsere Weisheit und unsere Lebensweise zu lernen.

Und das ist das neunte und letzte Zeichen: Ihr werdet von einem Haus im Himmel hören, über der Erde, das mit einem großen Knall zur Erde fällt. Es wird als ein blauer Stern erscheinen. Sehr bald danach werden die Zeremonien unseres Volkes verschwinden. Das sind die Zeichen, dass die große Zerstörung nahe ist.

Viele meiner Leute, die die Prophezeiungen verstehen, werden gerettet. Diejenigen, die dortbleiben und leben, wo mein Volk ist, werden gerettet. Dann wird der verlorene Bruder zurückkehren, der den Beginn der Fünften Welt mit sich bringen wird.

TEIL 1

TOKPELA: Die Erste Welt[2]

Die Erste Welt war Tokpela, der endlose Raum. Aber zuerst, so sagen sie, gab es nur den Schöpfer Taiowa. Alles andere war endloser Raum. Es gab keinen Anfang und kein Ende, keine Zeit, keine Form, kein Leben. Nur eine unermessliche Leere, die Anfang und Ende, Zeit, Form und Leben im Geiste Taiowas, des Schöpfers, hatte.

Dann erdachte er, der Unendliche, sich das Endliche. Zuerst erschuf er Sotuknang, um es zu offenbaren, und er sprach zu ihm: „Ich habe dich geschaffen, die erste Kraft und das erste Instrument, als eine Person, damit du meinen Plan eines Lebens im endlosen Raum ausführst. Ich bin dein Oheim, du bist mein Neffe. Geh nun und leg diese Welten in der richtigen Ordnung an, damit sie harmonisch miteinander wirken, so wie es mein Plan will."

Sotuknang tat, was ihm befohlen war. (…)

Sotuknang ging zu der Welt, in der das war, was Tokpela, die Erste Welt, werden sollte, und daraus schuf er sie, die auf dieser Erde bleiben und sein Helfer sein sollte. Ihr Name war Kokyangwuti, Spinnenweib. (…)

„Schau dich um", sprach Sotuknang. „Hier ist die Erde, die wir geschaffen haben, sie hat Form und Substanz, Richtung und Zeit, einen Anfang und ein Ende. Aber es gibt kein Leben auf ihr. Wir sehen keine freudige Bewegung. Wir hören keinen freudigen Klang. Was ist Leben ohne Klang und Bewegung? Deshalb ist dir die Macht gegeben, uns zu helfen, dieses Leben zu erschaffen. Es ist dir das Wissen, die Weisheit und die Liebe gegeben, alle Wesen, die du erschaffen wirst, damit zu segnen. Deshalb bist du hier." (…)

Also sammelte Spinnenweib Erde, diesmal von vier Farben, gelb, rot, weiß und schwarz (…). Sie formte die Erde und bedeckte sie mit ihrem Umhang aus weißer Substanz, der die schöpferische Weisheit selbst war (…), und als sie die Gestalten aufdeckte, waren es menschliche Wesen nach dem Ebenbild Sotuknangs. Dann schuf sie vier Wesen nach ihrer eigenen Gestalt. Das waren die Wuti, die weiblichen Gefährten für die ersten vier männlichen Wesen.

Die ersten Menschen der Ersten Welt (…) konnten nicht sprechen. (…) Da Spinnenweib ihre Macht von Sotuknang empfangen hatte, musste sie ihn rufen und fragen, was sie tun sollte. (…)

Und sofort, mit dem Geräusch eines mächtigen Windes, erschien Sotuknang vor ihnen. „Hier bin ich. Warum braucht ihr mich so dringend?"

Spinnenweib erklärte: „Wie du mir befohlen hast, habe ich diese ersten Menschen geschaffen. Sie sind vollendet und fest geformt. Sie sind in der rechten Weise gefärbt; sie haben Leben; sie haben Bewegung. Aber sie können nicht reden. Das ist die rechte Sache, die ihnen noch fehlt. Deshalb möchte ich, dass du ihnen die Rede gibst und auch die Weisheit und die Macht, sich fortzupflanzen, damit sie ihr Leben genießen können und dem Schöpfer Dank aussprechen."

Also gab Sotuknang ihnen die Rede, eine unterschiedliche Sprache für jede Farbe, im Hinblick auf ihre Verschiedenheit. Er gab ihnen die Weisheit und die Macht, sich fortzupflanzen und sich zu vermehren.

Dann sprach er zu ihnen: „Zu all diesem habe ich euch die Welt gegeben, um darauf zu leben und glücklich zu sein. Es gibt nur eines, was ich von euch fordere: Habt immer Ehrfurcht vor dem Schöpfer; Weisheit, Harmonie und Ehrfurcht für die Liebe eures Schöpfers, der euch gemacht hat. Mögen diese Eigenschaften wachsen und niemals unter euch vergessen werden, solange ihr lebt.

So zogen die ersten Menschen nach allen Richtungen davon, waren glücklich und begannen, sich zu vermehren. (…)

In dieser Weise verstanden sich die ersten Menschen, und dies war die Erste Welt, auf der sie lebten. Ihr Name war Tokpela, Endloser Raum. Ihre Richtung war der Westen, ihre Farbe war sikyanpu, gelb, ihr Mineral sikyásvu, Gold. Von symbolischer Bedeutung auf ihr waren káto'ya, die Schlange mit dem großen Kopf, wisoko, der fettfressende Vogel, und muha, die kleine vierblättrige Pflanze. Die ersten Menschen waren auf ihr rein und glücklich.

IRGENDWO auf der Welt
(05. August 2058)

Vollkommene Stille. Kein Lüftchen bewegte sich in dieser warmen Nacht, kein Geräusch war zu hören. Sogar die Zikaden hatten vor der Hitze kapituliert und ihre Paarungsgesänge eingestellt. Obwohl die Sonne bereits vor Stunden untergegangen war, herrschten immer noch Temperaturen von beinahe 30 Grad Celsius. Am Vortag hatte es endlich geregnet und die Luft war jetzt nicht mehr so staubig wie zuvor, dafür jedoch schweißtreibend schwül, selbst Mitten in der Nacht. Der Regen hatte alle Schmutzpartikel aus der Atmosphäre gewaschen und das Firmament strahlte wie auf Hochglanz poliert. Ein imposanter Nachthimmel von solch tiefer Dunkelheit, dass er beinahe bläulich anmutete und die endlose Weite auf beeindruckende, geradezu körperlich spürbare Weise demonstrierte. Vor diesem finsteren Hintergrund zeichneten sich Tausende von Sternen in atemberaubender Schönheit ab und brachten die Nacht zum Leuchten. Sie spannten einen riesigen, glitzernden Bogen von einem Ende der Welt zum anderen.

Quentins Atem ging ruhig und tief, vollkommen im Einklang mit dem Puls des Universums. Kein Laut drang an sein Ohr in dieser ungewöhnlich ruhigen Nacht, und beinahe kam es ihm vor, als wäre er taub. Dafür war jedoch sein Sehsinn auf das Äußerste geschärft. Mühelos konnte Quentin die Milchstraße in faszinierender Klarheit erkennen und verschiedene Sternbilder wie Kassiopeia oder Andromeda ausmachen. Auch Saturn und Jupiter waren mit bloßem Auge gut sichtbar. Aber dies alles waren lediglich Namen, die keinerlei tiefere Bedeutung hatten. Wichtig war einzig und allein dieser besondere, fast mystische Moment. Der Ozean schien sich dieser Magie ebenso bewusst zu sein wie Quentin selbst. Vollkommen still lag er da, die sonst tosende Brandung hatte ihr Spiel der an- und abschwellenden Wellen unterbrochen. Nicht einmal ein leises Plätschern war zu hören und der Sternenhimmel spiegelte sich so perfekt in der glatten Wasseroberfläche, das nicht zu erkennen war, wo am Horizont die Meereslinie in den Himmel überging. Sterne waren oben und unten, umfassten Quentin wie in einer sanften Umarmung. Ihm wurde von dem Anblick beinahe schwindelig.

Quentin wusste nicht, wie lange er bereits auf dem Rücken lag und in die Unendlichkeit der Schöpfung blickte. Weder spürte er die spitzen Steine an seiner Wirbelsäule, noch störten ihn die Ameisen, die über seine nackten Füße krabbelten. Er war ganz und gar versunken in den Anblick des bewegenden Schauspiels und wusste, dass er gesegnet war, einen solch außergewöhnlichen Moment zu erleben. Plötzlich schreckte er zusammen, obwohl nichts die Stille der Nacht durchbrochen hatte. Quentin überkam die Einsicht wie ein Schlag. Mit erstaunlicher Deutlichkeit wurde er sich einer Tatsache bewusst, die ihm bis dahin verborgen geblieben war. Das Universum um ihn herum war kein unbelebter, kalter Raum. Ganz im Gegenteil. Es stellte ein lebendiges Wesen dar, und Quentin meinte förmlich, den Atem dieses Geschöpfs mit jeder Zelle seines Körpers wahrnehmen zu können. Diese Erkenntnis überstrahlte in ihrer Bedeutung alles bisher Dagewesene in Quentins Leben. Nichts war von Wichtigkeit, nur dieser eine Augenblick der vollkommenen Existenz.

Quentins Herz war erfüllt von purer Freiheit und absolutem Frieden. Ein unbestimmtes Gefühl der Dringlichkeit verriet ihm, dass es wichtig war, sich diese tief empfundene Glückseligkeit in Dankbarkeit zu bewahren. Dies hier war das wahre Leben, der eigentliche Sinn des Seins.

Und dann, ganz unerwartet, legte sie ihre Hand in seine. Quentins Herz schlug schneller. Das Kribbeln der Ameisen auf seinen Füßen breitete sich nun auch in seinem Magen aus. Beinahe hätte er ihre Anwesenheit vergessen, wenn da nicht die alles überstrahlende Präsenz wäre, die stets von ihr ausging. Quentin genoss es, so dicht bei ihr zu liegen und zu spüren, wie ihre Nähe kleine Bläschen in seinem Blut aufsteigen ließ. Bis jetzt hatte die Frau neben ihm das ergreifende Naturschauspiel über ihnen ebenso schweigend beobachtet wie er selbst. Doch nun zeigte sie mit ihrer anderen Hand in Richtung des Nordhimmels und fuhr mit dem Zeigefinger einer Linie aus Sternen nach.

„Draco", hauchte sie dabei leise und ihre warme, beinahe rauchige Stimme löste einen wohligen Schauer in ihm aus.

Quentin nickte stumm. Auch er hatte das Sternbild des Drachen entdeckt. Vorsichtig strich er seiner Begleiterin mit der Kuppe des Daumens über den Handrücken, was sie mit einem zärtlichen Streicheln ihrerseits erwiderte. Das Kribbeln breitete sich weiter in Quentins Eingeweiden aus, nahm alle Organe in Beschlag, brachte noch mehr Bläschen in seinem Blut in Wallung. Langsam drehte er sich auf die Seite, sein Blick suchte das Gesicht der Frau. Doch er konnte ihr Antlitz nicht erkennen, ihre Gesichtszüge lagen trotz des Sternenlichts im Dunkeln. Quentin wollte sich aufsetzen, um sie besser sehen zu können, aber irgendetwas hielt ihn am Boden fest. Er versuchte es erneut, diesmal mit mehr Kraft. Vergeblich. Ein Gefühl der Hilflosigkeit breitete sich in ihm aus.

„Quentin, du träumst. Bitte wach auf." Aus weiter Ferne drang eine sanfte Stimme zu ihm vor. Doch er wollte diese wunderschöne Welt nicht verlassen und weigerte sich zu akzeptieren, dass es sich um einen Traum handelte. Er hoffte inständig, noch ein bisschen mit seiner Gefährtin an diesem zauberhaften, friedlichen Ort verweilen zu dürfen. Und er musste dringend wissen, wie die Frau an seiner Seite aussah. Zum dritten Mal versuchte er, sich hinzusetzen, diesmal mit noch mehr Schwung. Doch wieder blieb er erfolglos. Quentin fühlte sich, als würde ein Seil ihn an den Boden fesseln. Er stöhnte verzweifelt auf.

„Quentin Palmer, du träumst. Und du musst jetzt aufwachen", sagte die Stimme nun mit deutlich mehr Nachdruck. „Oder soll ich etwa nachhelfen?" Der strenge Unterton ließ ihn kapitulieren.

17

„Nein, schon gut", seufzte Quentin innerlich, öffnete widerwillig die Augen und blickte sich verschlafen um. Es war das erste Mal seit langem, dass er überhaupt geträumt hatte, und daher brauchte er eine Weile, um wieder in der Realität anzukommen. Krampfhaft versuchte er, die Erinnerung an die Frau aus seinem Traum aufrechtzuerhalten. Er hatte schon mehrfach von ihr geträumt, auch wenn das letzte Mal lange her war. Obwohl er noch nie ihr Gesicht gesehen hatte, wusste er, dass er sie kannte. Und dass sie ihm etwas Wichtiges mitteilen würde, sobald er ihren Namen sagte. Aber immer, wenn er in ihre die Augen schauen wollte, wachte er auf. Und dann verblasste die Erinnerung sofort. So auch jetzt, als er seine Gliedmaßen streckte und dabei bemerkte, dass er angeschnallt war. Deshalb hatte er sich im Traum also nicht aufrichten können.

Quentin blickte sich erneut um und stellte fest, dass er keine Idee hatte, wie spät es war und wo er sich befand. Er fand keinerlei Anhaltspunkte für seinen Aufenthaltsort oder die Uhrzeit. Folglich konnte er auch nicht sagen, wie lange er geschlafen hatte. Schlagartig war er hellwach, der Traum war wie weggeblasen. Seine Orientierungslosigkeit beunruhigte ihn dabei jedoch kaum. Was ihm zu denken gab, war, dass er schon wieder eingeschlafen war. In letzter Zeit passierte das immer häufiger. Ständig nickte er irgendwo ein: morgens beim Warten auf den Transfer, abends beim Nachrichtenstreaming oder manchmal sogar tagsüber während einer wichtigen Geschäftsbesprechung. Das passte so gar nicht zu ihm und er vermutete, dass es auch nicht mit dem durchschnittlichen Fitnesslevel von gesunden Männern Ende fünfzig vereinbar war. Langsam machte Quentin sich Sorgen über seinen Gesundheitsstatus und seine Leistungsfähigkeit.

„Thiara", wandte er sich an seine Assistenz, die ihn soeben geweckt hatte. „Kannst du bitte meine Vitalfunktionen der kommenden Woche dokumentieren und mit den Werten der letzten fünf Jahre vergleichen?"

„Gerne", antwortete Thiara prompt. „Soll ich auch dein Ernährungs- und Bewegungsverhalten sowie deinen Schlaf in die

Analyse mit aufnehmen? Und sei bitte nicht sauer, weil ich dich geweckt habe", fügte sie dann noch schmunzelnd hinzu. „Du wolltest doch noch arbeiten."

Thiara kannte ihn einfach zu gut.

„Ist okay", murmelte Quentin beschwichtigt. „Und ja, das mit den weiteren Parametern ist eine gute Idee. Bitte zieh auch alle verfügbaren Vergleichswerte von Männern meines Alters aus der International Health Database hinzu. Ich danke dir. Wie spät ist es und wo bin ich gerade?"

„Es ist 15:38 Uhr mitteleuropäischer Sommerzeit und du befindest dich über dem Atlantik auf halber Strecke zwischen London und Los Angeles in genau 14.917 Metern Höhe".

Quentin war trotz seines Vielfliegerstatus immer wieder überrascht, wie lautlos die autonomen Passagierdrohnen große Flugdistanzen bewältigen konnten. Nicht einmal den Start vor knapp zwei Stunden hatte er bemerkt. Er musste wirklich sofort, nachdem er seinen Platz eingenommen hatte, eingeschlafen sein.

„Wir liegen sekundengenau im Zeitplan. Die geplante Ankunftszeit in L.A. ist 18:17 Uhr mitteleuropäischer Sommerzeit beziehungsweise 09.17 Uhr morgens lokaler Zeit", fügte Thiara ungefragt hinzu, da dies ihrer Erfahrung nach mit hoher Wahrscheinlichkeit die Frage war, die er als Nächstes stellen würde. Und dann beantwortete sie auch noch die Fragen mit der zweit- und dritthöchsten Wahrscheinlichkeit: „Das Wetter am Zielort ist sonnig bei 27 Grad Celsius. Wir rechnen auf dem weiteren Flug nur mit kleineren Turbulenzen in Höhe von Arizona, die eventuell über eine Ausweichroute umgangen werden müssen. Dies kann jedoch durch eine Anpassung der Fluggeschwindigkeit ausgeglichen werden und führt nicht zu einer Verzögerung im Zeitplan."

„Danke, Thiara", gab Quentin zurück. „Bitte zeig mir noch mal die letzten Quartalszahlen und organisier mir einen Drink."

Während Thiara den Geschäftsbericht für ihn aufrief, rollte bereits der Service-Roboter herbei und servierte ihm einen alkoholfreien Scotch auf Eis – einen seiner Lieblingsdrinks auf längeren Reisen. Und selbstverständlich genau der, auf den er jetzt gerade am meisten Lust verspürt hatte.

Bevor Quentin sich in die Bilanz der letzten drei Monate vertiefte, lehnte er sich noch einmal kurz in dem bequemen First Class Sitz zurück und genoss das Privileg, eine solche Flugreise zu machen.

Dass er diesen Transatlantikflug von Europa in die USA mit der firmeneigenen Privatdrohne absolvierte, war für ihn eher die Regel als die Ausnahme. Und er war durchaus stolz darauf, ein solch routinierter Vielflieger zu sein. Denn die meisten Menschen hatten noch nie eine Passagierdrohne von innen gesehen und würden niemals in ihrem Leben irgendwohin fliegen – weder aus geschäftlichen Gründen und erst recht nicht zum Privatvergnügen. Die Ressourcen und die Energie, die dabei verbraucht wurden, standen laut Analysen der globalen Climate Corporation, die im Auftrag des Weltparlaments agierte, in keinerlei Verhältnis zu dem Nutzen für die Gesellschaft. Sämtliche großen Medienorgane weltweit unterstützten daher die internationale „Save the Planet"-Kampagne, welche zu Enthaltsamkeit und Solidarität des Einzelnen gegenüber der Gesamtheit aufrief.

In Übereinstimmung mit dem Regelwerk der Climate Corporation waren Flugreisen für die Allgemeinheit schon vor langer Zeit verboten worden und mit strikten Auflagen und Genehmigungen für diejenigen verbunden, die wie Quentin dennoch auf das Fliegen nicht verzichten konnten oder wollten. Für ihn galt beides: Er konnte und wollte dieses Vorrecht nicht aufgeben. Dazu war seine berufliche Position als CEO der weltweit operierenden H11 Ltd. sowie der damit verbundene Einsatz für die Menschheit zu bedeutend. Dies war ihm auch kürzlich wieder bestätigt worden, als er erneut von einer internationalen Jury als einziger US-Amerikaner unter die zehn mächtigsten Menschen der Erde gewählt worden war. Wem sonst sollte es also ermöglicht werden, Flugreisen zu absolvieren? Schließlich war seine Mission ganz im Sinne des

Weltparlaments, und daher erhielt er als Hauptgeschäftsführer der HTI Ltd. alle erforderlichen Genehmigungen spielend.

Bei HTI handelte es sich um ein renommiertes, global agierendes IT-Unternehmen mit maßgeblichem Einfluss auf das Wohlergehen der Gesamtbevölkerung. Die Abkürzung stand für „Human Technology Interfaces", ein im Jahr 2029 an der Westküste der USA von zwei visionären Jungunternehmerinnen gegründetes Start-up. Von den beiden Gründerinnen hatte sich die eine bereits mit Anfang zwanzig einen internationalen Namen als IT-Koryphäe im Bereich des Transhumanismus und der Künstlichen Intelligenz gemacht. Ihre Partnerin zeichnete sich hingegen aus durch einen hervorragenden Geschäftssinn sowie durch die Fähigkeit, potenzielle Investoren durch überzeugende Pitches zu erheblichen Kapitaleinlagen zu bewegen. Da die beiden darüber hinaus noch eine Erfindung zu bieten hatten, welche die damals als „RFID-Implantate" bekannte Radio-Frequency-Identification zur kontaktlosen Übertragung und Speicherung von Daten novellierte, waren ihrem Erfolg keine Grenzen gesetzt. Nach nur wenigen Jahren wurde ihr Unternehmen auf einen Wert von über einer Milliarde Cyberdollar geschätzt und schließlich durch die zu diesem Zweck von einigen reichen Privatiers neu gegründete HTI Ltd. aufgekauft.

Quentin war mittlerweile seit 18 Jahren für HTI Ltd. tätig, mit ständig wachsender Verantwortung. Begonnen hatte er als Außendienstleiter an der US-Ostküste, war dann ins Marketing am Unternehmenshauptsitz in San Francisco gewechselt und schließlich Finanzchef für Europa geworden. Nach diversen Zwischenstationen in anderen Regionen und Bereichen war er nun seit etwas über fünf Jahren der weltweite Vorstandsvorsitzende der HTI Ltd. Eine wahrhafte Traumkarriere, wie es sie heutzutage nur noch selten gab und die ihn mit Stolz erfüllte – wechselten die meisten Menschen ihre Positionen und Firmen doch im Jahrestakt oder häufiger. Viele gingen sogar überhaupt keiner regulären Erwerbstätigkeit nach, sondern lebten ausschließlich von DTF, den Digitalen Transferfaktoren – einer finanziellen Zuwendung, die allen Bürgern der Welt gezahlt wurde. Die Höhe orientierte sich an den Lebenshaltungskosten des jeweiligen Landes und sicherte einen gewissen Mindeststandard an Lebensqualität. Selbst wohlhabende Staatsangehörige der USA, wie Quentin, bezogen die einkommensunabhängigen DTF – in dieser Hinsicht wurden alle gleichbehandelt. Nicht jedoch bei der Möglichkeit, eine Flugreise zu absolvieren. In seiner Funktion als CEO reiste Quentin mehr als je zuvor in seinem Leben, denn den neuesten sozialpsychologischen Studien zufolge war es für den wirtschaftlichen Erfolg eines Unternehmens signifikant zuträglich, von Zeit zu Zeit die wichtigsten Funktionäre, Analysten und Hauptanteilseigner persönlich zu treffen. Trotz aller digitalen Möglichkeiten, sich im virtuellen Raum in Lebensgröße, dreidimensional und in Echtzeit zu verständigen, schien der Mensch immer noch nicht in der Lage zu sein, hierbei die gleiche vertrauensvolle Beziehung aufzubauen wie im Zuge eines persönlichen Treffens. Die dafür erforderlichen Reisegenehmigungen konnten selbstverständlich nur sehr solvente Geschäfts- und Privatleute einholen, da sie mit einer immens hohen Bearbeitungsgebühr verbunden waren. Desto mehr wussten die mit einem persönlichen Besuch bedachten Geschäftspartner dieses Privileg zu schätzen und man konnte sich folglich ihrer Loyalität und finanziellen Unterstützung umso sicherer sein.

Quentin war sich der Wichtigkeit dieser Reise und auch seiner selbst als Person entsprechend bewusst. Auch wenn er vorgab, nach außen stets bescheiden aufzutreten – tief im Inneren war er sehr stolz auf seinen beruflichen Erfolg sowie den damit verbundenen Lebenswandel. Dies versuchte er unter anderem durch sein Erscheinungsbild zu unterstreichen. Quentin bezeichnete sich gerne als „Mann in den besten Jahren" und legte großen Wert auf sein gepflegtes Äußeres. Seit Kurzem war sein Haar etwas schütter geworden, sodass er begonnen hatte, sich eine Glatze zu rasieren, die seine markanten Gesichtszüge und die hohen Wangenknochen vorteilhaft betonte. Wichtig war Quentin auch seine normalerweise hervorragende physische Konstitution. Von anderen wurde er meist viele Jahre jünger geschätzt, was sehr zu seinem großen Selbstbewusstsein beitrug. Daher irritierten ihn die wiederholten Schlafattacken umso mehr. Denn trotz des immens hohen Arbeitspensums hielt Quentin sich körperlich fit, trieb regelmäßig Sport und achtete auf eine gesunde Ernährung. Er wusste, dass viele Männer seines Alters an Herz-Kreislauf-Erkrankungen litten oder an Diabetes. Bei ihm jedoch zeigten die wiederholten Checkups keine altersbedingten Krankheitssymptome und er hoffte, dass sich das auch bei den nun von Thiara veranlassten Analysen erneut bestätigen würde. Quentins Assistenz sorgte sich rührend um sein Wohlergehen und war stets darauf bedacht, dass es ihm gut ging. Vielleicht mehr als eine Lebensgefährtin an seiner Seite es je gekonnt hätte.

Quentin hatte nie geheiratet und konnte sich nicht erinnern, wann er die letzte feste Beziehung eingegangen war. Die viel beschworene große Liebe hatte sich ihm bis heute nicht offenbart, und er glaubte tief im Inneren, dass es sich dabei ohnehin um eine Erfindung der Filmbranche handelte, um ihr sentimentales Publikum zu unterhalten. Jedenfalls war eine solche Gefühlsduselei nichts, was er in seinem Leben benötigte. Sie würde nur seinen sonst so scharfen Verstand umnebeln und ihn von den wirklich wichtigen Dingen im Leben ablenken. Ohne solch lästige Empfindungen konnte er sich besser auf seinen Beruf und den Erfolg von HTI Ltd. zugunsten der gesamten Menschheit konzentrieren. Und dank der aufopferungsvollen Unterstützung von Thiara gab es nichts, was er vermisste.

Ein leichtes Rumpeln riss Quentin aus den Gedanken. Überrascht stellte er fest, dass die Drohne vibrierte und das Eis in seinem Scotchglas zum Klirren brachte.

„Das sind die angekündigten Turbulenzen über Arizona", bemerkte Thiara sofort pflichtbewusst. „Ich war allerdings davon ausgegangen, dass sie weiträumig umgangen werden. Die Drohne scheint jedoch ihren Berechnungen zufolge den Direktflug als präferierte Route einzustufen."

Wieder rumpelte es und Quentin wunderte sich. Normalerweise vermieden Flugdrohnen jegliches Unwetter, da sie über eine flexible Anpassung ihrer Geschwindigkeit einen Umweg zeitlich ausgleichen konnten und die Statistiken eindeutig aufzeigten, dass ein Ausweichen immer sicherer war als die Konfrontation mit den Turbulenzen. Andererseits wurden auch Parameter wie der Energieverbrauch in die Echtzeit-Berechnung mit einbezogen und vermutlich war aufgrund der geringen Stärke des Sturms hier die Bilanz zugunsten der direkten Strecke ausgefallen. Dennoch war es mehr als eigenartig, dass ein Unwetter sich merkbar auf die Stabilität der Flugbahn auswirkte. Drohnen der neuesten Generation konnten erhebliche Erschütterungen spielend ausgleichen, sodass ihre Passagiere normalerweise gar nicht bemerkten, dass sie sich in unruhigem Luftraum befanden. Diese Vibrationen waren also ein äußerst ungewöhnliches Phänomen.

Während Quentin noch darüber nachdachte, ob er sich in der fensterlosen Drohne von Thiara ein paar Außenaufnahmen auf den Bildschirm holen lassen sollte, sackte das Flugzeug plötzlich mehrere Meter nach unten und Quentins Scotchglas landete im hohen Bogen zu seinen Füßen. In einer Art bizarren Zeitlupen-Aufnahme konnte er beobachten, wie die helle Flüssigkeit einen Moment in der Luft stehen zu bleiben schien, um dann einen bernsteinfarbenen Halbkreis zu ziehen, gespickt von den noch nicht gänzlich geschmolzenen Eiswürfeln, welche zitternde Lichtreflexe auf die Rückseite des Sitzes vor ihm zeichneten. „Wunderschön", dachte Quentin. Dann sackte die Drohne erneut nach unten und ein Adrenalinkick schoss durch seinen Körper. Er konnte gerade noch einen lauten Schrei unterdrücken. Die Maschine wurde jetzt noch stärker durchgerüttelt als zuvor und Quentin war sich nicht sicher, ob seine Zähne aus diesem Grund klapperten, oder weil die Angst ihn übermannte.

„Mach dir keine Sorgen. Die Turbulenzen dauern laut Vorhersage noch genau fünf Minuten. Und die geplante Ankunftszeit in Los Angeles beträgt nach wie vor 18:17 Uhr mitteleuropäischer Sommerzeit", gab Thiara ihm ungerührt zu verstehen. Vermutlich, um ihn zu beschwichtigen. Thiara selbst hatte vor nichts und niemandem Angst. Und Quentin versuchte tapfer, sich von ihrer Gelassenheit anstecken zu lassen. Am liebsten hätte er jedoch einfach nach ihrer Hand gegriffen – ein vollkommen unangebrachter Wunsch, das war ihm bewusst.

Das Rappeln der Drohne hatte sich inzwischen derart verstärkt, dass Quentin jetzt wild auf seinem Sitz hin und her geschüttelt wurde. Außerdem wurde er das Gefühl nicht los, dass sie stark an Höhe verloren. Sicher war er nicht, da er sich mit keinem Blick nach draußen vergewissern konnte. Quentin stellte lediglich fest, dass ein schmerzhafter Druck sich in seinen Ohren ausbreitete und sekündlich zunahm. Er spürte trotz des heftigen Ruckelns, wie das Herz in seiner Brust raste und mit mindestens 180 Schlägen pro Minute gegen seine Rippen hämmerte. Die aufsteigende Panik in ihm nahm weiter zu und er klammerte sich verzweifelnd keuchend mit schweißnassen Händen an die Armlehnen seines Sitzes.

Doch dann beruhigte sich alles von einem Moment auf den anderen. Das Wackeln hörte genauso plötzlich auf, wie es begonnen hatte. Quentin atmete erleichtert auf. Es schienen sogar weniger als fünf Minuten vergangen zu sein, aber so genau konnte er das nicht sagen. Eigentlich sollten sich Momente der Todesangst doch unsäglich in die Länge ziehen, statt kürzer zu erscheinen. Egal, Hauptsache, es war vorbei. Quentin schluckte ein paarmal und atmete dann gegen seine zugehaltene Nase. Mit einem satten Ploppen schwand der Druck aus seinen Ohren. Die Flugbahn war also wieder stabil. Erleichtert lachte er auf und schüttelte den Kopf über so viel Ängstlichkeit. Er schämte sich sogar ein bisschen, weil er vor Thiara solch eine Schwäche gezeigt hatte, statt gelassen wie sie zu reagieren und einfach abzuwarten, bis die Turbulenzen vorbei waren. Quentin war schließlich technisch versiert und wusste, dass noch nie eine Passagierdrohne abgestürzt war. Und in diesem Modell, das sich auf dem neuesten Stand der Entwicklung befand, musste er sich erst recht keine Sorgen um seine und Thiaras Sicherheit machen. Um ihrem Image als innovativem IT-Unternehmen gerecht zu werden, hatte die HTI Ltd. keine Kosten und Mühen bei der Investition in den Firmenjet gescheut. Quentin war beschämt über seine Panikattacke und froh darüber, dass Thiara hierzu keinen Kommentar von sich gab. Um etwas Souveränität zurückzuerlangen, hangelte er lässig mit dem Fuß nach seinem heruntergefallenen Scotchglas, kam aber nicht heran. Leichthin löste er den Sicherheitsgurt und beugte sich nach vorne.

„Quentin, schnall dich wieder an", ermahnte Thiara ihn umgehend.

„Sofort, ich will nur eben schnell …" Ein ohrenbetäubendes Donnern unterbrach ihn mitten im Satz. Gleichzeitig sackte die Maschine erneut nach unten, diesmal heftiger als zuvor, und Quentin wurde schlagartig von seinem Platz katapultiert. Unsanft prallte er mit der linken Schulter gegen den leeren Sitz aus der Nachbarreihe. Ein schriller Lärm machte es ihm unmöglich, sich mit Thiara zu verständigen. Die Drohne schien sich im freien Fall zu befinden und Quentin versuchte angsterfüllt, irgendwo Halt zu finden. Es gelang ihm nicht, er wurde unkontrolliert durch den Fluggastraum geschleudert, stieß schmerzhaft überall an und verlor komplett die Orientierung. Diesmal half ihm kein Zeitlupen-Gefühl dabei, die Dinge klar zu erkennen. Es ging alles viel zu schnell und er wusste nicht, wie er reagieren sollte. Reflexartig rollte Quentin sich zusammen wie ein Embryo und versuchte, seinen Kopf mit den Armen zu schützen, während er immer wieder gegen die verschiedensten Einrichtungsgegenstände der Kabine geschmettert wurde. Oben, unten, vorne, hinten – von allen Richtungen kamen die Hiebe und er hatte keine Chance, sich ihnen zu entziehen. Es war nur eine Frage der Zeit, bis er sich ernsthaft verletzte oder ohnmächtig wurde. Quentin war erfüllt von blanker Panik.

Nach einer schier endlosen Weile hatte die Drohne den Sturzflug wieder abgefangen, trudelte jetzt allerdings von einer Seite auf die andere und befand sich eindeutig im Sinkflug.

Verzweifelt probierte Quentin erneut, sich irgendwo festzuhalten, wurde aber immer wieder von rechts nach links geworfen und prallte schließlich vor die verschlossene Cockpittür, wo er am Boden liegen blieb und sich an den Notsitz der nicht vorhandenen Flugbegleiter klammerte. Quentin befürchtete ein größeres Leck irgendwo in dem unbemannten Cockpit, das auch Urheber des unerträglichen Lärms um ihn herum war.

„30.000 feet. Collision, collision! Climb!", konnte er trotz des grässlichen Krachs die Stimme des elektronischen Warnsystems aus dem Cockpit vernehmen.

„26.000 feet. Collision, collision! Climb!", forderte die Computerstimme mit stoischer Regelmäßigkeit. Das Warnsystem war ein Relikt aus Zeiten, als Drohnen zur Absicherung noch mit Flugpersonal bemannt waren, das im Notfall eingreifen sollte. Da diese Notsituation nie eintrat und die Technik den Menschen inzwischen bei weitem übertraf, hatte man sich jedoch bereits vor Jahren auf das vollautonome Fliegen konzentriert und Piloten aus dem Cockpit verbannt.

„17.000 feet. Collision, collision! Climb!", warnte die Stimme daher monoton das Nichts. Niemand würde hier eingreifen und den Kurs manuell korrigieren. Quentin musste bizarrerweise an sein eigenes Plädoyer denken, das er vor einigen Jahren vor dem Weltparlament gehalten hatte und auf dessen Basis der Entschluss gefasst wurde, kein menschliches Flugpersonal mehr auf solchen Reisen einzusetzen. „Der Mensch ist der Technik nicht nur unterlegen, im Gegenteil. Er stellt eine echte Gefahr an Board dar, da er im Notfall die falsche Entscheidung treffen und gegen die Empfehlung der Technik handeln könnte. Dieses Risiko müssen wir unbedingt eliminieren." Dieser Satz dröhnte nun in Quentins Ohren und übertönte spielend den Lärm um ihn herum. Die Politiker-Realogramme in der VR-Parlamentstagung hatten alle zustimmend genickt, bei vielen von ihnen konnte er die Angst in den virtuellen Augen erkennen. Der anschließende Beschluss war wenig überraschend einstimmig gefällt worden. Wie sehr bereute Quentin gerade, dass niemand im Cockpit anwesend war, der ihm zur Hilfe kommen und die Drohne wieder auf Kurs bringen würde. Eine Ironie des Schicksals, dass ausgerechnet er als unbeirrbarer Verfechter der Technologie nun einem Versagen ebendieser zum Opfer fallen sollte. Doch mit dieser Frage konnte Quentin sich gerade nicht befassen. Das Trudeln des Fliegers war mittlerweile in spiralförmige Kreise übergegangen und die Nase der Maschine zeigte erneut fast senkrecht nach unten, sodass Quentin hilflos auf der fest verschlossenen Cockpittür lag. Selbst wenn er die Sicherheitsbeschränkungen umgehen und das Cockpit betreten könnte, so würde er doch nichts ausrichten. Er hatte nicht den blassesten Schimmer, wie man eine solche Maschine bediente. Quentins Angst verlieh ihm übermenschliche Kräfte und schließlich schaffte er es nach unzähligen erfolglosen Versuchen, sich trotz des kreiselnden Sturzflugs auf den Notsitz zu hieven und den Anschnallgurt zu erhaschen. Als er ihn endlich zu fassen bekam, scheiterte er immer wieder mit zitternden Händen daran, die Schnalle in die dafür vorgesehene Aufnahme einrasten zu lassen. Sie fielen mittlerweile so schnell, dass er nahezu schwerelos war und vom Notsitz abhob. Quentin schrie aus Leibeskräften, doch das kreischende Geräusch und die Computerstimme aus dem Cockpit übertönten alles.

„3.000 feet. Collision, collision! Climb!"

„2.000 feet. Collision, collision! Climb!"

„1.000 feet. Collision, collision! Climb!"

Die Explosion der Wasserstofftanks, die dem Aufprall voranging, nahm Quentin schon nicht mehr wahr.

EIFEL, Deutschland (Mai 2008)

Moki kauerte wie erstarrt unter dem Tarnnetz und wagte kaum zu atmen. Obwohl er hier seit Stunden beinahe regungslos verharrte, waren seine Sinne immer noch auf das Äußerste gespannt. Er konnte sich keinen anderen Ort vorstellen, an dem er gerade lieber wäre. Moki hatte die milde Mainacht im Wald verbracht und voller Faszination dem regen Treiben der nachtaktiven Bewohner um sich herum gelauscht. Immer wieder hörte er tapsende, knackende und schmatzende Geräusche, die von Mäusen, Füchsen und allerlei anderem Getier auf der Suche nach Futter verursacht sein mussten. Schließlich hatte Moki sogar einige Fledermäuse im fahlen Mondlicht entdeckt, wie sie in vollkommener Eleganz geräuschlos um die Wipfel der Bäume herumtanzten und mithilfe ihrer Ultraschall-Echoortung Jagd machten auf Nachtfalter und andere schmackhafte Insekten, die trotz der schützenden Dunkelheit eine leichte Beute für diese wendigen Jäger waren. Dann hatte sich die Geräuschkulisse mit einem Mal verwandelt. Bereits lange vor Sonnenaufgang waren die ersten Vogelstimmen erklungen. Gebannt lauschte Moki den Gesängen von Lerche, Rotkehlchen, Amsel, Goldammer und vielen anderen, die nacheinander zum Orchester hinzustießen, bis ihn ein dreidimensionaler Klangraum aus zwitschernden, trällernden und pfeifenden Tönen umgab. Wenn Moki die Lider schloss, konnte er die Klänge als schillernden Farbteppich vor seinem inneren Auge wahrnehmen. Und er wusste genau, welcher Vogel sich in welcher Richtung und Entfernung befand. Moki erkannte ein Muster in den immer wieder aufs Neue einsetzenden Stimmen und machte ein Spiel daraus, als Dirigent innerlich den Rhythmus vorzugeben und mit einem imaginären Taktstock in Richtung des jeweiligen Vogels zu zeigen, der als Nächstes seinen Einsatz hatte. Doch nach einer Weile löste sich die Sinfonie in einem fulminanten Durcheinander auf, alle schienen gleichzeitig zu singen, und der Dirigent musste abwarten, bis sich das Stück wieder von selbst aufs Neue arrangierte. Moki hörte diesem natürlichen Wechsel von Ordnung und Chaos mit einem Lächeln auf seinen Lippen zu.

Aber nun musste er aufpassen, denn das Dunkel der Nacht zog sich langsam zurück und die blaue Stunde begann. Das war die Zeit, in der eine Begegnung am wahrscheinlichsten war. Moki hatte sämtliche Sinne auf die Lichtung vor ihm gerichtet, bereit, jede noch so kleine Veränderung zu bemerken. Und tatsächlich – endlich war es so weit. Noch bevor er ihn sehen oder hören konnte, spürte er das Kribbeln in seiner Magengegend und nahm wahr, wie sein Herzschlag sich beschleunigte. Er spürte seine Präsenz, noch bevor seine fünf Sinne die Anwesenheit bestätigten. Das Warten hatte sich gelohnt.

Moki hatte eine gefühlte Ewigkeit auf dem Baumhaus ausgehalten und da er wusste, dass es lange dauern konnte, hatte er es sich möglichst bequem gemacht. Sein gemütlicher Lehnstuhl war mit Kissen gepolstert, und eine weiche Decke diente ihm als Schutz gegen die Kälte. Er hatte sogar in den Stunden zuvor darauf verzichtet, etwas zu trinken. Nicht, dass er im entscheidenden Moment einem Harndrang nachgeben musste und alles verderben würde. Wie schade, wenn die ganze Warterei umsonst wäre.

Doch jetzt tat sich eindeutig etwas. Das Prickeln in Mokis Eingeweiden wurde jetzt durch ein kaum vernehmbares Rascheln in dem Gebüsch vor ihm untermalt. Besser hätte kein Filmkomponist seine nervliche Anspannung durch die anschwellende Geräuschkulisse um ihn herum zum Ausdruck bringen können. Hin und wieder meinte Moki, ein Knacken wahrzunehmen, zunächst sehr leise, sodass er sich anfangs fragte, ob er sich verhört hatte. Aber jetzt nährte sich das Geraschel und wurde ein wenig lauter. Moki musste trotzdem noch die Ohren spitzen. Doch er war sich sicher. Es handelte sich eindeutig um vorsichtige Schritte, die auf ihn zukamen und den Laubboden des Waldes zum Knistern brachten. Immer wieder brachen auch kleinere Äste – dieser Klang konnte nicht von einem Vogel oder einem Nagetier stammen. Und nun wurde seine Vermutung bestätigt. Beinahe lautlos betrat ein kapitaler Rothirsch die Lichtung und schaute sich aufmerksam um. Es war kurz vor Tagesanbruch, doch dank des hellen Mondscheins konnte Moki das beeindruckende Tier auch in der Morgendämmerung in aller Deutlichkeit erkennen. Stolz und wild stand er vor ihm, ein besonders großes Exemplar mit jeweils acht Enden an jeder Stange seines mächtigen Geweihs. Morgennebel umspielte seine Beine und gab dieser bezaubernden Erscheinung etwas Märchenhaftes, fast Übernatürliches. Die Welt schien gemeinsam mit Moki den Atem anzuhalten. Für einen Moment hatten sogar alle Vögel den Gesang ausgesetzt und nahmen jetzt nur zögerlich ihr Konzert wieder auf.

Mokis Herz jubilierte. Gestern hatte Ada ihm voller Aufregung von ihrer zufälligen Beobachtung berichtet, und er hatte kaum zu hoffen gewagt, den Hirsch selbst so schnell zu Gesicht zu bekommen. Aber da stand er, herrschaftlich und stark. Und es war wirklich „Weißes Licht an seiner Schulter"! Ada war sich aufgrund ihrer flüchtigen Begegnung mit ihm nicht ganz sicher gewesen, aber Moki konnte sofort den weißen Fleck auf dem linken Schulterblatt erkennen, der hell im Mondlicht schimmerte. Dieser Fleck war ausschlaggebend für seine Namensgebung gewesen. Vermutlich eine Verletzung aus früheren Zeiten, vielleicht vom Kampf. Oder eine alte Schusswunde von der Jagd – das würden sie nie herausfinden. Es spielte auch keine Rolle. Wichtig war nur, dass „Weißes Licht" da war und dass es ihm gut ging. Moki und Ada hatten diesen majestätischen Hirsch viele Jahre lang immer wieder einmal gesehen. In den letzten Monaten konnten sie ihn jedoch nirgends entdecken, und Ada war mehr als begeistert gewesen, als sie ihm am Vortag begegnet war.

Ja, er war es wirklich! Und er wirkte prächtiger als je zuvor, ein riesengroßer und beeindruckender 16-Ender. Sein Geweih war bereits zu enormer Größe ausgebildet, was zu dieser Jahreszeit eher ungewöhnlich war. Doch Moki wusste, dass die älteren Rothirsche die Knochensubstanz des Vorjahres häufig bereits Anfang Februar abwarfen und sofort mit der kräftezehrenden Neubildung begannen, um frühzeitig vor der nächsten Brunft mit zwei kompletten, noch mächtigeren Geweihstangen aufwarten zu können als zuvor. Er vermutete, dass das Geweih von Weißer Hirsch jetzt im Mai noch mit einer flauschig anmutenden Bastschicht überzogen und vielleicht auch noch nicht zu voller Größe gediehen war. Doch das ließ sich in der Dunkelheit nicht erkennen. Was jedoch klar war, war die Demonstration purer Lebenskraft, die sich hier vor Moki auf der Waldlichtung materialisiert hatte. Er kämpfte mit den Tränen der Erleichterung und unterdrückte ein Schniefen, das ihn sofort verraten hätte. Dennoch schien der Hirsch seine Anwesenheit zu spüren. Er blickte ihm vom anderen Ende der Lichtung her direkt in die Augen und Moki hatte das Gefühl, unmittelbar in die Seele des Rothirsches schauen zu können. Er fühlte erneut die tiefe Verbindung, die er bereits bei früheren Begegnungen mit „Weißes Licht an seiner Schulter" gespürt hatte. Der Hirsch strahlte etwas Altes, Weises aus, das weit über alles hinaus ging, was Moki jemals in der Schule oder bei den Pfadfindern über die Welt und die Natur lernen konnte. Gerührt erinnerte er sich daran, wie er vor etwa zwei Jahren mit seinem Fahrrad über einen einsamen Waldweg gefahren war und plötzlich „Weißes Licht" an seiner Seite auftauchte. Der Hirsch zeigte keine Scheu, sondern lief einige Meter neben ihm her, bevor er wieder zwischen den Bäumen verschwand. Moki bekam heute noch eine Gänsehaut, wenn er an diese magische Begegnung dachte. „Weißes Licht an seiner Schulter" hatte ihm damals eindeutig signalisiert, dass er keine Angst vor ihm hatte und ihm vertraute.

„Alles gut, mein Großer. Ich bin's doch nur. Du bist sicher, ich tu dir nichts", sendete Moki ihm in Gedanken zu. Und wirklich, „Weißes Licht" schien die Botschaft zu verstehen. Er senkte langsam sein Haupt und begann, friedlich zu äsen. Moki konnte nicht sagen, wie lange er ihn dabei beobachtete. Irgendwann schien ein Geräusch oder eine Witterung den Hirsch zu stören und er glitt mit gemächlichen, langen Sprüngen zurück in das Dickicht des Waldes. Endlich wagte es Moki, laut auszuatmen und sich zu strecken. Stöhnend massierte er seine eingeschlafenen Beine und erhob sich dann vorsichtig von seinem Lager. Er musste dringend zu Ada, die bestimmt schon an ihrem gemeinsamen Floß auf ihn wartete. Das Ausharren hatte sich definitiv gelohnt!

Ada war Mokis bester Kumpel und trotz ihrer schlanken Statur das stärkste Mädchen, dem er je begegnet war. Sie war kein bisschen zimperlich, ekelte sich vor nichts und liebte die Natur mindestens ebenso sehr wie er. Und sie war mutiger als jeder Junge, den er kannte. Mit ihren bald neun Jahren war sie ein gutes Jahr älter als er und etwa einen halben Kopf größer. Moki selbst war eher zierlich und nicht besonders hochgewachsen für sein Alter. Er hoffte, dass dies dank seiner wuscheligen braunen Haare, die wild in alle Richtungen abstanden, niemand bemerkte. Trotzdem war er mit seiner zarten Statur und dem sanften Wesen häufig Opfer der Hänseleien seiner Mitschüler. Wenn Ada dies mitbekam, sprang sie ihm stets in ihrer unerschrockenen Art zur Seite.

Vor ein paar Monaten hatte Ada sich sogar mit dem berüchtigten und allseits gefürchteten Raufbold Pascal Aubert aus ihrer Klasse angelegt, der sich nach der Schule auf dem Nachhauseweg über Mokis leichten Sprachfehler lustig gemacht hatte. Zu seinem Leidwesen stotterte er ein wenig, wenn er vor größeren Gruppen sprechen musste, wie zum Beispiel an diesem Tag bei seinem Naturkunde Referat. Wenn er zu Hause oder mit Ada unterwegs war, passierte ihm das nie. Und auch nicht, wenn er mit den Tieren oder den Pflanzen sprach. „M-M-M-M-Moooki B-B-B-B-Brüggem-m-m-m-mann, s-s-s-sag d-d-d-doch mal N-N-N-N-Nadelb-b-b-b-baum!", schrien Pascal und seine Freunde auf dem Heimweg hinter ihm her, bis Ada den Anführer kurzerhand in den Schwitzkasten nahm und ihn anbrüllte, er sollte das gefälligst lassen, sonst würde sie seinen Eltern erzählen, dass er mit seiner Clique hinter dem Pfarrhaus heimlich rauchte. Pascal hatte erbost das Weite gesucht, als sie ihn endlich frei ließ. Nicht ohne noch verschiedene Flüche und Drohungen in ihre Richtung zu rufen, die Ada geflissentlich ignorierte. Am selben Nachmittag hatte sie Moki vorgeschlagen, sich mit ihren Schnitzmessern in die Unterarme zu ritzen und das Blut ineinanderfließen zu lassen. „Jetzt sind wir für immer vereint", hatte Ada danach zu ihm gesagt. Und Mokis Herz hatte Purzelbäume geschlagen vor Freude.

Er konnte sich nicht an eine Zeit ohne Ada erinnern. Wie seine großen Geschwister war sie einfach schon immer Teil seines Lebens gewesen. Sie wohnte auf dem Bauernhof direkt nebenan und bereits als Kleinkinder hatten sie häufig miteinander gespielt. Richtig angefreundet hatten sie sich dann in dem Waldkindergarten, den sie zusammen besuchten. Ada konnte wenig anfangen mit den anderen Mädchen, die lieber Sandkuchen backen wollten, als Regenwürmer auszugraben und in das Gemüsebeet zu versetzen. Und Moki hatte keine Lust auf die Raufereien und Machtkämpfe der anderen Jungs. Also verbrachten sie die Kindergartenzeit miteinander und daraus entwickelte sich eine wunderbare, innige Freundschaft. Besiegelt wurde diese damals durch eine Mutprobe. „Lass uns schauen, wer am dollsten zutreten kann", schlug Ada eines Tages vor. Daraufhin traten sie sich gegenseitig so fest vor die Schienbeine, wie sie konnten. Moki hatte ziemliche Mühe, sich seinen Schmerz nicht anmerken zu lassen. Ihm schossen beinahe die Tränen in die Augen und er war das eine oder andere Mal kurz davor, laut aufzuschreien und um Gnade zu flehen. Ada war deutlich tapferer als er, und er konnte sich keinesfalls eine Blöße ihr gegenüber leisten. Und irgendwie wollte er bei ihr auch nicht ganz so fest zutreten, wie er gekonnt hätte. Daher war er ziemlich erleichtert, als sie den Initiationsritus schließlich kichernd für beendet erklärte. Seitdem waren sie beste Freunde und es gab nichts, was sie nicht miteinander teilten. Sie erzählten sich ihre tiefsten Geheimnisse, zeigten sich ihre seltenen Fundstücke aus Wald und Flur und halfen sich gegenseitig bei den Hausaufgaben.

„Ada! Ada!!", rief Moki bereits von Weitem, als er seine Freundin wie erwartet bei ihrem Floß am Ufer des kleinen Sees stehen sah. Sie blickte auf und winkte ihm zu. Auf dem Wassergefährt hatte sie bereits das Segel gehisst, jederzeit bereit zum Ablegen. Die Hoppetosse IV war bereits das vierte Floß, dass Moki und Ada gemeinsam gebaut hatten und eine deutliche Weiterentwicklung gegenüber seinen Vorgängern. Es war erheblich größer, lag viel stabiler im Wasser und hatte neben Paddeln und Staken sogar ein Ruder und besagtes Segel, welches sich nun in der leichten Brise bewegte. Moki und Ada hatten es sich zur Gewohnheit gemacht, sich bei fast jedem Wetter etwa zwei Stunden vor Schulbeginn hier zu treffen und schon einmal eine Runde auf dem See zu drehen. Nichts gab es Schöneres, als in der Morgendämmerung den frühen Singvögeln zu lauschen und zu beobachten, wie die Natur langsam erwachte.

„Und, hast du ihn gesehen? War er es wirklich?", fragte Ada erwartungsvoll, als Moki sie schließlich erreichte. Am liebsten hätte sie die Nacht zusammen mit ihm auf dem Baumhaus verbracht, wie sie es schon oft getan hatten. Aber sie hatte gestern nach einem heftigen Streit mit ihrem Bruder von den Eltern nicht die Erlaubnis dazu erhalten und war darüber ziemlich frustriert gewesen. Jetzt wollte sie alle Einzelheiten zu Mokis Begegnung mit „Weißes Licht an seiner Schulter" wissen und war mehr als erleichtert, dass sie sich am Vortag nicht getäuscht hatte und es dem großen Hirsch offensichtlich sehr gut ergangen war. Moki und Ada betrachteten alle Tiere als ihre Freunde, vom kleinsten Insekt bis zum größten Säugetier. Sie aßen beide weder Fleisch noch Fisch und konnten den Gedanken nicht ertragen, dass einem Tier auch nur ein einziges Haar gekrümmt wurde. Andere Kinder hatten sie deshalb schon ausgelacht und sich darüber lustig gemacht, dass sie lieber ihre Zeit mit Tieren und in der freien Natur verbrachten als im Sportverein oder im Jugendclub des örtlichen Schützenvereins. „Freundschaft mit Tieren gibt es doch gar nicht!", foppten sie Moki und Ada immer wieder. Die beiden scherten sich jedoch nicht darum und hatten auch keine Lust, den anderen zu erklären, wie sie den

Begriff Freundschaft auslegten und dass es sehr wohl möglich war, eine respektvolle und fast wundersame Bindung zu Tieren aufzubauen. Was anderes sollte Freundschaft sonst sein?

Ada hüpfte jetzt voller Freude auf und ab und gab eine Art Indianergeheul von sich. Ihr langes, blondes Haar, das im Sommer fast weiß wurde, flog dabei in alle Richtungen. Mit strahlenden grünen Augen funkelte sie Moki aus ihrem sommersprossenübersäten Gesicht an.

„Weißes Licht ist wieder da, hurra, HURRAAA!", trällerte sie lauthals und schief durch ihre Zahnlücke. Und Moki konnte gar nicht anders, als sich ihrem wilden Tanz anzuschließen und in den Gesang mit einzustimmen.

„Komm, wir fahren raus auf den See", lachte Ada, nachdem sie sich ausgetanzt hatten. Sie sprang behände auf das Floß und Moki folgte ihr, nachdem er die Leine von dem Baumstumpf gelöst hatte, an dem es befestigt war. Die flache Böschung, an der sie ihr Floß versteckten, war weder von Land noch vom Wasser aus ohne Weiteres zu entdecken. Und ihr Floß selbst war überhaupt nicht sichtbar, da sie es immer tief in die überhängenden Ufergewächse hineinzogen, wenn sie es bis zum nächsten Tag vertäuten. Sie hatten mit der Hoppetosse I leider schlechte Erfahrungen gemacht. Diese lag immer ganz offen am Seeufer und war eines Nachts von irgendwelchen Vandalen zerstört worden. Moki hatte Pascal Aubert und seine Gang im Verdacht. Pascal war ein grobschlächtiger, untersetzter Junge und führte mit seiner Clique selten etwas Gutes im Schilde. Er war erst mit sieben Jahren eingeschult worden und hatte die erste Klasse prompt wiederholen müssen. Demzufolge war er nun mit Abstand der größte Junge in ihrem Jahrgang und stellte gerne unter Beweis, dass er mehr Kraft hatte als alle anderen Kinder. Auf diese Weise hatte er sich zum Oberhaupt einer Bande von sieben Jungs hochgeprügelt, die ihn als ihren Anführer akzeptierten. Moki und Ada nannten die Gang heimlich „Die glorarmen Sieben", was diese sicherlich nicht sehr lustig gefunden hätten. So gerne Pascal auch den Starken mimte, ihn plagten verschiedene Allergien gegen Pollen und

Tierhaare, die ihn in ein keuchendes und hilfloses Geschöpf verwandeln konnten. Deshalb hasste er die Natur und alle Lebewesen aus tiefstem Herzen. Wann immer er konnte, fügte er anderen Schaden zu. Doch Moki und Ada hatten keine Beweise dafür, dass er ihr Wasserfahrzeug auf dem Gewissen hatte. Jedenfalls waren sie seitdem vorsichtiger und es hatte nie wieder einen solchen Zwischenfall gegeben. Und irgendwie machte es sogar Spaß, ein neues Floß zu bauen und es auf Basis ihrer Erfahrungen mit dem ersten gleich zu verbessern. Die Hoppetosse II war allerdings gekentert, als sie bei einem waghalsigen Manöver versuchten, den See zu verlassen und auf dem angrenzenden Fluss in heftige Stromschnellen geraten waren. Moki trug immer noch die Narbe von der damaligen Kopfverletzung unter seinen braunen Stirnlocken und Ada neckte ihn manchmal liebevoll damit, dass ihm nur noch die Brille fehle, um als Zauberlehrling durchzugehen. Die dritte Version ihres Wassergefährts fiel deutlich stabiler aus und bildete immer noch die Basis der jetzigen Hoppetosse IV, welche jedoch um einige Besonderheiten erweitert worden war. So hatten sie sogar einen kleinen Aufbau an Deck, in dem sie die wichtigsten Utensilien für ihre Ausflüge und etwas Proviant verstauen konnten.

Ada stakte jetzt durch das seichte Wasser weg vom Ufer in Richtung der tieferen Gewässer des Sees. Moki setzte das Segel geschickt in den Wind, sodass die leichte Brise sie dabei unterstützte. Irgendwann griffen sie beide zu den Paddeln und fuhren fast lautlos in einiger Entfernung zum Ufer eine komplette Runde um den See. Im Laufe der Zeit hatten sie ihre Ruderabläufe perfektioniert und ließen nun die Paddel synchron durch die Wasseroberfläche gleiten, ohne dabei ein einziges Geräusch zu verursachen. Moki musste nicht einmal mehr zu Ada hinsehen, um vollkommen eins mit ihren Bewegungen zu sein. Beide schwiegen wie immer und machten sich nur durch stumme Gesten aufmerksam auf ein friedlich dahingleitendes Schwanenpärchen mit seinem Nachwuchs, dem sie erfahrungsgemäß besser nicht zu nahekommen sollten. Aus den

Uferbäumen blickte ein Uhu aus riesigen, taschenlampenartigen Augen auf sie hinab, und in der Mitte des Sees machte sich ein Haubentaucher auf die Suche nach seinem Frühstück. Moki war immer wieder überrascht, wie lange dieser Vogel unter Wasser bleiben konnte und an welch unerwarteten Stellen er korkenartig wieder an die Oberfläche kam. Er sog die frische Morgenluft tief in seine Lungen und nahm den anbrechenden Tag mit allen Sinnen wahr. Da war der herrliche Duft der Kiefern am Ufer, das leise Plätschern der Paddel im See, der wunderschöne Anblick des Schwarzmilans, der an solch lauen Frühjahrsmorgen bereits früh die Thermik nutzte und über ihnen auf der Ausschau nach Fisch seine Kreise zog. Hin und wieder stieß der Raubvogel einen lauten Schrei aus, als würde er seiner Empörung über den Jagderfolg des Haubentauchers Luft machen. Langsam lichtete sich die Dämmerung und ein rosa Schimmer am Horizont kündigte die aufgehende Sonne an. Bald würde sie die Nebelschwaden über dem See auflösen und sich glitzernd in ihm widerspiegeln. Es versprach, wieder einmal ein herrlicher Tag zu werden. Ein tiefer Frieden durchströmte Moki jeden Morgen aufs Neue, er war eins mit sich und der Welt.

Nach etwa einer Stunde legten Moki und Ada wieder an ihrer Ausgangsstelle an, versteckten ihr Floß und vertäuten es sorgfältig. Dann liefen sie einen guten Kilometer bis nach Hause, um noch ein schnelles Frühstück zu verschlingen, bevor sie sich zusammen auf den Weg zur Schule machten.

Obwohl Ada rund ein Jahr älter war als Moki, gingen sie beide in dieselbe Klasse. Sie war im September geboren und er im Juli, sodass sein Geburtstag immer in die Sommerferien fiel und er meist zu dieser Zeit bei seinen Großeltern in den USA war. Also hatten sie bereits vor einigen Jahren beschlossen, ihren Geburtstag stets gemeinsam im September zu begehen. Moki war das sehr recht, denn er feierte ohnehin nicht gerne Geburtstag und fand es eher lästig, andere Kinder einzuladen, im Mittelpunkt der Aufmerksamkeit zu stehen und womöglich noch alberne Spiele spielen zu müssen. Umso schöner, einen solchen Tag zusammen mit Ada zu verbringen und sich mit ihr zu überlegen, was sie tun wollten und wer dabei sein sollte. Meist lief es dann darauf hinaus, dass sie eine Wildnisführung mit einem Ranger aus dem Nationalpark Eifel machten oder dass sie lernten, ein Baumhaus zu bauen, ohne den Baum dabei zu beschädigen. So war auch ihr Walddomizil entstanden, auf dem Moki die vorige Nacht verbracht hatte.

Dieses Baumhaus war Mokis und Adas geheimer Treffpunkt, wenn sie nicht mit dem Floß unterwegs waren. Es befand sich in der Krone einer großen Trauerweide, die an die einhundert Jahre alt sein mochte. Der Baum stand mitten im Wald am Rande einer Lichtung und war aus mehreren Gründen spektakulär. Irgendwann vor langer Zeit musste der Blitz in seinen Stamm eingeschlagen sein und diesen halb gespalten haben. Die Weide hatte dies faszinierenderweise gut überstanden, obwohl ihr Stamm seitdem zum Teil ausgehöhlt war und sich darin ein riesiges Loch knapp über dem Wurzelwerk befand. Durch dieses Loch konnten Moki und Ada den Baum seitlich betreten und von innen hinaufklettern, um in der Krone wieder aufzutauchen. Hier oben hatten sie mittels verschiedener toter Äste und Bretter, die sie mühsam hinaufgeschleppt hatten, ihr Baumhaus aufgebaut. Es war lediglich mit Seilen an den Zweigen der Trauerweide befestigt, da sie es niemals über sich gebracht hätten, auch nur einen einzigen Nagel in die Rinde zu schlagen.

Aufgrund der mystischen Atmosphäre nannten Moki und Ada die Weide „Elfenbaum". Sie hatten in einer warmen Sommernacht beobachtet, wie Hunderte Glühwürmchen den Baum in ein geheimnisvolles Licht tauchten. An einer Stelle hatten sich so viele der kleinen Leuchtkäfer versammelt, dass es beinahe schien, als schwebte dort eine elfengleiche Feengestalt in der Luft. In diesem Moment hatten sie die Weide Elfenbaum getauft. Es konnte keinen passenderen Namen für dieses ehrwürdige Gewächs geben, bei dem sie beide meinten, die Energie vieler Jahrzehnte und die guten Geister des Waldes versammelt zu spüren. „Sehen wir uns bei den Elfen?" bedeutete in ihrer Geheimsprache, dass sie sich an ihrem Lieblingsbaum treffen würden. Dort hinterließen sie jedes Mal, wenn sie wieder nach Hause mussten, etwas zu essen für die Waldfeen. Manchmal Reste von Brot oder Obst, manchmal auch Samen oder Nüsse. Dafür hatten sie eigens eine Schale an der Außenwand ihrer Hütte befestigt. Immer, wenn sie wieder zurückkamen zu ihrem Baumhaus, war das Gefäß leer. Moki und Ada glaubten fest daran, dass die Elfen hier speisten in ihrer Abwesenheit. Natürlich würden diese scheuen Wesen sich den Menschen niemals zeigen, doch Moki und Ada konnten ihre Präsenz spüren. Regelmäßig hielten sie Zwiesprache mit den Waldgeistern, und mehr als einmal hatte ihnen daraufhin urplötzlich ein Windhauch an einem sonst windstillen Tag ins Gesicht geblasen, oder ein gewöhnlich sehr schreckhafter Vogel war direkt neben ihnen gelandet und hatte sie lange betrachtet, bis er weiterflog. Dies werteten sie als Zeichen des Wohlwollens, die die Zauberwesen ihnen sandten. Und falls doch ein Waschbär oder ein anderer Waldbewohner sich an den Früchten und Nüssen laben sollte, dann war ihnen das ebenso recht.

Neben den Leckereien für die Elfen waren auch Moki und Ada bestens ausgestattet und hatten in ihrem Baumhaus zusätzlich zu Sitzmöglichkeiten, Kissen, Decken und einer Hängematte auch immer einen Satz Kleidung zum Wechseln, einen Feldstecher, eine Taschenlampe samt Ersatzbatterien und eine Notration an Proviant und Wasser gelagert. Die Hütte in der Weidenkrone war wetterfest und sturmerprobt und hatte ihnen schon wunderbare Tierbeobachtungen ermöglicht, die sie sorgfältig in einem Notizbuch vermerkten mit Datum, Uhrzeit, Beschreibung des Tieres und kleinen Zeichnungen davon. Auf diese Weise hatten sie auch gut nachvollziehen können, dass sie „Weißes Licht an seiner Schulter" für einen außergewöhnlich langen Zeitraum nicht gesehen hatten. Moki würde am Nachmittag seine heutige Begegnung mit ihm vermerken und auch die sechzehn Enden seines mächtigen Geweihs dokumentieren.

Jetzt aber machte er sich erst mal zusammen mit Ada auf den Weg zur Schule. Sie waren beide durchschnittliche Schüler und teilten gemeinsam eine große Leidenschaft für alles, was mit Naturkunde zu tun hatte. In den anderen Fächern schlugen sie sich dank gegenseitiger Hilfe einigermaßen durch, wobei Adas Noten in letzter Zeit etwas nachgelassen hatten, was ihren ohnehin eher strengen Eltern immer wieder Anlass zur Besorgnis gab. Daher waren sie auch zurzeit nicht sehr freigiebig, wenn es um Übernachtungen im Baumhaus unter der Woche ging. Auch wenn Ada alles in der ihr eigenen Vehemenz daransetzte, ihre Eltern zu überzeugen. Diese pochten unerbittlich auf bessere Schulleistungen und weniger Streit mit Mitschülern und Geschwistern, bevor sie ihr wieder mehr Freiräume eingestehen würden. Aber Ada wäre nicht Ada, wenn sie nicht immer wieder Mittel und Wege gefunden hätte, um sich heimlich davonzuschleichen und mit Moki auf die Pirsch zu gehen. Moki bewunderte sie sehr für ihren Mut und ihr Durchsetzungsvermögen. Nur letzte Nacht hatte sie keine Möglichkeit gefunden, sich unbemerkt aus ihrem Elternhaus zu stehlen, da ihre Mutter wohl Verdacht geschöpft hatte und sehr lange aufgeblieben war – und Ada dann vor lauter Warterei vom Schlaf übermannt wurde. Moki war zwar traurig gewesen, als er einsehen musste, dass seine Freundin nicht mehr vorbeikommen würde. Aber er hatte sich keine Sorgen gemacht. Aus irgendeinem Grund hatte er stets ein Gespür dafür, wie es ihr ging. Und letzte Nacht hatte er gewusst, dass alles in Ordnung war mit Ada. Jetzt ließ sie sich auf dem Schulweg auch noch mal in allen Details von Mokis Begegnung mit „Weißes Licht an seiner Schulter" berichten und wurde nicht müde, sich immer wieder versichern zu lassen, dass es dem Hirsch offensichtlich sehr gut ging.

„Bist du sicher, dass er stark und gesund ist? Wie sah denn sein Fell aus? Hat es schön geglänzt? Und sein Geweih hat inzwischen wirklich schon sechzehn Enden?", fragte sie zum wiederholten Mal und hüpfte bei Mokis bestätigenden Antworten voller Begeisterung neben ihm her Richtung Schule. Plötzlich blieb sie stehen und umarmte ihn ganz unvermittelt, in einem der für sie typischen Anfälle von überschwänglicher Freude. Moki stand ganz still und wusste nicht, wie er reagieren sollte. Als Ada die Umarmung schließlich löste, rannte er einfach los. „Wer als Erstes am Schultor ist", brüllte er über seine Schulter zurück und wusste bereits, dass er dieses Rennen verlieren würde.

ARIZONA, USA
(06. August 2058, mitten in der Nacht)

Alles war schwarz. Ein dumpfes Dröhnen erfüllte seine Ohren und sein Körper war wie gelähmt. Es fühlte sich an, als würde ein großes Gewicht ihn niederdrücken, alle Gliedmaßen zu Boden pressen. Er konnte sich nicht bewegen. So musste sich die Schwerkraft auf Planeten anfühlen, die anderen physikalischen Gesetzen unterlagen. Quentin kam allmählich wieder zu sich und brauchte eine Weile, um zu realisieren, was geschehen war. Doch nach und nach erinnerte er sich, die Erkenntnis kam erst langsam und dann ganz plötzlich. Die Drohne war abgestürzt! Und er hatte tatsächlich überlebt. Um einen schlechten Traum konnte es sich nicht handeln, denn je mehr er sein Bewusstsein zurückerlangte, desto stärker spürte er die Schmerzen. Sie waren nahezu unerträglich und umklammerten seinen Körper wie ein Schraubstock. Anfänglich konnte Quentin gar nicht ausmachen, was ihm wehtat und wo diese höllische Pein ihren Ursprung hatte. Er fühlte sich wie vom Himmel gefallen, im wahrsten Sinne des Wortes. Und als er die Augen öffnete, sah er zunächst gar nichts außer tiefer Dunkelheit. In einem kurzen Moment der Panik glaubte er, sein Augenlicht verloren zu haben. Oder vielleicht doch gestorben zu sein und sich im Nichts zu befinden. Aber nach einer Weile gewöhnten sich seine Augen an die Dunkelheit und er konnte schemenhafte Umrisse erahnen. Es war die schwärzeste Nacht, die er seit Jahrzehnten erlebt hatte. Keine Straßenbeleuchtung weit und breit, kein Lichtschein von Häusern oder Fahrzeugen. Er schien sich irgendwo im Niemandsland zu befinden, weitab jeglicher Zivilisation. Der Himmel über Quentin war wolkenverhangen und nur ab und zu lugte ein Stern hervor, der ihm kurzfristig ermöglichte, etwas mehr von seiner Umgebung zu erkennen. Doch viel schien es hier nicht zu sehen zu geben. Es wirkte, als ob er Mitten in der Einöde gestrandet war. Dazu kam eine gespenstische Ruhe, wie er sie ebenfalls seit Ewigkeiten nicht mehr vernommen hatte.

Quentin konnte nicht sagen, wie lange er bewusstlos gewesen war. Seinen Schätzungen zufolge mussten es mindestens 15 Stunden gewesen sein, wenn die Maschine am Morgen in Arizona abgestürzt und jetzt tiefe Nacht war. Es konnten aber genauso gut anderthalb Tage vergangen sein. Er hatte keinerlei Anhaltspunkte dafür, welches Datum und welche Uhrzeit es war und wo er sich befand. Und auch nicht dafür, wie stark seine Verletzungen waren. Vorsichtig versuchte er, sich in dem Notsitz, in dem er immer noch angeschnallt saß, zu bewegen. Und tatsächlich, es gelang ihm – der ihn lähmende Zustand musste dem Übergang von Bewusstlosigkeit in das Erwachen geschuldet gewesen sein. Jetzt fühlte sich die Gravitation wieder normal an und Quentin konnte seine Gliedmaßen bewegen. Doch sofort schoss ein messerscharfer Schmerz von seinem linken Knöchel durch das gesamte Bein, und er stieß einen gellenden Schrei aus.

„Thiara, wo sind wir?", fragte Quentin, nachdem er wieder zu Atem gekommen war. Die nachfolgende Stille um ihn herum war noch erdrückender als zuvor.

„Thiara, was ist los?" Abermals keine Antwort. Quentin spürte, wie die Panik in ihm aufstieg. Ohne Thiara war er verloren.

„Thiara, bitte melde dich", dachte er nun mit voller Konzentration. Dann sagte er es sogar laut. Vielleicht war er aufgrund des Absturzes nicht in der Lage, seine Gedanken eindeutig genug zu formulieren. Doch sein gesprochenes Wort konnte er klar und deutlich vernehmen. Es verhallte unerwidert in der finsteren Nacht, Thiara zeigte keine Reaktion.

„Thiara, bitte kommen. Thiara. Thiara!", rief Quentin nun und hörte die Verzweiflung in seiner Stimme. Doch Thiara meldete sich nicht. Das war ihm noch nie zuvor passiert und er kannte auch keinen anderen Fall, in dem das vorgekommen war. Eine Heidenangst übermannte ihn, denn er wusste, ohne

Thiara war er vollkommen hilflos und seine Überlebenschancen allein in dieser Abgeschiedenheit sanken gegen null. Quentin spürte, wie eine Panikattacke ihn zu übermannen drohte. Er musste Thiara unbedingt reaktivieren.

Thiara stand für „TransHumaniste Intelligence Artificielle & Réalité Augmentée", also eine transhumanistische künstliche Intelligenz und erweiterte Realität. Namensgeber war ihr französischer Erfinder Étienne Dumont, der in der Entwicklungsabteilung von HTI Ltd. arbeitete und die ursprüngliche RFID-Technologie der beiden damaligen Start-up Gründerinnen weiter revolutioniert hatte. Bei Thiara handelte es sich um eine künstliche Superintelligenz, ein Implantat, das aus einer Art hochintelligentem, KI-optimiertem menschlichen Stammzellengewebe bestand. Es wurde ihren Trägern hinter dem linken Ohr eingepflanzt und konnte dort jede beliebige Form und Größe annehmen, ganz nach individuellem Bedarf. Diesen Bedarf ermittelte Thiara selbst. Ein Hauptteil des Implantats verblieb an seinem ursprünglichen Ort und registrierte von dort aus sämtliche Stoffwechselprozesse, neuronale Aktivitäten, Reaktionen, Emotionen, Gedanken und Wünsche des Besitzers. Gleichzeitig stand es in permanenter Interaktion mit der Außenwelt und war außerdem digital vernetzt. Im Fall von unerwünschten Abweichungen der Vitalfunktionen griff Thiara sofort ein und veranlasste Gegenmaßnahmen. Wenn sie diese nicht zentral über hormonelle oder andere körpereigene Prozesse beheben konnte, sandte sie kleine Piko-Bots in die entsprechenden Körperregionen zum korrektiven Eingriff. Reichte auch das nicht aus, empfahl sie ihrem Besitzer Maßnahmen wie eine Ernährungsumstellung oder bestellte die notwendigen Medikamente, die eine einwandfreie Körperfunktion wieder sicherstellen würden, eigenständig online.

Thiara hatte neben der Sicherstellung der körperlichen Gesundheit ihrer Besitzer noch viele andere Fähigkeiten. Sie war in der Lage, jede im Datennetz verfügbare Information in Echtzeit abzurufen und ihrem Träger zugänglich zu machen. Bei kurzen und leicht verständlichen Inhalten nutzte sie hierfür meist die Sprache und führte mit ihrem Besitzer eine Art gedanklichen oder wahlweise auch verbalen Dialog. Komplexere Informationen stellte Thiara vorzugsweise bildlich dar über eine entsprechende neuronale Aktivierung des virtuellen Cortex, sodass der Mensch die Bilder quasi vor seinem inneren Auge sah. Wem dies zu ungewohnt war, der konnte sie sich stattdessen auf einem in den Raum projizierten 3D-Bildschirm ansehen. Oder ganz banal als Projektion auf dem linken Unterarm in Höhe der Stelle, wo die früher einmal viel getragenen Smart Watches gesessen hatten. Den Möglichkeiten waren hier keine Grenzen gesetzt.

Ein großer Vorteil der Thiara-Implantate war die Leichtigkeit, mit der Menschen sich nun von einem Ort zum anderen bewegen konnten. Meist mussten sie dafür nicht einmal mehr einen expliziten Gedankenaustausch mit Thiara führen, sondern diese ermöglichte ihnen unbewusst den Zugang zu dem gerade erforderlichen Wissen – beispielsweise wo sie sich befanden und wie sie am einfachsten von diesem Ort zu ihrem nächsten Ziel gelangen würden. Vor den Zeiten von inzwischen antiquierter Satellitennavigation und Routenplanung hatte man so etwas Orientierungssinn oder Instinkt genannt. Jetzt war es Thiara.

Entsprechend war Thiara ein Garant dafür, dass sich niemand mehr verirrte, entführt wurde oder frühzeitig an einer unentdeckten Krankheit verstarb. Thiara rief sogar den Robo-Doc, falls die unwahrscheinliche Situation eingetreten war, dass sie einen Unfall nicht verhindert oder eine Verletzung nicht vorausgesehen hatte. Im Fall einer gewaltsamen Attacke auf ihren Träger verständigte sie die Cyborg-Sicherheitsagenten, kurz CSA. Dies tat sie aufgrund der Berechnungen von Wahrscheinlichkeiten meist bereits, bevor ein Angriff geschah. Sie versprach Sicherheit und ein langes Leben – zwei Argumente, die die meisten Menschen zu überzeugten Thiara-Befürwortern machten.

Und jetzt lag Quentin hier mitten in der Wildnis, schwer verletzt und ohne jegliche Orientierung. Und ohne Thiara, die bereits damit begonnen hätte, die körpereigenen Heilungsprozesse zu beschleunigen und ihm außerdem die notwendige Rettung herbeigeschafft hätte. Quentin wusste nicht, ob ihm die Panik den Brustkorb zuschnürte oder ob dieses bedrohliche Engegefühl von seinen Verletzungen herrührte. Vorsichtig bewegte er den rechten Arm und stöhnte dabei vor Schmerzen laut auf. Dennoch zwang er sich, ihn weiter zu heben und die Hand an sein linkes Ohr zu führen. Er tastete mit den Fingern hinter seinem Ohr und versuchte die Erhebung zu finden, an der Thiaras Gewebe sich unter der Haut wölbte. Für den unwahrscheinlichen Fall eines Systemausfalls gab es immer noch die Möglichkeit, mindestens fünf Sekunden lang fest auf diese Stelle zu drücken und dabei „Thiara, reboot" zu denken. Es laut auszusprechen würde aus Sicherheitsgründen als ungültiger Manipulationsversuch gewertet werden. Auf diese Weise wollte man vermeiden, dass Dritte jemandem absichtlich oder versehentlich das Thiara-Implantat formatierten.

Quentin fuhr mit den Fingern seiner rechten Hand immer wieder hinter dem linken Ohr auf und ab. Doch er konnte keine Erhebung finden. Das Einzige, was er spürte, war ein kleines Loch und etwas Nässe. Er hielt sich die Finger vor die Augen, aber es war zu finster, um etwas zu erkennen. Bei der nächsten Wolkenlücke erblickte er eine dunkle Flüssigkeit auf seinen Fingerkuppen. Quentin roch daran und leckte dann vorsichtig mit seiner Zungenspitze darüber. Eindeutig der Eisengeschmack von frischem Blut. Noch einmal versuchte er, Thiara zu erfühlen, diesmal mit der linken Hand. Wieder nichts, keine Erhebung. Auch seine linken Fingerspitzen waren anschließend mit Blut bedeckt. Quentins Beklemmung wuchs ins Unermessliche. Wieder und wieder tastete er nach Thiara und schrie in Gedanken verzweifelt ihren Namen, manchmal sogar laut. Aber sie war eindeutig nicht mehr da.

Nach unzähligen Versuchen, Thiara zu finden und zu aktivieren, gab Quentin schließlich erschöpft auf. Sie musste bei dem Absturz irgendwie aus seinem Körper gerissen worden sein. Mittlerweile hatte er festgestellt, dass er neben der kleinen Verletzung hinter dem linken Ohr noch eine deutlich größere Platzwunde am Hinterkopf hatte, die inzwischen stark verkrustet war. Sie war vermutlich die Ursache für seine hämmernden Kopfschmerzen und die lange Bewusstlosigkeit. Es war Quentin nicht möglich, mit den Fingern über die riesige Beule zu fahren, ohne vor Schmerzen zusammenzuzucken. Außerdem hatte er sich den linken Knöchel mindestens verstaucht, vermutlich waren aber die Bänder gerissen oder er war gebrochen. Vielleicht auch beides – jedenfalls konnte Quentin seinen Fuß nicht bewegen und schrie jedes Mal auf, wenn er über das ballonartig angeschwollene Sprunggelenk tastete. Bis auf diese beiden größeren Verletzungen schien es ihm jedoch abgesehen von zahlreichen Prellungen und Schürfwunden recht gutzugehen. Er glaubte auch nicht, dass er innere Blutungen hatte, denn damit hätte er die letzten Stunden vermutlich nicht überlebt.

Innerlich schickte Quentin ein kurzes Stoßgebet gen Himmel und bedankte sich für die außergewöhnlich hohe Sicherheitsausstattung der abgestürzten Passagierdrohne. Diese war kein Standard, sondern basierte auf modernster Militärtechnik, in die sein Unternehmen HTI Ltd. investiert hatte. Sie umfasste eine Schleuderfunktion für jeden Sitz an Bord, sowohl im Cockpit als auch im Passagierraum. Quentin hatte es offensichtlich kurz vor seiner Bewusstlosigkeit noch geschafft, sich auf dem Notsitz anzuschnallen, bevor dieser aus der Kabine katapultiert wurde und dann, gedämpft durch einen Fallschirm, auf der Erde landete. Der Aufprall musste dennoch heftig gewesen sein, daher auch Quentins zahlreiche Verletzungen. Aber ohne Schleudersitz und Fallschirm hätte er den Absturz niemals überlebt, das stand außer Frage. Die Drohne hatte zwar vermutlich kurz vor dem Aufschlag ihre Wasserstofftanks abgeworfen, war aber garantiert dennoch stark beschädigt worden.

Ob die Reste von ihr sich in seiner Nähe befanden, konnte Quentin in der Dunkelheit nicht erkennen. Und falls es hier einmal gebrannt haben sollte, so war das Feuer mittlerweile erloschen und nicht einmal mehr eine Glut wahrnehmbar in seiner Umgebung. Was wiederum dafür sprach, dass er mehr als nur ein paar Stunden bewusstlos gewesen war.

Mühsam versuchte Quentin, sich in dem Notsitz abzuschnallen. Die Schmerzen, die seine hartnäckigen Bemühungen begleiteten, waren so unerträglich, dass ihm immer wieder schwarz vor Augen wurde. Nach einer schier endlosen Weile hatte er die Taste erreicht, mit der er den Gurt lösen konnte. Doch so sehr er auch versuchte, diese herunterzudrücken – es war vergeblich. Irgendwie musste das ganze System sich verzogen haben, und er war einfach nicht stark genug, den Gurt zu öffnen. Verzweifelt unternahm er eine letzte Kraftanstrengung und bäumte sich in dem Notsitz auf. Ein glühender Schmerz durchfuhr seinen Körper und ein weißer Blitz durchzuckte sein Blickfeld. Quentin wurde erneut ohnmächtig.

EIFEL, Deutschland (Juli 2010)

Das letzte Schuljahr der Grundschule neigte sich unwiederbringlich dem Ende zu. Nach den Sommerferien würden Moki und Ada gemeinsam auf die weiterführende Schule gehen. Normalerweise mochte Moki keine Veränderungen, aber auf diesen Wechsel freute er sich. Alle anderen Schüler aus seiner Klasse würden die Gesamtschule im nächsten Ort besuchen. Nur Ada und er würden auf die Freie Schule gehen und dafür jeden Tag mit dem Bus eine Stunde dorthin fahren und wieder zurück. Das bedeutete, er war Pascal und die unangenehmen Mitschüler aus seiner Klasse endlich los, die ihn immer wieder wegen seines Sprachfehlers aufzogen. Und die Freie Schule warb auf ihrer Homepage mit einer liebevollen Umgebung ohne Leistungsdruck. Vielleicht würde sich sein Stottern dort sogar ganz legen. Mokis Mutter hatte es glücklicherweise geschafft, auch Adas Eltern von diesem freien Lernkonzept zu überzeugen. Denn Adas Noten hatten sich im letzten Jahr weiter verschlechtert und sie reagierte auf alle Forderungen der Lehrer und ihrer Familie in gewohnter Bockigkeit. Ihre Eltern erhofften sich von weniger Druck bessere Lernerfolge bei Ada. Moki war der Grund vollkommen egal, Hauptsache, sie würden weiter zusammen sein.

Aber jetzt konnte er es erst einmal kaum erwarten, bis in wenigen Minuten endlich die Sommerferien begannen. Sechseinhalb herrliche Wochen der Freiheit und Selbstbestimmtheit warteten auf ihn. Trotzdem war Moki gleichzeitig auch etwas wehmütig, wie in jedem Jahr. Einerseits freute er sich darauf, den Zwängen der Schule zu entkommen und nicht mehr jeden Tag stundenlang in einem Klassenzimmer gefangen zu sein, statt durch die Natur zu streifen und wilde Abenteuer zu erleben. Und er blickte voller Vorfreude der alljährlichen Reise in die USA entgegen, wo er endlich wieder die gesamten Ferien mit seinen Großeltern verbringen konnte. Jedoch war genau dies auch der Wermutstropfen: Ada musste in Deutschland bleiben und er würde sie wie immer schrecklich vermissen. Moki hatte schon mehrfach versucht, sowohl seine eigenen als auch Adas Eltern zu überreden, dass sie mit ihm kommen könnte. Doch leider ohne Erfolg. Es scheiterte nicht nur an den Flugkosten, sondern Adas Familie bestand darauf, jeden Sommer zusammen mit ihr und ihren Geschwistern Familienurlaub an der Nordsee zu machen. Wie schade.

Dennoch überwog die Freude, denn Moki wusste, dass er von seinen Großeltern in Kalifornien wieder einmal nach Strich und Faden verwöhnt werden würde. Sie lasen ihm jeden Wunsch von den Augen ab und sein Grandpa war ein echter Trapper, der mit ihm zahlreiche Campingausflüge in die Wildnis machen würde. Er hatte ihm bereits das Fährtenlesen beigebracht und auch, wie man in der Natur überlebte ohne Nahrungs- oder Wasservorräte. Moki wusste, welche Wildpflanzen im Westen der USA essbar waren, wie man sich bei dem unwahrscheinlichen Angriff eines Bären verhielt, wie man einen giftigen Schlangenbiss oder Skorpionstich behandelte und woher man Wasser bekam in einer vermeintlich vollkommen ausgetrockneten Landschaft. Er konnte auch Feuer machen, sowohl mit entsprechenden Hölzern als auch mithilfe von Feuersteinen, sofern diese auffindbar waren. Und er war in der Lage, dieses Feuer entweder stark qualmen zu lassen als Notsignal oder es rauchlos brennen zu lassen, um nicht entdeckt zu werden. Schon bei dem Gedanken an die Ausflüge mit seinem Grandpa jubilierte Moki innerlich vor Glück. Und dass Ada nicht dabei sein konnte, würde er wie immer dadurch wiedergutmachen, dass er nach seiner Rückkehr alle Trapperweisheiten mit ihr teilte und sie gemeinsam versuchten, diese auch in der Eifel anzuwenden. Hier war Mokis Mutter eine große Hilfe, die als Rangerin im Nationalpark arbeitete und sich sehr gut auskannte. Von seiner Mom lernten sie alles über die essbaren Pflanzen und Kräuter in der Eifel, über die lokale Tierwelt, und über die besondere Beschaffenheit der vulkanischen

Landschaft. Wasser gab es in dieser Region genug und ein Bärenangriff war nicht zu fürchten. Allerdings waren Moki und Ada gut vorbereitet für den Fall einer Wildschweinattacke.

Endlich schellte die Schulglocke ein letztes Mal für dieses Halbjahr und alle Schüler sprangen gleichzeitig wie von der roten Waldameise gebissen auf, um aus dem Klassenzimmer zu stürmen. Moki hatte sein Zeugnis bereits in den Ranzen gestopft und sprintete mit Ada zusammen zur Tür, um sich mit allen anderen gleichzeitig in die Freiheit zu drängen. Sie wirkten wie eine Herde aufgeregter Kühe, die sich nach Monaten der Gefangenschaft im dunklen Stall alle gleichzeitig durch das Gatter quetschen wollten, um als Erstes buckelnd über die saftige Frühlingswiese zu galoppieren und ein Büschel frisches Gras zu erhaschen. Plötzlich löste sich der Pfropfen und alle Kinder liefen lauthals johlend über den Flur. Auf dem Nachhauseweg rannten Moki und Ada wieder einmal um die Wette, und Moki setzte alles daran, diesmal zu gewinnen. Er spurtete, bis ihm die Beine brannten. Aber Ada war wie meistens ein klein wenig schneller als er an seiner Haustür angelangt. Manchmal gelang es ihm auch, sie gegen Ende der Strecke zu überholen – doch er war sich nicht sicher, ob sie ihn nicht einfach ab und zu gewinnen ließ.

„Treffen wir uns nachher bei den Elfen?", keuchte Ada, nachdem sie wieder ein klein wenig zu Atem gekommen war.

„Aber klar", japste Moki und hielt sich die Seiten. „Ich habe Mom und Dad schon gesagt, dass wir heute im Wald übernachten."

Die erste Feriennacht gemeinsam in ihrem Baumhaus zu verbringen, hatte bereits Tradition – vor allem, wenn der lange Abschied der Sommerferien drohte.

„Prima, dann hole ich dich um sieben ab." Mit diesen Worten wirbelte Ada um die Ecke und verschwand in Richtung des Nachbarhauses, in dem ihre Eltern sie und ihr mittelmäßiges Zeugnis bereits erwarteten.

Als Ada pünktlich zur verabredeten Zeit wieder vor Moki stand, hielt sie ein geheimnisvolles Päckchen in der Hand. „Später", sagte sie nur und lächelte vielsagend, als er wissen wollte, was darin sei. Mit einem leichten Rucksack auf dem Rücken, in dem sich etwas frischer Proviant für heute Nacht befand, stapfte Moki beschwingt hinter ihr her Richtung Baumhaus. Die Luft war immer noch herrlich warm und die Sonne würde erst in einigen Stunden untergehen, sodass sie noch einen Streifzug durch die Landschaft machen konnten, bevor sie ihr Nachtlager auf der Trauerweide aufschlugen.

„Lass uns doch heute mal wieder nach den Störchen sehen", schlug Ada vor, als sie Mokis Rucksack in der Waldhütte verstaut hatten. Er nickte und musste innerlich lachen, da er genau die gleiche Idee gehabt hatte. Auch dies war Teil von Adas und seiner besonderen Verbindung. Er konnte nicht nur fühlen, wie es ihr ging. Sie dachten oder sagten außerdem sehr oft das Gleiche oder tauchten an demselben Ort auf, ohne sich verabredet zu haben. Das passierte so häufig, dass es ihnen inzwischen beinahe normal vorkam.

Jetzt schlichen sie beide fast lautlos durch den wunderschönen Mischwald, in dem das ganz besondere Aroma sommerlicher Abendluft lag. Moki und Ada waren im Wald immer auf leisen Sohlen unterwegs. Sie nutzten dafür eine Technik, die Moki dank der Lehrstunden seines Grandpas perfektioniert und auch Ada gezeigt hatte. Es war wichtig, sich dabei ganz in seine Umgebung zu versetzen und quasi eins mit ihr zu werden. „Werde zu dem Weg, den du beschreitest", hatte Grandpa ihn immer wieder erinnert. Zuerst war Moki das schwergefallen, aber dann hatte er plötzlich verstanden, worum es ging. Die Natur ganz und gar zu fühlen und ein Teil von ihr zu werden. Dadurch wurde man beinahe unsichtbar. Mithilfe dieser Methode wollten Moki und Ada zum einen die Waldbewohner nicht stören. Und zum anderen ermöglichte sie ihnen, immer wieder grandiose Tierbeobachtungen zu machen.

Moki genoss diese Momente des Schweigens, in denen er sich ganz auf seine Schritte konzentrierte und gleichzeitig mit allen Sinnen die Umgebung um sich herum wahrnahm. Er lauschte aufmerksam dem vielstimmigen Abendgesang der Vögel. Obwohl zum Teil die gleichen Protagonisten wie morgens ihr Lied zum Besten gaben, klang das Abendkonzert in Mokis Ohren doch ganz anders. Es schien weniger zum Aufbruch in etwas Neues aufzufordern, als vielmehr den Abschluss eines wunderschönen Tages zu lobpreisen. In jedem Fall war es nicht minder bezaubernd wie das erfrischende Morgenkonzert. Da war das Trillerduett der Kleiber, das Lied der Singdrossel oder manchmal sogar der Gesang der Nachtigall zu hören. Einige Stimmen waren sehr sanft, fast zögerlich, andere voll und kehlig. Manche exotischen Pfeiflaute erinnerten Moki sogar an den Dschungel, zumindest stellte er sich die Geräuschkulisse dort so vor. Er sog die würzige Waldluft tief in seine Lungen und füllte diese mit dem Gemisch ätherischer Öle der verschiedenen Nadel- und Laubbäume. Von dem hohen Sauerstoffgehalt wurde ihm fast schwindelig. Moki schnupperte den Duft von wilden Veilchen, die hier immer noch blühten, obwohl ihre Hauptblütezeit eigentlich vorbei war. Im Frühling hatten er und Ada sogar einmal den Blauen Enzian entdeckt, eine für diese Region sehr seltene Pflanze und entsprechend beliebt bei vielen Insekten. Sie hatten kichernd eine Hummel beobachtet, die sich an dem betörenden Nektar berauschte und schließlich torkelnd davonflog.

Als Moki und Ada jetzt einen kleinen Bachlauf überquerten, erblickte er zwei fossil anmutende Edelkrebse im steinigen Flussbett, die einen erbitterten Revierkampf auszutragen schienen. Moki zupfte seine Freundin am Ärmel und zeigte auf die zwei Kontrahenten, von denen der eine einen blauen Panzer trug und der andere rötlich gefärbt war. Immer wieder gingen sie mit ihren beeindruckenden Scheren aufeinander los und attackierten sich aufs Neue. Mal schien der eine an Boden zu gewinnen, mal lag der andere vorn. Jeder strotzte vor Tapferkeit und Kampfeslust, keiner wollte nachgeben. Aber da es sich um zwei gleich große Exemplare handelte, gab es keinen eindeutigen Favoriten. Schließlich gaben beide wie auf ein unsichtbares

Zeichen hin ihren Kampf auf und senkten einvernehmlich die Scheren. Der Blaue kletterte in einem letzten kleinen Triumph über den roten Artgenossen hinweg, um dann friedlich seines Weges zu ziehen. Auch der rote Krebs setzte nun ungehindert seine Reise in dem Bachlauf fort. Für einen neu hinzugestoßenen Betrachter würde die Szene wirken, als wäre nichts geschehen. „Das Leben findet immer nur im Hier und Jetzt statt", schoss es Moki durch den Kopf. Diesen Spruch hatte er einmal auf dem buddhistischen Kalender seiner Mutter gelesen, aber jetzt ahnte er zum ersten Mal, was er bedeutete. Er und Ada lächelten sich an und setzten ihren Weg ebenfalls fort.

Je mehr sie sich der großen Eiche näherten, auf dem sich das Storchennest befand, desto langsamer und vorsichtiger bewegten sie sich. In einigem Abstand von dem Nest blieben sie schließlich stehen und begannen, geräuschlos auf einen Walnussbaum zu klettern, den sie bereits vor Wochen zu diesem Zweck auserkoren hatten. Gar nicht so einfach, da die Rinde des flechtenverzierten Stammes recht glatt war und sich im unteren Bereich keine Äste befanden, an denen man sich hochhangeln konnte. Doch Moki und Ada waren geübte Kletterexperten und meisterten diese Herausforderung lautlos, ohne die Storchenfamilie zu stören. Schwarzstörche waren sehr menschenscheu und es konnte passieren, dass sie ihren Nachwuchs zurückließen, wenn sie sich bedroht fühlten. Ein Grund mehr, diese seltenen Exemplare mit gebührendem Abstand und Respekt zu beobachten. Moki und Ada hatten es sich jetzt auf einem breiten, fast waagerechten Ast des Nussbaums bequem gemacht und blickten durch ihre Feldstecher zu der Eiche hinüber. Sie entdeckten sofort die drei gräulich-weißen, aufgeplusterten Jungtiere im Nest, deren Gefieder Moki heute noch gerupfter erschien als sonst, sodass er ein Lachen unterdrücken musste. Junge Schwarzstörche hatten wie die meisten Jungvögel noch nichts von der Eleganz und Pracht ihrer Eltern. Weder schmückte sie deren glänzendes Federkleid noch wohnte ihnen die Erhabenheit und Anmut eines Geschöpfes inne, das sich mit wenigen mächtigen Flügelschlägen galant in die Lüfte schwingen konnte. Die Bewegungen der drei Kleinen gegenüber waren staksig, abgehakt und unsicher. In regelmäßigen Abständen verlor einer von ihnen ohne erkennbaren Grund das Gleichgewicht und landete auf dem Schnabel. Und ihr gerupftes Äußeres war darauf zurückzuführen, dass sie sich gerade im Übergang von dem wärmenden daunenartigen Gefieder frisch geschlüpfter Störche zu dem Federkleid der erwachsenen Exemplare befanden. Es würde nicht mehr lange dauern, und sie würden mit den ersten Flugübungen im Nest beginnen. Über diesen Horst wachte jetzt wie immer mit Argusaugen einer der beiden Altvögel. Ob es sich um die Mutter oder den Vater handelte, konnte man erst erkennen, wenn der andere Elternteil von der Futtersuche zurückkam. Und auch dann war ein geübtes Auge erforderlich. Beide Tiere hatten ein tiefschwarzes Gefieder, das je nach Lichteinfall metallisch kupfer, purpur oder grün schimmerte. Moki hatte sich erst durch die Beobachtung der Störche offenbart, welche verschiedenen Nuancen die Farbe Schwarz haben konnte. Das Federkleid des Weibchens war dabei etwas matter als das des Männchens, was man aber nur im direkten Vergleich wahrnehmen konnte. Moki vermutete, dass hier gerade der Vater seine Nachkommen bewachte und auf die Essenslieferung seiner Partnerin wartete. Und tatsächlich, nach einer Weile wurden die Jungvögel unruhig und dann erblickten auch Moki und Ada den zweiten Elternteil im Anflug auf das Nest. Es war eindeutig die Störchin, und ihre Brut begann sofort, sie um Futter anzubetteln und sich dabei gegenseitig rücksichtslos zur Seite zu drängen. Kein ungefährliches Manöver, wenn man die Unsicherheit der Jungen in Bezug auf Standfestigkeit und Balance betrachtete. Wenige Augenblicke später stürzten sich alle auf den Nahrungsklumpen, den die Mutter aus ihrem Schnabel hervorgewürgt hatte. Moki hätte schwören können, dass der Vater seiner Partnerin einen erschöpften Blick zuwarf, als er nun seinerseits die Schwingen ausbreitete, um sich auf Futtersuche zu begeben. Natürlich war das nur eine Interpretation – aber Moki bewunderte tatsächlich die stoische Ruhe und Ergebenheit, mit der

Tiereltern sich wochen- bis monatelang um ihren nimmersatten Nachwuchs kümmerten. Das gleiche Maß an Aufopferung und Geduld schienen Menscheneltern seiner Erfahrung nach nicht aufzubringen. Obwohl er sich über Mom und Dad wirklich nicht beklagen konnte. Sie räumten ihm und seinen Geschwistern viele Freiheiten ein und waren erheblich großzügiger als zum Beispiel Adas Eltern. Dass diese mit ihm hier saß und heute Nacht im Baumhaus übernachten durfte, war nur ihrer Hartnäckigkeit und Überzeugungskraft geschuldet, vor der Adas Eltern immer wieder resigniert kapitulierten.

Apropos resigniert: Jetzt kam der Storchenvater zurück und spie seine Beute in das Nest zwischen die drei Jungen. Die Prügelei auf der Eiche gegenüber begann erneut und Moki wunderte sich wieder einmal, dass noch keines der Küken dabei aus dem Nest gefallen war. Bei der Brut im vergangenen Jahr war das geschehen und Moki und Ada hatten das Jungtier erst entdeckt, als es bereits zu spät war. Wobei sie ohnehin nicht genau gewusst hätten, wie sie sich am besten verhalten sollten. Es wieder zurück ins Nest zu setzen hätte die Gefahr mit sich gebracht, dass die Eltern ihre gesamte Brut im Stich ließen. Es von Hand aufzuziehen war nicht so einfach, da sie dafür mehr als ein Kilo Futter täglich beschaffen mussten. Aber sie hätten es in jedem Fall versucht, wenn das Küken noch gelebt hätte. Umso schöner, dass es den drei Jungstörchen in diesem Jahr so gut zugehen schien. Moki und Ada beobachteten sie noch eine Weile voller stiller Begeisterung und traten dann behutsam den Rückzug an.

Auf dem Weg zurück zu ihrem Baumhaus nahmen sie eine andere Route, die sie durch ein Stück Wacholderheide führte. Insbesondere in der nun einsetzenden Dämmerung hatte diese Landschaft, die sich durch weite Flächen, gespickt von knorrigen Wacholdergewächsen, Erika und einigen anderen Pflanzen auszeichnete, etwas Geheimnisvolles, nahezu Mystisches. Die Wacholdersträucher zeichneten sich dunkel gegen den rötlichen Abendhimmel ab und nahmen teils bizarre Formen an.

Mühelos ließen sich darin Gestalten wie aus einer anderen Welt erkennen. Moki und Ada waren umgeben von hutzeligen Waldgeistern und fantastischen Tierwesen, die sich sogar zu bewegen schienen, wenn man nicht so genau hinsah. Moki und Ada machten sich gegenseitig auf immer neue magische Wesen aufmerksam und taten dabei so, als würden sie sich gruseln. Aber beide wussten, dass es sich um ein Spiel handelte und ihnen nichts geschehen würde.

Plötzlich hielt Ada inne und hob ermahnend die Hand, damit Moki ebenfalls regungslos stehen blieb. Sie drehte sich ganz langsam zu ihm um und zeigte dabei kaum merklich auf eine Stelle rechts von ihr. Moki musste sich leicht vorbeugen. Dann sah er es sofort: die in leuchtendem Gelb und tiefem Schwarz schimmernde Haut eines Feuersalamanders. Der prachtvolle Lurch saß auf einem Stein und verharrte dort ebenso regungslos wie Moki und Ada. Er musterte sie aufmerksam und bewegte nur ab und zu seine Augen hin und her. Irgendwann reichte es ihm und er schoss mit beachtlicher Geschwindigkeit von dem Felsen herunter. Blitzartig verschwand er im weichen Moos. Ada und Moki grinsten sich an. Sie dachten wieder einmal das Gleiche.

„Komm, wir gehen in die Fichtenschonung und sammeln uns noch etwas Schlafmoos als Unterlage für heute Nacht", flüsterte Ada ihm prompt zu. Moki nickte und sie schlugen den Weg nach links ein, in Richtung des nächsten Fichtendickichts.

Immer tiefer senkte sich die Abenddämmerung über den Wald, und die herrlichen Grüntöne verloren nach und nach ihre Intensität. Auch die Geräuschkulisse änderte sich und sie hörten immer häufiger ein Knacken im Unterholz und das Brechen von Zweigen aus verschiedenen Richtungen. Andere Kinder hätten jetzt Angst bekommen, aber Moki und Ada befanden sich hier in ihrem zweiten Zuhause und wussten, dass die Waldbewohner ihnen keinen Schaden zufügen würden.

Doch jetzt blieb Ada so abrupt stehen, dass Moki ungebremst in sie hineinlief und sie beinahe umgerissen hätte. Stattdessen verlagerte er im letzten Moment sein Gewicht und fiel zur Seite. Adas unangekündigtes Bremsmanöver war ungewöhnlich. Normalerweise gaben sie sich gegenseitig durch Handzeichen zu verstehen, wenn sie anhalten wollten. Moki rappelte sich wieder auf. Und dann sah er den Grund für Adas Vollbremsung, und ihm blieb das Herz stehen. Nur wenige Meter vor ihnen befand sich ein ausgewachsenes Wildschwein, Auge in Auge mit Ada. Und gleich dahinter eine Horde Frischlinge. Es musste sich also um eine Bache mit ihrem Nachwuchs handeln. Moki nahm jetzt auch den unverkennbar strengen Geruch, versetzt mit einer Art Maggie-Aroma, wahr. Er spürte, wie die Panik in ihm aufstieg. Dies war die einzige gefährliche Tierbegegnung, die in der Eifel vorkommen konnte. Mit einer Wildschweinmutter, die ihre Jungen bedroht sah, war nicht zu spaßen. Das wusste Moki aus der Schule und auch seine Mutter hatte es ihm immer wieder eingeschärft. Die Sau vor ihnen gab prompt ein lautes Schnauben von sich und hatte den Schwanz steil in die Höhe gereckt. Eindeutig eine Drohgebärde. Moki sah nicht nur die rotgeäderten Augen des Tieres, sondern auch die für ein weibliches Exemplar erstaunlich großen Hauer, mit denen die Bache immer wieder provokativ in die Luft schnappte. Er versuchte, trotz seiner Angst ruhig zu bleiben und zu überlegen, was er für diese Situation von Mom gelernt hatte. Sie mussten probieren, sich langsam rückwärts zu entfernen und durften dabei keine hektischen Bewegungen machen. Aus dem Augenwinkel hatte Moki einen Bergahorn entdeckt. Dieser war zwar knapp 50 Meter entfernt, aber vielleicht würden sie es bis dahin schaffen und konnten sich dann auf den Baum retten.

Jetzt war es ein eindeutiger Vorteil, dass Moki und Ada sich ohne Worte verstanden. Sie blickten sich nur kurz an, nickten kaum wahrnehmbar und begannen dann gemeinsam in Zeitlupe ihren Rückzug, das Wildschwein dabei fest im Blick. Zentimeter um Zentimeter vergrößerten sie die Distanz zwischen sich und dem aufgebrachten Tier und kamen dem Ahorn langsam näher. Vielleicht noch 40 Meter. Jetzt nur noch 35. Die

Bache wirkte immer noch aggressiv und schnaubte zum wiederholten Mal wütend in ihre Richtung. 30 Meter.

Und dann trat Ada auf einen trockenen Ast und schrie kurz auf, weil sie das Gleichgewicht verlor. Im selben Moment setzte das Wildschwein sich mit einem schrillen Quieken in Bewegung. Moki riss Ada am Arm hoch und packte sie bei der Hand. Das Schwein raste mit erstaunlicher Geschwindigkeit auf sie zu, während sie sich umdrehten und in Richtung des rettenden Bergahorns sprinteten. Moki hörte, wie die Sau hinter ihnen näherkam. Mit jeder Sekunde wurde das Geräusch der Hufe auf dem Waldboden lauter. Äste krachten und die Erde schien zu beben. Auch das gereizte Grunzen kam immer näher und näher. Moki meinte, den heißen Atem des Wildschweins bereits in seinem Nacken zu spüren. Gleichzeitig hatte er das Gefühl, dass Ada und er überhaupt nicht von der Stelle kamen. Sie waren viel zu langsam und würden es niemals bis zu dem Baum schaffen. Er traute sich jedoch nicht, sich umzudrehen, aus Angst, dann noch mehr Tempo zu verlieren oder gar zu stürzen. Aber die Bache musste sie jeden Moment eingeholt haben, daran bestand kein Zweifel. Wenn es so weit war, würde er sich auf jeden Fall zwischen Ada und das Wildschwein werfen.

Und dann hatten sie wie durch ein Wunder doch endlich den Ahorn erreicht. Moki schleuderte Ada ein gutes Stück den Stamm nach oben, um gleich danach selbst einen großen Satz zu machen und dann in Windeseile Richtung Krone zu klettern. Solche Kräfte hätte er sich selbst niemals zugetraut. Das Schwein schlug mit einem weiteren wütenden Quieken direkt unter ihm in den Stamm ein, sodass der Baum merklich wackelte. Moki verlor kurz den Halt und merkte, wie er wieder nach unten rutschte. Gleichzeitig machte die Sau einen Satz nach oben und er konnte einen festen Hieb mit ihrem Rüssel an seiner Schuhsohle spüren. Im letzten Moment bekam er einen stabilen Ast zu fassen und hangelte sich wieder hoch. Gleichzeitig mit Ada erreichte er die Baumkrone und sie klammerten sich eine Weile keuchend an das Geäst, bis sie wieder zu Atem kamen. Noch nie hatte Mokis Puls so gerast wie in diesem

Moment. Und selbst die mutige Ada war ganz blass geworden und sah ihn mit aufgerissenen Augen an. Wie gerne hätte er sie in den Arm genommen und beruhigt, aber das traute er sich nicht.

Unten stapfte die Wildschweinmutter noch einige Minuten auf und ab und scharrte dabei verärgert mit den Hufen. Schließlich gab sie ein letztes erzürntes Grunzen von sich und kehrte dann wieder zurück zu ihren Jungen. Moki und Ada beobachteten aus sicherer Höhe, wie die Rotte im Dickicht verschwand. Sie waren sich einig, dass sie noch Stunden auf dem Baum verbringen würden, bis sie sich wieder herunter trauten. Und diesmal würden sie ihr Nachtlager auch nicht leise aufsuchen, sondern möglichst viel Lärm machen, um weitere unangenehme Überraschungen zu vermeiden.

„Das mit dem Schlafmoos war wohl doch keine gute Idee", räumte Ada schließlich grinsend ein. Ihre grünen Augen blitzen schon wieder voller Abenteuerlust.

„Aber ich glaube, das ist jetzt ein guter Moment, dir das hier zu überreichen." Sie zog das braune Päckchen, das sie den ganzen Abend mit sich herumgetragen hatte, aus der Hosentasche.

Moki öffnete es mit klopfendem Herzen und fand darin zwei Steine, die er noch nie zuvor gesehen hatte. Sie waren etwas kleiner als eine Haselnuss, der eine ganz rund und mit einer samtartigen Oberfläche, der andere eher linsenförmig und etwas rauer.

„Das sind Moqui-Marbles, indianische Heilsteine", erklärte Ada strahlend, als sie seinen fragenden Blick sah. „Ich habe sie vor ein paar Wochen auf dem Kunsthandwerkermarkt entdeckt, den ich mit meinen Eltern besucht habe. Da war ein Stand mit Steinen aus der ganzen Welt. Ich habe sie gekauft, weil sie aus den USA kommen und mich an deinen Namen erinnert haben. Moqui-Marbles sind sogenannte „lebende Steine" und bedeuten im Indianischen so viel wie „treuer Liebling". Es gibt männliche Steine, die etwas flacher sind und eine raue Oberfläche haben, und weibliche Steine, die eher rund sind und eine samtartige Oberflächenstruktur haben. Schau mal, ich habe auch ein Paar." Ada zog aus ihrer anderen Hosentasche zwei ähnliche Steine heraus.

„Der Legende nach haben die Ahnen der Indianer am Abend mit ihnen gespielt, bevor sie am Morgen die Rückreise in den Himmel antreten mussten. Sie ließen die Steine zurück, um ihren Verwandten damit zu zeigen, dass es ihnen gut geht."

Plötzlich wurde Ada ganz verlegen und blickte nach unten.

„Die Steine haben mich an uns beide erinnert", flüsterte sie und wurde sogar ein bisschen rot. So kannte er Ada gar nicht. „Ich wollte sie dir jetzt schon geben, weil wir uns an deinem zehnten Geburtstag ja nicht sehen."

„Danke, Ada", antwortete Moki mit belegter Stimme. Ein Gefühl voller Wärme durchströmte seine Brust. „Ich finde die Steine wunderschön. Und ich werde sie immer bei mir tragen."

Moki war so glücklich wie noch nie zuvor in seinem Leben.

ARIZONA, USA
(06. August 2058, morgens)

Als Quentin erneut aus einem diffusen Zustand zwischen Ohnmacht und Schlaf erwachte, ging gerade die Sonne am Horizont auf. Abermals hatte er Mühe, sich zu erinnern und zu orientieren. Doch nach und nach wurde ihm seine dramatische Situation wieder bewusst. Immer noch befand er sich festgeschnallt und in seitlicher Neigung auf dem Notsitz, der ihm das Leben gerettet hatte. Diese Position war denkbar unbequem. Und auch die dröhnenden Schmerzen pulsierten unverändert durch seinen Körper, jederzeit bereit, sich bei der kleinsten Bewegung zu höllischen Qualen emporzuwinden. Quentin erkannte jedoch schnell, dass Orientierungslosigkeit, Bewegungsunfähigkeit und Schmerzen nicht mehr seine einzigen Probleme waren. Denn zu seiner misslichen Lage war nun noch ein nahezu unerträglicher, alles dominierender Durst hinzugekommen. Er hatte seit mindestens 24 Stunden nichts getrunken – vielleicht auch doppelt so lange. Wobei, wenn er genauer darüber nachdachte, dann war dies sehr unwahrscheinlich. Sollte er tatsächlich über Arizona abgestürzt sein, so hätte er keine zwei Tage in der sommerlichen Wüstenhitze überlebt. Ein einzelner Tag grenzte schon an ein Wunder. Also konnte er davon ausgehen, dass der Absturz am Morgen des vorangegangenen Tages erfolgt war. Immerhin ein kleiner Anhaltspunkt.

Gerade hatte Quentin hingegen ganz andere Sorgen, als den genauen Tag zu bestimmen. Die Zunge klebte ihm am Gaumen und seine Lippen waren so trocken, dass sie bereits eingerissen waren. Sein Herz schien deutlich langsamer zu schlagen als sonst. Und er meinte, auch das Blut in den Adern fühle sich dicker an als normalerweise, beinahe wie ein zähflüssiger Brei, der sich nur noch mühsam durch seine Blutgefäße schob. Selbst ohne diesen brennenden Durst hätte Quentin die Anzeichen für einen gefährlichen Flüssigkeitsmangel deutlich erkannt. Was ihn jedoch zusätzlich beunruhigte, war die intensive Wärme, die bereits von der frühen Morgensonne verströmt wurde und welche auf einen glühend heißen, wolkenlosen Tag schließen ließ. Wenn Quentin weiter an diesem Ort verharrte, würde ihm die gleißende Sonne im Laufe des Tages so stark zusetzen, dass er schlicht und ergreifend verdursten würde. Oder an einem Hitzschlag sterben. Der vormals rettende Notsitz, der ihm dank seiner Seitenlage sogar etwas Schatten spendete, wurde somit zu einer tödlichen Falle.

Quentin schaute sich um und seine Augen erblickten weit und breit nur eine rötlich-gelbe, dürre Steinwüste, gesäumt von imposanten Felserhebungen. In einer weniger bedrohlichen Situation wäre er sicherlich beeindruckt gewesen von der Schönheit dieser kargen Landschaft. Eine Vielzahl von Braun-, Sand- und Rottönen säumte sein Blickfeld und die sich bis zum weiten Horizont hinziehenden Felsen zeichneten abstrakte, teils bizarre Formen in den rosa-blauen Morgenhimmel. Doch für die Magie dieser Wüstenidylle fehlte Quentin aktuell jeglicher Sinn. Das Tageslicht bestätigte ihm mit brutaler Klarheit, worauf die vollkommene Dunkelheit und Stille der vergangenen Nacht bereits hingedeutet hatten. Hier gab es weit und breit keine Menschenseele. Und vermutlich auch kein Wasser. Quentin spürte, wie sich erneut eine Welle der Angst in ihm ausbreitete. Doch statt sich ihr hinzugeben, suchte er die Umgebung nochmals nach einer Quelle des Lebens ab. Und da: im Licht der immer höher aufsteigenden Sonne glaubte er, in weiter Ferne etwas Grünes zu erkennen, das sich gegen den Himmel abhob. Vielleicht ein paar Bäume oder Sträucher? Wenn dem so war, dann konnte er dort eventuell Wasser finden. Oder sogar menschliche Hilfe, obwohl er das kaum zu hoffen wagte.

Voller Zuversicht probierte Quentin erneut, den Anschnallgurt zu lösen. Nach wie vor ohne Erfolg. Durch die seitliche Position des Sitzes hing er mit seinem ganzen Gewicht in dem Gurt und dieser stand unter hoher Spannung. So würde es ihm niemals gelingen, sich daraus zu befreien. Er musste versuchen, mit dem Notsitz in eine Rückenlage zu gelangen, sodass der

Gurt sich lockern konnte. Vielleicht hatte er dann eine Chance, ihn zu öffnen. Vorsichtig begann Quentin, in dem Sitz von rechts nach links zu schaukeln. Die sofort einsetzenden stechenden Schmerzen in seinem linken Knöchel raubten ihm den Atem. Für einen Moment lang sah er nur noch Sterne und hatte Angst, erneut ohnmächtig zu werden. Doch sein Überlebenswillen siegte. Quentin biss die Zähne zusammen und holte immer wieder Schwung, mit jeder neuen Schaukelbewegung mehr. Und schließlich hatte er den Punkt erreicht, an dem der Sitz aus seiner seitlichen Stellung in Rückenlage kippte. Quentin brüllte auf vor Schmerz, aber es war auch eine gehörige Portion Erleichterung dabei. Sofort spürte er, wie sich der Druck des Gurtes um seinen Körper lockerte. Und tatsächlich schaffte er es jetzt, die Schnalle zu lösen und sich von ihm zu befreien.

Ganz langsam verlagerte Quentin nun sein Gewicht nach vorne und versuchte, aufzustehen. Das linke Bein konnte er unmöglich belasten und mit dem rechten allein hatte er nicht genug Kraft, um sich hochzustemmen. Vor lauter Anstrengung wurde ihm wieder kurz schwarz vor Augen und er atmete tief durch. Dann rollte er sich aus dem Sitz hinaus auf den Bauch, was wiederum von Wellen unerträglicher Schmerzen begleitet wurde.

Erschöpft blieb Quentin eine Weile so liegen, den Kopf auf die warme Erde gebettet. Wie schön wäre es, sich jetzt einfach auszuruhen und noch ein bisschen zu schlafen. Doch Quentin wusste, dass dies seinen Tod bedeuten würde. Also nahm er all seine Willenskraft zusammen und begann, langsam in die Richtung zu robben, in der er Bäume und vielleicht sogar Wasser vermutete. Von stechenden Schmerzen gepeinigt schob er sich Zentimeter um Zentimeter voran, nur mithilfe seiner Arme und seines rechten Beins. Nach einer gefühlten Ewigkeit wurde ihm klar, dass er es so niemals schaffen würde. Er konnte nicht mit Sicherheit sagen, wie weit sein Ziel entfernt war. Aber bei seinem Tempo würde es mindestens einen Tag dauern, bis er dort angelangt war. Einen Tag oder länger durch die gleißende

Sonne zu robben kam auf das Gleiche hinaus, wie im Notsitz zu verharren. Er würde an Wassermangel und Überhitzung sterben.

Quentin blickte sich erneut um und stellte fest, dass er es an einem rötlichen Geröllhaufen vorbei geschafft hatte – und traute seinen Augen kaum. In einiger Entfernung lagen tatsächlich Reste der Passagierdrohne! Er jubelte innerlich auf und begann mit neuer Kraft, sich darauf zuzubewegen. Die kurze Hoffnung, dort Thiara zu finden, schlug er sich direkt wieder aus dem Kopf. Sie war viel zu klein und außerhalb des menschlichen Organismus nur wenige Stunden lebensfähig. In dem extrem unwahrscheinlichen Fall, dass sie unfreiwillig von ihrem Träger getrennt wurde, übertrug sie sämtliche Daten in ein virtuelles Sicherheitsnetz und formatierte sich dann neu. Selbst wenn ihre Zellen also noch leben sollten, war es aussichtslos, sie wieder zu reaktivieren und auf Hilfe von Thiara zu hoffen. Allerdings musste sowohl sie als auch die Drohne Quentins Notsituation und seine Koordinaten kurz vor dem Absturz an das globale Netzwerk übertragen haben. Quentin wunderte sich daher erneut, dass immer noch keine Rettung eingetroffen war.

Die größte Hoffnung, die er jedoch mit den Resten des Flugkörpers verband, war, dass er dort vielleicht etwas fand, mit dem er sich aufstützen und besser fortbewegen konnte. Also kroch er unter immensen Anstrengungen und höllengleichen Schmerzen langsam auf die Wrackteile zu und brach schließlich erschöpft im Schatten von etwas zusammen, was einmal ein Flügel gewesen sein musste. Quentin gönnte sich nur einen kurzen Moment der Erholung, denn an diesem Fragment hingen noch Reste der Passagierkabine und sogar Teile des Cockpits. Es grenzte an ein Wunder, dass die Drohne nicht in weit verstreute Einzelteile zertrümmert worden war. Quentin gelangte schließlich mit allerletzter Kraft bei den Kabinenresten an. Und dann erblickte er ein weiteres Wunder: dort lag der stark verbeulte Service-Roboter, aus dem einige Ecoplast-Flaschen mit Trinkwasser herausragten.

Ein lautes Krächzen ließ Quentin zusammenfahren. Gab es hier etwa Aasgeier, die es auf ihn abgesehen hatten und ihn bei lebendigem Leibe attackieren würden? Er wusste, dass diese Vögel nicht immer warteten, bis ihre Opfer das Zeitliche gesegnet hatten, sondern auch schwache Wesen angriffen und bis zum Tode malträtierten in ihrer Gefräßigkeit. Erschrocken suchte Quentin den Himmel ab, bis ihm klar wurde, dass er selbst Verursacher dieses Geräuschs war. Er hatte vor lauter Erleichterung laut aufgeschrien und seine ausgedörrte, wunde Kehle war zu mehr als diesem Krächzen nicht in der Lage gewesen. Sämtliche Schmerzen ignorierend robbte Quentin auf die Wasserflaschen zu und schließlich gelang es ihm, eine davon zu sich heranzuziehen. Mit zitternden Händen drehte er immer wieder an dem Verschluss, doch er hatte nicht mehr genug Kraft, ihn zu öffnen. Kurz vor der rettenden Quelle versagten ihm die Muskeln und er musste erneut einen Anflug von blanker Verzweiflung unterdrücken. Schließlich steckte Quentin den Deckel zwischen seine Zähne und schaffte es mit einer allerletzten Anstrengung, ihn aufzudrehen. Der Schwung ließ die Flasche aus seinen Händen gleiten. Gluckernd rollte sie von ihm weg über die staubige Erde, dabei ergoss sich der wertvolle Inhalt in den trockenen Boden. Quentin machte einen Satz, der seinen linken Knöchel explodieren ließ, und schnappte sich das kostbare Nass, ohne auf seine Schmerzen zu achten. Gierig setzte er die Öffnung an seine spröden Lippen und trank. Die Halbliterflasche war bereits mehr als zur Hälfte entleert, sodass nur etwa ein Glas Wasser seine Kehle hinunterrann. Bei weitem nicht genug, um seinen Durst zu stillen. Quentin sog sie bis zum letzten Tropfen leer und ließ die Verpackung dann achtlos in den Staub fallen. Gierig hangelte er nach einer zweiten Flasche, die er nach einigen Bemühungen aus dem ramponierten Roboter ziehen konnte. Auch diese leerte er zunächst in Windeseile, versuchte sich dann aber unter größter Willensanstrengung zu mäßigen und langsamer zu trinken. Irgendwoher wusste er, dass er sich sonst übergeben und damit die wichtige Flüssigkeit wieder verlieren würde. Außerdem musste er seine

Vorräte einteilen. Aus diesem Grund unterdrückte er auch sein weiteres Verlangen und rührte die anderen Flaschen nicht an, die noch in dem Service-Roboter steckten. Stattdessen kroch er in den Schatten unter die Kabinenreste und schloss die Augen, um sich auszuruhen. Die Sonne stand mittlerweile in ihrem Zenit und es wäre lebensgefährlich, in der größten Mittagshitze seinen mühsamen Weg fortzusetzen. Das musste er auf den späten Nachmittag verschieben. Also war es wichtig, sich jetzt ein wenig Ruhe zu gönnen und etwas zu Kräften zu kommen.

Nach ein paar Stunden unruhigen Dämmerschlafs rappelte Quentin sich wieder auf. Die Sonne war inzwischen ein großes Stück weitergezogen, brannte jedoch sofort wieder unerbittlich heiß auf ihn herab, als er aus dem Schatten des Wracks herauskroch. Mittlerweile hatte sich auch der wüstenartige Boden derart aufgeheizt, dass er ihn mit seinen Handflächen immer nur kurz berühren konnte. Quentin kniff die Augen zusammen und versuchte, die grüne Stelle am Horizont wiederzuentdecken und die Entfernung bis dahin abzuschätzen. Doch die Luft flimmerte zu stark in der heißen Nachmittagssonne und er war sich nicht mehr sicher, ob dort überhaupt etwas anderes war als eintönige Steinwüste und es sich nicht bloß um eine Fata Morgana handelte. Daher fasste Quentin einen Entschluss. Er würde seinen beschwerlichen Weg nicht fortsetzen, sondern an der Drohne bleiben und auf Rettung warten. Er konnte sich zwar immer noch nicht erklären, weshalb nicht längst Hilfe vor Ort war. Aber wenn sie eintreffen würde und er wäre einige Kilometer entfernt, würde man ihn ohne Thiara-Implantat kaum finden. Beziehungsweise davon ausgehen, dass er bereits tot war. Außerdem hatte er hier immer noch einen kleinen Wasservorrat und etwas Schatten. Es war eindeutig ein zu großes Risiko, diese Sicherheit für eine extrem strapaziöse, vermutlich lebensgefährliche Expedition mit ungewissem Ausgang aufzugeben.

Quentin war bereits seit vielen Jahrzehnten ein großer Verfechter aller technologischen Innovationen und glaubte daher fest daran, dass man ihn dank dieser bald aus seiner lebensbedrohlichen Lage befreien würde. Schon als junger Mann war er davon überzeugt gewesen, dass die Natur insgesamt sehr unzulänglich war und trotz vieler Evolutionszyklen nicht in der Lage, ein optimal entwickeltes Wesen zu erschaffen. Gerade Menschen wiesen seiner Meinung nach erhebliche körperliche und auch mentale Schwächen auf, die sich auch in seiner jetzigen Situation wieder einmal zeigten, und die es dringend zu verbessern galt. Eine solche Optimierung fand jedoch im Zuge der biologischen Evolution nicht statt, da die menschliche Spezies keine natürlichen Feinde mehr hatte und sich auch mit keinen anderen großen Herausforderungen konfrontiert sah. Quentin hatte sich daher bereits in den 2020er Jahren ganz dem Transhumanismus verschrieben und der fortlaufenden Optimierung des Menschen mittels künstlicher Intelligenz, erweiterter Realität und allem, was dazugehörte – Implantate wie die früheren RFID-Chips und jetzt Thiara, beispielsweise. Dies diente aus seiner Sicht nicht nur dem Wohl des Einzelnen, sondern war auch zum Besten für die gesamte Bevölkerung und den ganzen Planeten.

Der Einzelne profitierte dabei von der permanenten Überwachung seines physischen und psychischen Gesundheitsstatus, seines Ernährungs- und Bewegungsverhaltens sowie einer Vielzahl kleiner und größerer Korrekturen, die Systeme wie Thiara inzwischen unbemerkt vornahmen. Es war gar nicht mehr erforderlich, Menschen direkt auf die Notwendigkeit von Sport und vollwertiger Ernährung hinzuweisen. Oder irgendwelche Anreize dafür zu schaffen. Einige Jahre lang hatte es sogenannte „Social Credit" Systeme gegeben, mittels derer Menschen für erwünschtes Verhalten belohnt wurden. Also für das Einhalten von Regeln, für eine gesunde Ernährung, für eine regelmäßige sportliche Betätigung und so weiter. Sie konnten darüber Punkte sammeln und diese in Prämien einlösen, wie zum Beispiel einen Rabatt beim Einkaufen. Umgekehrt konnten sie auch Punkte verlieren, wenn sie sich unerwünscht verhalten hatten. Oder bei größeren Vergehen gar dafür bestraft werden.

Diese Social Credits waren inzwischen nicht mehr erforderlich. Thiara manipulierte die Neurotransmitter ihrer Träger so geschickt, dass diese von selbst motiviert waren, etwas Hochwertiges zu essen oder sich sportlich zu betätigen. Natürlich genau im richtigen Maß. Aus diesem Grund gab es beispielsweise auch keine alkoholhaltigen Getränke mehr, da die Thiara-Besitzer ohnehin kein Verlangen nach Alkohol verspürten. Ebenso wenig wie nach Zigaretten oder irgendeiner Form von Drogen. Stattdessen zelebrierten sie Wellness, Fitness, Meditation und allerlei andere gesundheitsförderliche Praktiken. Selbstverständlich achteten die miteinander vernetzten Thiara-Implantate darauf, dass ihre Träger dabei ein individuelles Präferenz- und Verhaltensmuster an den Tag legten. Niemand wollte gerne einer unter vielen sein, die alle den gleichen Interessen und Hobbys nachgingen. Es gab also nach wie vor Unterschiede darin, welches gesunde Essen bevorzugt wurde oder was die Lieblingssportart war. Auch wenn dies aus dem Gesichtspunkt der Optimierung nicht notwendig gewesen wäre.

Thiara half darüber hinaus ihrem Besitzer auch beim Zeitmanagement und sorgte für ein hohes Interesse an Medien und Bildung – selbst, wenn sie ihrem Träger spielend leicht alle erforderlichen Informationen in Echtzeit zur Verfügung stellen konnte. Doch ein gewisses Maß an geistiger Betätigung des Menschen hatte sich ebenfalls als förderlich für sein Wohlbefinden erwiesen. Natürlich steuerte Thiara hier ebenso wie bei den körperlichen Betätigungen unbemerkt, welche Fachrichtungen eine Person interessierten und welche Medien sie konsumierte. Dies alles verlief in einem sorgfältig abgesteckten, durch das Weltparlament festgelegten Korridor. Die öffentliche Meinungsbildung wurde dahingehend durch Thiara unterstützt, dass sie die Inhalte auswählte, welche ihren Trägern zugänglich gemacht wurden. Damit lenkte sie deren Einstellung und

Haltung zu bestimmten Themen maßgeblich, was wiederum einen der wichtigsten Stützpfeiler für die reibungslose Funktionalität der Gesellschaft darstellte. „Vielfalt und freie Meinungsäußerung sind ausdrücklich erwünscht, solange es sich dabei um die richtige Haltung handelt; wir müssen daher die Bürgerinnen und Bürger mit der korrekten Meinung impfen." Dieser viel zitierte Satz der früheren Präsidentin des Weltparlaments spiegelte perfekt wider, wofür Thiara eingesetzt wurde.

Quentin war sich all dieser Steuerung seitens Thiara bewusst und fand daran nichts Verwerfliches. Schließlich ermöglichte sie ihrem Besitzer ein deutlich längeres, gesünderes und besseres Leben. Irgendwann würde sie auch Kommunikationskampagnen wie „Save the Planet" überflüssig machen, da sich alle dank Thiara aus intrinsisch kreierten Motiven heraus sozial und ökologisch verträglich verhalten würden. Was sollte also daran verkehrt sein, Menschen mithilfe von Thiara zu korrekten Verhaltensweisen und der richtigen Sichtweise zu bewegen?

Viele Menschen hatten im Gegensatz zu Quentin nur eine vage Vorstellung von dem konkreten Ausmaß der Beeinflussung, dem sie unterlagen. Dennoch wussten alle, dass Manipulationen ihres Willens, ihrer Gedanken und Gefühle, und ihres Verhaltens stattfanden – und die meisten störten diese Eingriffe ebenso wenig wie Quentin. Die Vorteile in Bezug auf Gesundheit, Sicherheit und Bequemlichkeit, die die Ankopplung an eine maschinelle Schwarmintelligenz wie Thiara versprach, waren einfach zu groß. Immer stärker verbesserte Generationen des neuen HOD, des „Homo Optimus Digitalis", wurden kreiert, welcher dank technologischer Optimierung und Manipulation der besten Version eines menschlichen Organismus entsprach, die zum aktuellen Zeitpunkt möglich war. Doch der Vorstellung von Quentin und den anderen Verantwortungsträgern bei HTI Ltd. waren keine Grenzen gesetzt. Unermüdlich forschten sie daran, die humanoide Spezies ihrer Schwächen und Fehler zu entledigen und den perfekten Menschen zu erschaffen. Eine Ideologie, der sich niemand entziehen konnte, versprach sie doch nur Gutes. Früher einmal hatte es noch Proteste gegeben und Gruppierungen, die diese Entwicklung sehr kritisch sahen – vor allem, als der Beschluss im Weltparlament fiel, dass alle Menschen verpflichtend ein Thiara-Implantat tragen mussten. Doch inzwischen hatte sich die Mehrheit daran gewöhnt und sah ebenso wie Quentin nur noch die Vorteile. Wobei Thiara diese positive Sichtweise zugegebenermaßen auch ein wenig beeinflusste. Jedenfalls gab es nur noch eine kleine Fraktion im Untergrund, die sich bis jetzt den Implantaten entzogen hatte und versuchte, die Entwicklung aufzuhalten oder gar rückgängig zu machen und die Thiara-Träger zum „Aufwachen" zu bringen, wie sie es bezeichneten. Entsprechend nannte sich die Gruppe auch „AliA", eine Abkürzung von „Alive and Awake".

Quentin waren diese Querulanten zuwider. Schließlich verschaffte Thiara nicht nur dem einzelnen Menschen ein besseres Leben. Sie war darüber hinaus sehr wichtig für die ganze Gesellschaft und die Umwelt. Menschen waren dank Thiara kaum noch gewalttätig. Es gab fast keine Raubüberfälle und auch keine größeren Kriege mehr. Die Natur wurde deutlich weniger ausgebeutet – nicht nur, weil Fliegen oder Autofahren den meisten verboten war. Sondern auch, weil die Menschen sich diesen Restriktionen willenlos fügten und dank Thiara gar nicht mehr das Bedürfnis nach der Nutzung solcher Fortbewegungsmittel oder übermäßigem Konsum hatten. Schließlich konnte man dank ausgefeiltester virtueller Realität auch wunderschöne Reisen erleben, ohne sich überhaupt an einen anderen Ort zu begeben.

Zugegebenermaßen gab es hier und da auch Schwierigkeiten. Eine Zeit lang hatte sich das aufgrund der verbesserten Gesundheit immens angestiegene Lebensalter der Menschen als Problem erwiesen und man hatte befürchtet, zu wenige natürliche Ressourcen auf der Erde zu haben, um dem gerecht zu werden. Doch Thiara wurde inzwischen auch für die Geburtenkontrolle eingesetzt. Sie entschied in Abstimmung mit ihrem globalen Netzwerk und allen anderen Thiara-Implantaten, wie viele Kinder weltweit geboren werden sollten und welche Paare auserwählt wurden, diese Kinder zu bekommen. Selbstverständlich diejenigen, die die besten genetischen Voraussetzungen dafür hatten und die ihre Kinder darüber hinaus optimal erziehen und fördern würden. Ein wichtiges Kriterium war dabei, wie die Eltern selbst auf die Eingriffe von Thiara in ihre Bedürfnisse und Motivationen ansprachen. Hier gab es immer noch große individuelle Unterschiede. Menschen, die leicht beeinflussbar waren, brauchten generell nur wenig Stimulation und waren im Großen und Ganzen glücklicher mit ihrem von Thiara gesteuerten Leben. Andere hingegen, die ein hohes Maß an Manipulation der körpereigenen Botenstoffe und Prozesse benötigten, zeigten insgesamt ein niedrigeres Zufriedenheitslevel oder gaben manchmal sogar vertrauten Dritten gegenüber zu verstehen, dass ihnen irgendetwas fehle in ihrem Leben. Nur die Paare aus der ersten Kategorie ließ Thiara einen Kinderwunsch entwickeln und sich fortpflanzen, da bei ihnen die Wahrscheinlichkeit höher war, dass sie auch leichter steuerbare Kinder gebaren. Was wiederum dem Wohl dieser Kinder und der ganzen Gemeinschaft diente. Alle anderen waren glücklich ohne Kinder und konnten sich keinesfalls vorstellen, welche zu bekommen. Sie mussten sich dennoch nicht um Verhütung kümmern, da Thiara bei diesen Partnern ohnehin keine Verschmelzung von zeugungsfähigen weiblichen und männlichen Keimzellen und somit auch keine Schwangerschaft zuließ.

Mehrere Jahre lang hatte es Versuche gegeben, die Erschaffung von Embryos mit perfekten Erbanlagen und ihre Entwicklung bis zum neunmonatigen Säugling ganz außerhalb des menschlichen Körpers stattfinden zu lassen. Rein technologisch stellte dies längst kein Problem mehr dar. Doch man hatte festgestellt, dass Laborkinder trotz optimaler Bedingungen sehr anfällig für psychische und physische Leiden waren und häufig sogar früh starben. Es war bis heute nicht möglich, in vitro vergleichbar gesunde Kinder zu entwickeln wie im Zuge einer echten Schwangerschaft – auch wenn man diese noch so täuschend real simulierte mit einer Gebärmutter aus menschlichem Gewebe, der richtigen Temperatur, Bewegung, Nährstoffen, mütterlichen Stimme und so weiter. Daher wurde weiterhin das für Mutter und Kind immer noch vorhandene Risiko der natürlichen Austragung und Geburt in Kauf genommen. Dieses Risiko wurde jedoch dadurch minimiert, dass das mütterliche Thiara-Implantat den gesamten Prozess überwachte und jegliche Abweichungen oder Fehlentwicklungen des Embryos sofort korrigierte – bis hin zum Schwangerschaftsabbruch, falls erforderlich. Unmittelbar nach der Geburt erhielt der Säugling dann sein eigenes Thiara-Implantat, das seine optimale Versorgung und Entwicklung sicherstellte. Dennoch wurde er für die weitere Erziehung in der Fürsorge seiner leiblichen Eltern gelassen. Ähnlich wie mit der biologischen Schwangerschaft hatte es noch kein technisches Verfahren geschafft, die elterliche Nestwärme und Liebe so zu simulieren, dass die Kinder ebenso gut gediehen wie unter der Obhut ihrer Eltern oder anderer sie liebender Personen. Entsprechende Science-Fiction-Filme aus den 1990er- und 2000er-Jahren hatten sich daher als unrealistisch herausgestellt. Menschen in einer Nährlösung zu halten und ihnen dauerhaft eine künstliche Realität vorzugaukeln, führte unweigerlich dazu, dass sie erheblichen mentalen oder körperlichen Schaden nahmen bis hin zu ihrem Tod. Viel mehr als eine mehrtägige virtuelle Urlaubsreise schien der menschliche Geist an permanenter erweiterter Realität nicht zu verkraften.

Ein Thema, das Quentin sehr beschäftigte. Schließlich hatte er sich vor allem der humanen Gesundheit verschrieben. Und je weniger die Menschen sich von einem Ort zum anderen bewegten oder miteinander direkt interagierten, desto besser war ihre Gesundheit zu gewährleisten. Die Gefahr von Unfällen wurde auf diese Weise minimiert und auch das Risiko, sich mit Viren oder Keimen zu infizieren. Quentins ursprünglicher Hauptantreiber war es gewesen, tödliche Krankheiten wie Krebs oder Herzinfarkte komplett auszurotten. Und dies war inzwischen beinahe vollständig gelungen, weil Thiara das

perfekte Früherkennungssystem war, das alle Vorsorgeunter-
suchungen überflüssig machte und bei der kleinsten Entartung
von Blutwerten oder Körperzellen sofort korrigierend eingriff.
Es gab nur noch sehr selten Fälle, in den Thiara aus unerfindli-
chen Gründen eine Erkrankung nicht frühzeitig prognostizierte
oder überhaupt nicht erkannte und die klassische, inzwischen
hoch technologisierte Schulmedizin therapeutisch angewendet
werden musste. Traditionelle Heilmethoden oder natürliche
Therapieverfahren wie TCM, Ayurveda oder Homöopathie
waren hingegen so gut wie ausgerottet und wurden nicht einmal mehr ergänzend eingesetzt, da ihre Wirkweise mit den
durch das Weltparlament anerkannten wissenschaftlichen Methoden nicht zu erklären war. Quentins ehrgeizigstes Ziel war
es in jedem Fall, die technologische Entwicklung im Gesund-
heitsbereich noch weiter voranzutreiben, um die raren Einzel-
fälle verhindern zu können, in denen Thiara versagte.

Eine Sache hingegen gab es, bei der Thiara noch nie eine Fehl-
funktion gezeigt hatte, und das war die Einleitung einer Ret-
tungsaktion nach einem der immer seltener werdenden Über-
falle oder Unfälle. Daher beobachtete Quentin voller
Urvertrauen in Technologie und Fortschritt von seinem schat-
tigen Platz unterhalb des Drohnenwracks aus, wie die Sonne
langsam am Horizont unterging. Bald würde mit Sicherheit die
rettende Hilfe eintreffen.

KALIFORNIEN, USA (Juli 2010)

Moki fühlte sich groß, stark, und so erwachsen wie nie zuvor. Er spazierte demonstrativ lässig aus dem Flugzeug und ging in Richtung Gepäckband. Schließlich war er die Strecke von Deutschland zu seinen Großeltern in die USA jetzt schon zum dritten Mal allein geflogen und hatte diese Reise souveräner gemeistert denn je. Mom und Dad konnten ihn nicht begleiten, sie gingen wie jeden Sommer vollständig auf in ihren beruflichen Verpflichtungen. Zu dieser Jahreszeit war es ihnen aufgrund ihrer Schafzucht unmöglich, eine längere Reise zu unternehmen. Mokis Vater hielt als Bio-Bauer neben anderen Tieren auch Bentheimer Landschafe, mit denen er auf natürliche Weise zur Pflege und Erhaltung der Eifeler Wiesen- und Heidelandschaft beitrug. Der Sommer war folglich für ihn die arbeitsreiche Hochsaison des Jahres und daher an Urlaub nicht zu denken. Und auch Mokis Mutter war als Rangerin in den Sommermonaten stark in die Touristenbetreuung des Nationalpark Eifel eingebunden und daher nicht in der Lage, mit ihm in die USA zu fliegen.

Seit einigen Jahren kamen auch seine älteren Geschwister nicht mehr mit nach Kalifornien.

Moki selbst war das fünfte und jüngste Kind in der Familie Brüggemann. Sein ältester Bruder hieß Florian, von allen nur liebevoll „Flo" genannt. Flo war streng genommen Mokis Halbbruder, ein Sohn seines Vaters aus erster Ehe, der schon beinahe erwachsen war und ein großes Vorbild für Moki. Er bewunderte Flo sehr für das enorme Selbstvertrauen, dass dieser anderen gegenüber an den Tag legte. Niemals hätte er sich in der Schule von seinen Mitschülern ärgern lassen – im Gegenteil, er war der geborene Anführer und Menschen scharrten sich ganz von selbst in respektvoller Achtung um ihn herum. Hoffentlich würde Moki einmal genauso werden! Flo lebte bei seiner Mutter in Österreich und kam nur in den Ferien zu

Besuch. Er war früher mit nach Kalifornien gekommen, als sie noch alle zusammen dorthin geflogen waren. Doch seit Mokis Eltern nicht mehr im Sommer verreisen konnten, verbrachte auch Flo diese Zeit lieber in der Eifel, um nah bei seinem Vater zu sein.

Das erste gemeinsame Kind von Mokis Eltern war ein Mädchen namens Kaya gewesen. Moki hatte sie nie kennengelernt, denn Kaya war mit einem Herzfehler auf die Welt gekommen und bereits kurz nach ihrer Geburt gestorben. Bis heute konnte er die tiefe Trauer spüren, die Mom von Zeit zu Zeit immer wieder erfasste. Trotzdem ging er gerne mit ihr zusammen zum Friedhof – er mochte die ruhige und fast heilige Atmosphäre dort und fühlte sich hier aus irgendeinem Grund Kaya ganz nah. Manchmal sprach er auch mit seiner ältesten Schwester, wenn er allein am Elfenbaum war und einen Rat brauchte. Wenn er die Augen schloss, konnte er immer noch die magisch leuchtende Fee, gebildet von hunderten irrlichternden Glühwürmchen, sehen. Moki stellte sich vor, dass dies seine große Schwester Kaya sei, in Gestalt einer Elfe. Aus irgendeinem Grund half es ihm, diese Zwiegespräche mit ihr zu führen und sich zu fragen, was sie ihm wohl in einer bestimmten Situation raten würde. Danach ging es ihm immer besser.

Und dann gab es noch seinen vier Jahre älteren Bruder Tim sowie seine zwölfjährige Schwester Ella. Beide kamen nicht mehr mit nach Kalifornien, da sie den Urlaub bei den Großeltern ihrer eigenen Aussage nach „öde" und „ätzend" fanden. Ella traf sich stattdessen lieber mit ihren Freundinnen und heckte kichernd irgendwelche vorpubertären Mädchenalbereien aus, die fast ausschließlich vor ihrem neu angeschafften Schminkspiegel stattfanden. Und Tim hockte ohnehin nur noch vor dem Computer und spielte irgendwelche PC-Spiele. Davon war er durch nichts und niemanden loszueisen – lediglich ein Machtwort der Eltern brachte ihn hin und wieder an den Esstisch, wo er mit mürrischem Blick wortlos alles in sich hineinschlang, um dann möglichst schnell wieder in seinem Zimmer zu verschwinden und weitere Stunden vor dem Rechner zu verbringen. Eines der von Tim viel bewunderten IT-Unternehmen hatte sich bizarrerweise einen angebissenen Apfel zum Logo erkoren. Eine Wahl, die sich Moki zunächst nicht erschloss und die irgendetwas mit dem Gegensatz von Natur und Technik zu tun haben sollte. Doch inzwischen fand er, dass mehr dahintersteckte. Tim hatte tatsächlich von der verbotenen Frucht gekostet und war infolgedessen aus dem Paradies ausgestoßen worden. Weg von der Natur und ihrer allumfassenden, magischen Schöpferkraft, hin zu einer künstlichen Welt aus Bits und Bytes, deren binärer Algorithmus einen neuen, artifiziellen Kosmos aus Nullen und Einsen erschuf. Wunder kamen darin nicht mehr vor, stattdessen war alles programmierbar, erklärbar und vorhersehbar. Moki schauderte es bei dem Gedanken, auch nur eine Sekunde in dieser virtuellen Welt verbringen zu müssen. Er würde den Apfel und alle seine Ableger so gut es ging meiden und ihrer fragwürdigen Anziehungskraft niemals erliegen. Denn Moki war schier fassungslos darüber, wie sehr seine Geschwister sich verändert hatten. Noch vor wenigen Jahren waren sie ebenso gern draußen in der Natur gewesen wie er und hätten niemals freiwillig mehrere Stunden am Stück im Haus verbracht. Und jetzt taten sie alles andere lieber, als durch den Wald zu streifen oder Mom und Dad auf dem Hof zu helfen. Moki hatte sich fest vorgenommen, niemals so zu werden. Er und Ada würden einfach immer weiter durch Flora und Fauna ziehen. Und später einmal würde er vielleicht auch als Schafzüchter arbeiten. Oder im Nationalpark. Oder als Förster. Auf jeden Fall in einem Beruf, der mit Tieren und Natur zu tun hatte. Und er würde ganz sicher immer mindestens einmal im Jahr seine Großeltern besuchen. Notfalls auch allein, wie jetzt schon zum wiederholten Mal.

Moki war daher fast gar nicht mehr aufgeregt gewesen über diese weite Flugreise in ein anderes Land. Dank der zweisprachigen Erziehung seiner Mutter und den regelmäßigen Telefonaten und Urlauben mit den Großeltern war sein Englisch gut genug, um sich mühelos verständigen zu können. Und sogar an dem riesigen Flughafen von San Francisco kannte er sich mittlerweile aus und fand es eher lästig, dass ihm immer noch eine Flugbegleitung zur Seite gestellt wurde, bis seine Großeltern ihn in Empfang nahmen. Moki genoss die verwundert-anerkennenden Blicke der Erwachsenen über ihn als allein reisenden Jungen sehr. Und diesen Stolz wollte er sich jetzt nicht dadurch kaputtmachen, indem er wie ein Kleinkind zur Gepäckausgabe raste. Also schlenderte er, trotz seines voller Vorfreude rasenden Herzens, möglichst gelassen zum Band und beobachtete, wie es sich in Bewegung setzte und die ersten Gepäckstücke aus der Luke gespuckt wurden. Seine Reisetasche war wie immer ganz vorne mit dabei – ein Privileg für unbegleitet reisende Kinder, das er durchaus zu schätzen wusste. Jovial nickte er der Stewardess an seiner Seite zu und murmelte ein kurzes „Thank you", bevor er sich Richtung Ausgang umdrehte.

Und dann war es um seine Beherrschung geschehen. Moki stieß einen spitzen Jubelschrei aus, als er den charakteristischen, mit einer großen weißen Feder geschmückten Cowboyhut seines Grandpa durch die Glastür in der Ankunftshalle entdeckte. Er schnappte sich seine Tasche und rannte los, als ihn urplötzlich jemand am Arm packte und zur Seite riss. Moki wäre beinahe gestürzt und wirbelte zornig herum. Vor ihm stand ein Beamter der Sicherheitskontrolle und sah ihn streng an.

„Passport!!", bellte der Flughafensheriff aufgebracht und sein Blick verhieß nichts Gutes. Beschämt schaute Moki zu Boden und wühlte in seinem Brustbeutel nach dem Reisepass für Kinder. Es war ihm sehr peinlich, dass jetzt doch seine Emotionen mit ihm durchgegangen waren und er vor lauter Wiedersehensfreude vollkommen vergessen hatte, noch die Formalitäten der Einreisekontrolle über sich ergehen zu lassen. Die Flugbegleiterin neben ihm sprach leise beschwichtigend auf den Beamten ein und machte ihm klar, dass Moki allein reiste und noch sehr jung war und ganz bestimmt nichts Schlimmes im Sinn führte. Schließlich donnerte der Mann einen Stempel in Mokis Pass und gab ihn ihm verächtlich knurrend zurück.

Moki winkte der Stewardess dankbar zu und betrat dann die Ankunftshalle. Ein paar Meter lang schaffte er es, seine Schritte zu mäßigen – doch dann gab es kein Halten mehr. Er stürmte erneut drauflos und flog jubelnd in Grandpas Arme. Wie sehr hatte er sich auf ihn und Grandma gefreut!

Grandpa wirbelte ihn trotz seiner mehr als siebzig Jahre mit Leichtigkeit durch die Luft und juchzte dabei voller Freude. Moki war schon ganz schwindelig, als er ihn endlich wieder absetzte.

„Deine Grandma ist diesmal zu Hause geblieben, wir haben eine Überraschung für dich", sagte Grandpa geheimnisvoll, als er Mokis suchenden Blick sah. „Komm, gib mir deine Tasche."

Noch ganz benommen von der überschwänglichen Begrüßung und von der langen Reise stapfte Moki neben ihm her Richtung Parkplatz. Auch wenn er mit seinen knapp zehn Jahren kein Kleinkind mehr war, hatte er überglücklich seine Hand in die schwielige Pranke des Großvaters gelegt. Er fühlte sich an seiner Seite hier in den USA mindestens ebenso zu Hause wie in der Eifel. Grandpa verströmte den vertrauten Duft aus einer Mischung von Schnupftabak, Leder und frischem Heu, den Moki so sehr mochte und der ihm ein tiefes Gefühl von Geborgenheit gab. Ihm wurde zum ersten Mal im Leben bewusst, dass geliebte Menschen einem viel mehr die Empfindung von Heimat geben können als schöne Orte.

Schon von weitem konnte Moki auf dem Parkplatz den für deutsche Verhältnisse riesigen silbernen Pickup sehen, der hier nichts Außergewöhnliches war. Moki war jedoch jedes Mal aufs Neue begeistert, wenn er in die hohe Fahrerkabine kletterte und auf der breiten Bank neben seinem Grandpa Platz nahm. Denn von dort aus hatte er einen großartigen Überblick über die herrliche Landschaft und die ganze Umgebung – vollkommen anders als in den niedrigen deutschen Autos, in denen ihm auf dem Rücksitz meist übel wurde. Doch hier in den USA war nicht nur vieles deutlich größer dimensioniert, sondern auch die Regeln oft um einiges lockerer als in Deutschland. So hatte Grandpa ihn schon ein paarmal mit dem Pickup fahren lassen auf seiner Ranch, auch wenn Moki kaum an die Pedale kam. Bestimmt würden sie das diesen Sommer wieder machen. Moki konnte gar nicht sagen, worauf er sich am meisten freute.

Als sie auf der Farm ankamen, war Moki wie jedes Jahr aufs Neue überwältigt von den riesigen Ländereien, die seine Großeltern bewirtschafteten. Sie hatten sich abgesehen von dem klassischen Mais noch auf den Anbau des wilden Kalifornischen Buchweizen spezialisiert, auch genannt Mojave Buchweizen, der selbst in trockenem Klima gut gedieh. Moki erblickte rosa-weiß blühende Weizenbüschel, soweit sein Auge reichte. Überall tummelten sich Bienen, Schmetterlinge und andere Insekten, die von Blüte zu Blüte flogen und die Pflanzen bestäubten.

Neben dem Anbau von Mais und Buchweizen widmeten Mokis Großeltern sich der Rinderzucht, einer großen Leidenschaft von Grandpa. Ihre freilebenden Texas Longhorn Rinder waren ganzjährig auf dem riesigen Gelände unterwegs und wurden nur einmal im Jahr zusammengetrieben, um den Bestand der Herde zu prüfen. Von ihnen war folglich weit und breit nichts zu sehen.

Jetzt hielt Moki aber zunächst einmal Ausschau nach seiner Großmutter. Als er aus dem Truck sprang, betrat sie gerade die Veranda. Moki jauchzte laut auf vor Freude. Das Wiedersehen mit Grandma war nicht minder überschwänglich als das mit Grandpa am Flughafen – auch wenn sie ihn nicht durch die Luft wirbelte. Sie drückte Moki stattdessen so fest, dass er kurz befürchtete, zu ersticken. Grandma war eine zierliche und dennoch erstaunlich starke Frau, die sich ebenso gern wie ihr Gatte in der Wildnis aufhielt und auf der Ranch ordentlich mit anpackte. Sie war ebenfalls über siebzig, hatte eine wettergegerbte braune Haut und wunderschöne glatte schwarze Haare, die Moki sehr an Mom erinnerten. In jedem Jahr war ihr langes Haar von ein paar mehr silbrigen Strähnen durchzogen. „Irgendwann bin ich schneeweiß, wie meine Ma", lachte sie stets, wenn Moki die Silbersträhnen voller Bewunderung zu zählen versuchte.

„Komm, du bist bestimmt hungrig", sagte Grandma jetzt und zog ihn zum gedeckten Esstisch. Moki hatte bereits beim Hereinkommen den Duft ihres weltberühmten „Chili sin Carne" wahrgenommen und ihm lief schon das Wasser im Mund zusammen. Im Gegensatz zu seinen Großeltern in Deutschland hatten Grandma und Grandpa hier in den USA volles Verständnis dafür, dass er Vegetarier war. Sie selbst aßen sehr selten Fleisch – und auch nur, wenn es von den Rindern ihrer Farm kam. Ebenso hielten sie es mit Fisch. Grandpa fuhr ein paarmal im Jahr mit einem Freund raus zum Angeln und was er dort fing, wurde anschließend direkt verzehrt oder geräuchert und eingelagert. Wie Moki und Ada betrachteten auch seine Großeltern Tiere als gleichwertige Wesen und achteten stets darauf, sie mit Respekt zu behandeln und ihnen kein Leid zuzufügen. Bei jedem erlegten Tier zelebrierten sie ein kurzes Ritual der Dankbarkeit dafür, dass ihnen dieses Wesen ihr Leben geschenkt hatte. Moki war sehr froh, solch feinfühlige Großeltern zu haben, die mindestens so naturverbunden waren wie er selbst.

Jetzt aber stürzte er sich erst einmal mit riesigem Appetit auf die dampfende Schüssel Chili vor ihm.

„Man könnte meinen, du hättest den gesamten Flug lang nichts zu essen bekommen", schmunzelte Grandpa augenzwinkernd. Moki grinste nur und nahm dankbar den vegetarischen Burrito entgegen, den Grandma ihm jetzt auf einem Teller herüberschob.

Eine Weile aßen sie schweigend und Moki genoss die heimelige Atmosphäre des alten Holzhauses, das ihn jedes Jahr aufs Neue wie mit einer warmen Umarmung empfing. Nachdem sein größter Hunger gestillt war, begann er in allen Einzelheiten von dem Hinflug zu berichten. Wie die Frau neben ihm aus voller Kehle geschnarcht und irgendwann sogar im Schlaf laut geschmatzt hatte. Und wie der Flugbegleiter bei einer unerwarteten Turbulenz einen teuer bezahlten Cocktail direkt über die Glatze des vor Moki sitzenden Passagiers gekippt hatte. Das Deko-Schirmchen war sogar für eine kurze Weile auf dem haarlosen Haupt des Fluggastes liegen geblieben. Seine Großeltern fielen vor Lachen fast vom Stuhl, als Moki diese Szene und den darauffolgenden Tumult in allen Einzelheiten nachstellte.

„So, wollen wir mal rausgehen?", fragte Grandpa, als sie sich wieder beruhigt hatten. Er wechselte einen vielsagenden Blick mit seiner Frau. Stimmt, da war ja noch die Überraschung! Moki hatte sie vor lauter Wiedersehensfreude glatt vergessen. Dafür wurde seine Neugierde jetzt umso größer und er begann sofort, seine Großeltern zu löchern. Doch diese lachten nur und schwiegen beharrlich.

Draußen blinzelte Moki verwundert und schirmte seine Augen vor dem grellen Sonnenlicht ab. An die neun Stunden Zeitverschiebung musste er sich in den nächsten Tagen erst einmal gewöhnen. Er war morgens um acht in Frankfurt losgeflogen und hier war es jetzt gerade mal ein Uhr mittags – und nicht abends um zehn, wie nach seiner inneren Uhr.

„Da vorne ist dein Geschenk." Grandpa zeigte in Richtung des Zauns und Moki konnte gegen die gleißende Sonne schemenhaft einen Umriss erkennen. Von der Größe her mochte es vielleicht eine Kuh sein. Würden seine Großeltern ihm ein eigenes Texas Longhorn Rind schenken? Plötzlich gab der Schatten jedoch ein eindeutiges Schnauben von sich und Moki traute seinen Ohren kaum.

„Ein Pferd!", jubelte er lauthals und flog seinen beiden Großeltern gleichzeitig um den Hals. In den vergangenen Jahren hatten sie ihm das Reiten beigebracht, und letzten Sommer war er endlich so weit gewesen, mit ihnen und den Cowboys auf den großen Viehtrieb zu gehen und die weit verstreute Rinderherde zusammenzutreiben. Eine ganz besondere Auszeichnung, denn Anfänger waren hier nicht zu gebrauchen und hätten nur den Ablauf gestört oder gar sich und andere in Gefahr gebracht.

„Na, wer am Viehtrieb teilnimmt, braucht doch ein eigenes Pferd", konstatierte Grandpa auch prompt und grinste bis über beide Ohren.

„Das ist Honovi", sagte Grandma. „Ihr Name ist indianisch und bedeutet ‚Starker Hirsch'. Wir haben sie so genannt, weil sie als Fohlen schon unglaublich stark war und eine schwere Geburt überlebt hat. Und weil ihre Fellfarbe der eines Rothirschs ähnelt. Ich habe sie vorhin extra noch gestriegelt, damit du es gut erkennen kannst."

Moki war jetzt bei der Stute angekommen und konnte sie endlich ganz erblicken. Honovi schaute ihn direkt an, in ihren dunkelbraunen, freundlichen Augen spiegelte sich sein eigenes Antlitz und die weite Natur um sie herum. Und ihre langen Wimpern erinnerten ihn an Ada – ein Gedanke, der in Mokis Bauch ein Kribbeln auslöste. Vorsichtig streckte er Honovi seine flache Hand entgegen und sie legte ihre samtweichen Nüstern vertrauensvoll hinein. Mit seiner anderen Hand begann Moki langsam, ihr über den muskulösen Hals zu streicheln. Er spürte die Wärme unter ihrem rötlich-braunen Fell, das tatsächlich dem eines Rothirsches gleichkam. Honovi schnaubte nochmals entspannt, ein deutliches Zeichen ihres Wohlbefindens. Plötzlich entdeckte Moki etwas, das sein Herz ins Stocken brachte. Honovi hatte an ihrer linken Schulter eine weiße Stelle, ebenso wie „Weißes Licht an seiner Schulter"! Moki strich fasziniert mit seiner Hand sanft über diesen Fleck.

„Eine alte Verletzung", bemerkte Grandma daraufhin. „Sie hat beim Viehtrieb das Horn eines der Rinder abbekommen. Und noch mal gezeigt, wie stark sie ist. Andere Pferde gehen in der Situation durch und sind nach einem solchen Vorfall ängstlich, manchmal gar nicht mehr für diese Aufgabe zu gebrauchen. Aber nicht Honovi. Sie hat tapfer weitergemacht und ist jetzt einfach noch umsichtiger geworden."

Moki fühlte schon nach diesen wenigen Minuten eine tiefe Verbindung zu der Stute. Aus den Augenwinkeln sah er, wie seine Großeltern sich anlächelten. Sie spürten ebenfalls, dass Moki und Honovi füreinander bestimmt waren.

„Komm", sagte Grandpa, „Wir bringen sie zu den anderen in den Paddock. Und dann packen wir erstmal deine Sachen aus."

Moki führte die Stute hinter sich her, die ihm willig folgte, und entließ sie mit einem Klaps in das staubige Viereck zu den anderen Pferden. Er freute sich bereits riesig darauf, Honovi in den kommenden Wochen zu reiten und sich um sie zu kümmern. Sein eigenes Pferd, das noch dazu aussah wie „Weißes Licht". Das musste er unbedingt Ada berichten!

ARIZONA, USA
(08. August 2058, morgens)

Weiter zu warten hatte keinen Sinn. Im Gegenteil, es wäre geradezu lebensmüde. Quentin musste sich resigniert eingestehen, dass keine Hilfe mehr eintreffen würde. Seine Hoffnung auf Rettung war von Stunde zu Stunde geschrumpft und schließlich ganz in sich zusammengefallen. Die Erkenntnis, dass niemand kommen würde, um ihn zu retten, traf ihn wie ein harter Schlag – beinahe schmerzhafter als die körperliche Pein seiner Verletzungen. Hätte er noch Tränenflüssigkeit gehabt, so hätte er vermutlich bitterlich geweint. Wie konnte es sein, dass die maßgeblich unter seiner Leitung entwickelte Technologie, die ein sicheres und gesundes Leben garantieren sollte, so kläglich scheiterte? Diese Frage machte Quentin fast mehr zu schaffen als die Tatsache, dass niemand ihm zur Hilfe kommen würde. Aus irgendeinem Grund hatten sowohl die Technik der Drohne als auch die von Thiara versagt. Eigentlich ein Ding der Unmöglichkeit, doch mit Spekulationen über vermutliche Ursachen konnte Quentin sich jetzt nicht befassen. Er musste allein durchkommen und versuchen, sich dabei auf seine eigenen Instinkte und Erfahrungen zu verlassen.

Wobei es um sein Wissen zum Überleben in freier Natur denkbar schlecht bestellt war. Quentin war in New York City aufgewachsen und ein echter Stadtmensch. Seine Eltern waren beide berufstätig gewesen, der Vater als Fahrzeugingenieur und die Mutter als Marketingleiterin in einem Kosmetikunternehmen. Sie legten großen Wert auf eine hohe Bildung ihres einzigen Kindes. Somit hatte Quentin die gesamte Schulzeit in verschiedenen Elite-Internaten verbracht, mit Schwerpunktfächern wie Mathematik, Informatik und Technik. Er war seinen Eltern sehr verbunden für die beruflichen Möglichkeiten, die sie ihm damit eröffnet hatten. In der aktuellen Situation war seine Ausbildung jedoch nicht sehr hilfreich.

Mittlerweile hatte Quentin weitere 36 Stunden an dem Wrack ausgeharrt und beobachtete nun zum dritten Mal aus verklebten Augen, wie die Sonne über der Steinwüste aufging. Seine Wasservorräte waren nahezu aufgebraucht, obwohl er so sparsam wie möglich damit umgegangen war und ihn immer noch ein höllischer Durst quälte. Und auch die vier Power-Riegel, die er ebenfalls in dem Service-Roboter gefunden hatte, waren alle verzehrt. Quentin hatte bereits mehrfach verflucht, dass aufgrund der kurzen Flugzeiten nur noch sehr geringe Nahrungs- und Getränkemengen an Bord von Passagierdrohnen mitgeführt wurden. Aber Wut und Verzweiflung brachten ihn nicht weiter. Verzagt blickte er der Tatsache ins Auge, dass er nicht länger an der Drohne verweilen konnte.

Zum wiederholten Mal suchte Quentin den Horizont nach der grünen Erhebung ab, die er bereits vor zwei Tagen entdeckt hatte. Tatsächlich, da war sie. Und jetzt, im ersten Morgenlicht, lag auch noch nicht das heiße Flimmern über der Wüste, das einem die realistischsten Trugbilder vorgaukeln konnte. Quentin war sich daher einigermaßen sicher, dass er sich nicht täuschte. Abgesehen davon hatte er keine Wahl: Er musste versuchen, an diesen Ort zu gelangen – in der Hoffnung, dort Wasser oder gar Menschen zu finden. Und er musste sofort losgehen. Nachts war es zu dunkel, um die Richtung finden zu können. Doch im Laufe des Tages würde es wieder viel zu heiß werden, um sich lange in der Sonne aufzuhalten. Daher hatte Quentin bereits in der vorangegangenen wolkenlosen Nacht im hellen Licht des Mondes mit den Vorbereitungen begonnen. Seinen teuren, aber vollkommen ramponierten Maßanzug hatte er unter Zuhilfenahme einer scharfen Glasscherbe so zerschnitten, dass er sich aus dem Jackett einen kleinen Rucksack für die letzten beiden Wasserflaschen basteln konnte. Die Weste hatte er als Kopfbedeckung umfunktioniert. Und mithilfe einiger abgerissener Metallstreben und seiner Seidenkrawatte hatte er unter elenden Schmerzen den verletzten Knöchel so geschient, dass er ihn einigermaßen belasten konnte. Eine größere Metallstange diente ihm dabei als Gehstütze. Quentin warf einen letzten Blick auf das Wrack, das ihm in den vergangenen Tagen noch ein kleines Gefühl der Sicherheit gegeben hatte. Dann nahm er all seinen Mut zusammen und humpelte los.

KALIFORNIEN, USA (Juli 2010)

Am nächsten Tag war Moki schon beim ersten Morgen-grauen auf den Beinen. Es war noch vor fünf und sogar für seine Verhältnisse sehr früh, was jedoch nicht nur an der Zeitverschiebung lag. Moki hatte so gut wie gar nicht geschlafen, denn er konnte es kaum erwarten, endlich wieder zu Honovi zu kommen. Und es gab noch jemanden anderen, auf den er sich sehr freute. Heute würde er endlich Istaqa wiedersehen! Istaqa war ein Cowboy mit indianischen Wurzeln, der bereits seit mehr als einem Jahrzehnt auf der Ranch von Mokis Großeltern arbeitete. Er war daher so etwas wie ein Familienmitglied und trotz seiner gerade einmal dreißig Jahre der ranghöchste Mitarbeiter auf der Farm. So übernahm er beim Viehtrieb immer die Rolle des „Point Riders" ganz am Kopf der Herde und gab damit Richtung, Geschwindigkeit und Ordnung des Viehtriebs vor. Die anderen Cowboys auf der Ranch entstammten ebenfalls unterschiedlicher Herkunft, sie waren teils indigenen, teils afroamerikanischen oder auch hispanischen Ursprungs. Nicht jeder war fest angestellt wie Istaqa, viele kehrten immer nur im Sommer zurück zum saisonalen Viehtrieb. Aber alle kamen gerne wieder, da die Zusammenarbeit auf der Farm angenehm war und Mokis Großeltern gute Arbeit fair entlohnten. Auf ihre bunt zusammengewürfelte Mannschaft angesprochen erwiderten sie stets, dass sie Wert auf die große Erfahrung der Cowboys und deren respektvollen Umgang mit den Tieren legten – und nicht, welchen Stammbaum ihre Mitarbeiter hatten.

Jedenfalls achteten alle Istaqa sehr und fügten sich widerstandslos seiner natürlichen Autorität. Für Moki war Istaqa der beste Lehrer, den er sich vorstellen konnte. Er hatte ihm nicht nur gemeinsam mit Grandpa das Reiten beigebracht, sondern auch gezeigt, wie man das Lasso einsetzte und wie man ein wildes Kalb beruhigte. Istaqa war gestern in der nächsten Stadt gewesen, um einige Besorgungen zu machen. Aber jetzt hatte

Moki seine tiefen, kehligen Laute durch das offene Fenster vernommen, mit denen er wie jeden Morgen die Pferde im Paddock begrüßte. Moki fiel beinahe auf die Nase, als er hektisch in seine Kleidung sprang und sich dabei im linken Hosenbein verheddertete. Er musste kurz über sich selbst lachen.

Glücklicherweise waren Mokis Großeltern ebenfalls Frühaufsteher und bereits auf den Beinen, als er die Treppe zum Erdgeschoss herunterstürmte und sie strahlend begrüßte. Hastig schlang er eine Portion von Grandmas deftigem Rührei mit Zwiebeln in sich hinein. Moki stürzte noch den leckeren Kakao hinterher und sprang unter dem wohlwollenden Zwinkern seiner Großeltern gleich beim letzten Schluck auf.

„Istaqa! Istaqaaa!!", brüllte Moki voller Freude, als er den Cowboy draußen am Paddock erblickte. Dieser ließ sofort alles stehen und drehte sich lächelnd zu ihm um.

„Willkommen, mein Freund", sprach Istaqa mit tiefer Stimme, als Moki bei ihm angekommen war. Dabei legte er die rechte Hand flach auf sein Herz und beugte sich leicht nach vorne. Moki tat es ihm gleich. Auch wenn sie sich schon so viele Jahre kannten, wäre ihm nie in den Sinn gekommen, dem Indianer um den Hals zu fallen. Doch diese respektvolle, ruhige Begrüßung war nicht minder herzlich als die stürmischen Umarmungen seiner Großeltern am Vortag.

„Ich freue mich sehr, dass du wieder da bist. Wollen wir uns um deine Stute Honovi kümmern?" Moki nickte begeistert. Natürlich wusste Istaqa von dem Geschenk, dass Grandma und Grandpa ihm gemacht hatten. Vielleicht hatte er sogar dabei geholfen, das richtige Pferd für ihn auszusuchen. Istaqa hatte ein untrügliches Gespür dafür, welche Tiere und welche Menschen zueinanderpassten.

Nun stieß Istaqa einen leisen, melodischen Pfiff aus, und sofort löste sich ein Pferd aus der Herde im Paddock und kam gemächlich auf ihn zu. Es war tatsächlich Honovi. Woher hatte die Stute gewusst, dass dieser Pfiff ihr galt? Moki hoffte inständig, einmal eine ebenso magische Verbindung zu Tieren zu entwickeln wie Istaqa. Sein Name bedeutete „Kojoten-Mann", hatte Grandma ihm einmal erklärt. Und hinzugefügt, dass dies für jemanden stehe, der charismatisch, kooperativ und intuitiv sei – ganz wie der gleichnamige Steppenwolf. Moki konnte sich keinen passenderen Namen für den Cowboy vorstellen, verkörperte er doch genau diese Eigenschaften.

Zusammen striegelten sie nun die Stute und kratzen ihr die Hufe aus. Erstaunlicherweise konnte Moki sich noch gut daran erinnern, was er zu tun hatte, und die Handgriffe ergaben sich fast wie von selbst – obwohl es beinahe ein Jahr her war, dass er zuletzt ein Pferd geputzt hatte. Und Honovi schien das Bürsten und Rubbeln zu genießen. Immer wieder drehte sie sich zu ihm um und blies ihm ihren warmen Atem ins Gesicht. Beim Hufe auskratzen kitzelte sie Moki mehrmals mit ihren weichen Nüstern im Nacken, sodass er immer wieder kichern musste.

„Komm, ich zeig dir, wo du ihr Zaumzeug findest", lächelte Istaqa und stapfte vor zur Sattelkammer. Die messingfarbenen Sporen an seinen Cowboystiefeln, mehr Accessoire denn echtes Hilfsmittel, klirrten dabei rhythmisch im Takt seiner Schritte. Früher hatte Moki befürchtet, dass den Pferden mit den gezackten Metallrädern Schmerzen zugefügt wurden. Wenn man sie jedoch so selten und vorsichtig einsetzte wie Istaqa oder seine Großeltern, dann dienten sie nur als feiner Impuls zur Unterstützung der minimalen Hilfen des Reiters. Moki selbst durfte noch keine Sporen tragen und war ehrlicherweise ganz froh darüber. Hier in Kalifornien hatte er zum ersten Mal verstanden, was der Ausdruck „sich seine Sporen zu verdienen" tatsächlich bedeutete. Sporen bekamen nur sehr erfahrene Reiter, die sie behutsam genug einzusetzen wussten. Moki war sich dennoch nicht sicher, ob er jemals welche haben wollte. Zu groß war seine Sorge, einem Pferd damit versehentlich wehzutun oder es gar zu verletzen. Bei Grandma, Grandpa, Istaqa und den anderen Cowboys auf der Ranch bestand diesbezüglich jedoch keine Gefahr, denn sie praktizierten die Altkalifornische Reitweise. Dabei wurde auf eine harmonische Partnerschaft mit dem Pferd gesetzt; die Basis dafür waren gegenseitiges Vertrauen und großer Respekt. Wichtig war, dass sich der Reiter dabei ganz in das Pferd hineinversetzte und verstand, seine Sprache zu lesen und darauf einzugehen. So entstanden zwischen Mensch und Tier eine innige Verbindung und eine Weise der Kommunikation, die von außen keine Reithilfen oder Berührungen mit den Sporen erkennen ließ. Außerdem wurden auf der Ranch auch keine Trensen mit Gebissstück eingesetzt, sondern nur lockere Strickhalfter, die die Mäuler der Pferde frei ließen. Aufgrund des starken Bandes zwischen Pferd und Reiter gab es keine Notwendigkeit, die Tiere mittels Metallstangen zwischen den Kiefern in eine bestimmte Richtung zu zwingen oder zum Anhalten zu bewegen. All dies geschah vermeintlich wie von selbst, dank der unsichtbaren Interaktion zwischen Reiter und Pferd.

Als Istaqa und Moki nun mit Honovis Sattelzeug aus der Sattelkammer zurückkamen, war die Sonne vollständig am Horizont aufgegangen und ließ das rote Fell der Stute leuchten wie flüssige Lava. Ihre Erscheinung wirkte beinahe übersinnlich, und Moki spürte, wie eine Welle des Glücks ihn durchströmte. Er war zutiefst dankbar dafür, hier an diesem Ort zu sein, verbunden mit der Natur und mit Menschen, die er von ganzem Herzen liebte. Und trotzdem trug er in sich immer den kleinen Wermutstropfen darüber, dass Ada nicht an seiner Seite sein konnte. Wie sehr er sie schon nach einem Tag vermisste.

Nachdem Istaqa Moki mit dem schweren Westernsattel geholfen hatte, kümmerte er sich noch um seinen bunt gescheckten Pinto-Wallach, den er bereits im Morgengrauen gestriegelt hatte und jetzt ebenfalls sattelte. Genau in dem Moment, als beide unter dem Knirschen der Ledersättel ihre Pferde bestiegen, traten Mokis Großeltern auf die Veranda. Sie strahlten vor Freude darüber, Moki auf dem Rücken von Honovi zu sehen. Und es fühlte sich vom ersten Moment tatsächlich so an, als ob er und die Stute ein einziges Wesen wären. Moki spürte trotz des Sattels die kleinste Regung des Pferdes und hatte das Gefühl, dass sie eine unsichtbare Verbindung miteinander hatten. Honovis Herzschlag, den er an seinem linken Bein fühlen konnte, ging ruhig und kräftig. Und nach einer Weile bemerkte Moki überrascht, wie sein eigener Puls den gleichen Takt annahm. Er schloss die Augen, atmete ein paarmal tief ein und aus und spürte ganz in die Stute hinein, bevor er sie wieder öffnete. Lächelnd winkte er seinen Großeltern zu, dann wendeten Istaqa und er die Pferde und schritten langsam hinaus in die offene Prärie.

Die Landschaft war überwältigend. Moki hatte fast vergessen, wie sich diese unendliche Weite anfühlte. Offenes Grasland erstreckte sich über ein hügeliges Steppenpanorama bis hin zum weit entfernten Horizont. Am stahlblauen Himmel zeichneten sich ein paar kleine weiße Wolken ab, die im Laufe der nächsten Stunden in der anschwellenden Hitze verdunsten würden. Durch den beinahe stetigen Wind sowie die regelmäßige Beweidung wurde in dieser Gegend das Wachstum größerer Bäume oder Sträucher verhindert. Daher eröffnete sich vor Moki ein nahezu endloser Raum. Soweit sein Auge reichte, erblickte er unter dem alles überspannenden Himmelszelt herrliche Erd- und Grüntöne, die die Landschaft in dieser Region auszeichneten. Unzählige Exemplare von Helianthus petiolaris, den wilden Sonnenblumen der Prärie, wiegten sich sanft im Wind. Das trockene Steppengras raschelte dazu im Takt.

Moki versuchte, diese Pracht mit allen Sinnen zu erfassen. Er spitzte die Ohren und bemerkte, dass das Geraschel des Grases beinahe wie ein aufmunterndes Murmeln und Flüstern klang, als wollte ihm jemand Mut zusprechen für seinen ersten Ausflug zu Pferde nach knapp einem Jahr. Noch nie hatte Moki eine solche Vielfalt an verschiedenen Ocker- und Braunabstufungen gesehen, die die Erde und die Felsen hier in der kalifornischen Prärie prägten. Die Morgensonne tauchte all dies in eine goldgelbe Pracht und ließ auf den Hügeln rundum einen kristallenen Glitzerteppich entstehen. Moki wusste, dass es sich um Salzablagerungen handelte, die die Meeresbrise vom Pazifik viele Meilen bis hierhin getragen hatte. Tief sog er die würzige, von der Sonne bereits aufgewärmte Luft in seine Lungen und meinte, das algenhaltige Aroma des Ozeans riechen und sogar schmecken zu können. Laut stieß er den köstlichen Atemzug wieder durch seine Nasenlöcher aus. Honovi drehte die gespitzten Ohren nach hinten und antwortete prompt mit einem Schnauben. Und auch Istaqa drehte sich lächelnd zu ihm um.

„Wollen wir?", fragte der Cowboy nach einer Weile und Mokis Herz machte einen Satz voller Vorfreude. Er nickte. Im selben Moment schnalzte Istaqa bereits mit der Zunge, sodass beide Pferde in einen entspannten Trab fielen. Staub wirbelte auf zu ihren Hufen und ließ aus der Ferne den Eindruck entstehen, dass sie mit ihren Reitern durch die Landschaft schwebten. Moki fühlte sich tatsächlich so leicht und frei, als ob er fliegen würde. Im vergangenen Jahr war er einige Pferde geritten, die einen sehr harten Gang hatten und ihn im Trab auf ihrem Rücken hin und her geschleudert hatten. Honovi schien jedoch über den Boden zu gleiten. Ihre Bewegungen waren sanft und gleichmäßig, und Moki hatte zum wiederholten Mal das Gefühl, ganz mit ihr verschmolzen zu sein. Vorsichtig beugte er sich im Sattel nach vorne und klopfte seiner Stute lobend den Hals, was diese mit einem kurzen Kopfnicken quittierte.

Istaqa zwinkerte ihm bestätigend zu und hob dann fragend die Augenbrauen. Moki streckte den Daumen seiner rechten Hand in die Höhe, und noch bevor Istaqa ein zweites Mal schnalzen konnte, machten die Pferde einen übermütigen Satz nach vorn und galoppierten los. Die unsichtbare Verbindung, die Moki fühlte, war tatsächlich vorhanden. Honovi und der Wallach hatten bereits vorausgeahnt, was ihre beiden Reiter vorhatten, und trugen sie nun in einer gleichmäßigen, ruhigen Schaukelbewegung durch die Steppe. Nach einer Weile versicherte sich Istaqa mit einem weiteren Blick, dass es Moki gut ging. Dann setzte er in einer minimalen Bewegung kurz die Sporen ein und sein Wallach beschleunigte sofort. Honovi brauchte keine Aufforderung von Moki. Sie zog fröhlich mit, dehnte sich aus zu einem immer längeren, gestreckten Galopp und wurde mit jedem Sprung schneller. Der Gegenwind trieb Moki die Tränen in die Augen. Er konnte die Begeisterung seiner Stute körperlich spüren und juchzte laut auf voller Freude. Wie zur Bestätigung machte Honovi daraufhin einen besonders großen Satz und zog leicht an Istaqas Pinto vorbei, was sich dieser natürlich nicht gefallen ließ. Schneller und schneller wurden die Pferde, spornten sich gegenseitig an zu einem immer rasanteren Galopp. Istaqa und Moki ließen sie gewähren und beugten sich tief über die Hälse der beiden Quarter Horses, wurden ganz eins mit ihren raumgreifenden Bewegungen. Sie genossen den wilden Ritt, bis ihre Pferde nach vielen Minuten von selbst langsamer wurden, um schließlich zurück in den Trab und dann in den Schritt zu fallen. Beide Tiere atmeten heftig und schwitzten, obwohl die größte Hitze des Tages noch viele Stunden auf sich warten lassen würde.

Auch Moki war ganz außer Atem. In den letzten Minuten war er vollkommen mit Honovi zusammengewachsen, zu einem einzigen Körper, einer gemeinsamen Seele. Die Empfindung war so überwältigend, dass er sich verlegen mit dem Ärmel seines karierten Flanellhemds die Tränen von den Wangen wischte, denn er war sich nicht ganz sicher, ob diese nur durch den Wind verursacht worden waren.

Istaqa schaute geflissentlich in die Ferne. Dann zeigte er auf etwas am Himmel und Moki folgte seinem Blick. Ein riesiger Greifvogel zog in beträchtlicher Höhe seine Runden – eindeutig ein Kalifornischer Kondor auf der Suche nach Aas. Ein wahrer Eroberer der Lüfte und Meister der Thermik, von der er sich in großen Kreisen immer weiter nach oben tragen ließ, ohne auch nur einen einzigen Flügelschlag mit seinen mächtigen Schwingen zu tun. Moki war immer wieder beeindruckt von der Spannweite dieser Neuweltgeier aus der Urzeit, die bis zu drei Meter betragen konnte. Und er freute sich über jedes Exemplar, das er zu sehen bekam, denn noch vor wenigen Jahrzehnten waren diese Vögel so gut wie ausgestorben gewesen. Ein vielversprechendes Zeichen, dass sie sich nun wieder stärker vermehrten. Moki war stets froh, wenn es der Natur und den Tieren gut ging – was leider nicht immer der Fall war. Weder hier in den USA noch zu Hause in Deutschland. Eine Tatsache, die ihm oft Kummer bereitete. Er konnte weder das Leid eines einzelnen Wesens ertragen noch das einer ganzen Gattung. Und auch bei Menschen wie Ada, Istaqa oder seinen Eltern und Großeltern spürte er immer wieder eine ähnliche Traurigkeit. Moki hatte fest vor, alles in seiner Macht Stehende zu tun, um die Erde und alle ihre Bewohner mit Achtung zu behandeln.

Während Moki über diese Themen sinnierte, bemerkte er plötzlich, dass Honovi den Kopf nach links drehte und mit gespitzten Ohren interessiert auf eine Stelle weiter vorne blickte. Auch Istaqa und sein Wallach sahen dorthin, und Moki folgte ihrem Blick. In einiger Entfernung saß ein Präriehund auf einem Felsvorsprung und schaute wachsam zu ihnen herüber. Moki ging das Herz auf, weil auch diese Spezies durch intensive Bejagung kurz vor der Ausrottung gestanden hatte. Dieses possierliche Exemplar zu erblicken, erfüllte ihn mit großer Freude. Die Verwandtschaft der Präriehunde mit den Murmeltieren war unverkennbar und setzte sich auch bei diesem Vertreter neben den beeindruckenden Nagezähnen in dem plumpen Körper, den kurzen Beinen und dem graubraunen Fell fort. Anhand der schwarzen Spitze seines Schwanzes erkannte Moki, dass es sich um ein Exemplar der Gattung Schwarzschwanz- oder Mexikanischer Präriehund handeln musste. Das drollig aussehende Tier hielt die beiden Reiter zwar weiterhin fest im Blick, betrachtete sie aber offensichtlich nicht als Gefahr. Moki wusste, dass dies häufig der Fall war, wenn Menschen zu Pferde unterwegs waren. Vielleicht sollte er noch mal versuchen, Mom und Dad dazu zu bewegen, ihm auch in Deutschland ein Pferd zu schenken? Plötzlich schienen sie dem Präriehund doch zu nahe gekommen zu sein, denn er gab einen bellenden Warnlaut von sich und verschwand überraschend behände und schnell in einem Erdloch hinter ihm. Eine weitere Begegnung, die Mokis Herz mit Wärme erfüllte und von der er Ada berichten würde. „Mach's gut, kleiner Kerl", flüsterte er leise und Istaqa lächelte ihn verständnisvoll an. Obwohl er Deutsch gesprochen hatte, wusste der Cowboy genau, wie es Moki erging.

Doch dann wurde sein Gesichtsausdruck plötzlich ernst und verschlossen. Moki verstand zunächst nicht, was mit Istaqa los war. Aber nach einer Weile erblickte er eine Staubwolke am Horizont, die der Indianer lange vor ihm bemerkt hatte. Etwas später konnte Moki erkennen, dass sie von einem riesigen schwarzen Truck stammte, der mit halsbrecherischer Geschwindigkeit über die Piste raste. Als das Fahrzeug mit heulendem Motor an ihnen vorbeizog, legte Honovi die Ohren an und schüttelte unwillig ihren Kopf. Moki spürte, wie die Stute sich verspannte, und klopfte ihr mehrmals beruhigend den Hals. Der Fahrer des Trucks hupte einmal gellend zum Gruß, was Istaqa mit einem kaum merklichen Kopfnicken erwiderte.

„Chuck Miller", murmelte er mit verächtlicher Stimme, während er sich kurz an die Hutkrempe tippte. Das Fahrzeug war bereits vorüber, doch die Staubwolke lag noch lange in der Luft und auch das bedrohliche Motorheulen verebbte nur langsam.

Moki hatte trotz der Hitze eine Gänsehaut. Chuck Miller war der Nachbar seiner Großeltern, dessen Ländereien unmittelbar an ihre grenzten. Er trieb sich immer wieder auf der Farm von Grandpa und Grandma herum und hatte schon mehrfach versucht, sie davon zu überzeugen, ihm die Ranch zu verkaufen. Mokis Großeltern hatten stets lachend abgewunken, aber Moki mochte den mürrischen Farmer dennoch nicht. Er behandelte seine Tiere nicht besonders gut und setzte in der Landwirtschaft ganz auf konventionellen Anbau von genoptimierten Sorten. Moki hatte im vergangenen Jahr bei einem Ausritt mit Entsetzen gesehen, wie riesige, satellitengesteuerte Erntemaschinen vollautomatisch den Mais von seinen Feldern holten, ohne dass ein einziger menschlicher Erntehelfer gebraucht wurde. Moki fröstelte es noch heute bei der Erinnerung daran. Außerdem strahlte Chuck Miller etwas Gemeines und Hinterhältiges aus, das Moki nicht genauer beschreiben konnte. Jedenfalls war er immer froh, wenn der griesgrämige Farmer wieder das Weite suchte. Und Moki hatte trotz der Freundlichkeit von Grandpa und Grandma das Gefühl, dass sie ihren

Nachbarn ebenfalls nicht leiden konnten. Im letzten Jahr hatte er sie nach einem dieser überfallartigen Besuche abends noch leise darüber reden hören, ob sie ihm nicht doch einen Teil ihrer Ländereien verkaufen sollten. Es ging in diesem Gespräch um Geld, um Schulden, um unbezahlte Rechnungen. Und um irgendeine Holding, der Chuck Miller angehörte und welche die hochtechnologischen Landmaschinen herstellte, die er bereits einsetzte. Ganz genau hatte Moki all das nicht verstanden. Er hatte nur die bedrückte Stimmung wahrgenommen, die an jenem Abend von seinen Großeltern ausging. Daran musste er jetzt denken, während Honovi ihn weiter friedlich durch die Kalifornische Prärie trug. Moki hoffte sehr, dass Grandpa und Grandma niemals ihre Ranch verkaufen mussten.

Plötzlich drehte Honovi den Kopf nach hinten und stupste ihn sanft mit ihren Nüstern ans linke Knie. Das Gleiche wiederholte sie noch mal auf der rechten Seite. Dann machte sie einen kleinen Satz nach vorn, wie um ihn wachzurütteln aus seiner nachdenklichen Stimmung. Moki lachte. Wie recht die Stute hatte! Er blickte sich um und konzentrierte sich wieder ganz auf die herrliche Steppenlandschaft. Dies war wirklich kein Ort, um Trübsal zu blasen. Istaqas Miene hatte sich ebenfalls aufgehellt, er zwinkerte ihm lächelnd zu.

Nach etwas mehr als zwei Stunden erreichten Istaqa und Moki wieder die Ranch, wo seine Großeltern sie bereits voller Spannung erwarteten.

„Und, wie war es?", fragte Grandpa auch prompt. Statt einer Antwort fiel Moki beiden um den Hals.

„Danke, dankedankedanke", stammelte er immer wieder überwältigt und fand keine anderen Worte, um seinen Gefühlen Ausdruck zu verleihen. Doch Grandma und Grandpa verstanden ihn auch so und schickten ihn strahlend mit einem Tätscheln auf den Rücken wieder zurück zu Honovi, damit er die Stute nach ihrem Ausritt gebührend versorgen konnte. Moki sattelte sie ab, rieb ihr mit einem Tuch liebevoll das Fell trocken und brachte sie dann zur Tränke, an der sie minutenlang viele

Liter Wasser in sich hineinsog. Als sie fertig war, drehte sie sich mit triefendem Maul zu ihm um und knuffte ihn sanft in den Bauch, sodass sein Hemd mit dem kühlen Nass durchtränkt wurde.

„Danke für die Erfrischung!", lachte Moki und klopfte ihr fröhlich den Hals. Dann entließ er Honovi mit einem letzten, anerkennenden Klaps zu den anderen Pferden auf den Paddock, wo sie sich sofort ausgiebig im Staub wälzte. Moki lehnte sich neben Istaqa an den Zaun und sah ihr lächelnd dabei zu, eine Demonstration puren Pferdeglücks. Morgen früh würde er Honovi vor dem nächsten Ausritt wieder gründlich putzen – ein wunderbarer Kreislauf, der ihn jetzt jeden Tag erwartete in den kommenden sechs Wochen. Er sandte Istaqa einen stummen Blick der Dankbarkeit hinüber, den dieser mit einem Schulterklopfen quittierte. Wie mit Ada auch verstand sich Moki mit dem Cowboy meist wortlos.

Jetzt nickte er Istaqa noch einmal zu und drehte sich dann um in Richtung des Haupthauses. Es war nicht die aufsteigende Mittagshitze, die Moki hineintrieb, sondern der Gedanke an Ada. Er musste unbedingt heute noch damit beginnen, Tagebuch über seine Ferien zu führen – denn sonst würde er wichtige Details vergessen, die er ihr später erzählen musste. Die Sichtung des majestätischen Kalifornischen Kondors zum Beispiel. Oder die Begegnung mit dem Präriehund. Und das mystische Glitzern der Salzkristalle auf den Bergkuppen. Morgen früh musste Moki unbedingt Fotos davon machen, die er Ada zeigen konnte. Darauf freute er sich mindestens ebenso wie auf die bevorstehenden Wochen voller Wildnis-Abenteuer. Und er legte in diesem Moment einen Schwur ab vor sich selbst: Sobald sie beide alt genug waren, würde er gemeinsam mit Ada an diesen Ort reisen und ihr die Wunder der Kalifornischen Prärie zeigen. Moki griff in seiner Hosentasche nach den beiden Moqui-Marbles, die seine Freundin ihm geschenkt hatte. Die Steine kribbelten in seiner Hand und sein Herz schlug schneller

bei dem Gedanken daran, zusammen mit Ada durch diese
herrliche Steppenlandschaft zu reiten.

ARIZONA, USA
(08. August 2058, nachmittags)

Es war unmöglich. Er konnte es einfach nicht schaffen. Sosehr er sich auch bemühte, die Zähne zusammenbiss und seine Schmerzen ignorierte, kam er dennoch dem ersehnten Ziel kaum näher. Das grünliche Schimmern am Horizont war in der flimmernden Hitze des Tages abermals zur Unkenntlichkeit verschwommen und erneut beschlichen Quentin nagende Zweifel, ob es sich vielleicht doch um eine Sinnestäuschung handelte. Widerstrebend hatte er soeben seine zweite und letzte Flasche Wasser angebrochen und zwang sich, die lebenswichtige Flüssigkeit einzuteilen und nicht dem brennenden Durst nachzugeben und voller Gier alles auf einmal in sich hineinzustürzen. Er konnte nicht abschätzen, wie weit er bereits gegangen – oder besser gesagt gehumpelt – war, denn er hatte seinen Ausgangspunkt, das Drohnenwrack, nicht mehr im Blick. Es war längst hinter einem Hügel verschwunden. Quentin wusste nicht einmal mehr, hinter welchem – irgendwann, als er sich umdrehte, war es aus seinem Sichtfeld gerückt. An Umkehr war also nicht zu denken; abgesehen davon hätte er den Rückweg auch körperlich und mental nicht mehr bewältigt. Seine Kräfte verließen ihn und schwanden gemeinsam mit seinem Mut ebenso schnell wie der Wasservorrat. Dem Sonnenstand nach zu urteilen, ging es auf den späten Nachmittag zu, aber die Hitze war nach wie vor erbarmungslos. Und die Distanz zu dem vermeintlich rettenden Ziel nicht bestimmbar. Es schien sich vielmehr immer weiter zu entfernen, je länger Quentin unterwegs war. Mit seinen letzten Kraftreserven verflog auch jegliche Zuversicht. Im Gegenteil, ihn beschlich nun die sichere Gewissheit, dass seine Mission zum Scheitern verurteilt war.

Eine neue Empfindung machte sich in Quentin breit, und er benötigte eine Weile, um zu verstehen, was in ihm vorging. Zu lange hatte Thiara sämtliche Gefühle auf ein Minimum gedämpft, um große emotionale Ausbrüche zu vermeiden – ganz im Dienste der Sicherheit ihres Trägers und seiner Mitmenschen. Aber was Quentin jetzt überwältigte, war eindeutig Wut. Eine heiße Welle des Zorns entbrannte in ihm, durch keine Technologie der Welt besänftigt oder abgewendet. Wenn schon sämtliche Technik versagte und niemand ihm zur Hilfe kam, dann musste es doch verdammt noch mal möglich sein, sich selbst aus dieser misslichen Lage zu befreien.

„Verflixt, das das kann doch nicht wahr sein! So schnell gebe ich nicht auf. Ihr könnt mich alle mal kreuzweise, ich schaffe das auch ganz allein. Euch werde ich es zeigen!", fluchte er immer wieder gebetsmühlenartig vor sich hin, mal leiser und mal lauter, wütend auf einen nicht näher definierten Gegner. Und dieser pure, tief empfundene Groll verschaffte Quentin die alles entscheidende Energie. Voller neu geschöpfter Kraft schritt er wieder voran, das abermals am Horizont grünlich aufflackernde Flimmern fest im Blick. Nach einer Weile entschloss er sich, diesen zu senken und nur ab und zu hochzuschauen, um sein Ziel nicht aus den Augen zu verlieren. Auf diese Weise bekam er ein besseres Gefühl dafür, ob er sich dem verheißungsvollen Grün näherte.

Und tatsächlich: Als die Sonne sich – eine gefühlte Ewigkeit voller Durst, Schmerzen und Verzweiflung später – langsam tiefer Richtung Horizont senkte, konnte Quentin es plötzlich klar und deutlich erkennen. Dennoch traute er zunächst seinen Augen kaum. Er beschleunigte den Schritt und die Hoffnung verlieh ihm Flügel. Alle Mühsal und Pein vergessend, taumelte er mit erstaunlicher Geschwindigkeit auf den Ort zu, welchen er bis vor kurzem noch kaum je zu erreichen glaubte. Entweder, er halluzinierte jetzt tatsächlich, oder es war wahrhaftig die erhoffte Rettung. Und je näher er kam, desto eindeutiger wurde das Bild der Erlösung: Vor Quentin ragte eine Ansammlung Saguaro-Kakteen aus der Geröllwüste, zum Greifen nahe, gespickt mit leuchtend roten Früchten. Er schrie vor Freude laut auf und die Erleichterung bescherte ihm einen erneuten, allerletzten Energieschub. Ohne seine Schmerzen auch nur wahrzunehmen, hinkte Quentin auf die Kakteen-Gruppe zu. Woher er wusste, um welche Art es sich handelte, fragte er sich nicht. Und auch nicht, woher er die Gewissheit nahm, dass ihre Früchte essbar waren und ihm die rettende Flüssigkeit spenden würden, die er so dringend brauchte. All dies schien ihm natürlicherweise klar zu sein, ganz ohne Thiara. Wie selbstverständlich achtete Quentin außerdem darauf, beim Ernten der tiefer hängenden Fruchtstände die langen und scharfen Stacheln des jeweiligen Kaktus geschickt zu umgehen.

Quentin stürzte sich gierig auf alle erreichbaren Früchte und schlang die süße, erfrischende Ernte hastig in sich hinein. Leider war seine Ausbeute jedoch nur spärlich. Die meisten der begehrten Exemplare hingen in erheblicher Höhe und er hatte keine Chance, sie zu erreichen. Quentin versuchte, seine selbst gebastelte Gehstütze zur Hilfe zu nehmen, doch ohne Erfolg. Die Kakteen waren riesig und schützten ihre samenhaltigen Kapseln in mehreren Metern Höhe vor unliebsamem Zugriff. Er musste sich also etwas einfallen lassen, denn noch hatte er zu wenig gegessen, um seinen Hunger und Durst zu stillen. Quentin blickte sich um. Weit und breit nur Einöde, Staub und Felsen. Er grübelte eine Weile, dann hatte er die zündende Idee, ein paar Steine am Fuße der Kakteen so aufzuhäufen, dass sie ihm als Podest dienen sollten. Die Sonne näherte sich weiter dem Horizont, also musste er sich beeilen – schließlich wollte er nicht in der Dunkelheit auf giftige Wüstenbewohner wie den Arizona-Rindenskorpion treffen, die sich in dem warmen Geröll verstecken konnten und mit ihrer teils sehr hellen Färbung gut auf dem sandigen Untergrund getarnt waren. Wieder einmal war Quentin auch ohne Thiara klar, dass der Stich dieser Gattung für Menschen normalerweise nicht tödlich war. Dennoch konnte er sich angenehmere Tierbegegnungen vorstellen und wollte seinem geschwächten Körper überdies keine weiteren Strapazen zumuten.

Unter höchster Vorsicht rollte Quentin daher mühsam Stein für Stein heran, stapelte erst die größeren und dann immer kleinere aufeinander, bis er einen einigermaßen stabilen Haufen gebildet hatte. Umsichtig kletterte er diesen empor, denn immer wieder gaben einzelne Brocken unter seinem Gewicht nach und polterten lautstark hinunter. Wenn er sich zu hektisch bewegte, würde die ganze Konstruktion zusammenbrechen und ihn mit in die Tiefe reißen. Oder er würde gegen den Kaktus fallen und sich an den Stacheln verletzen. Also verhielt er sich lieber äußerst bedacht, auch wenn die Vorfreude auf den rettenden Genuss es schwer machte, sich zurückzuhalten. Am liebsten hätte er einfach eine der Kakteen gefällt und sich ausgiebig an dem süßen Ertrag gelabt.

Oben angekommen richtete Quentin sich langsam auf, die pulsierenden Schmerzen in seinem Knöchel nach wie vor ignorierend. Er fand einen einigermaßen stabilen Stand und hob jetzt vorsichtig seine Gehhilfe hoch, um damit nach den leuchtend roten, verheißungsvollen Leckerbissen über ihm zu hangeln. Leider kam er immer noch nicht ganz an sie heran. Quentin streckte sich etwas mehr, dann noch mehr. Schließlich stellte er sich auf die Zehenspitzen und machte mit dem gesunden Bein einen kleinen Hüpfer, die Gehstütze dabei dolchartig in die Höhe reckend. Ihre Spitze berührte tatsächlich eine der Früchte, welche sich mit einem satten Plopp von dem Kaktus löste und nach unten fiel. Gleichzeitig kam Quentin nach seinem Sprung wieder auf dem Steinhaufen auf und spürte, wie er das Gleichgewicht verlor. Er drohte, nach hinten zu kippen, und gab sich einen Ruck. Jetzt taumelte er nach vorne und griff instinktiv nach dem grünen Stamm, um sich festzuhalten, was er im selben Moment zutiefst bereute. Unbarmherzig durchbohrten die langen Stacheln seine Hand und Quentin schrie auf. Reflexartig wich er zurück, doch das war zu viel für die Steine unter seinen Sohlen. Er spürte, wie der gesamte Haufen ins Rutschen geriet und ihm im wahrsten Sinne des Wortes der Boden unter den Füßen weggerissen wurde. Quentin fiel, diesmal nicht aus weiter Höhe, aber inmitten einer Lawine von großen und kleinen Steinbrocken, die ihn erbarmungslos mit sich rissen und ihn wie eine Mühle zwischen sich zu zerreiben drohten. Überall prallten Steine von seinem geschundenen Körper ab, an Rumpf, Armen und Beinen. Quentin versuchte, mit erhobenen Händen seinen Kopf zu schützen und konnte doch nicht verhindern, dass ein Brocken ihn donnernd an der Schläfe traf. Seine Sinne schwanden.

Die Lawine kam langsam zum Erliegen und Quentin wiegte sich auf ihr wie auf einem Floß im seichten Gewässer. Noch wehrte er sich gegen die drohende Ohnmacht, doch nach und nach spürte er, wie er langsam in den Schlaf geschaukelt wurde. Als er die Augen schloss, vernahm er ein bedrohliches Rasseln, das sich mit enormer Geschwindigkeit näherte. Mit aller Gewalt riss er die Lider auf und erkannte einen Schatten am Boden, der in Windeseile auf ihn zukam und sich neben ihm aufbäumte. Dann raste etwas auf seinen rechten Arm herab und hieb in ihn hinein. Quentin spürte einen stechenden Schmerz, der sich explosionsartig in seinem Unterarm ausbreitete. Ihm wurde übel. Binnen weniger Millisekunden strömte ein heißes Brennen von seinem Arm aus in den ganzen Körper, wie ein loderndes Feuer, das ihn innerlich versengte. Gleichzeitig schnürte sich Quentins Hals zu und er bekam keine Luft mehr. Röchelnd rollte er sich nach links, weg von der Gefahr und dem glühenden, alles vereinnahmenden Schmerz. Jetzt war es so weit. Er würde sterben, schlicht und einfach ersticken – oder innerlich verbrennen. Quentin spürte, dass sich erneut etwas über ihn beugte und blickte nach oben. Feindselige Augen schauten ihn an aus einem grimmigen Gesicht. Das Letzte, was Quentin sah, war abermals ein Schatten, der sich gegen die Sonne hob und dann auf ihn niederstieß. Danach wurde alles schwarz.

TEIL 2

TOKPA: Die Zweite Welt[2]

So vermehrten sich die ersten Menschen, verbreiteten sich über das Land und waren glücklich. Obwohl sie verschiedene Hautfarben hatten und verschiedene Sprachen besaßen, fühlten sie sich als ein Volk und verstanden sich, ohne miteinander zu sprechen. Genauso war es mit den Vögeln und den Tieren. Sie alle saugten an der Brust ihrer Mutter Erde, die ihnen Milch aus Gras, Samen, Früchten und Mais gab, und sie alle, Menschen und Tiere, fühlten sich als Einheit.

Doch mit der Zeit gab es einzelne, die das Gebot Sotuknangs und Spinnenweibs, ihrem Schöpfer Ehrfurcht zu zollen, vergaßen.

Mehr und mehr benutzen sie die Schwingungszentren ihrer Körper allein für irdische Zwecke und vergaßen, dass es ihr eigentlicher Sinn war, den Schöpfungsplan auszuführen. (…)

Zu jener Zeit geschah es, dass sich die Tiere von den Menschen abwandten. (…)

Auf die gleiche Weise begannen sich die Menschen zu trennen und voneinander wegzuziehen, erst jene von unterschiedlicher Rasse und Sprache, dann die, die sich an den Plan der Schöpfung erinnerten, und die, die sich nicht erinnerten. (…)

Aber unter all den Menschen verschiedener Rasse und Sprache gab es in jeder Gruppe doch ein paar, die noch nach den Gesetzen der Schöpfung lebten. Zu ihnen kam Sotuknang. (…)

Er führte sie zu einem großen Hügel, wo das Ameisenvolk lebte, stampfte auf und befahl dem Ameisenvolk, sein Heim zu öffnen. (…)

Also gingen die Menschen hinunter zu dem Ameisenvolk, und nachdem sie sich alle in Sicherheit niedergelassen hatten, befahl Taiowa Sotuknang, die Welt zu zerstören. Sotuknang zerstörte sie durch Feuer, weil ihre Führer vom Feuerklan gewesen waren. Er ließ Feuer auf sie regnen, er öffnete die Vulkane. Feuer kam von oben und von unten und von überall, bis die Erde, das Wasser, die Luft und alles nur noch ein Element war: Feuer; und nichts blieb übrig außer denen, die sicher waren im Schoß der Erde.

Dies war das Ende von Tokpela, der Ersten Welt.

Während all dies geschah, lebten die Menschen glücklich unter der Erde zusammen mit dem Ameisenvolk. (…)

Nur eins machte Ihnen Sorgen. Die Nahrungsmittel wurden allmählich knapp. (…)

Endlich war das, was einmal die Erste Welt gewesen war, abgekühlt. Sotuknang reinigte sie. Dann begann er die Zweite Welt zu erschaffen. Er änderte sie vollständig, schuf Land, wo Wasser gewesen war, und Wasser, wo Land gewesen war, sodass die Menschen bei ihrem Aufstieg durch nichts mehr an die frühere, schlechte Welt erinnert würden. (…)

Dann wandte sich Sotuknang an die Menschen: „Steigt nun auf in diese Zweite Welt, die ich geschaffen habe. Sie ist schön, wenn auch nicht ganz so schön wie die Erste Welt. Sie wird euch gefallen. Vermehrt euch und seid glücklich. Aber erinnert euch an den Schöpfer und an die Gesetze, die er euch gegeben hat. (…)".

So zogen die Menschen in die Zweite Welt ein. Ihr Name war Tokpa (Dunkle Mitternacht). Ihre Richtung war Süden, ihre Farbe blau und ihr Mineral qöchásiva, Silber. Häuptlinge auf ihr waren salavi, die Fichte, kwáhu, der Adler und kolíchiyaw, das Stinktier.

Es war ein großes Land, und die Menschen vermehrten sich schnell; sie verbreiteten sich nach allen Richtungen, sogar bis zur anderen Seite der Welt. (…)

Und da begannen die Schwierigkeiten. Alles, was sie brauchten, gab es auf dieser Zweiten Welt, aber sie fingen an, mehr haben zu wollen. Mehr und mehr handelten sie mit Dingen, die sie nicht brauchten, und je mehr Güter sie erhielten, desto mehr wollten sie haben. (…)

Es dauerte nicht lange, bis geschah, was geschehen musste. Die Menschen gerieten miteinander in Streit, und die Kämpfe und Kriege zwischen den Dörfern begannen.

Es gab immer noch ein paar Menschen in jedem Dorf, die das Lied der Schöpfung sangen. Aber die bösen Leute lachten sie aus, bis sie es nur noch in ihrem Herzen singen konnten. (…)

Also rief Sotuknang, wie in der Ersten Welt, das Ameisenvolk an, dass es seine unterirdische Welt für die ausgewählten Menschen öffnete.

Als sie sicher unter der Erde waren, (… stürzten Berge) mit großem Klatschen in die Meere, Meere und Seen überfluteten das Land, und als die Welt durch den kalten leblosen Raum wirbelte, gefror sie zu festem Eis.

Das war das Ende von Tokpa, der Zweiten Welt.

KALIFORNIEN, USA (August 2010)

Moki fieberte schon seit fast zwei Wochen diesem Tag entgegen. Letzte Nacht hatte er vor Aufregung kaum geschlafen, denn heute war es endlich soweit! Der große Viehtrieb begann und er würde dabei sein, zum zweiten Mal in seinem Leben. Mokis Nerven waren zum Zerreißen gespannt. Laut Istaqa und seinem Grandpa war die Herde in den letzten zwölf Monaten noch größer geworden und umfasste mittlerweile mehr als eintausend Tiere. Lebhaft konnte Moki sich daran erinnern, wie beeindruckend ihm die Anzahl der Rinder bereits im vergangenen August erschienen war. Und jetzt waren es noch mehr!

Noch früher als sonst war Moki heute aus dem Bett und in seine Kleidung gesprungen. Ungeduldig hatte er Grandma dabei geholfen, den letzten Proviant für alle Cowboys zuzubereiten. Frühstücken konnte er selbst kaum etwas, er bekam vor lauter Aufregung fast nichts herunter.

„Macht nichts, wir haben genug zu essen dabei. Irgendwann kommt der Hunger", schmunzelte Grandma, und Grandpa nickte bestätigend.

„Genau, verhungert ist hier noch keiner!"

Dann ging es endlich los, Moki rannte nach draußen und pfiff nach Honovi. Die Stute erkannte ihn mittlerweile sofort und antwortete mit einem freudigen Wiehern. Langsam kam sie auf ihn zugetrabt.

„Guten Morgen, meine schöne Starke", flüsterte Moki zärtlich und vergrub sein Gesicht in ihrer Mähne.

Honovi antwortete mit einem leisen Schnauben und knabberte mit ihren Lippen sanft an seinem Rücken.

Moki lachte, klopfte ihr liebevoll den Hals und lief dann in Richtung Sattelkammer, um ihr Zaumzeug und den Sattel zu holen. Bevor er sie sattelte, putzte er seine Stute noch gründlich und kratzte ihr die Hufe aus, so wie er es in den vergangenen Wochen jeden Tag gemacht hatte. Die Handgriffe waren ihm in Fleisch und Blut übergegangen und Honovi genoss die Prozedur ebenso sehr wie er.

Doch die Stute spürte, dass heute etwas anders war. Nervös tänzelte sie auf und ab. Mokis Vorfreude übertrug sich auf sie und sie gab immer wieder ein erwartungsvolles Wiehern von sich.

„Ganz ruhig, Honovi, gleich geht es los. Wir ziehen auf den Viehtrieb", raunte Moki ihr zu und die Stute scharrte ungeduldig mit den Hufen.

Nachdem er Honovi gesattelt hatte, befestigte Moki das für die kommenden Tage benötigte Gepäck auf ihrem Rücken. Einen Schlafsack für die Übernachtungen im Freien, etwas Kleidung zum Wechseln, ausreichend Wasservorräte und der von Grandma vorbereitete Proviant. Honovi drehte sich immer wieder zu ihm um und verfolgte jede seiner Bewegungen aufmerksam.

„Guten Morgen, mein Freund. Seid ihr beide bereit?" Istaqa trat aus dem Halbdunkel der Sattelkammer und kam lächelnd auf ihn zu. Mit ein paar raschen Handgriffen kontrollierte der Cowboy Mokis Gepäck und nickte dann bestätigend.

„Sehr gut, alles fest."

Dann zwinkerte er Moki verschwörerisch zu, denn er konnte ebenfalls seine Aufregung spüren.

„Ihr beide werdet das gut machen, keine Sorge. Halte dich einfach an deine Großeltern und mich, dann kann nichts passieren. Und Honovi ist sehr erfahren und zuverlässig, sie macht das alles fast allein", sagte Istaqa beschwichtigend.

Moki nickte erleichtert. Mit einem Mal spürte er, wie die ganze Aufregung von ihm abfiel. Und auch Honovi wurde sofort ruhiger, die Stute entspannte sich sichtlich.

Moki löste den Strick, mit dem er sie angebunden hatte, und schwang sich in den Sattel. Sobald er auf Honovis Rücken saß, spürte er ihre gemeinsame Verbindung noch stärker als zuvor. Er atmete tief durch, sein Puls wurde langsamer, und auch Honovi senkte den Kopf und schnaubte gelöst.

Dann war es soweit. Alle Cowboys hatten sich versammelt und auch Istaqa und die Großeltern bestiegen ihre Pferde. Es mochten etwa zwanzig Reiter sein, die hier im ersten Morgenlicht zusammengekommen waren. Istaqa sprach kurz mit Grandpa, dann winkte er Moki zu sich heran und die beiden setzten sich an die Spitze der Gruppe. Grandpa und Grandma würden die Nachhut bilden. Langsam setzte sich der Tross in Bewegung, es war nur das dumpfe Klappern der Hufe auf der festgetretenen Erde zu hören, versetzt mit gelegentlichem Schnauben der Pferde und dem einen oder anderen fröhlichen Ruf der Cowboys. Alle hatten sich auf diesen Tag gefreut und waren glücklich, dass es endlich losging. Nach einer Weile fielen die Pferde von selbst in einen entspannten Trab und die Reiter ließen sie gewähren. Die Tiere wussten, dass es eine lange Distanz zu bewältigen galt und konnten Tempo und Kraft selbst einteilen.

Moki genoss den ruhigen Ritt und nahm alle Eindrücke um sich herum bewusst wahr. Er war immer wieder aufs Neue fasziniert von der Schönheit dieser kargen Steppenlandschaft. Nie konnte er sich sattsehen an dem erdigen Hügelpanorama, das je nach Lichteinfall eher ins rötliche, bräunliche oder gelbliche changierte. Seine Augen hatten sich in den letzten Wochen an die unendliche Weite gewöhnt und mit scharfem Blick suchte Moki den Horizont nach der Rinderherde seiner Großeltern ab. Und dann entdeckte er tatsächlich eine Ansammlung von einigen schwarzen Punkten in weiter Ferne, die sich langsam über das Grasland zu bewegen schienen.

„Schau mal", rief er Istaqa aufgeregt zu und zeigte auf die Herde.

Der Indianer nickte schmunzelnd. „Das sind wild lebende Präriebisons", gab er Moki augenzwinkernd zu verstehen.

„Wir haben hier seit einiger Zeit endlich wieder ein paar Herden, die durch die Steppe ziehen."

Moki lächelte verlegen. Es war ihm peinlich, dass er die riesigen Bisons mit den Texas Longhorn Rindern seiner Großeltern verwechselt hatte. Beim Näherkommen konnte er deutlich erkennen, dass die Bisons eine vollkommen andere Statur hatten, viel größer und massiger als die Rinder. Und ihr Fell war erheblich dunkler. Istaqa hatte das alles mit seinem erfahrenen Blick schon von Weitem gesehen.

Als die Cowboys in unmittelbare Nähe an der Bisongruppe vorbeizogen, unterbrachen nur wenige der etwa fünfzig Tiere das Grasen, um die Reiter und Pferde zu betrachten.

„Seid sie nicht mehr bejagt werden, sind die Bisons sehr zutraulich geworden", erklärte Istaqa prompt. Mokis Herz jubilierte. Er war glücklich darüber, diese amerikanischen Ureinwohner frei und friedlich in ihrer natürlichen Umgebung zu sehen. Wieder etwas, das er für Ada dokumentieren würde!

Nach einigen Stunden ließ Istaqa an einer Gruppe niedriger Bäume Halt machen, die den Tieren und Menschen ein wenig Schatten spenden würden. Außerdem gab es hier eine Tränke für die Pferde, an der alle sofort ihren Durst stillten. Moki kümmerte sich wie die anderen zunächst um seine Stute, bevor er sich zu den Cowboys in den Schatten setzte und hungrig seine Mittagsration verzehrte. Nirgends schmeckte es so gut, wie in der freien Natur!

Nachdem sie sich etwas ausgeruht hatten und die größte Mittagshitze vorüber war, bestiegen alle wieder ihre Pferde. Der Nachmittag verlief ähnlich ereignislos wie der Morgen, doch Moki wurde es nicht satt, die wunderschöne Landschaft in sich aufzusaugen und dabei nach den Rindern Ausschau zu halten. Als sie viele Stunden später den Platz für ihr erstes Nachtlager aufsuchten, war er kein bisschen enttäuscht. Er wusste, dass es einige Tage dauern konnte, bis sie die Herde entdeckten. Doch die Zeit auf Honovis Rücken in dieser herrlichen Natur zu verbringen, zusammen mit Grandpa, Grandma und Istaqa, war bereits Erlebnis genug. Moki freute sich auf den Abend am Lagerfeuer mit leckerem Essen und in Gesellschaft der Cowboys. Sicherlich würde Grandma wieder eine ihrer berühmten Indianerlegenden erzählen, denen alle gespannt lauschten. Sie war eine Expertin für die verschiedenen indigenen Völker in den USA und kannte viele ihrer Bräuche und Riten, die sie gerne an Moki, die Mitarbeiter auf der Farm und auch ihre Feriengäste weitergab. Wenn Grandma erzählte, hörten alle ergriffen zu. Moki konnte es kaum erwarten, heute Nacht in den klaren Sternenhimmel zu blicken, den Geschichten seiner Grandma zu lauschen und die Eindrücke des Tages noch mal innerlich an sich vorbeiziehen zu lassen. Wenn doch nur Ada ebenfalls hier sein könnte!

Am nächsten Tag entdeckten sie die Rinder immer noch nicht. Und auch nicht am darauffolgenden. Doch Mokis guter Stimmung tat dies keinen Abbruch. Er war beseelt davon, Teil dieses Abenteuers zu sein und wusste mit der untrüglichen Zuversicht der altgedienten Cowboys, dass sie früher oder später auf die Herde treffen würden.

Und tatsächlich, am fünften Tag war es endlich soweit. Istaqa stieß plötzlich einen langgezogenen Pfiff aus und deutete auf etwas am Horizont. Moki kniff die Augen zusammen. Er konnte nichts erkennen. Erst nachdem sie viele Kilometer weiter geritten waren, nahm er in der Ferne eine Art großen Schatten wahr, wie eine riesige Staubwolke. Istaqa hatte sie mit seinen Adleraugen als erster entdeckt und reckte nun den Daumen nach oben, als Moki sie ebenfalls sah.

Es dauerte noch viele Stunden, bis sie schlussendlich bei den Rindern ankamen. Moki war erstaunt, wie groß die Herde war, aber konnten das wirklich mehr als tausend Tiere sein?

„Das ist nur ein Teil der Herde", gab Istaqa ihm zu verstehen, der wie immer seine Gedanken gelesen hatte. „Die anderen sind vermutlich noch weiter südlich, vielleicht als große

Gruppe, vielleicht auch in kleinere Teile versprengt. Wir werden uns jetzt erst mal um diese hier kümmern."

Damit setzte der Cowboy einen weiteren Pfiff ab, und die Reitergruppe hinter ihm begann sich wie auf eine geheime Absprache hin aufzuteilen. Im Halbrund umzingelten sie die Herde in einiger Entfernung, dann zogen sie den Kreis immer enger. Und plötzlich setzte sich die Herde wie selbstverständlich in Bewegung, in Richtung einer nahe gelegenen Tiefebene, die zu drei Seiten von hohen Felsen gesäumt war.

Wie von unsichtbarer Hand gelenkt zogen die Tiere friedlich in diese natürlich begrenzte Weidefläche ein. Moki bewunderte die unsichtbaren Absprachen, die die Cowboys miteinander zu treffen schienen. Wann immer ein Rind oder mehrere drohten zu entwischen, war sofort ein Cowboy zugegen und schnitt ihnen den Weg ab. Intuitiv schienen Reiter und Pferd zu ahnen, was als nächstes passierte und waren immer einen Schritt schneller als die Rinder.

Zugegeben, Moki konnte nicht wirklich viel helfen beim Zusammentreiben der Herde. Seine Großeltern und Istaqa hatten ihm eingeschärft, dass er sich stets hinter ihnen halten solle. Und Moki folgte diesen Anweisungen willig, er wusste um die Gefahr, die von den beeindruckend langen Hörnern der Tiere ausgehen konnte. Aufmerksam beobachtete er jedes Manöver von Grandma, Grandpa und Istaqa. Er sog alles in sich auf und versuchte vorherzusehen, was sie als Nächstes tun würden. Im Laufe der Zeit lag er immer häufiger richtig mit seinen stillen Vorhersagen, und das freute ihn. Moki machte sich nichts daraus, kein aktiver Viehtreiber zu sein. „Dabeisein ist alles", murmelte er immer wieder glücklich in sich hinein. Er war gerade zehn Jahre alt geworden und sämtliche Cowboys versicherten ihm immer wieder, dass sie noch nie einen so jungen Kerl an ihrer Seite beim Viehtrieb gehabt hatten. Allein das machte Moki unendlich froh. Und er spürte die gleiche Erleichterung wie alle anderen, als die Herde schließlich unversehrt und ohne große Aufregung in die Tiefebene Einzug hielt und dort nach einer Weile zu grasen begann. Geschafft! Noch ein wunderschönes Erlebnis, das Moki mit Ada teilen konnte. In ein paar Tagen würde er wieder nach Deutschland fliegen und er konnte es kaum erwarten, seine Freundin endlich wiederzusehen.

ARIZONA, USA (24. August 2058)

Sobald sich der Schleier der Dunkelheit ein wenig lichtete, brannte das Feuer unerbittlich. Er wollte vor Schmerzen laut schreien, hatte aber nicht die Kraft dazu. Nur ein leises Stöhnen kam über seine Lippen. Dann ging es wieder hinab in die erlösende, tiefe Finsternis.

Erneutes Auftauchen. Immer wieder wurden feuchte Tücher auf seinen Leib gelegt, deren kühlende Nässe jedoch sofort zu verdampfen schien, sobald sie seine Haut berührten. Die Flammen in ihm loderten weiter und die höllischen Qualen schickten ihn abermals in das schwarze Nichts.

Hin und wieder kehrte er zurück an die Oberfläche, vielleicht nach wenigen Minuten, vielleicht auch erst nach vielen Tagen oder Wochen. Zeit war nicht greifbar, sie hatte keinerlei Bedeutung.

Jemand wechselte regelmäßig einen Verband an seinem rechten Arm, von dem aus die quälende Pein in seinen Rumpf und alle anderen Gliedmaßen ausstrahlte. Der Arm fühlte sich riesig an, wie ein Ballon, der nicht zu seinem Körper gehörte.

Immer wieder wurde ihm etwas zu trinken eingeflößt, doch sein Mund und Rachen waren so stark angeschwollen, dass er kaum schlucken konnte. Wellen der Übelkeit stiegen in ihm auf. Gleichzeitig lief ihm der Speichel unkontrolliert aus den Mundwinkeln. Und auch das Atmen fiel ihm weiterhin schwer.

Einmal vernahm er im Dämmerzustand eine Art gutturalen Gesang. Die fremdartigen, mit kehliger Stimme vorgetragenen Laute klangen noch lange in ihm nach.

Quentin wusste nicht, ob all dies wirklich geschah, oder ob er halluzinierte. Erleichtert spürte er, wie er von einer Ohnmacht in die nächste glitt, welche die unerträgliche Hitze wieder für eine Weile vertreiben würde.

EIFEL, Deutschland (Juni 2011)

Ein grässlicher, langgezogener Schrei durchbrach die Stille und setzte dem Frieden dieses idyllischen Junimorgens ein jähes Ende. Moki schreckte auf. Er hatte die letzten Stunden in der Nähe des Dorfes auf einer Magerwiese verbracht und fasziniert die bunt gesprenkelten Schmetterlinge beobachtet, die an diesem sonnigen Tag an ihm vorbeiflatterten und auf der Suche nach Nektar verschiedene Blüten anflogen. Ein Meer aus weißen, gelben und purpurfarbenen Blumen erstreckte sich vor Moki. Er konnte sich nicht sattsehen an dem üppigen Farbspiel, bei dem Disteln, Schafgarbe, Margeriten, Ampfer, Klee und Schlüsselblumen um die Wette eiferten. Auch die Grüne Waldhyazinthe, der Knöllchen-Steinbrech, die Wiesen-Flockenblume und die Tauben-Skabiose buhlten hier um die Gunst von Bienen, Hummeln und anderen Bestäubern. Die Schmetterlinge wurden ebenso magisch angezogen von dieser Farbenpracht wie Moki. Er hatte neben Kohlweißling und Zitronenfalter den orangen Kaisermantel erblickt, mit seinen braun gescheckten Flügeln. Nicht zu verwechseln mit dem kleinen Perlmuttfalter, der ebenfalls vorbeigezogen kam. Auch ein Schachbrett hatte es sich gleich neben ihm bequem gemacht und seine schwarz-weiße Zeichnung präsentiert. Eine Zeitlang hatte sogar ein Kleiner Fuchs auf seinem Handrücken Platz genommen und dort ganz entspannt die Flügel auf- und wieder zugeklappt. Moki verharrte vollkommen regungslos und wagte kaum zu atmen, um den prächtigen Falter nicht zu verschrecken. Minutenlang harrte er aus und bewunderte jedes einzelne Detail seines wunderschönen Musters. Gut konnte er die drei schwarzen Punkte auf der orangerot leuchtenden Oberseite der Vorderflügel erkennen. Zwei davon waren ziemlich klein und einer deutlich größer – ein wichtiges Unterscheidungsmerkmal zum Großen Fuchs. Moki studierte den Schmetterling ganz genau, bis dieser sich unvermittelt wieder in die Lüfte schwang, zum Abschied noch ein paar Kreise um Mokis Haupt zog, um dann weiterzufliegen in Richtung einer verheißungsvollen Blüte, die mit ihrem Nektar lockte. Moki lächelte und fuhr damit fort, alle diese wunderschönen Begegnungen sorgfältig in Adas und seinem Notizbuch zu dokumentieren. Er war ganz versunken in die Arbeit, als plötzlich der markerschütternde Schrei erklang und sein Herz zum Stocken brachte.

Moki blickte sich suchend um. Das Schreien ertönte erneut, diesmal noch herzzerreißender als zuvor. Es hörte sich beinahe an wie ein verzweifelt weinendes Baby, doch Moki wusste, hier war eine Katze in Not. Er sprang mit einem Satz auf die Beine und spurtete sofort los in die Richtung, aus der das Wehklagen gekommen war. Ein weiterer jämmerlicher Schrei bestätigte ihm, dass er den richtigen Kurs eingeschlagen hatte. Moki wusste, dass er sich beeilen musste. Es ging hier um Leben und Tod. Seine Lungen brannten bereits nach wenigen Metern und dennoch hatte er das Gefühl, nur in Zeitlupe voranzukommen. Endlich war er am Rande des Dorfes angelangt und sah eine Gruppe Jungen im Hof der alten verlassenen Schmiede versammelt. Sie hatten einen Halbkreis gebildet um etwas, das vor ihnen am Boden lag. Einer von ihnen kniete darüber, den Arm nach oben gestreckt. Es war Pascal Aubert und er hatte eine Axt in seiner Hand. Unter ihm lag eine Katze, überall war Blut. Pascal holte aus zum nächsten Schlag.

„NEIIIIIIIIIIIIIIN!!!", schrie Moki aus Leibeskräften, als er in den Hof hineinstürmte. Gleichzeitig kam Ada mit ihm an, sie musste die Schreie bis zu sich nach Hause gehört haben.

Pascal sprang auf und drehte sich um. Ein mieses Lächeln lag auf seinem Gesicht, sein Blick wirkte seltsam entrückt, beinahe wahnsinnig. Ein stumpfer Ausdruck der Freude spiegelte sich darin wider, gespeist von dem Triumph des Überlegenen, der seinem Opfer alles Leid der Welt zufügen kann. Und wird. Das Beil hielt er immer noch drohend erhoben.

„Ach, guck mal, die beiden T-t-t-ierflüsterer", feixte er grinsend und seine Kumpels brachen in dreckiges Gelächter aus. Moki war als erster bei ihnen.

„Du Arschloch, lass die Katze in Ruhe!", brüllte er Pascal ins Gesicht, ungeachtet der blutigen Axt in dessen Händen.

„Los, verpisst euch!" Jetzt baute sich auch Ada neben ihm auf. Sie hatte die Fäuste drohend zum Kampf erhoben und Moki tat es ihr nach.

Einige Sekunden lang passierte nichts. Pascal blickte sie abschätzig an, musterte sie aus seinen rot geäderten Augen von oben bis unten, einen nach dem anderen. Wenn es jetzt zum Kampf kam, würden Moki und Ada schlechte Chancen haben. Pascal war viel größer als sie und außerdem bewaffnet. Und seine Gang würde ihm sofort zu Hilfe kommen, sie zogen ihren Kreis bereits enger um Moki und Ada. Mokis Herz klopfte bis in seinen Hals. Die Katze am Boden wimmerte und er spannte alle Muskeln an, bereit für den ersten Schlag. Plötzlich lachte Pascal gehässig auf.

„Ach wisst ihr, es ist eh viel lustiger, wenn das Vieh in euren Armen verreckt. Warum sollte ich es direkt erlösen?"

Damit machte er auf dem Absatz kehrt und verließ den Hof, das blutige Beil locker in der rechten Hand baumelnd. Seine Freunde schlurften johlend hinter ihm her.

Moki beugte sich über die verletzte Katze. Es musste sich um einen der Streuner hier aus dem Dorf handeln, denn das Tier trug kein Halsband. Er konnte jedoch nicht erkennen, welcher es war, dafür war das Fell der armen Kreatur zu sehr mit Blut verschmiert. Ada kauerte neben ihm und keuchte vor Entsetzen.

„Meine Güte, wie kann man nur …", flüsterte sie mit tränenerstickter Stimme.

Pascal hatte offensichtlich versucht, der Katze ein Hinterbein abzuhacken. Es hing nur noch an wenigen Sehnenfetzen und blutete stark. Die rote Flüssigkeit schwappte pulsierend aus der fleischigen Wunde und Moki presste instinktiv seinen

Daumen darauf, um die Blutung zu stoppen. Während Ada die inzwischen nur noch leise jammernde Katze behutsam in ihre Arme nahm, drückte Moki weiter die Ader ab. Vorsichtig, aber sich dennoch beeilend, liefen sie die Straße hinunter bis zum Tierarzt. Moki schickte immer wieder Stoßgebete gen Himmel, dass Frau Doktor Malberg da sein würde und dass die Katze überleben würde.

Mit seiner freien Hand klingelte er Sturm an der verschlossenen Praxistür und an der Tür zu der Privatwohnung der Veterinärin gleich darüber. Gleichzeitig brüllte er lautstark ihren Namen. Und tatsächlich, nach einer gefühlten Ewigkeit machte Frau Doktor Malberg endlich auf. Sie hatte keine Sprechstunde an diesem Samstagnachmittag, war aber glücklicherweise zu Hause.

Ida Malberg riss entsetzt die Augen auf, als sie Moki und Ada mit der geschundenen Katze in ihren Armen erblickte. Sie hatte schon viel gesehen als Tierärztin, aber dieses Blutbad ließ auch sie erblassen.

„Oh mein Gott, kommt schnell rein. Hier rüber, in den OP. Ich muss die Blutung sofort stillen und den Kreislauf stabilisieren."

Die Katze in Adas Armen atmete nur noch schwach. Moki konnte kaum mehr erkennen, wie sich ihr Brustkorb hob und senkte. Die folgenden Szenen erlebte er wie in Trance. Ida Malberg übernahm das Kommando und Moki und Ada assistierten ihr bei der Amputation des verletzten Beins, so gut sie konnten. Nach etwa einer Stunde lag die Katze sorgfältig verbunden auf dem OP-Tisch, angeschlossen an einen Tropf mit Schmerz- und Beruhigungsmitteln. Ida Malberg atmete erleichtert auf und auch Moki spürte, wie ihm ein Stein vom Herzen fiel.

„So, das hätten wir geschafft", wandte sich die Tierärztin lächelnd an die beiden. „Jetzt hängt es von ihr ab. Die Kleine hat viel Blut verloren, scheint mir aber einen großen Lebenswillen zu haben. Ich denke, sie kommt durch."

Moki wischte sich die Tränen aus den Augen.

„Keine Sorge", munterte Ida Malberg ihn auf. „Katzen können sehr gut auch mit drei Beinen leben. Und diese hier ist noch recht jung, höchstens ein Jahr alt. Sie wird sich prima daran gewöhnen."

Dann wurde die Tierärztin plötzlich ernst. „Wo habt ihr sie gefunden? Wisst ihr, wer ihr das angetan hat?" Dass es sich bei dieser Verletzung nicht um einen Unfall handeln konnte, war ihr klar.

Moki und Ada nickten stumm und warfen sich einen kurzen Seitenblick zu. Sie wussten, dass Pascal sich an ihnen rächen würde, wenn sie ihn jetzt verrieten. Ada zuckte kurz mit den Schultern und Moki nickte.

„Pascal Aubert", sagten sie wie aus einem Munde.

Das Gesicht der Tierärztin verdüsterte sich. „Habe ich es mir doch gedacht", murmelte sie wütend.

Pascal brüstete sich stets mit grausamen Schauergeschichten, in denen er Tiere auf schreckliche Weise quälte. Er gab damit an, Frösche aufzublasen oder nachts auf der Weide schlafende Kühe umzuwerfen. Dass er sich jetzt auch an Katzen vergriff, war leider wenig überraschend.

„Ich rede mit seinen Eltern, ihr haltet euch da raus", gab Ida Malberg ihnen unmissverständlich zu verstehen. Moki und Ada nickten und warfen sich einen weiteren Blick zu. Mit Pascals Eltern war nicht zu spaßen. Die Familie bewirtschaftete bereits seit drei Jahrhunderten den größten Hof in der gesamten Umgebung und galt als sehr wohlhabend. Viele Menschen aus den umliegenden Dörfern arbeiteten seit Generationen für sie, vor kurzem hatte der Vater jedoch auf modernste Technik in der Landwirtschaft umgestellt und die meisten Arbeitskräfte entlassen. Ihm war vor allem an der Wirtschaftlichkeit seines Betriebes gelegen und weniger am Tierwohl oder an der Arbeitsplatzsicherheit. Daher ließ er seine riesigen Ackerflächen inzwischen von hoch technologisierten Landmaschinen bestellen, die zum Pflügen, zum Düngen, für die Aussaat oder die Ernte nur noch einen einzelnen Fahrer benötigten, statt einer ganzen Crew. Moki fühlte sich bei diesem Anblick jedes Mal auf ungute Weise an die vollautonomen Erntemaschinen von Chuck Miller in den USA erinnert, dem Nachbarn seiner Großeltern. Er bekam stets Bauchschmerzen, wenn er sie sah. Bauer Aubert hatte darüber hinaus auch seine Schweinemast modernisiert und einen Stall bauen lassen, in dem die Tiere dank neuester Computertechnik permanent überwacht wurden, der Zeitpunkt der Besamung oder des Schlachtens per Algorithmus bestimmt wurde und auch das Füttern und Ausmisten vollautomatisch erfolgte. Die innerhalb weniger Wochen zur Schlachtreife gemästeten Tiere sahen nie das Tageslicht und nur selten einen Menschen. Infolgedessen benötigte Bauer Aubert auch kaum noch Mitarbeiter. Viele waren arbeitslos geworden, doch niemand wagte sich dagegen aufzulehnen, denn die Familie Aubert galt nicht nur als mächtig, sondern auch als skrupellos und brutal. Pascal kam immer wieder mit Prellungen oder einem blauen Auge in die Schule. Er behauptete, dass er sich mit älteren Jungs geprügelt oder beim Sport verletzt hätte. Doch es hielten sich hartnäckige Gerüchte, dass sein Vater ihn schlagen würde. Er bezeichnete seinen Sohn als wehleidig und war enttäuscht darüber, dass Pascal allergisch auf Gräser, Frühblüher und auch das Vieh reagierte und daher den Hof als Stammhalter nicht übernehmen würde. Das gab er seinem Sprössling deutlich zu spüren, er ließ seinen Frust an ihm aus und machte sich in aller Öffentlichkeit über ihn lustig. Und hinter den Kulissen schien er des Öfteren die Hand gegen seinen Sohn zu erheben. Vermutlich blühte das Pascal jetzt erneut, wenn die Tierärztin mit seinen Eltern Rücksprache hielt. Jedenfalls würde die Rache von Pascal und seiner Clique nicht lange auf sich warten lassen, soviel wussten Moki und Ada sicher. Doch jetzt waren sie erst einmal überglücklich darüber, dass die Katze gerettet war.

„Das hier ist eine junge Dame", sagte die Tierärztin nun mit Blick auf ihre schlafende Patientin. „Wie wollt ihr sie denn nennen?"

Ada schaute Moki verschmitzt an. „Wie wäre es mit Mrs. Hook?"

Er musste laut lachen. „Einverstanden! Und du musst dich um sie kümmern, wenn ich nächsten Monat nach Kalifornien fliege."

„Aber klar, abgemacht. Mrs. Hook und ich werden uns die Zeit vertreiben, während du bei deinen Großeltern bist. Und wenn du zurückkommst, ist sie wieder putzmunter, du wirst schon sehen!"

Moki lächelte. Er freute sich bereits jetzt schon auf die Rückkehr aus den USA, und das lag nicht nur an Mrs. Hook.

ARIZONA, USA (15. September 2058)

Diesmal war alles anders. Er konnte die Veränderung deutlich spüren. Als Quentin zum ungezählten Male aus der Dunkelheit auftauchte, kam er endlich ganz wieder zu sich. Die Benommenheit war verschwunden und auch das Gefühl, dauerhaft in einem schlechten Traum gefangen zu sein. Er hielt die Augen noch eine Weile geschlossen und fühlte in sich hinein. Der unerträgliche, alles versengende Schmerz hatte nachgelassen und war nur noch als leichtes Pochen in seinem rechten Arm wahrnehmbar. Auch die Enge in seinem Brustkorb war fort, Quentin konnte wieder befreit atmen. Mund und Hals schienen ebenfalls nicht mehr geschwollen zu sein, denn das Schlucken fiel ihm deutlich leichter als zuvor. Und selbst die elende Übelkeit war fort.

Quentin öffnete langsam die Lider und blickte sich um. Trotz des dämmrigen Lichtscheins war er zunächst geblendet von der ungewohnten Helligkeit, seine Augen mussten sich erst einmal daran gewöhnen. Doch nach einer Weile konnte Quentin die Umgebung genauer erkennen. Er befand sich in einem karg eingerichteten Raum, der die gleichen Ocker- und Brauntöne aufwies wie die Wüste, durch die er tagelang auf der Suche nach Wasser und Hilfe geirrt war. Eine schmale Öffnung in der Wand diente als Fenster, durch das ein wenig Sonnenlicht hineinfiel und das Zimmer spärlich beleuchtete. Bei genauerer Betrachtung konnte Quentin erkennen, dass der Boden und die Wände aus einer Art Lehm bestanden und dass zwischen den hölzernen Deckenbalken über ihm etwas Stroh hervorlugte. In der Ecke befand sich eine offene Feuerstelle; Holz und Reisig lagen direkt daneben. Von der Decke hingen Kochgeschirr und einige bunte Keramikschüsseln. Ansonsten war der Raum leer bis auf zwei Holzstühle mit geflochtener Sitzfläche und das Lager aus gemusterten Decken, auf dem Quentin lag. Er fühlte sich, als hätte er eine Zeitreise von mindestens einhundert Jahren in die Vergangenheit gemacht. Gleichzeitig breitete sich eine Welle der Erleichterung in ihm aus. Er war gerettet!

Plötzlich spürte Quentin eine Bewegung hinter sich und erschrak. Hastig drehte er den Kopf herum, woraufhin die Übelkeit sofort zurückkehrte und ein starker Schwindel ihn übermannte.

„Langsam, langsam, nicht so schnell", krächzte eine Stimme, von der er nicht sagen konnte, ob sie zu einem Mann oder einer Frau gehörte. In der dunklen Zimmerecke hinter ihm erhob sich mühsam eine gebückte Gestalt und näherte sich mit schlurfenden Schritten. Als sie sich über ihn beugte, erkannte er das runzlige, wettergegerbte Gesicht einer sehr alten Frau, die ihn mit prüfendem Blick musterte.

„Du warst auf dem Weg in das Reich der Ahnen und bist wieder zurückgekehrt. Du bist sehr stark", stellte sie nach einer Weile nüchtern fest. Dabei legte sie ihm ihre schwielige Handfläche auf die Stirn und nickte anerkennend.

„Hier, trink etwas." Ein irdenes Gefäß mit Wasser wurde an seine Lippen geführt und Quentin trank gierig, bis es komplett geleert war. Die Situation kam ihm vertraut vor und er verstand, dass dies die gleiche Frau sein musste, die ihn in den vergangenen Tagen oder Wochen gesundgepflegt hatte.

„Danke", murmelte Quentin erschöpft und meinte dabei weit mehr als nur die paar Schlucke Wasser, die er soeben erhalten hatte. Die Alte schaute ihn gütig an und schien zu verstehen.

„Ruh dich weiter aus. Ich hole Weißer Hirsch." Quentin war sich nicht sicher, ob er richtig gehört hatte. Doch ihm fehlte die Kraft, nachzufragen. Die Greisin verschwand jetzt langsam schlurfend durch eine Holztür, die er vorher gar nicht bemerkt hatte.

Quentin schloss müde die Augen. Er versuchte, darüber nachzudenken, wo er gelandet war und was es mit dieser mysteriösen Frauengestalt und einem weißen Hirsch auf sich hatte, aber er konnte keinen klaren Gedanken fassen. Erschöpft dämmerte er vor sich hin und fiel schließlich in einen leichten Halbschlaf.

Nach einer Weile schreckte er auf. Die Holztür wurde geöffnet und es zeichneten sich zwei Schatten gegen das grelle Sonnenlicht ab. Quentin erkannte eine Gestalt von kleiner, gebeugter Statur, bei der es sich um die alte Frau von gerade eben handeln musste. Daneben stand ein imposanter, hoch aufgeschossener Hüne mit langem schwarzem Haar, das ihm bis auf den Rücken reichte. Als der Riese an sein Lager trat, fuhr Quentin vor Schreck zusammen. Er sah in das gleiche grimmige Gesicht, das sich bereits in der Wüste über ihn gebeugt hatte. Quentin versuchte instinktiv, sich zur Seite zu rollen und seinen Körper zu schützen. Dieser Mann hatte schon einmal auf ihn eingestochen oder ihn anderweitig verletzt. Er hatte ihm die schlimme Pein zugefügt, die er in den letzten Tagen oder Wochen ertragen musste. Bestimmt würde er jetzt sein Werk vollenden und ihn endgültig umbringen. Quentin stöhnte vor Panik laut auf.

„Der vom Himmel gefallene Mann hat den Zorn der Klapperschlange auf sich gezogen und wimmert jetzt um Gnade?", fragte der Hüne drohend und seine Bassstimme dröhnte dabei in Quentins Ohren. „Weil du die Wüste und ihre Bewohner nicht respektierst, musste ich, Weißer Hirsch, einen Nachkommen des Häuptlings káto'ya aus Tokpela, der ersten Welt, töten", fuhr er streng fort. „Dafür wirst du einen Ausgleich erbringen müssen."

Dann führte Weißer Hirsch einen kurzen Dialog mit der greisen Frau in einer Sprache, die Quentin nicht verstand. Ohne ihn eines weiteren Blickes zu würdigen, verließ er schließlich den Raum.

Quentins Gedanken rasten, während er die Alte dabei beobachtete, wie sie ein Feuer entfachte. Mühevoll schleppte sie einen Kessel voll Wasser heran und platzierte ihn auf der Feuerstelle. Dann begann sie, verschiedene Zutaten zu zerkleinern und in das mittlerweile kochende Wasser zu geben. Ein würziger Duft durchzog das Zimmer und Quentin stellte überrascht fest, dass sein Magen knurrte. Der bohrende Hunger, der sich plötzlich in seinen Eingeweiden ausbreitete, überlagerte alle Fragen, die sich in ihm auftürmten. Voller Dankbarkeit nahm er die köstliche Suppe zu sich, die die Frau ihm schließlich ein- flößte. Danach sackte er entkräftet zusammen und fiel in einen tiefen, traumlosen Schlaf. Die Fragen konnten warten bis zum nächsten Tag.

KALIFORNIEN, USA (September 2011)

Im gestreckten Galopp flogen sie über die Prärie, der schneidende Wind trieb ihm die Tränen in die Augen und nahm jegliche Sicht. Doch Honovi raste zielsicher auf das verirrte Kalb zu, welches voller Panik vor ihnen zu fliehen versuchte, blindlings in Richtung des steilen Abgrunds. Der wenige Monate alte Stier wurde bereits länger vermisst und Moki war der Erste, der ihn nach einigen Tagen der Suche endlich gesichtet hatte. Folglich war er auch näher dran als die anderen Cowboys und musste das Kalb unbedingt erreichen, bevor es in den sicheren Tod stürzte. Das junge Tier war jedoch völlig verängstigt und lief davon, sobald er und Honovi sich ihm näherten. Und jetzt hatte es das verhängnisvolle Rennen in Richtung Klippe aufgenommen, das Moki unbedingt gewinnen musste. Istaqa und die anderen waren zu weit weg, sie konnten ihm nicht zur Hilfe kommen. Aber Honovi wusste um die Gefahr, sie holte das Letzte aus sich heraus und flog geradezu über den steinigen Boden, ohne dass Moki sie dazu hätte auffordern müssen.

Die rotbraune Stute reckte sich und er konnte jeden einzelnen Muskel von ihr spüren. Dennoch schienen sie sich dem panisch davonjagenden Jungtier nur quälend langsam zu nähern. Moki war sich alles andere als sicher, ob sie es vor der Klippe erreichen würden. Jetzt schlug Honovi sogar noch einen kleinen Bogen, der ebenfalls wertvolle Zeit kostete. Doch die Stute entschied instinktiv, dass sie das Kalb seitlich überholen mussten, um es von seiner Todesroute Richtung Abgrund abzulenken. Und tatsächlich, in halsbrecherischem Tempo zogen sie an dem Tier vorbei und umrundeten es. Als Honovi vor ihm auftauchte, schlug das Kalb den rettenden Haken und wandte sich ab. Moki atmete auf. Er spürte, wie auch Honovi sich entspannte und ihren Galopp verlangsamte. Nun ging es nur noch darum, das bereits müde Jungtier zu erreichen und festzusetzen. Es stolperte schon und würde eine leichte Beute sein, denn Moki hatte diesen Sommer wieder viel trainiert mit seinem Lasso.

Als sie in die Nähe des Kalbs kamen, schwang er die Schlaufe ruhig über seinem Kopf, ließ sie mehrfach kreisen und dann in Richtung des kleinen Stieres fliegen. Honovi schien den Atem anzuhalten und ihn nicht stören zu wollen, die Stute glitt noch sanfter als sonst über den Boden. Und tatsächlich, es gelang bereits beim ersten Versuch. Das Lasso legte sich zielsicher um das rechte Hinterbein des Stieres und Moki zog es blitzschnell zu, während Honovi ihren Schritt verlangsamte und seitlich abdrehte. Das Kalb kam zu Fall. Honovi hielt sofort an und Moki befestigte das freie Lassoende sicher am Knauf ihres Westernsattels. Dann sprang er vom Pferd und ging vorsichtig auf das Jungtier zu, welches sich trotz seiner Erschöpfung erheblich zur Wehr setzte und wild mit dem Seil kämpfte. Moki sprach beruhigend auf das Kalb ein. Er wusste, dass er sich jetzt eigentlich auf den Stier setzen und ihn durch sein Gewicht niederdrücken musste. Dies war bereits sein dritter Viehtrieb und im Gegensatz zu den beiden Vorjahren hatte er sich aktiv eingebracht und die Herde gemeinsam mit den anderen Cowboys zusammengetrieben. Doch mit seinen gerade mal elf Jahren war er zu klein und zu leicht, um dieses verschreckte Tier vor ihm allein bändigen zu können. Das hatten Istaqa und seine Großeltern ihm immer wieder eindringlich zu verstehen gegeben, die Verletzungsgefahr war einfach zu groß. Gleichzeitig machte er sich jedoch Sorgen, dass der junge Stier sich verwunden würde in seinem erbitterten Kampf um die Freiheit. Er versuchte immer wieder aufzustehen und zu fliehen, und riss sich dabei beinahe das gefesselte Bein aus.

Moki blickte sich um und entdeckte zu seiner großen Erleichterung eine Staubwolke am Horizont. Dort kamen Istaqa und zwei weitere Cowboys angaloppiert, sie würden ihm helfen und das Kalb nicht nur beruhigen, sondern auch wohlbehalten zu seiner Mutter und der ganzen Herde zurückbringen.

„Gut gemacht, junger Mann!", sagte Istaqa mit ungewöhnlich hoher Stimme, als er sie endlich erreicht hatte. Er sprang behände vom Pferd und klopfte Moki anerkennend auf die Schulter.

„Wirklich, sehr gut!"

Moki war etwas irritiert, weshalb der Cowboy sich nicht unmittelbar dem verzweifelt um seine Befreiung ringenden Kalb zuwandte.

Dann erneutes Schulterklopfen, oder vielmehr ein sanftes Rütteln. Die Landschaft um ihn herum verschwand. Das Letzte, was Moki erblickte, war Istaqas freundliches Gesicht. Doch es sah auf einmal ganz anders aus als sonst.

„Was ist denn los?", wollte Moki fragen, aber er brachte kein Wort heraus. Dann wachte er endgültig auf und schaute sich verschlafen um. Er wusste zunächst nicht, wo er war und guckte verwirrt in das lächelnde Gesicht über ihm, das gerade noch zu Istaqa gehört hatte.

„Gut gemacht, junger Mann", sagte der nette Flugbegleiter erneut. „Du hast es fast geschafft, wir landen gleich in Frankfurt."

Moki reckte sich und versuchte, sich seine Überraschung nicht anmerken zu lassen. Der Traum war vollkommen real gewesen, denn er hatte tatsächlich in diesem Sommer bei seinen Großeltern ein Kalb vor dem sicheren Tod bewahrt und eingefangen, bevor es einen Abgrund hinunterstürzen konnte. Grandpa, Grandma, Istaqa und die anderen hatten ihn daraufhin voller Anerkennung offiziell in den Kreis der Cowboys aufgenommen und ihm zu Ehren ein großes Fest gegeben. Moki meinte, die Wärme des prasselnden Lagerfeuers immer noch auf seiner Haut spüren zu können. Und auch die mit heiseren Stimmen gesungenen Lieder klangen noch nach in seinem Ohr. Lächelnd blickte er den hellbraunen Stetson auf seinem Schoß an. Den breitkrempigen Cowboyhut hatten ihm seine Großeltern zum Abschied geschenkt als Dank für seine Hilfe beim Viehtrieb und bei der Rettung des Kalbes. Moki würde ihn in der Eifel in Ehren halten und nur zu besonderen Anlässen tragen.

Doch jetzt war er gleich wieder zu Hause in Deutschland. In wenigen Minuten würde er seine Familie wiedersehen. Und Ada! Mokis Herz schlug wie immer Purzelbäume, wenn er an seine beste Freundin dachte. Ob sie wohl mitgekommen war zum Flughafen, um ihn abzuholen? Erwartungsvoll begann er, seine Sachen zusammenzusammeln. Dabei überprüfte er zum wiederholten Mal, ob das Geschenk noch da war. Honovi hatte in diesem Sommer eines ihrer Hufeisen verloren, und Moki hatte es als Glücksbringer für seine Freundin mitgenommen. Da lag es, sorgfältig verpackt in der Seitentasche seines Rucksacks. Moki hoffte, dass Ada sich darüber freuen und die Symbolkraft in diesem Geschenk erkennen würde.

„Von Moki und Honovi. Für Ada. Möge es dir immer Glück bringen und alle deine Wünsche erfüllen", flüsterte er leise und strich dabei sanft über das Packpapier.

Dann lehnte er sich zurück und träumte noch etwas von den wunderschönen sechs Wochen, die er gerade bei seinen Großeltern verbracht hatte. Wie sehr er sie, Istaqa, Honovi und die Kalifornische Prärie bereits vermisste, trotz aller Vorfreude auf Ada. Er hoffte inständig, dass seine Gefährtin ihn eines Tages in die USA begleiten würde und er dann gemeinsam mit ihr all die kleinen und großen Abenteuer erleben konnte, die ihm dort stets begegneten. Mit einem Lächeln auf den Lippen stellte er sich vor, wie Ada und er zusammen durch die Steppe ritten, Hand in Hand dem Sonnenuntergang entgegen. Fast schämte er sich ein wenig für die kitschige Vorstellung, die einen Schwarm Schmetterlinge in seinem Bauch zum Flattern brachte. Doch gleichzeitig genoss er das wohlige Gefühl, das ihn dabei durchströmte. Und selbst, falls Ada nicht mit nach Kalifornien kommen konnte, würden sie immerhin ihre Zeit miteinander in der Eifel verbringen. Hauptsache, sie war an seiner Seite und sie konnten zusammen durch Wald und Flur streifen. Etwas Schöneres konnte Moki sich nicht vorstellen.

Ada wartete jedoch nicht am Flughafen auf ihn. Und auch Mom und Dad waren nicht da. Stattdessen hatten sie einen entfernt verwandten Onkel geschickt, der ihn abholte.

„Deine Eltern hamm keine Zeit, zu viel zu tun", nuschelte dieser nüchtern in seinen Bart, als er ihn in Empfang nahm.

Moki versuchte, sich seine Enttäuschung nicht anmerken zu lassen. Es waren ja nur knapp zwei Stunden Autofahrt, die er schweigend auf dem Rücksitz verbrachte. Auf eine mühsame Konversation mit dem wortkargen Onkel verspürte er wenig Lust. Was diesem als waschechten Eifeler vermutlich ohnehin entgegenkam, zeichnete sich diese eigentümliche Spezies doch meist nicht durch ausgeprägte Kommunikationsfreude aus.

Doch je weiter sie sich seiner Heimat näherten, desto mehr war Moki gefesselt von dem herrlichen Grün der Eifeler Spätsommerlandschaft. Er hatte die letzten Wochen in einer traumhaft schönen, felsigen Kulisse aus verschiedensten Braun-, Rot- und Ockertönen verbracht, nur hin und wieder durchbrochen von dem trockenen, graugrünen Steppengras. Jetzt fühlte er sich wie eingetaucht in eine wunderbare Meereskulisse, mit wogenden Wäldern, Wiesen und Feldern in den prächtigsten Abstufungen von grün, die er je wahrgenommen hatte. Die smaragdartig anmutende Landschaft war durchsetzt mit strahlenden Farbtupfern von purpurnem Sonnenhut, leuchtend blauen Kornblumen und knallgelben Sonnenblumen. Moki öffnete das Fenster und sog die warme Sommerluft tief in seine Lungen ein. Der süßliche Duft von frischem Heu durchströmte den Wagen, denn gerade erst hatten einige Bauern ihre Wiesen gemäht, zum zweiten oder dritten Mal in diesem Jahr. Die langen Halme lagen noch zum Trocknen auf den Feldern und wurden dort regelmäßig gewendet. Moki war ganz gebannt von dieser Pracht und wurde sich bewusst, wie sehr seine Sinne durch die Reise nach Kalifornien für neue Wahrnehmungen geschärft waren. Er nahm sich fest vor, diese betörend schöne Landschaft ab jetzt noch aufmerksamer wahrzunehmen.

Versöhnt mit sich und der Welt stieg er schließlich lächelnd aus dem Auto, als sie zu Hause angekommen waren. Moki blickte sich suchend um – und tatsächlich, sofort sprang eine Gestalt aus der Krone der alten Hofkastanie und raste jubelnd auf ihn zu. Ada flog ihm um den Hals und riss ihn lachend zu Boden.

„Moookiiiiiiiiii, da bist du ja endlich! Ich habe die ganze Zeit auf dich gewartet!!", rief sie und drückte ihm dabei fast die Luft ab.

Moki erwiderte die stürmische Umarmung vorsichtig und klopfte sich verlegen den nicht vorhandenen Staub von den Hosenbeinen, nachdem Ada ihn losgelassen hatte. Glücklicherweise kam jetzt auch Mrs. Hook angehumpelt, um ihn zu begrüßen. Die Katzendame hatte sich in den letzten Monaten tatsächlich prächtig erholt und streunte inzwischen ganz selbstverständlich auf drei Beinen durch das Dorf. Ihren Radius beschränkte sie jedoch auf etwa 100 Meter rund um Mokis und Adas zu Hause, dort schien sie sich am sichersten zu fühlen. Moki erkannte sie immer schon von Weitem, nicht nur wegen ihres hinkenden Gangs, sondern auch wegen der wunderschönen dreifarbigen Zeichnung, die ihr Fell hatte. Die Grundfarbe war Weiß, und auf jeder Seite des Rumpfes zierte sie ein fast kreisrunder schwarzer und ein ebenso gleichmäßiger brauner Fleck. „Wie gemalt", sagte Ada stets verzückt, wenn sie darüberstrich. Jetzt schmiegte Mrs. Hook sich schnurrend an Mokis Bein, und er hob sie lächelnd hoch.

„Hallo, mein tapferes Mädchen", murmelte Moki, während er sein Gesicht in dem weichen Fell der Katze vergrub. Ada tanzte währenddessen ausgelassen um sie beide herum.

Kopfschüttelnd betrachtete Mokis Onkel die Szene, dann schleppte er ihm seine Taschen ins Haus. Als typisches Eifeler Urgestein konnte er mit solch überschäumender Wiedersehensfreude nicht viel anfangen. Einen kurzen Gruß brummelnd setzte er sich schließlich in sein Auto und fuhr davon, bloß weg von diesen Emotionen. Ada konnte es nicht lassen, hinter ihm eine Grimasse zu schneiden und einen entnervten Seufzer von sich zu geben, während sie dem Wagen übertrieben freundlich hinterherwinkte. Dann drehte sie sich verschwörerisch grinsend zu Moki um. Jetzt waren sie allein, seine Eltern würden erst am späten Abend heimkommen. Und die Geschwister waren entweder irgendwo im Haus oder bei Freunden. Mokis Herz pochte.

„Mensch, deine Haare sind aber lang geworden", grinste Ada und wuschelte ihm dabei liebevoll durch die braunen Locken. Sie schien ihn noch ein Stück mehr zu überragen als noch vor den Sommerferien. Moki widerstand dem Impuls, sich auf die Zehenspitzen zu stellen.

„Jetzt erzähl schon, wie war es, was ist alles passiert, und wie geht es dir?", prasselten dann ihre Fragen im Stakkato auf ihn ein.

„Komm, wir gehen zum Elfenbaum", unterbrach sie ihn, noch bevor er antworten konnte. „Ich habe uns dort ein Picknick vorbereitet, da kannst du mir alles in Ruhe berichten. Wer als Erstes da ist! Der Verlierer muss dem anderen einen Wunsch erfüllen", rief sie und rannte bereits los.

Moki lächelte und setzte Mrs. Hook vorsichtig ab. Dann schnappte er sich das Hufeisen und lief langsam hinter Ada her, nur halbherzig darum bemüht, sie zu überholen. Nichts war ihm lieber, als ihr einen Herzenswunsch zu erfüllen. Und seine eigene geheimste Hoffnung hätte er sich ohnehin nicht getraut, ihr zu offenbaren.

ARIZONA, USA (03. Oktober 2058)

Quentin kam langsam wieder zu Kräften. Seit einigen Tagen war er immer häufiger wach und konnte mittlerweile sogar wieder feste Nahrung zu sich nehmen. Zunächst in Form eines stark sättigenden Maisbreis, inzwischen auch Brot und Gemüse.

Die alte Frau kümmerte sich nach wie vor rührend um ihn, brachte ihm regelmäßig Wasser, Medizin und köstliche Speisen. Er musste viel Blut verloren haben und an seinem rechten Unterarm schien ein großer Teil des Gewebes für immer zerstört. Die Wunde schmerzte immer noch, wenn Quentin sie vorsichtig berührte. Und die Greisin wechselte nach wie vor täglich den Kräuterumschlag an dieser Stelle. Ihr Name war „Ältere Schwester". Quentin hatte keine Geschwister, aber er genoss es sehr, dass sie sich auf diese fast mütterliche Weise um ihn sorgte. Ältere Schwester sprach nur wenig Englisch, dennoch konnten sie sich erstaunlich gut verständigen. Quentin hatte manchmal das Gefühl, dass sie und er auf eine Art telepathische Weise miteinander kommunizierten. Jedenfalls schien sie stets zu wissen, was er brauchte. Und er konnte, auch ohne alle Worte zu verstehen, ihren Erzählungen folgen.

Von Ältere Schwester hatte Quentin erfahren, dass er sich bei einem Clan der Paxij-Indianer befand. Er wusste, dass das Wort Paxij so viel bedeutete wie „friedfertiges Volk" oder „Volk des Friedens". Und dass es sich bei den Paxij um eine Gruppe der sogenannten Pueblo-Indianer handelte, eine der ältesten bekannten Kulturen der heutigen Welt. Sie hatten sich ihre Sprache, ihre starken Familienverbände sowie die seit vielen Jahrhunderten überlieferten Traditionen und Bräuche ihrer Vorfahren weitgehend bewahrt. Die Mehrheit von ihnen lebte heute in einem Reservat in Arizona, ganz in der Nähe der Stelle, wo Quentin mit seiner Drohne abgestürzt war.

Die Paxij versorgten sich in dieser kargen Umgebung vorwiegend selbst. Sie waren sehr erfahren im Umgang mit Trockenheit und Dürre und in der Lage, unter widrigsten Bedingungen Baumwolle, Kürbisse, Bohnen, Melonen und andere Feldfrüchte anzubauen. Mais war dabei die nahrungstechnisch und auch spirituell wichtigste Pflanze. Sie war den Legenden dieser Indianer nach die Milch der Mutter Erde für die Menschheit, so wie das Gras die Milch der Mutter Erde für die Tiere war. Der Paxij-Mais wuchs in kleinen Kolben an geradezu kümmerlichen Stängeln an felsigen Händen und auf staubigen Feldern. Doch ihre mächtigen spirituellen Zeremonien ermöglichten es diesem naturverbundenen Volk, bis heute an einem Ort zu leben, an dem ganzjährig große Trockenheit herrschte und nur selten ein wenig Regen fiel. Die Wissenschaft der westlichen Welt erklärte sich dieses Phänomen mit den Techniken des „dry farmings", des sogenannten Trockenanbaus von bestimmten Gewächsen, den die Paxij über viele Jahrhunderte perfektioniert hatten. Die Paxij selbst führten ihre Art der Landwirtschaft auf die Macht eines geweihten Wasserkrugs zurück, den ihre Vorfahren in dieser unwirtlichen Gegend vergraben hatten und der ihren Pflanzen bis heute genug Wasser zuleitete aus dem weit entfernten Meer. Mit dessen Hilfe und dank der Kraft ihrer Gebete würden die dürftigen Regenfälle immer ausreichend sein, um ihre Beete zu bewässern. „Unsere Dörfer liegen nicht am Pfad des fließenden Wassers, wie die Pueblos am Rio Grande. Jeder kann sehen, dass keine Wassergräben durch unsere Felder ziehen. Nur durch unseren Glauben werden unsere Felder bewässert, und durch unsere Gebete kommen die Regenfälle aus den Wolken", hatte Ältere Schwester erläutert. Quentin spürte die tiefe Wahrheit, die in dieser bildhaften Sprache steckte – auch wenn er wusste, dass solche Erklärungen in der wissenschafts- und technikgeprägten Welt, aus der er stammte, im besten Fall auf Ignoranz oder Belustigung, meist aber sogar auf Ablehnung stoßen würden.

Woher Quentin all die anderen Informationen über die Paxij und ihre Überlieferungen hatte, konnte er nicht sagen. Dieses Wissen war tief in seinem Inneren verborgen gewesen, obwohl er sich in der Vergangenheit nie mit den amerikanischen Ureinwohnern auseinandergesetzt hatte. Trotzdem tauchten immer wieder Bruchstücke in Quentins Gedanken auf, mit wichtigen Informationen zu diesem Volk. So wusste er zum Beispiel, dass sie früher autonome Siedlungen mit den sogenannten Pueblobauten aus Stein und luftgetrockneten Lehmziegeln bewohnten – die gleiche Bauart, die auch der Pueblo aufwies, in dem Quentin sich jetzt befand. Und er wusste, dass sie ihr traditionelles Stammesgebiet als den Mittelpunkt des Universums bezeichneten.

Quentin war auch Weißer Hirsch noch einige Male begegnet, dem hünenhaften Paxij, der ihm das Leben gerettet hatte. Er konnte das Alter des Indianers schlecht schätzen, denn dieser war trotz seines wettergegerbten, faltigen Gesichts immer noch von stattlicher Statur und hatte lange schwarze Haare, die nur von wenigen grauen Strähnen durchsetzt waren. Quentin war jedes Mal auf Neue eingeschüchtert von dem grimmigen Blick, mit dem der Indianer ihn bedachte. Dennoch kam ihm irgendetwas in den Augen des Paxij bekannt vor – Quentin konnte jedoch nicht sagen, was es war.

Ältere Schwester hatte ihm berichtet, dass es bereits Wochen zurücklag, seit er in der Wüste von einer Mojave-Klapperschlange in den rechten Arm gebissen worden war. Eine Verletzung, die normalerweise tödlich verlief, und die er nur dank der schnellen Rettung durch Weißer Hirsch und dank der aufopferungsvollen Pflege von Ältere Schwester überlebt hatte. Quentin hatte die Schlange mit seinem einstürzenden Geröllhaufen aufgescheucht. Und Weißer Hirsch musste das Tier dann mit seiner Axt köpfen, um zu verhindern, dass sie erneut zustieß.

Quentin verstand auch ohne weitere Erklärungen, weshalb der Indianer so wütend auf ihn war. Der Glaube der Paxij fußte darauf, dass alle Menschen in Ehrfurcht und Harmonie mit der Natur leben sollten, voller Liebe für die Schöpfung und alle Wesen. Schlangen und andere Tiere waren den Paxij heilig, das wusste Quentin ebenfalls intuitiv. Besonders die Klapperschlange wurde als ein übernatürliches Wesen respektiert und verehrt, dessen Gunst besänftigt werden musste und das nicht verletzt werden durfte.

Ältere Schwester hatte ihm außerdem erläutert, dass die Schlangen in der Paxij-Tradition die Wächter der Quellen waren und dass bis heute alle zwei Sommer von den Stammespriestern traditionelle Schlangentänze als Gebet aufgeführt wurden, um den Regen zu bringen. Anschließend wurden die Tiere wieder frei gelassen, da sie die Gebete der Tänzer mit sich trugen. Noch nie wurde ein Paxij-Priester bei dieser Zeremonie von einer Schlange gebissen. Und solch ein heiliges Wesen hatte Quentin auf dem Gewissen. Er schämte sich zutiefst für sein unachtsames Verhalten und hoffte, dass die Paxij ihm dies verzeihen würden.

EIFEL, Deutschland (April 2012)

Der Frühling hatte unverkennbar Einzug gehalten. Noch lagen in sehr dunklen Fichtenschonungen die letzten Schneereste, doch heute war der erste richtig warme Tag und die Überbleibsel des Winters würden bald geschmolzen sein. Am Morgen hatte Moki nach Monaten endlich wieder den herzzerreißend schönen Gesang einer Nachtigall wahrgenommen, die eindeutig den Beginn der wärmeren Jahreszeit anzeigte. Er war immer noch erfüllt von den wundervollen Klängen.

Jetzt lag er neben Ada im Perlenbachtal am Rande eines Blumenmeers aus wilden Narzissen, welche als weitere Frühjahrsboten ihre Köpfe Richtung Sonne streckten und mit dieser um die Wette leuchteten. Zu dieser Jahreszeit verwandelten sie Teile der Eifel in einen herrlichen gelben Blütenteppich. Im Hintergrund murmelte unermüdlich der Perlenbach, Namensgeber dieses Tals. Sein munteres Plätschern schien den Einzug des Lenzes ebenso fröhlich zu begrüßen wie die ersten jungen Hummel-Königinnen, die nach der langen Winterruhe noch etwas träge und desorientiert an Moki und Ada vorbeizogen auf der Suche nach Nektar, um ihre Energiereserven aufzufüllen. Schließlich benötigten sie viel Kraft, um einen Nistplatz zu suchen und dort ein neues Volk zu gründen.

In Mokis Bauch summte es mit den Hummeln um die Wette, und er war sich nicht sicher, ob das noch die Freude über das morgendliche Vogelkonzert und den anbrechenden Frühling war, oder vielmehr die Nähe zu Ada. Seine Freundin lag auf dem Rücken und schaute in den blauen Himmel, der von einzelnen weißen Wolken durchzogen wurde. Moki beobachtete sie heimlich aus den Augenwinkeln. Seit ein paar Wochen hatte er einige Veränderungen an ihr bemerkt. Ada war über den Winter deutlich gewachsen und gleichzeitig wirkte ihr Körper ganz anders als früher, irgendwie ein wenig rundlicher. Auch ihre Bewegungen waren weniger ungestüm, sondern beinahe geschmeidig. Wenn sie vor ihm herging, schien es fast so, als ob sie sich wie eine Katze an ihre Beute anschlich. Moki war verwirrt von dieser Wandlung, die ihn einerseits faszinierte, andererseits jedoch stark verunsicherte. Gleichzeitig war er froh darüber, dass Ada charakterlich immer noch die Gleiche war: frech, lustig und wild.

„Ich sehe was, was du nicht siehst, und das ist ein Elefant", sagte Ada jetzt.

Moki riss den Blick von ihr los und schaute sich den Himmel genau an. Sie hatten das alte Kinderspiel abgewandelt und er musste nun erraten, welche Wolke sie meinte. Gar nicht so einfach, denn es konnte ein ganzer Elefant sein oder nur der Kopf. Vielleicht auch ein liegendes oder sitzendes Exemplar. Oder ein Elefant von hinten.

„Die da", meinte er nach einer Weile und zeigte auf etwas, das genauso gut eine Bratpfanne mit Stiel sein konnte.

„Hä?", erwiderte Ada auch prompt. „Wo siehst du denn darin einen Elefanten? Los, gib dir mal ein bisschen Mühe. Du hast noch zwei Versuche". Dabei starrte sie krampfhaft auf irgendeinen Punkt dort oben, um ihm bloß nicht durch ihre Blickrichtung zu verraten, wo sich der Elefant verbarg. Moki musste darüber schmunzeln, wie ernsthaft sie dieses Spiel spielte. Er nahm sich zusammen, löste erneut den Blick von ihr und suchte die Wolkenformationen ab.

„Oh, gerade hat sich der Elefant verwandelt", flüsterte Ada plötzlich. „Er sieht jetzt eher aus wie ein Herz".

Dabei drehte sie sich zu ihm um und schaute ihm direkt in die Augen. Auf einmal schien es ihr gar nicht mehr wichtig zu sein, dass er das Herz am Himmel fand. Und Moki meinte, dass sein eigenes nun zerspringen müsste. Er konnte den goldenen Punkt in der grünen Iris von Adas linkem Auge erkennen, der fast wie eine zweite Pupille wirkte und sich nur bei bestimmtem Lichteinfall zeigte. Ihre Sommersprossen waren nach dem Winter noch ganz hell und zeichneten sich nur leicht auf der milchweißen Haut ihrer Wangen und Nase ab. Wie gerne hätte er vorsichtig darübergestrichen, jede einzelne davon berührt. Doch er traute sich nicht.

Auf einmal glaubte er zu sehen, wie sich Adas Wangen rosa verfärbten. Doch bevor er sich ganz sicher war, sprang seine Freundin unvermittelt auf und rannte los.

„Komm, wir gehen nach den Flussperlmuscheln schauen", rief sie ihm über die Schulter zu. Mit diesen Worten lief sie in Windeseile davon. Moki war noch wie betäubt und rappelte sich mühsam auf. Dann lief er mit großen Sprüngen hinter ihr her.

Dank ihrer ausgiebigen Streifzüge durch die Eifel waren Ada und er vermutlich die Einzigen, die das Versteck der uralten Flussperlmuscheln kannten. Diese Tierart war heutzutage beinahe ausgestorben. Die Verschmutzung vieler Gewässer, die Verdrängung der Bachforelle als Wirtstier und der frühere Raubbau durch Perlenfischer hatten dem Bestand erheblich zugesetzt. Nur ein paar wenige Exemplare wurden von Wissenschaftlern an einer geheimen Stelle des Perlenbachs gehalten, um sie vor Zerstörung zu schützen, wie Moki von seiner Mutter wusste. Eines Tages hatten Ada und er zufällig ebendiese Forscher beobachtet, wie sie den Zustand der Mollusken überprüften. Seitdem kamen sie regelmäßig an diesen Ort und zählten in respektvollem Abstand vom Flussufer aus die Muscheln, welche sich am Grunde des Gewässers niedergelassen hatten. Die Stelle lag weitab der ausgetretenen Wanderwege, war von Stromschnellen gesäumt und auch von Land aus sehr unzugänglich. Moki und Ada passten jedes Mal auf, dass niemand sie bei ihrer Expedition entdeckte. Dabei hatten sie keine Angst vor der Schelte der Wissenschaftler, sondern wollten vermeiden, dass sie das Versteck versehentlich anderen verrieten. Niemals hätten sie dieses Geheimnis preisgegeben, denn sie waren sich nicht sicher, ob sich jeder so rücksichtsvoll verhalten würde wie sie selbst. Es gehörte nicht einmal ein so mieser Charakter wie der von Pascal Aubert dazu, um solche Wunder der Natur zu entweihen oder gar zu zerstören. Dazu reichten eine gehörige Portion Neugier gepaart mit entsprechender Unkenntnis und Ignoranz vollkommen aus, wie Moki wusste. Er konnte sich lebhaft vorstellen, wie plumpe Familienväter auf der Jagd nach einem möglichst spektakulären Foto durch den Bachlauf wateten und dabei die Muscheln zertrampelten. Oder ihrem ebenso rücksichtslosen und naturentfremdeten Nachwuchs erlaubten, die Mollusken herauszureißen und als Andenken mit nach Hause zu nehmen. Wo sie dann vermutlich nach kurzer Zeit auf dem Müll landeten. Moki erschauderte bei dieser Vorstellung. Genau aus diesem Grund war es besser, wenn niemand außer ihnen und den Wissenschaftlern diese Stelle kannte.

Moki konnte schon von weitem die schmale Silhouette von Ada durch die Bäume hindurch erkennen. Sie stand mit respektvollem Abstand am Flussufer und blickte konzentriert in das klare Wasser. Sein Herz raste, als er sich hinter sie stellte, obwohl er gar nicht schnell gelaufen war. Zart stieg der liebliche Duft ihres blonden Haares in seine Nase, das den Frühlingsgeruch der Narzissenwiese in sich trug. Moki atmete tief ein.

„Schau mal, sie sind noch alle da." Ada zeigte auf die Muschelkolonie am Grunde des Flusses und griff gleichzeitig nach seiner Hand. Mokis Knie wurden weich. Jetzt wirbelte sie zu ihm herum und strahlte ihn an. Moki konnte wieder den goldenen Punkt in ihrem linken Auge erkennen. Plötzlich gab Ada ihm einen überschwänglichen Kuss auf die Wange.

„Ich werde dich diesen Sommer so sehr vermissen, mehr als je zuvor", sagte sie leise. Dann lief sie lachend davon.

Moki berührte vorsichtig die Stelle, an der ihre Lippen noch auf seiner Haut brannten. Nie wieder würde er sich hier waschen, er wollte für immer dieses Gefühl bewahren. Langsam setzte er sich unter den nächsten Baum. Diesmal konnte er seiner Freundin nicht hinterherlaufen, dafür waren seine Beine zu wacklig. Er schloss die Augen und genoss die wohlige Wärme, die sich in seinem ganzen Körper ausbreitete.

ARIZONA, USA (13. Oktober 2058)

Quentin träumte jede Nacht. Diffuse Landschaften zogen an ihm vorbei. Es waren seltsam vertraute Bilder, die ihm im Schlaf begegneten, und sie erfüllten sein Herz mit Glück und Zuversicht. Doch morgens konnte er sich kaum daran erinnern, was er geträumt hatte. Sosehr er auch versuchte, die Eindrücke festzuhalten – es blieb nur ein Gefühl der Wärme und Geborgenheit in ihm zurück.

Gleichzeitig kam Quentin die Siedlung der Paxij auf wundersame Weise bekannt vor. Nachdem er weiter zu Kräften gekommen war, bewegte er sich tagsüber sicher durch die unwirtliche Umgebung rund um das auf dem hohen Felsplateau gelegene Dorf. Nie hatte er dabei das Gefühl, die Orientierung zu verlieren oder sich in Gefahr zu begeben. Auch ohne Thiara wusste er instinktiv, welchen Weg er einschlagen musste und wie er sich in der Steinwüste zu verhalten hatte. Gleiches galt für sein Zusammenleben mit den Paxij, denn auch die Riten und Bräuche des Indianervolks erschlossen sich ihm ganz selbstverständlich. Quentin wusste intuitiv, wie er sich angemessen in die Gemeinschaft einbrachte, auch ohne dass ihm Thiara dies erklären musste. Hin und wieder fragte er Ältere Schwester nach den Gebräuchen ihres Volkes, aber meist war nicht einmal das erforderlich. Quentin war bewusst, dass neben Zurückhaltung vor allem tiefe Wertschätzung und aufrichtiger Respekt vor dieser alten Kultur die besten Ratgeber waren, an denen er sich orientieren konnte.

Nach seinem unbedachten Verhalten in der Wüste legte Quentin besonderen Wert darauf, den Menschen, die ihn gerettet und in ihre Mitte aufgenommen hatten, mit größter Hochachtung zu begegnen. Wenn er auf seinen kurzen Spaziergängen durch das Dorf ging, grüßte er alle Bewohner mit einer leichten Verbeugung und murmelte den Gruß, den er von Ältere Schwester gelernt hatte. Die meisten Erwachsenen grüßten ihn auf die gleiche Weise zurück, nur die Kinder suchten zu Beginn lachend das Weite. Inzwischen waren sie ihrer Neugier erlegen und begleiteten ihn häufig ein Stück seines Weges. Oft stellten sie ihm dabei in bestem Englisch eine Vielzahl von Fragen, die er alle nicht beantworten konnte. Wieso er vom Himmel gefallen war, wie er in der Wüste überlebt hatte, warum er den Zorn der Klapperschlange auf sich gezogen hatte, und so weiter. Quentin hätte selbst gerne die Antworten auf diese Fragen gewusst und zuckte häufig nur hilflos mit den Schultern. Meist wurden die Kinder nach einer Weile von einem der Erwachsenen auf Paxij ermahnt und ließen ihn dann widerstrebend in Ruhe. Was genau die Älteren zu ihnen sagten, konnte Quentin nicht verstehen.

Trotz dieser immer wieder auftauchenden Sprachbarriere fühlte Quentin sich wohl in der Dorfgemeinschaft, auch wenn er zu niemandem außer Ältere Schwester engeren Kontakt hatte. Die Paxij begegneten ihm mit freundlicher Zurückhaltung. Lediglich Weißer Hirsch betrachtete ihn weiterhin mit grimmigem Gesichtsausdruck und schien nicht bereit zu sein, ihm so schnell zu vergeben. Quentin hoffte sehr, diesen weisen Mann eines Tages davon überzeugen zu können, dass er kein schlechter Mensch war.

Von den Ältesten, die es laut Ältere Schwester hier ebenfalls gab, hatte Quentin noch niemanden gesehen. Die Dorfbewohner waren insgesamt sehr unaufdringlich, beinahe scheu, und er achtete darauf, stets einen respektvollen Abstand zu ihnen zu wahren. Quentin war sich seiner Rolle als Gast in dieser abgeschiedenen Gegend jederzeit bewusst.

Dennoch hatte er kein Bedürfnis, wieder in sein altes Leben zurückzukehren. Quentin wunderte sich selbst darüber. Normalerweise hätte er versuchen sollen, seine Kolleginnen und Kollegen im Vorstand von HTI Ltd. zu erreichen und ihnen mitzuteilen, dass er noch lebte. Eigentlich war er längst wieder reisefähig und sollte alles daransetzen, in die Zivilisation zurückzukehren, sich ein neues Thiara-Implantat einsetzen zu lassen, und seine vollständige Genesung in die Hände der Technologie zu legen.

Doch ein unbestimmtes Gefühl hinderte Quentin daran, diesen Schritt zu gehen. Er war immer noch irritiert, dass niemand ihm nach seinem Absturz zu Hilfe gekommen war. Irgendetwas daran stimmte nicht und Quentin konnte sich nicht erklären, was es war.

Außerdem hatte er festgestellt, dass seine Sinne seit dem Erwachen aus dem Koma viel sensibler zu sein schienen als vormals. Wenn er vor seiner Hütte in der Morgensonne saß, spürte er ihre wärmenden Strahlen so intensiv wie nie zuvor auf seinem Körper. Selbst den leisesten Windhauch nahm er als sanftes Streicheln auf der Haut wahr. Auch sein Geruchs- und Geschmackssinn wirkte deutlich geschärft. In dem Essen, das Ältere Schwester ihm zubereitete, konnte Quentin mühelos einzelne Zutaten und Gewürze unterscheiden. Er war darüber hinaus in der Lage, Farben viel klarer wahrzunehmen. Wenn er die vermeintlich karge Steinwüste um den Pueblo herum erkundete, konnte er sich gar nicht sattsehen an der Vielfalt der verschiedenen Erd- und Sandtöne. Nie zuvor hatte er solch feine Abstufungen von gelb über ocker bis braun bemerkt, er war davon immer wieder aufs Neue fasziniert. Und auch sein Gehör war erheblich sensibler als früher. Wenn Weißer Hirsch sich auf leisen Sohlen seiner Hütte näherte, wusste Quentin bereits vorab, dass gleich die Tür aufgehen würde. Manchmal war er sich nicht sicher, ob er wirklich ein Geräusch wahrgenommen hatte, oder ob eine Art sechster Sinn ihm die Ankunft des Indianers vorhersagte.

Quentin sog all diese Eindrücke in sich auf wie ein Verdurstender. Er hatte das Gefühl, zum ersten Mal im Leben ganz im Hier und Jetzt zu sein. Ein tief empfundenes Glück durchströmte seinen Körper und er genoss jeden Augenblick davon. Nie zuvor hatte er sich so wohl gefühlt.

Quentins einzige Aufgabe war es, den jetzigen Moment ganz bewusst wahrzunehmen und seine Sinne weiter zu verfeinern.

Er mochte das Gefühl, sich jederzeit auf seinen eigenen Körper verlassen zu können. In sein altes Leben zurückzukehren, erschien ihm hingegen gänzlich unwichtig. Auch wenn sein Verstand sich immer wieder einschaltete und ihm sagte, dass er nun kräftig genug sei und es keinen Grund gab, noch länger bei den Paxij zu verweilen. Quentin ließ diese Gedanken an sich vorüberziehen. Sie lösten ein ungutes Widerstreben in ihm aus, und er hatte in den paar Tagen des Überlebenskampfes in der Wüste gelernt, sich auf seine Empfindungen zu verlassen. Sonst wäre er mit Sicherheit nicht hier.

Glücklicherweise gaben Ältere Schwester und die meisten Paxij, die Quentin inzwischen getroffen hatte, ihm trotz ihrer Zurückhaltung stets das Gefühl, willkommen zu sein. Quentin beschloss daher, seinem eigenen Impuls zu folgen und noch eine Weile zu bleiben. Er wollte nicht nur seine geschärften Sinne weiter trainieren und die neu erschlossenen Emotionen erkunden. Quentin hatte das untrügliche Gefühl, dass es wichtig war, die Paxij und ihre Überlieferungen besser zu verstehen.

EIFEL, Deutschland (Oktober 2012)

Moki zog die große Wolldecke eng um seine Schultern und kuschelte sich noch tiefer zwischen die weichen Sofakissen. Mrs. Hook lag friedlich auf seinem Schoß. Auch die Katze war der herbstlichen Kälte entflohen und bevorzugte es, ihre Abende und Nächte im Haus zu verbringen. Da Adas Eltern zum Leidwesen seiner Freundin keine Tiere im Haus duldeten, schlief Mrs. Hook in kühlen Nächten meist zusammengerollt am Fußende von Mokis Bett. Jetzt lag sie hier gemeinsam mit ihm vor dem Kachelofen und genoss die wohlige Wärme. Moki strich ihr immer wieder sanft über den Rücken, was sie jedes Mal mit einem zufriedenen Schnurren quittierte. Es klang beinahe wie das an- und abschwellende Surren eines kleinen Motors. Moki schloss die Augen und lauschte diesem friedlichen Brummen sowie dem leise prasselnden Kaminfeuer. In der Küche hörte er seine Eltern leise murmeln und gleichzeitig mit den Töpfen klappern. Sie bereiteten das Abendessen vor und Mom würde ihm gleich eine Tasse Kakao bringen zum Aufwärmen. Der köstliche, süße Duft zog ihm bereits vielversprechend in die Nase. Moki lächelte voller Glück, denn was gab es Schöneres, als nach einem stürmischen Herbsttag vor dem warmen Ofen zu liegen und sich verwöhnen zu lassen?

Während er auf seine heiße Schokolade wartete, ließ Moki den Tag noch einmal vor seinem inneren Auge vorüberziehen. An diesem herbstlichen Samstagmorgen hatten Ada und er sich bereits vor Anbruch der Dämmerung getroffen. Sie wollten Rothirsche bei der Brunft beobachten, und Anfang Oktober war die beste Zeit dafür. Dick eingemummelt in wetterfeste, warme Kleidung liefen sie etwa zwei Kilometer hügelaufwärts, bis sie ein großes Plateau erreichten. Moki wusste, dass sich hier eine nahezu endlose Fläche vor ihnen erstreckte, auf der in Kürze die Hirsche erscheinen mussten. Doch noch war es zu dunkel, um die herrlich weite Landschaft, gesäumt von sanften Hügeln, zu erblicken. Ada und er kletterten leise auf eine große Esche am Rande der Lichtung und machten es sich in ihrer Krone bequem. Obwohl die Hirsche normalerweise die gesamte Nacht hindurch aktiv waren, lag der Wald hinter ihnen gerade in vollkommener Stille.

„Da, schau mal! Wie wunderschön", flüsterte Ada plötzlich und zeigte auf eine Stelle über ihnen. Sie hatte sich rittlings auf einen breiten Ast gesetzt und schaute in den nachtschwarzen Himmel, der von Sternen übersät war. Im Licht der Gestirne konnte Moki erkennen, wie ihr Atem in der Morgenkälte zu kleinen Dampfwolken gefror. Er folgte ihrem Blick und war überwältigt von der Schönheit des glitzernden Firmaments, das sich über ihnen ausbreitete.

„Da, schon wieder", hauchte Ada ergriffen. Und jetzt sah er, was sie meinte. Eine wunderschöne Sternschnuppe malte ihren langen Schweif in den Nachthimmel und es schien eine Ewigkeit zu dauern, bis sie schließlich verglühte. Gleich darauf folgte die nächste, und dann noch eine. Moki schloss kurz die Augen und konzentrierte sich fest auf den größten Wunsch, den er in seinem Herzen trug. Er tat dies mit solcher Inbrunst, dass er beinahe befürchtete, Ada müsste ihn hören können. Dann blickte er wieder nach oben, um diesen Wunsch bei jedem neuen Meteoriten stumm zu wiederholen.

Ada und er betrachteten dieses überwältigende Spektakel schweigend, bis die Dämmerung anbrach und den Sternenhimmel samt Sternschnuppen verblassen ließ. Dann sahen sie einander an und Moki glaubte, im schwachen Morgenlicht ein paar Tränen der Freude in Adas Augen glänzen zu sehen. Wortlos lächelte er seine Freundin an. Ada strahlte zurück.

„Das müssen die Sternschnuppen der Orioniden gewesen sein", sagte sie leise. Moki nickte bestätigend.

Doch dann durchbrach ein sonores, langgezogenes Geräusch die nächtliche Stille und lenkte ihre Aufmerksamkeit auf die Hochebene vor ihnen. Tatsächlich waren im Morgengrau bereits einige weit verstreute Büsche und kleine Bäume zu erkennen. Moki und Ada zückten ihre Feldstecher, um die Landschaft abzusuchen. Wieder ertönte das Geräusch, es war unverkennbar der röhrende, volle Bariton eines brünftigen Rothirschs. Noch schien er weit weg zu sein, aber gleich darauf hörten sie ein zweites Röhren, das viel näher war und noch tiefer klang als die ersten beiden Brunftschreie. Eindeutig ein Kontrahent, der sich ganz in ihrer Nähe befand. Jetzt stieß ein dritter Hirsch zu dem Konzert mit hinzu, dann setzte der erste wieder ein, danach ein vierter und ein fünfter. Der ganze Wald schien zu dröhnen und der Schall breitete sich kilometerweit über die Fläche vor ihnen aus.

Nach einer Weile konnte Moki mit seinem Fernglas eine Bewegung am Rande der Lichtung ausmachen. Er stupste Ada vorsichtig an und zeigte in die Richtung, in der er einen Schatten wahrgenommen hatte. Ada folgte seinem Blick und schaute ebenfalls durch ihren Feldstecher. Und dann sahen sie beide gleichzeitig, wie ein kapitaler Rothirsch sich auf die freie Fläche direkt vor ihnen begab. Nach ein paar Schritten blieb das imposante Tier stehen, legte den Kopf zurück und gab das charakteristische, alles durchdringende Röhren von sich. Ein lang gezogener, tiefer Ruf, gefolgt von einigen abgehackten, kehligen Tönen. Die Antworten erklangen sofort aus allen Richtungen und der Hirsch blickte sich suchend um. Dann trabte er los und gab den nächsten Brunftschrei von sich, noch lauter als der erste. Moki hatte das Gefühl, dass sein ganzer Körper vibrierte. Eine Gänsehaut überzog ihn von Kopf bis Fuß.

Ada stieß ihm unvermittelt in die Rippen und er ließ sein Fernglas sinken. Sie starrte mit offenem Mund auf die Ebene vor ihnen, Moki folgte ihrem Blick. Was er sah, brachte seinen Atem ins Stocken. Mittlerweile zeigten sich die ersten Sonnenstrahlen am Horizont und tauchten die weite Fläche in einen zartrosa Lichtschein. Am Boden lag noch der letzte Morgennebel, der die Beine des Rotwilds umspielte. Unzählig vieler Tiere. Es mussten weit über hundert Exemplare sein, vielleicht mehr. Moki zählte etwa zwanzig Rudel von schätzungsweise jeweils drei bis zwölf Tieren. Über jede dieser Gruppen verschieden großer Hirschkühe wachte ein stolzer Anführer, stets darauf bedacht, seinen Harem vor der Übernahme durch einen Nebenbuhler zu verteidigen. Und parallel auf der Ausschau nach Kontrahenten, denen er die weibliche Gesellschaft abjagen konnte.

Und tatsächlich, Moki und Ada brauchten nicht lange zu warten. Direkt vor ihnen bewegten sich zwei riesige Rothirsche langsam aufeinander zu. Immer wieder blieben sie stehen, legten den Kopf zurück und ließen ihr dröhnendes, imponierendes Röhren vernehmen. Dann blickten sie sich provozierend in die Augen, machten wieder ein paar stolze Schritte aufeinander zu, trabten aneinander vorbei, zeigten sich gegenseitig die Breitseite, röhrten erneut. Irgendwann waren sie einander so nahe, dass der erste den Kopf senkte und sein majestätisches Geweih nach vorne reckte. Der andere tat es ihm nach, gefolgt von bedrohlichem Hufescharren. Und dann, wie auf ein geheimes Zeichen, stürmten beide gleichzeitig los. Aus dem Stand katapultierten sie ihre mächtigen Körper nach vorne und erreichten bereits auf kurzer Distanz eine beeindruckende Geschwindigkeit. Mit einem markerschütternden Krachen prallten sie frontal mit ihren Geweihen aufeinander, verhakten sich ineinander und begannen, sich gegenseitig über den Platz zu schieben. Wobei die ersten Minuten keiner von beiden auch nur einen Zentimeter nachgab. Sosehr sie auch drückten und ihre mächtigen Muskeln anspannten, keiner konnte den anderen zurückdrängen. Die Hirsche drehten die Köpfe hin und her, nahmen wiederholt Anlauf, verhakten die Geweihe aufs Neue, schoben mit aller Kraft. Nach einer nahezu endlosen Weile sprang der etwas Kleinere der beiden unvermittelt zurück, machte auf den Hinterhufen kehrt und suchte das Weite. Sein Konkurrent rannte siegessicher noch einige Meter hinter ihm her, begleitet von einem letzten triumphierenden Röhren. Dann drehte er um und versammelte selbstbewusst die frisch eroberten Hirschkühe um sich herum, um sie dann zu seinem bestehenden Rudel zu treiben. Moki atmete erleichtert auf. Er wusste, dass Rothirsche sich nur selten beim Kampf schwerwiegend verletzten. Trotzdem war er immer wieder froh, wenn sich ein klarer Sieger abzeichnete und der unterlegene Kämpfer das Weite suchte.

„Der Klügere gibt nach", dachte er schmunzelnd und wagte einen vorsichtigen Seitenblick auf Ada. Sie schien ebenso einverstanden mit dem Ausgang des Kampfes zu sein wie er. Wenn doch bei Menschen die Partnerwahl auch einfach wäre. Moki war kein Raufbold, er vermied jeden Konflikt, so gut es ging. Doch für Ada hätte er jederzeit bis aufs Blut gekämpft. Wenn nötig, würde er sogar sein Leben für sie geben.

„Meinst du, Weißes Licht ist irgendwo da unten?", fragte er seine Freundin jetzt, um sich von diesen Gedanken abzulenken.

„Ganz bestimmt", erwiderte Ada zuversichtlich. „Ich kann ihn spüren."

Moki musste lächeln. Auch er hatte schon den ganzen Morgen das untrügliche Gefühl, dass sich „Weißes Licht an seiner Schulter" auf der Hochebene befand und sein Rudel verteidigte, vielleicht sogar vergrößerte. Ada und er blieben noch eine weitere Stunde auf dem Baum, lauschten dem faszinierenden Brunftkonzert und beobachteten ein paar weitere Kämpfe. Einer zog sich endlos in die Länge und endete dann unentschieden, als sich beide Hirsche wie auf ein geheimes Zeichen einvernehmlich trennten. Wenn doch die Menschen auch so fair miteinander umgehen würden, dachte Moki immer wieder. Aus irgendeinem Grund kam ihm dabei Pascal Aubert in den Sinn – ein Gedanke, den er ebenfalls schnell wieder abschüttelte.

Weißes Licht konnten sie nirgends entdecken, doch Moki und Ada waren auch so mehr als zufrieden mit diesem frühmorgendlichen Spektakel, dem sie beiwohnen durften.

Den Rest des Tages verbrachten sie im Wald. Zuerst suchten sie die Hoppetosse auf und drehten eine Runde mit ihrem Floß um den See, der verwunschen im herbstlichen Morgennebel lag. Diese Stille war nach dem vielstimmigen Brunftkonzert noch eindrucksvoller als sonst und Moki war ganz ergriffen von der Magie des Augenblicks.

Danach zogen Ada und er zum Elfenbaum, wo sie ihre morgendlichen Erlebnisse sorgfältig in dem abgewetzten Notizbuch dokumentierten. Mittags nahmen sie ein kleines Picknick zu sich und hielten dann eine kurze Rast, da sie sehr früh aufgestanden und nach den vielen Ereignissen ganz erschöpft waren. Moki bekam jedoch kein Auge zu – er war viel zu aufgeregt, so nah neben Ada zu liegen. Verträumt blickte er in den mittlerweile wolkenbehangenen Himmel und lauschte ihrem ruhigen Atem.

Nach und nach verdunkelte sich die Wolkenpracht über Moki. Er hatte die Zeit vollkommen vergessen – vielleicht war er sogar doch kurz eingenickt. Plötzlich fuhr er von seinem Lager hoch, denn ein gleißend helles Flackern gefolgt von einem lauten Knall hatte ihn aufgeschreckt. Ada sprang gleichzeitig mit Moki auf und blickte ihn entsetzt an. Bevor sie etwas sagen konnte, blitzte es erneut. Kurz danach folgte das nächste ohrenbetäubende Krachen. Gleichzeitig setzte ein heftiger Sturm ein, der die Äste der Weide zum Wanken brachte. Der ganze Baum begann zu schwanken, es fühlte sich an wie auf einem Schiff bei Windstärke zwölf.

Moki und Ada wussten, dass sie sich eigentlich auf den Weg nach Hause machen sollten. Aber dafür war es bereits zu spät. Sie schauten sich um, suchten den nachtschwarzen Himmel nach Aufhellungen am Horizont ab. Doch in keine Richtung war eine Besserung zu sehen. Sie würden dieses Unwetter hier im Wald überstehen müssen, trotz aller Gefahr. Mit einem stummen Blick verständigten sie sich, dann begannen sie, durch den hohlen Stamm der Weide nach unten zu klettern. Auf dem Baum zu verweilen, wäre nahezu lebensmüde. Ein Gewitter im Wald war nicht zu unterschätzen und die alte Verletzung des Elfenbaums machte ihnen dies mehr als deutlich. Doch Moki und Ada wussten, was zu tun war. Sie würden eine Gruppe junger Bäume aufsuchen, die deutlich kleiner als die sie umgebenden Altbäume waren. Diesen Platz hatten sie bereits vor langer Zeit auserkoren für den Fall eines Gewitters. Er war nur wenige Hundert Meter entfernt.

Als die beiden lossprinteten flackerte der nächste Blitz über ihnen auf und der Donner folgte noch schneller als zuvor. Moki und Ada sahen sich erneut an, sie wussten beide, was dies bedeutete. Das Gewitter kam näher.

„Nur noch zwei Kilometer!", schrie Ada ihm über ihre Schulter zu. Moki nickte, er hatte ebenfalls die Sekunden gezählt.

Während sie weiterrannten, blitzte es erneut. Diesmal kam das markerschütternde Krachen fast gleichzeitig und Moki hatte das Gefühl, von der Schallwelle nach vorne katapultiert zu werden. Im selben Moment öffnete der Himmel seine Schleusen und ein sintflutartiger Platzregen setzte ein. Es war beinahe stockdunkel und die Wassermassen, die ihnen von orkanartigen Böen ins Gesicht gepeitscht wurden, erschwerten die Sicht zusätzlich. Moki war sich nicht mehr sicher, ob sie noch in die richtige Richtung liefen. Doch er vertraute Ada voll und ganz, die mit ihrem untrüglichen Orientierungssinn vor ihm her spurtete. Manchmal schien es ihm, als ob sie sich wie ein Zugvogel am Magnetfeld der Erde ausrichtete und auf diese Weise jeden Ort finden konnte, an dem sie zuvor einmal gewesen war.

Und tatsächlich, wenige Augenblicke später hatten sie die Baumgruppe erreicht und suchten die beiden Stellen auf, die sie bereits vorab festgelegt hatten. Nicht zu nah beieinander und mit ausreichend Abstand zu den größeren Bäumen in der Nähe. Moki und Ada gingen in die Hocke und machten sich ganz klein, um dem Blitz eine möglichst geringe Angriffsfläche zu bieten. Sie hielten die Füße dicht nebeneinander und schlangen ihre Arme um die Knie. Moki prüfte noch mal, ob wirklich kein großer Baum oder ein Hochstand in ihrer Nähe war. Doch die Dunkelheit machte es schwer, etwas zu erkennen. Der Wind trieb ihm nach wie vor den Regen in die Augen. Moki sah, dass Ada bereits ihre Stirn auf die Knie gelegt hatte und tat es ihr gleich.

Dann erleuchtete ein weiterer Blitz den Himmel, gleichzeitig krachte es furchterregend und lauter als zuvor und Moki wurde urplötzlich in den Matsch geschleudert. War er vom Blitz getroffen worden? Nein, es schien ihm gut zugehen. Mühsam rappelte er sich auf und schaute nach Ada. Auch sie hatte es umgeworfen, aber sie signalisierte mit erhobenem Daumen, dass sie ok war.

„Der hat hier irgendwo in der Nähe eingeschlagen!", rief Ada ihm zu, als sie wieder in die Hocke ging. Und tatsächlich, Moki sah in einiger Entfernung ein helles Lodern, dass sich deutlich gegen den tiefschwarzen Himmel abzeichnete. Ada nickte, als er kurz in die Richtung deutete.

„Es regnet zu stark, das Feuer ist bestimmt bald gelöscht!", schrie er zu Ada herüber, was diese wiederum mit einem Nicken quittierte.

Dann senkten beide wieder ihre Köpfe. Der Regen prasselte unerbittlich weiter, sie waren bereits bis auf die Knochen durchweicht. Doch das spielte keine Rolle – Moki hoffte einfach nur inständig, dass das Gewitter schnell vorüberziehen würde. Wieder blitzte es hell über ihnen auf, doch der Donner ertönte nicht mehr gleichzeitig, sondern leicht versetzt. Vielleicht ein Kilometer. Moki schickte ein Stoßgebet gen Himmel und wurde erhört. Das nächste Krachen kam mindestens zwei Sekunden nach dem Blitz. Das darauffolgende noch später.

Und irgendwann war es vorbei. Die Schwärze des Himmels ging über in ein dunkles Grau. Der monsunartige Regen hatte sich in schwaches Nieseln gewandelt und nur noch ab und zu zeigte sich ein leichtes Flackern am Horizont. Erst viele Sekunden später hörten sie es leise grollen. Die Orkanböen hatten ebenfalls abgenommen. Und auch das nahe Feuer schien gelöscht, nirgends war mehr ein Lodern zu sehen. Moki und Ada erhoben sich mit steifen Knien von ihren Plätzen. Sie waren tropfnass, aber überglücklich. Erleichtert fielen sie sich in die

Arme. Moki wurde schon wieder ganz warm ums Herz. Er drückte Ada so fest er konnte und lächelte still in sich hinein.

„Du bist aber fröhlich", schmunzelte Mokis Mutter, als sie ihm jetzt den Kakao brachte. Verlegen spürte er, wie er rot wurde. Doch seine Mutter stellte ohne weiteren Kommentar die Tasse ab, zwinkerte ihm zu und strich erst ihm und dann Mrs. Hook sanft über den Kopf. Dann verschwand sie heiter summend in Richtung Küche, aus der bereits der vielversprechende Duft ihres köstlichen Pilzrisotto herüberzog. Mom war eine hervorragende Pilzkennerin und hatte an diesem Samstagmorgen noch vor dem Gewitter im Wald nach Zutaten für das Abendessen gesucht. Ihre Ausbeute war eine ansehnliche Mischung aus Maronen, Waldchampignons und Steinpilzen, die sie gerade zubereitete. Moki lief das Wasser im Mund zusammen. Er legte seine klammen Hände um den warmen Trinkbecher und lehnte sich zurück.

Wie froh er war, solch verständnisvolle Eltern wie Mom und Dad zu haben. Sie hatten ihn nach diesem spektakulären Unwetter etwas besorgt, aber vor allem erleichtert zu Hause in Empfang genommen. Beide hatten Moki erst einmal voller Freude in die Arme geschlossen, ungeachtet seiner nassen Kleidung. Dann hatte Mom ihm Handtücher und trockene Sachen gebracht. Während Moki sich umzog, hatten sie ihn mit Fragen gelöchert und waren beeindruckt, dass Ada und er dem Gewitter so umsichtig getrotzt hatten.

Ganz im Gegensatz zu Adas Familie. Auch mit ihren inzwischen dreizehn Jahren hatte sie ständig damit zu kämpfen, dass ihre Eltern sich große Sorgen machten und ihr nicht vertrauten. Die beiden hatten erzürnt die Haustür aufgerissen und ihre Tochter wütend am Ärmel hineingezerrt, als Moki und Ada aus dem Wald wieder auftauchten. Noch bevor die Tür sich schloss, hörte Moki, wie Adas Vater lospolterte und ihre Mutter in schrillen Tönen zu zetern begann. Ada würde gerade bestimmt keinen Kakao trinken. Moki seufzte traurig – er wünschte sich aus tiefstem Herzen, dass Ada ebenso verständnisvolle Eltern hätte wie er. Bestimmt würden sie den ganzen Abend mit ihr schimpfen und vermutlich mindestens eine Woche Hausarrest als Strafe verhängen.

„Das habt ihr wirklich gut gemacht", hatte Dad mehrfach wiederholt, als Moki von ihrem Abenteuer berichtete. Und Mom hatte immer wieder ein zufriedenes Brummen von sich gegeben. Es klang beinahe wie das Schnurren von Mrs. Hook.

„Wie wäre es mit einem heißen Kakao?", hatte sie dann gefragt.

Und Moki hatte glücklich genickt.

Jetzt saß er hier, die Tasse in den Händen, und genoss das wohlige Gefühl, das durch seinen Magen strömte. Und dies kam nicht nur von Mrs. Hook auf seinem Schoß oder von der köstlichen Trinkschokolade. Moki war unendlich dankbar für den wundervollen Tag, den er heute wieder mit Ada verbracht hatte. Er war wunschlos glücklich.

ARIZONA, USA (19. November 2058)

Es war die schönste Zeit seines Lebens und er konnte sich nicht erinnern, jemals eine solch tiefe Zufriedenheit und Leichtigkeit gefühlt zu haben. Quentin spürte jede Faser seines Körpers und war überrascht, wie gut der Heilungsprozess voranschritt, auch ohne Thiara. Sein Arm würde nie wieder voll funktionsfähig sein und es sollte immer eine deutliche Narbe an der Stelle zurückbleiben, an der die Klapperschlange ihn gebissen hatte. Quentin betrachtete sie als bleibende Ermahnung daran, in Zukunft mehr Respekt im Umgang mit der Natur und ihren Bewohnern zu zeigen. Doch abgesehen davon konnte er mit der rechten Hand schon wieder kräftig zupacken. Auch die Beweglichkeit seiner Finger hatte Quentin mit großer Ausdauer trainiert, sodass er die kleinen Einschränkungen in der Feinmotorik durchaus verschmerzen konnte. Er war froh, dass er dank der Medizin der Paxij, der Pflege von Ältere Schwester und mithilfe seiner eigenen Selbstheilungskräfte wieder voller Energie und Tatkraft war. Und auch die rituellen Zeremonien der Indianer hatten ihren Beitrag dazu geleistet, davon war Quentin zutiefst überzeugt. Auch wenn er nicht genau wusste, worin diese bestanden. Ältere Schwester gab ihm darüber keine Auskunft.

„Heilmittel müssen immer von Gebeten und guten Gedanken begleitet sein", war das Einzige, was sie hierzu sagte. Und dabei beließ sie es.

Quentin erfreute sich nach wie vor an seinen geschärften Sinnen und wurde es nicht überdrüssig, das Indianerdorf und die Umgebung zu erkunden. Stets andere Farben, Formen und Klänge wahrzunehmen berührte sein Herz zutiefst; niemals zuvor war er so glücklich gewesen. Es war alles neu, und kam ihm gleichzeitig so vertraut vor. Quentin fühlte sich wie ein kleines Kind, das die Welt zum ersten Mal mit allen Sinnen entdeckt.

Auch die Gespräche mit Ältere Schwester verliefen immer unkomplizierter. Quentin hatte von ihr noch einige Begriffe auf Paxij gelernt und sie von ihm ein wenig mehr Englisch. Und was sie nicht mit Worten ausdrücken konnten, machten sie sich gegenseitig durch Gesten und Blicke klar. Die wortlose, beinahe telepathische Kommunikation zwischen ihnen wurde von Tag zu Tag einfacher.

Quentin half Ältere Schwester inzwischen bei ihren teils beschwerlichen Aufgaben. Er übernahm das Holzhacken und war zuständig dafür, ein Feuer in der Kochstelle zu entfachen und in Gang zu halten. Aus dem nahe gelegenen Brunnen, der auf wundersame Weise niemals versiegte in dieser kargen Umgebung, holte er täglich frisches Wasser und verteilte es auf verschiedene irdene Gefäße. All diese Handgriffe waren ihm mühelos in Fleisch und Blut übergegangen, obwohl er noch nie zuvor solche Tätigkeiten verrichtet hatte. In seinem bisherigen Leben hatte es kein offenes Feuer gegeben zum Zubereiten von Speisen oder als Wärmequelle. Im Gegenteil, alle Arten von fossilen Brennstoffen waren verboten, man heizte und kochte ausschließlich mit Permanergie, einer Art magnetisch produziertem Strom. Dies galt als die sauberste und nachhaltigste Methode, um Energie zu erzeugen. Allerdings gab es immer wieder Menschen, die beklagten, von den Magnetwellen Kopfschmerzen oder Übelkeit zu bekommen. Es hatte sogar den Verdacht gegeben, dass die Strahlung Krebs und andere Erkrankungen verursachen könnte. Eine durch das Weltparlament bei der National Health Database in Auftrag gegebene Studie hatte dies jedoch zweifelsfrei widerlegt. Weshalb Holz als nachwachsender Rohstoff jedoch nicht als alternative Energiequelle in Betracht gezogen wurde, erschloss sich Quentin hier bei den Paxij nicht mehr. Eine interessante Frage, der er unbedingt nachgehen musste, wenn er wieder in die Zentrale von HTI Ltd. nach San Francisco zurückkehrte.

Doch zurzeit war ihm immer noch nicht danach, die Paxij zu verlassen. Und Quentin war erfüllt von Dankbarkeit dafür, dass ihm niemand das Gefühl gab, als Gast lästig zu werden.

Die Dorfbewohner behandelten ihn stets mit der gleichen respektvollen Zurückhaltung, die sie vom ersten Moment an gezeigt hatten. Und Quentin versuchte weiterhin, sich so gut wie möglich in die Gemeinschaft einzufügen und von ihnen zu lernen. Die Vielzahl der neuen Eindrücke und Möglichkeiten erschien ihm geradezu unerschöpflich. Quentin fühlte sich gesegnet, etwas Zeit hier mit diesen weisen Menschen verbringen zu können.

EIFEL, Deutschland (August 2013)

Diesen Sommer war alles anders. Die Ferien hatten begonnen, aber Moki würde nicht zu seinen Großeltern nach Kalifornien reisen. Nie wieder. Seine Großeltern waren nicht mehr da.

Der erste Anruf kam vor einigen Wochen. Moki hatte sofort die Nummer aus den USA erkannt und strahlend den Hörer abgehoben. Am anderen Ende hatte Grandma schluchzend etwas gestammelt, das er nicht verstehen konnte. Moki wurde schlecht.

„Mom! Mom!!!", brüllte er aus Leibeskräften, während ihm bereits die Tränen hinunterliefen. Mom kam sofort herbeigestürzt und nahm ihm das Telefon ab. Sie lauschte kurz und wurde ganz blass. Dann murmelte sie immer wieder ein paar beruhigende Worte und legte schließlich auf.

„Grandpa hatte einen Herzinfarkt", sagte sie mit tonloser Stimme. „Er ist draußen auf dem Paddock zusammengebrochen, inmitten seiner geliebten Pferde. Istaqa und die anderen konnten nichts mehr ausrichten, er war sofort tot."

„Nein, nein, nicht Grandpa. Bittebitte nicht!" Moki schrie aus Leibeskräften und riss sich los, als Mom ihn in den Arm nehmen wollte. Er rannte in sein Zimmer und knallte die Tür hinter sich zu. Schluchzend warf er sich auf das Bett und vergrub sein Gesicht im Kopfkissen.

Mom ließ ihn eine Weile in Ruhe, sie wusste, dass er jetzt Zeit für sich brauchte. Er hörte sie im Haus auf und ab gehen, verschiedene Telefonate führen und dann zu ihm nach oben kommen.

„Moki?" Es klopfte vorsichtig an seiner Tür.

Moki gab einen gequälten Laut von sich, woraufhin Mom sein Zimmer betrat. Sie setzte sich zu ihm auf die Bettkante und strich sanft über seinen Rücken. Moki schluchzte beinahe lautlos in sein Kissen.

„Schau mal, dein Grandpa hatte ein wunderschönes Leben. Er war mehr als fünfzig Jahre mit Grandma, seiner einzigen Liebe, verheiratet und hat die Rinderzucht, seine große Leidenschaft, zum Beruf gemacht. Und er war unendlich glücklich, dich einmal im Jahr an seiner Seite zu haben und zu sehen, wie gerne du dich in der Natur bewegst und wie wunderbar du auf Tiere eingehen kannst. Das hat ihm so viel Freude bereitet. Grandpa ist schnell gestorben und hat nicht gelitten – so, wie er es sich immer gewünscht hat", sagte Mom leise.

„Aber ich vermisse ihn schon jetzt so sehr. Ich wünschte, ich hätte mich noch von ihm verabschieden können. Und Grandma ist doch jetzt ganz einsam, sie tut mir so leid." Bei dem Gedanken an seine Großmutter weinte Moki laut los.

„Du kannst dich immer noch von ihm verabschieden, Moki. Auch wenn wir jemandem nicht mehr direkt gegenüberstehen, ihn nicht mehr sehen oder berühren können, so kann man dennoch mit demjenigen in Kontakt sein. Die Verbindung, die wir mit anderen Wesen eingehen, bleibt über dieses Leben hinaus bestehen. Dein Grandpa ist jetzt in einer anderen Welt, aber er wird dich trotzdem noch verstehen. Du kannst ihm alles sagen, was du möchtest." Dabei liefen Mom selbst die Tränen die Wangen hinunter und ihre Stimme war ganz belegt.

„Und um Grandma werde ich mich kümmern. Ich habe gerade schon mit deinem Vater geredet und einen Flug nach Kalifornien gebucht. Ich werde an ihrer Seite sein in dieser schweren Zeit und danach hat sie immer noch Istaqa und die anderen Cowboys."

„Kann ich mit in die USA?" In Mokis Stimme schwang ein Hoffnungsschimmer. Doch Mom schüttelte nur traurig den Kopf.

„Nein, mein Lieber. Du musst leider zur Schule gehen. Mit der Rektorin habe ich gerade bereits gesprochen. Die Reise wäre zu lang, sie machen leider keine Ausnahmen bei Verwandten zweiten Grades."

Moki schrie verzweifelt auf vor Trauer und Wut. Es war so ungerecht, dass er nicht zur Beerdigung seines Grandpas fliegen durfte und dass er keine Chance hatte, Grandma zu trösten.

Die nächsten Wochen zogen an Moki vorbei wie ein schlechter Traum. Er konnte es immer noch nicht fassen, dass Grandpa nicht mehr da war. Dieser große und starke Mann, der immer kerngesund gewirkt hatte. Niemand hatte vorausgesehen, dass es ihn so plötzlich aus dem Leben reißen würde. Sein überraschender Tod kam für alle völlig unvermittelt.

Moki war außer sich vor Schmerz, er fühlte sich wie betäubt. Anfangs wurde er immer wieder von Weinkrämpfen geschüttelt, die kein Ende nehmen wollten. Nach einiger Zeit waren die Tränen versiegt, er fühlte sich abgestumpft und leer.

Doch die regelmäßigen Telefonate mit Grandma halfen ihm nach und nach über den Schmerz hinweg. Moki musste erkennen, dass seine Großmutter zwar sehr traurig darüber war, Grandpa nicht mehr an ihrer Seite zu haben – aber dass auch ihre Dankbarkeit überwog, ihr Leben mit ihm verbracht zu haben. „Ich bin einer der glücklichsten Menschen auf dieser Erde und ich kann deinen Grandpa immer noch an meiner Seite spüren", hatte sie mehrfach zu Moki gesagt. Und ihn damit mehr getröstet als er sie.

Und dann kam der zweite Anruf, kurz nachdem Mom wieder zurück war. Diesmal war Moki in der Schule. Als er nach Hause kam, spürte er sofort, dass etwas nicht stimmte. Eine bedrückende Stille lag über dem Haus. Moki beschlich eine ungute Vorahnung, ein eisiger Klumpen breitete sich in seinem Magen aus.

„Mom? Dad?", rief er mit leichter Verzweiflung in der Stimme. Eigentlich mussten die beiden zu Hause sein, es gab jetzt Mittagessen. Doch kein Essensduft strömte ihm im Flur entgegen. Stattdessen hörte er ein leises Geräusch aus dem Wohnzimmer. Als Moki um die Ecke kam, sah er Mom auf dem Sofa sitzen. Sie hielt das Gesicht in den Händen vergraben und schluchzte leise. Dad hatte den Arm um sie gelegt. Er blickte Moki traurig an.

„Istaqa hat gerade angerufen. Deine Grandma ist heute Nacht gestorben. Sie hat sich gestern Abend schlafen gelegt und ist heute einfach nicht mehr aufgewacht."

Moki spürte, wie ihm ganz schwindelig wurde. Er taumelte zum Sofa und setze sich neben Mom, klammerte sich an sie wie ein Ertrinkender. Dad streckte die Hand aus und strich ihm zärtlich über den Kopf. Moki konnte nicht sagen, wie lange sie zu dritt dort saßen. Seine Kehle war wie zugeschnürt und sein Herz schmerzte vor Kummer. Erst Grandpa und jetzt Grandma. Sie war friedlich eingeschlafen und ihrem geliebten Gatten gefolgt. Hätte er nur bessere Worte gefunden, hätte er nur bei ihr sein können, um sie zu trösten. Die Traurigkeit legte sich erneut über Moki wie ein schwerer, schwarzer Mantel. Aber er konnte nicht weinen. Er hatte alle Tränen bereits in den letzten Wochen vergossen. Stundenlang hatte er im Bett gelegen und seine Verzweiflung und Wut einfach herausgeschrien, bis er vor Erschöpfung in einen unruhigen Dämmerschlaf gefallen war. Jetzt war er vollkommen leer, fühlte sich wie betäubt.

Nach einer Weile löste Moki sich von seinen Eltern und ging mit schleppendem Schritt die Treppe hinauf. Er legte sich auf sein Bett und starrte an die Decke. Die Trauer lähmte jede Zelle seines Körpers.

Mom flog erneut in die USA, um Grandma zu beerdigen und alle Formalitäten bezüglich der Ranch zu regeln. Ada kam jeden Tag nach der Schule vorbei, um Moki zu trösten – doch es war ihm unangenehm, dass sie ihn so sah. Er wollte seine sonst so fröhliche Freundin nicht in dieses tiefe Loch des Kummers mit hineinziehen. Die Einzige, die er in seinem Leid an sich heranließ, war Mrs. Hook. Die Katze schien zu spüren, dass es Moki schlecht ging. Sie war trotz des schönen Wetters ständig im Haus und strich um ihn herum. Moki war gerührt davon, wie die Katzendame so offensichtlich versuchte, ihn zu trösten.

Und es half im tatsächlich ein wenig, mit Mrs. Hook zusammen auf dem Bett zu liegen, sie zu streicheln und ihre Wärme zu spüren.

Die Sommerferien kamen, und Moki blieb zu Hause in der Eifel – zum ersten Mal, seit er sich erinnern konnte. Wenn er das Haus verließ, trug er ab jetzt immer seinen Stetson. Das Geschenk der Großeltern zu tragen, verlieh ihm ein besonderes Gefühl der Verbundenheit mit ihnen. Moki ging damit häufig allein zum Elfenbaum und hielt stumme Zwiesprache mit der Feengestalt von Kaya, seiner ältesten Schwester. Und irgendwann stieg das beruhigende Gefühl in ihm auf, dass Grandpa und Grandma bei ihr waren und sie zu dritt über ihn wachten. Diese Vorstellung linderte zwar nicht Mokis Verlust, spendete ihm aber ein wenig Trost.

Er begann, seine Streifzüge mit Ada wieder aufzunehmen. Seine Freundin hatte stets die Nähe zu ihm gesucht und er schämte sich fast, dass er sie so lange beiseitegeschoben hatte. Jetzt war er froh, gemeinsam mit ihr Pflanzen zu bestimmen und Tiere zu beobachten. Es lenkte ihn ein wenig ab von seiner Trauer, und er fühlte sich seinen Großeltern noch näher, wenn er draußen in der Natur war. Abends erzählte er ihnen und Kaya leise von seinen Beobachtungen und meinte zu spüren, wie sie ihn ermutigten, weiterzumachen und den Kopf nicht hängenzulassen.

Als Mom nach drei Wochen aus den USA zurückkam, war sie merklich abgemagert und erschöpft. Dunkle Ringe, die Moki nie zuvor an ihr bemerkt hatte, säumten ihre traurigen Augen. Sie hatte kurz hintereinander ihre Eltern beerdigt und jede Menge Formalitäten erledigt. Und sie hatte die Farm verkauft. Moki wurde erneut überwältigt von einer Welle des Schmerzes. Eine kalte Hand griff nach seinem Herzen.

„Was ist mit Istaqa? Und mit Honovi?", schrie er voller Verzweiflung. Mom versuchte, ihn in den Arm zu nehmen, doch er riss sich los.

„Moki", sagte sie leise, „Istaqa ist zurückgegangen zu seiner Familie. Was hätte ich denn machen sollen? Ich war froh, so schnell einen Käufer für die Ranch zu finden. Du kennst ihn sogar, es ist Chuck Miller, der Nachbar der beiden. Er hat einen guten Preis für die Gebäude, das Land und alle Tiere bezahlt."

Moki heulte laut auf und rannte in sein Zimmer. Er hatte sich kaum damit abgefunden, seine Großeltern nie wieder in die Arme nehmen zu können. Und jetzt war auch noch Istaqa verschwunden und Honovi mit samt der Farm verkauft. Ausgerechnet an Chuck Miller, den er nie hatte leiden können. Chuck Miller, der keinen großen Respekt gegenüber der Natur gezeigt hatte und dem der Profit stets wichtiger war als das Wohlergehen seiner Tiere. Moki hoffte inständig, dass es Honovi, den anderen Pferden und auch den Rindern gut ging. Er war verzweifelt. Nie wieder konnte er an diesen wunderschönen Ort zurückkehren, nie mehr dem Indianer und seiner geliebten Stute begegnen. Der Schmerz war überwältigend. Eine neue Welle tiefer, dumpfer Traurigkeit breitete sich in Moki aus. Er würde nie wieder lachen können.

Fröstelnd zog er die Bettdecke über seinen Kopf, ihm war trotz der sommerlichen Temperaturen eiskalt. Moki glaubte, hier in seinem Zimmer zu erfrieren.

TEIL 3

KUSKURZA: Die Dritte Welt[2]

Ihr Name war Kuskurza, ihre Richtung Osten, ihre Farbe rot. Die Häuptlinge auf ihr waren das Mineral palásiva, Kupfer, die Pflanze piva, Tabak, der Vogel angwusi, die Krähe, und das Tier chöövio, die Antilope (Gabelbock).

Wiederum breiteten sich auf ihr die Menschen aus, vermehrten sich und schritten weiter fort auf dem Weg des Lebens. In der Ersten Welt hatten sie einfach mit den Tieren gelebt, in der Zweiten Welt hatten sie Handfertigkeiten, Häuser und Dörfer entwickelt. In der Dritten Welt vermehrten sie sich nun so stark und machten so schnell Fortschritte, dass sie große Städte, Staaten und ganze Kulturen schufen. Dies erschwerte es ihnen in Übereinstimmung mit dem Plan des Schöpfers zu bleiben und Loblieder auf Taiowa und Sotuknang zu singen. Immer mehr von ihnen wurden ganz von ihren eigenen irdischen Plänen in Anspruch genommen.

Einige bewahrten sich natürlich die Weisheit, die ihnen bei ihrem Aufstieg geschenkt worden war. Aus dieser Weisheit heraus verstanden sie, dass es umso schwieriger werden würde, je weiter sie auf dem Weg des Lebens fortschritten und je mehr sie sich entwickelten. Sie waren besonders besorgt, weil so viele Menschen ihre Fortpflanzungsfähigkeit auf eine schlimme Weise ausnutzten. (…) Jedenfalls machten einige von ihnen ein pátuwvota, ein Schild aus Fell, und mit Hilfe ihrer Zeugungskraft ließen sie es durch die Luft fliegen. Viele Menschen flogen darauf zu einer großen Stadt, griffen sie an und kehrten so schnell zurück, dass niemand wusste, woher sie gekommen waren.

Bald machten viele Städte und Länder solche pátuwvotas und flogen damit, um sich gegenseitig anzugreifen. So kamen die Verderbnis und der Krieg in die Dritte Welt, genauso, wie sie in die anderen Welten gekommen waren.

Diesmal kam Sotuknang zu Spinnenweib und sagte: „Es hat keinen Zweck, jetzt noch zu warten, bis der Lebensfaden ausläuft. Es muss etwas getan werden, bevor auch noch die Menschen mit dem Lied im Herzen verdorben oder getötet werden. (…) Ich will ihnen helfen. Dann wirst du sie retten, wenn ich die Welt mit Wasser zerstöre." (…)

Spinnenweib tat, was ihr geheißen worden war. Sie hieb die hohlen Schilfrohrhalme ab, und als die Menschen zu ihr kamen, steckte sie sie hinein, zusammen mit etwas Wasser und hurúsuki, Teig vom weißen Maismehl, als Speise, und verschloss sie dann. Nachdem alle Menschen so versorgt waren, erschien Sotuknang. (…)

Da ließ er die Wasser der Erde frei. Wellen, höher als Berge, rollten über das Land. Kontinente brachen auseinander und versanken im Meer. (…)

Die Menschen, die in den Schilfhalmen eingeschlossen waren, hörten das gewaltige Rauschen der Gewässer. (…) Lange, lange Zeit hindurch schwammen sie – so lange, dass sie glaubten, es käme nie ein Ende – und immer noch schwammen sie.

Allmählich verlangsamte sich ihre Bewegung und hörte schließlich ganz auf. Spinnenweib brach die Schilfrohre auf, fasste die Menschen an den Köpfen und zog sie heraus. (…)

Dies war das Ende der Dritten Welt, Kuskurza – ein alter Name, dessen Bedeutung man heute nicht mehr kennt.

ARIZONA, USA (11. Dezember 2058)

Der Name war genau richtig. Es konnte keine passendere Bezeichnung geben als „friedfertige Leute". Quentin erinnerte sich nicht, jemals einer friedlicheren Gemeinschaft begegnet zu sein als den Paxij. Dieses Volk umgab eine Atmosphäre der Harmonie und Eintracht, welche er mit Worten nicht beschreiben konnte. Sie lebten ganz im Einklang mit sich selbst und ihrer Umgebung. Quentin bewunderte ihr sanftes Gemüt und ihre große Naturverbundenheit, nichts schien diese Menschen, denen bereits viel Leid widerfahren war, aus der Ruhe bringen zu können.

Ältere Schwester und auch ein paar der anderen Dorfbewohner hatten ihm nach und nach immer mehr Einblick in die Geschichte ihres Volkes gegeben. Die Paxij zählten zu den ältesten Ureinwohnern Nordamerikas. Der Großteil von ihnen lebte auf etwa 2.000 Metern Höhe im Nordosten Arizonas, in einem wenig erschlossenen Teil dieses Bundesstaates. Die meisten ihrer Dörfer lagen dort weit verstreut auf mehreren hoch aufragenden Tafelbergen, die auch als Mesas bezeichnet wurden. Diese Mesas überragten ihre Umgebung um mehr als 300 Meter. Das bekannteste Paxij-Dorf trug einen Namen, der so viel wie „hoher, felsiger Ort" bedeutete. Es war vor rund eintausend Jahren gegründet worden und vermutlich die älteste kontinuierlich bewohnte Siedlung in den Vereinigten Staaten. Quentin fragte sich, weshalb diese Menschen es bereits seit vielen Jahrhunderten in solch einer kargen, trockenen und unwirtlichen Umgebung aushielten.

„Unsere Vorfahren haben sich an dieser Stelle der Erde niedergelassen, um mit ihren zeremoniellen Pflichten auf das Land zu achten, so wie andere Völker sich irgendwo auf der Erde niederließen, um dort auf sie zu achten mit ihrer eigenen Art und Weise. Dies ist auch heute noch unsere Aufgabe", teilte

172

ihm Ältere Schwester in einem ihrer Gespräche mit. Die Verständigung zwischen Quentin und ihr funktionierte inzwischen mühelos. Sie hatten ihre eigene Art der Kommunikation weiter verfeinert, die aus in einem für Außenstehende vermutlich skurril anmutenden Gemisch aus Englisch, Paxij und Zeichensprache bestand.

„Hier, im Paxij-Land, befindet sich das spirituelle Zentrum des Universums", hatte Ältere Schwester noch hinzugefügt. „Wir leben dort, wo sich das Land in einer riesigen Meditation des Geistes ausdehnt und die Berge am fernen Horizont surrealistische Formen der Sehnsucht zeigen. Dies ist das Land der Paxij. Zusammen mit anderen Völkern aus anderen Gegenden halten wir von hier aus die Welt in Balance."

Quentin spürte über ihre Worte hinaus, welch wichtige Rolle diese Indianer und andere Stämme bis heute für das Gleichgewicht der Erde spielten. Er staunte immer wieder, dass ihm bis vor Kurzem so wenig darüber bekannt gewesen war.

Auch mit Weißer Hirsch tauschte er sich inzwischen regelmäßig über die Geschichte seines Volkes aus. Quentin war es mittlerweile gelungen, dem imposanten Hünen ein wenig näherzukommen. Der Indianer hatte ihn lange misstrauisch beobachtet und sich immer wieder mit Ältere Schwester auf Paxij ausgetauscht. Quentin verstand zwar viele Worte nicht, wusste jedoch intuitiv, dass es bei diesen Gesprächen um ihn ging. An irgendeinem Punkt schien Weißer Hirsch dann beschlossen zu haben, etwas mehr Kontakt zu ihm aufzubauen. Der Indianer war nach wie vor sehr zurückhaltend, doch dies zeichnete grundsätzlich den Umgang der Paxij mit Fremden aus. Sie hatten wie alle Naturvölker in der Vergangenheit schlechte Erfahrungen mit Weißen gemacht. Quentin verübelte es ihnen daher nicht, dass sie eine entsprechende Vorsicht an den Tag legten. Er war immer noch froh darüber, dass diese Menschen ihn gerettet und bei sich aufgenommen hatten.

„Unser Stamm hat eine Lebensweise entwickelt, die tief in den Traditionen und Erfahrungen unserer Vorfahren verwurzelt ist", hatte Weißer Hirsch ihm eines Tages erklärt.

„Wir schauen auf die Weisheit der Vergangenheit, um uns bei Entscheidungen leiten zu lassen, die die Zukunft von uns und unseren Kindern bestimmen. Einen anderen Weg einzuschlagen wäre unehrlich und würde uns jene Schwierigkeiten bringen, welche ein Volk erleidet, das sich selbst und seinen Überzeugungen nicht treu bleibt. Wir haben Lehren und Prophezeiungen, die uns sagen, dass wir auf die Zeichen und Omen achten müssen, die da kommen werden. Und dass diese uns Stärke und Mut geben, um zu unserem Glauben zu stehen."

Quentin war sehr ergriffen von diesen Worten. Er hatte am eigenen Leib erfahren, wie hilfreich die althergebrachte Medizin dieser Indianer war, bestehend aus Kräuterkunde und spirituellen Zeremonien. Sie hatte ihn vor dem sicheren Tod bewahrt.

Außerdem hatte er in seinen Gesprächen mit Ältere Schwester und Weißer Hirsch herausgefunden, dass die Paxij ehemals als hochkultiviertes Volk angesehen wurden. Quentin war erstaunt, denn auch darüber hatte er weder in seiner Schullaufbahn etwas gelernt, noch hatte Thiara ihm davon berichtet. Daher wunderte er sich kaum, dass die Rituale und Überlieferungen dieser Kultur in der heutigen westlichen Gesellschaft nicht mehr relevant waren. Er kannte niemanden, der auch nur die geringste Kenntnis von den Traditionen der Paxij oder anderer Indianerstämme hatte. Dies bestürzte Quentin zutiefst. Die Weisheiten einer ehemaligen Hochkultur waren vollständig aus dem kollektiven Gedächtnis einer ganzen Nation gelöscht worden und die Paxij selbst dadurch gespalten. Viele hatten den äußeren Zwängen nachgegeben, sich der westlichen, von Technologie und Konsum geprägten Kultur angepasst und den immer beschwerlicheren Pfad ihres Stammes verlassen. Einige legten jedoch weiterhin großen Wert darauf, nach den althergebrachten Bräuchen zu leben. Dazu gehörte der Clan, der Quentin bei sich in seinem Dorf aufgenommen hatten. Und je länger Quentin bei ihnen lebte, desto besser verstand er ihre Haltung. Diese Menschen waren ganz im Einklang mit der Natur, zollten allen Wesen großen Respekt und konzentrieren ihr Wirken auf die Kommunikation mit der spirituellen Welt.

Trotz seiner tiefgehenden Gespräche mit Ältere Schwester und Weißer Hirsch wurde Quentin in die Stammesrituale der Paxij kaum eingeweiht. Er hatte sich mit der Zeit einige Dinge selbst erschlossen. So fand er heraus, dass der Begriff „Häuptling" ebenso für Priester stand. Der Häuptling eines Stammes führte gemeinsam mit anderen Ältesten die religiösen Zeremonien durch, wie den berühmten Schlangentanz, bei dem alle zwei Jahre um Regen gebetet wurde.

Eine wichtige Rolle bei diesen feierlichen Ritualen spielten Geister mit großer magischer Kraft, die als Boten zwischen dem Reich der Götter und dem der Menschen dienten. Diese Wesen standen für alles, was es in der realen Welt gab: als Ahnengeister für verstorbene Verwandte, aber auch für verschiedene Tiere oder Pflanzen, den Wind, die Berge, die Sterne, die Elemente oder eine unsichtbare Energie. Sie erschienen den Paxij vor allem zwischen Dezember bis Mitte Juli in ihren Dörfern und übermittelten ihnen Botschaften aus der Geisterwelt. Darüber hinaus konnten die spirituellen Wesen grundsätzlich für Harmonie in der Gesellschaft sorgen, sofern ihre Kunde richtig verstanden und umgesetzt wurde. Sie brachten Segen von anderen Sternen, Welten und Planeten.

„Damit die Geister uns helfen, müssen sie stets besänftigt werden. Denn sonst können sie viel Schaden anrichten", hatte Quentin von Ältere Schwester erfahren. „Wenn die Zeit der Aussaat gekommen ist, kleiden sich unsere Anführer wie sie und führen rituelle Tänze auf. Sie verbinden sich mit den Geistwesen und erfahren von ihnen, was zu tun ist."

Quentin lernte durch seine Beobachtungen und durch die Erklärungen von Ältere Schwester und Weißer Hirsch viel über die Paxij.

Dem Häuptling dieser Siedlung, der den Clan der Bisons anführte, war Quentin allerdings noch nie begegnet. Doch er bemerkte, dass dieser Priester seinen Stamm mit großer Weisheit zu leiten schien. Der Häuptling verstand es, die Kultur seines Volkes zu wahren und gleichzeitig Kontakt zur Welt der US-Amerikaner zu halten, um zu begreifen, wohin ihre Gesellschaft sich entwickelte. Immer wieder beobachtete Quentin, wie kleinere Gruppen weißer Amerikaner im Dorf erschienen und sich dort einige Tage aufhielten. Sie schienen sich lange mit den Ältesten zu beraten. Zu ihm nahm jedoch niemand Kontakt auf. Quentin suchte ebenfalls nicht ihre Nähe, er hatte nach wie vor nicht das Bedürfnis, in sein altes Leben zurückzukehren. Die Fremden bereiteten ihm daher etwas Sorge. Er wollte nicht, dass jemand ihn erkannte und den Vorstand von HTI Ltd. benachrichtigte. Schließlich musste sein Verschwinden für erheblichen Aufruhr in den Hyper-Medien gesorgt haben.

Daher war Quentin stets erleichtert, wenn die Besucher wieder abreisten. Und er war froh, dass niemand von den Paxij versuchte, ihn ihren Gästen vorzustellen. Trotzdem wunderte er sich hin und wieder darüber. Denn was lag näher, als ihn wieder zurück in sein bisheriges Leben zu schicken? Quentin fragte sich mehrfach, weshalb diese Menschen ihn so lange bei sich duldeten. Ältere Schwester gab ihm auf diese Frage keine Antwort, sie lächelte nur vielsagend, wenn er sie darauf ansprach. Und auch Weißer Hirsch wiegte bloß nachdenklich den Kopf.

„Wenn die Zeit gekommen ist, wirst du alles wissen, was du wissen musst", antwortete er geheimnisvoll. Quentin war sehr gespannt, um welches Wissen es sich handeln würde. Er vermutete immer noch, dass er irgendeine Wiedergutmachung leisten sollte für den durch ihn verursachten Tod der Klapperschlange. Vielleicht konnte er den Paxij eine großzügige Spende zukommen lassen, wenn er wieder zurück bei HTI Ltd. war. In jedem Fall wollte er dafür sorgen, dass ihre Geschichte bekannter wurde und ihre Traditionen zukünftig den gebührenden Respekt erfuhren.

EIFEL, Deutschland (Januar 2014)

Er hatte nicht daran geglaubt. Aber das Glück hatte doch wieder Einzug gehalten in Mokis Leben, auch wenn die wehmütige Erinnerung an seine geliebten Großeltern, an Istaqa und an Honovi ihn stets begleitete. Dennoch konnte er wieder Freude empfinden bei seinen Streifzügen mit Ada. Er wusste, dass Grandpa und Grandma sich gewünscht hätten, dass er wieder glücklich war. In seinen Zwiegesprächen mit ihnen und Kaya am Elfenbaum spürte er deutlich, wie sie ihn mit ihrer Liebe umfingen. Und ihn zu immer neuen Abenteuern ermutigten.

Jetzt war Moki auf dem Weg zu der alten Trauerweide, seinem Treffpunkt mit Ada. Sie wollten rodeln gehen an diesem klirrend kalten Januarsonntag. Moki zog den Schlitten hinter sich her durch den knöcheltiefen Neuschnee. Er war heute Nacht gefallen und überzog die Landschaft mit einer strahlend weißen Decke. Zu dieser frühen Morgenstunde gab es noch kaum Spuren im Schnee. Moki konnte nur vereinzelt die Abdrücke eines Hasen, eines Fuchses oder die eines kleinen Vogels erkennen. Und natürlich die Fußstapfen von Ada, die bereits am Elfenbaum auf ihn wartete. Er machte ein Spiel daraus, genau in ihre Vertiefungen zu treten und möglichst keine eigene Spur zu hinterlassen.

Der Wald lag vor Moki in winterlicher Stille, nur das leise Knirschen seiner Schritte war zu hören. Er musste die Augen gegen das grelle Sonnenlicht zusammenkneifen. Moki hielt inne und ließ den magischen Zauber dieses Morgens auf sich wirken. Die Wintersonne brachte den Schnee zum Funkeln, überall um ihn herum leuchteten silbrige Glitzerkristalle. Sie erinnerten Moki an das Flimmern der Salzablagerungen in der Kalifornischen Prärie, und er meinte für einen kleinen Augenblick, die würzige Luft des nahen Pazifiks riechen zu können.

Kurz glaubte er, Honovi zwischen den Bäumen fröhlich schnauben zu hören. Mokis Herz wurde schwer, ein dicker Kloß schnürte ihm die Kehle zu. Doch dann durchströmte ihn eine tiefe Wärme, ein Gefühl der Zuversicht und des Trostes. Noch bevor er sie sehen konnte, wusste er, dass sie da war. Und tatsächlich, jetzt tauchte Ada plötzlich vor ihm auf, mitten aus dem Feuerwerk des Lichts. Sie hatte es vor lauter Vorfreude nicht mehr an der Trauerweide ausgehalten und kam ihm mit langen Sprüngen entgegen. Ihre blonden Zöpfe hüpften fröhlich auf und ab unter der roten Wollmütze. Moki wischte sich verstohlen eine Träne von der Wange. Er hielt den Atem an. Ada war von funkelnden Lichtstrahlen umgeben und wirkte selbst wie eine der magischen Feengestalten, die gerade dem Elfenbaum entstiegen war. Sein Herz schlug wie immer schneller, wenn er seine Freundin sah. Alle Traurigkeit war vergessen.

„Hey, da bist du ja endlich", begrüßte Ada ihn freudig und blieb direkt vor ihm stehen. In ihren Augen spiegelte sich das goldene Sonnenlicht und funkelte mit den Schneekristallen um die Wette.

„Komm, lass uns direkt losziehen. Der Schnee ist super, guck mal!" Damit holte sie verschmitzt grinsend ihre linke Hand nach vorne, die sie bisher hinter dem Rücken versteckt gehalten hatte, und warf Moki einen weichen Schneeball auf seine Wintermütze. Japsend schnappte er nach Luft, als ihm ein Teil dieses Begrüßungsgeschenks eiskalt den Nacken herunterlief.

„Na warte, das bedeutet Rache", brüllte Moki lachend und nahm die Verfolgung von Ada auf, die sofort nach ihrer Attacke losgespurtet war. Den Schlitten ließ er zurück.

Noch während des Laufens sammelte Moki etwas Schnee von einem Ast, an dem er vorüberkam. Er formte ihn rennend zu einer perfekten Kugel, nicht zu weich und nicht zu hart – darin waren er und Ada nach vielen Wintern in der Eifel geübt. Kurz bevor Ada hinter einem umgestürzten Baumstamm in Deckung gehen konnte, ließ er den Schneeball fliegen. Treffer!

Er erwischte Ada mitten zwischen den Schulterblättern, was diese quiekend zur Kenntnis nahm. Dann duckte sie sich hinter den Stamm und begann sofort, neue Munition zu fertigen.

Moki suchte Schutz hinter einem größeren Felsen und tat es ihr gleich. Die nächste Viertelstunde verbrachten sie damit, immer wieder aus ihrer Deckung aufzutauchen, den anderen mit Schneebällen zu bewerfen und dabei zu versuchen, selbst möglichst wenige Treffer abzubekommen. Nach einer Weile kam Ada jedoch nicht mehr hinter dem Baum hervor. Moki verließ immer wieder den Schutz des Felsens und zielte in Richtung ihres Verstecks, doch Ada reagierte nicht.

„Hey, du Feigling, gibst du dich etwa geschlagen? Komm raus!", brüllte er provozierend in ihre Richtung, als er plötzlich ein Geräusch hinter sich hörte. Moki wirbelte herum. Im selben Moment stürzte sich Ada mit wildem Indianergeheul auf ihn. Sie riss ihn zu Boden und begann, sein Gesicht mit einem riesigen Schneeball einzuseifen.

„Hilfe, Gnade, ich gebe auf!", flehte Moki nach wenigen Sekunden mit nur halb gespielter Verzweiflung. Sein Gesicht brannte vor Kälte und war mit Sicherheit bereits feuerrot. Was vielleicht auch von der Nähe zu Ada kommen konnte, die keuchend auf ihm lag und immer noch kicherte vor Freude darüber, ihn überlistet zu haben. Dann wurde sie ernst.

„Warte, ich wische dir den Schnee aus dem Gesicht." Sie zog sich die Handschuhe aus und begann, vorsichtig mit den Fingerspitzen über seine Wangen zu streichen. Mokis Herz drohte zu explodieren. Er wusste nicht, wie er reagieren sollte. Doch dann zog Ada ihm lachend seine Mütze ins Gesicht und rappelte sich auf. Der Moment war vorüber.

Moki stand ebenfalls auf und klopfte sich den Schnee von der Kleidung.

„Komm, wir holen deinen Schlitten und gehen zur Nordwand." Damit meinte Ada die Nordseite eines Hügels, den sie spaßeshalber wie den berühmten Eiger getauft hatten, obwohl er nicht im Mindesten so hoch oder gefährlich war wie sein Namensgeber.

„Der Schnee dort ist super, ich war heute Morgen schon da." Moki fragte sich, was sie so früh aus dem Haus getrieben hatte. Er war pünktlich bei Sonnenaufgang losgegangen, aber Ada schien schon viel länger unterwegs zu sein. Vermutlich hatte es wieder einmal Krach mit ihren Eltern gegeben. Adas Fröhlichkeit tat dies jedoch keinen Abbruch, als sie jetzt pfeifend vor ihm her stapfte und sich seinen Schlitten schnappte.

„Wo ist denn dein Schlitten?", fragte Moki verwundert. Ada winkte nur lässig ab und murmelte etwas von Streit mit ihrem Bruder und Rodelverbot. Also hatte Moki richtig vermutet. Aber Ada wäre nicht Ada, wenn sie sich durch die Wegnahme ihres Schlittens vom Rodeln hätte abhalten lassen. Dann würde sie halt zusammen mit Moki auf seinem Gefährt die Hänge heruntersausen.

Moki konnte sein Glück kaum fassen. Er meinte, sein Herz müsse aus der Brust springen, als Ada sich jetzt hinter ihm auf den Schlitten setzte und die Arme um ihn schlang. Er konnte ihren warmen Atem in seinem Nacken spüren.

„Los, ich helfe mit beim Abstoßen, danach mache ich mich ganz klein", flüsterte sie aufgeregt in sein Ohr. Gemeinsam nahmen sie mehrfach Schwung, dann setzten sie wie auf ein geheimes Zeichen gleichzeitig die Füße auf die Kufen. Ada duckte sich hinter Moki und schmiegte sich eng an seinen Rücken. Hoffentlich war seine Kleidung dick genug, hoffentlich spürte sie sein Herzrasen nicht.

Der Schlitten glitt erst langsam, dann immer schneller Richtung Tal. Moki lenkte ihn geschickt um die von Schneewehen verborgenen Steine herum, deren Lage er in- und auswendig kannte. Mit jedem Meter wurde die Fahrt rasanter. Da sie zu zweit auf dem Schlitten saßen, waren sie schneller als je zuvor. Der Wind trieb Moki die Tränen in die Augen und sauste in seinen Ohren. Ada hielt ihn fest umklammert. Plötzlich flogen sie über eine Unebenheit im Gelände und hoben für mehrere

Meter vom Boden ab. Moki konnte nicht anders, er stieß einen lauten Jubelschrei aus und Ada stimmte sofort fröhlich mit ein.

Nach und nach wurde der Hang flacher und ihr Tempo langsamer, bis sie schließlich weit unten im Tal zum Stehen kamen. Moki schnappte nach Luft, und auch Ada war merklich außer Atem von der wilden Fahrt.

„Los, gleich noch mal", strahlte Ada ihn an, nachdem sie sich wieder beruhigt hatten. Moki war nichts lieber als das. Er wollte für immer mit ihr rodeln und ihren Körper an seinem Rücken spüren. Das Glück hatte wieder Einzug gehalten in Mokis Leben.

ARIZONA, USA (21. Dezember 2058)

Er hatte es geschafft. Quentin hatte den steilen Abstieg von dem unzugänglichen Felsplateau herunter bis in die Tiefebene schließlich doch gemeistert. Auf halbem Wege hatte er befürchtet, dass seine Kräfte ihn verlassen würden und er nach der langen Krankheit noch nicht genug Kondition hatte, um das Tal zu erreichen. Oder dass sein inzwischen gut verheilter linker Knöchel der ungewohnten Belastung nicht standhalten würde. Schließlich war diese Kletterpartie etwas vollkommen anderes als seine bisherigen Ausflüge auf der flachen Hochebene. Doch Aufgeben war keine Option, er wollte sich vor Weißer Hirsch, der leichtfüßig vor ihm herlief, keine Blöße geben. Und jetzt war Quentin tatsächlich am Fuße des Bergs angekommen – schweißgebadet, mit wackligen Knien und außer Atem. Aber wohlauf.

Quentin blickte sich staunend um. Die Anstrengung hatte sich gelohnt. Bisher hatte er sich immer nur oben auf der Mesa bewegt und die Hochebene des Tafelbergs erkundet. Bei klarer Sicht schimmerten aus südwestlicher Richtung die schneebedeckten Gipfel der San-Francisco-Berge bei Flagstaff gleißend und verführerisch über die Wüste. Bei diesem markanten vulkanischen Gebirgszug handelte es sich um die höchste Erhebung Arizonas. Quentin wusste von Ältere Schwester, dass den Legenden zufolge auf diesen atmenden Bergwipfeln die Geister der Paxij lebten, jene unzähligen übernatürlichen Wesen, die sie von Mitte Juli bis zur Wintersonnenwende um Hilfe anriefen. In der anderen Hälfte des Jahres wohnten die Geistwesen in den Paxij-Dörfern und traten dort als maskierte Tänzer in Erscheinung.

Doch jetzt war Quentin überrascht, denn hier in der Tiefebene war die Sicht nicht minder spektakulär als von dem hochgelegenen Plateau der Mesa. Unten angekommen, breitete sich vor

183

ihm eine endlose, flache Wüste aus. Pinien, Wacholderbäume und einige ihm unbekannte spröde Sträucher wuchsen weit verstreut in der kargen und dennoch wunderschönen Landschaft. Quentin nahm ein würziges Kräuteraroma wahr und entdeckte tatsächlich einige Salbeipflanzen, gesäumt von Büscheln aus Straußgras. Er ließ seinen Blick schweifen und konnte sich nicht erinnern, jemals eine solche Weite gesehen zu haben. Bis zum Horizont erstreckte sich die steinig-staubige Ebene, die links und rechts gesäumt war von zerklüfteten, mit Felsbrocken übersäten Rändern. Es mutete an, als hätten die Götter hier Murmeln gespielt. Einige kleine, stumpfe Pyramiden, die wie aztekische Tempel aussahen, erhoben sich gegen den Himmel. Quentin konnte immer besser verstehen, weshalb die Paxij ihr Land als heilig betrachteten. In seinem bisherigen Leben hätte er sich niemals vorstellen können, welch zauberhafte Schönheit von solch einer Einöde ausgehen konnte. Tief ergriffen blickte er sich um und versuchte, die magische Atmosphäre mit allen Sinnen zu erfassen.

Quentin hätte gerne gewusst, wo die abgestürzte Drohne lag und an welcher Stelle Weißer Hirsch ihn vor einigen Wochen halb bewusstlos und beinahe verdurstet aufgefunden hatte. Doch auf seine Fragen hierzu gab ihm der Indianer keine genaue Antwort.

„Orte verändern sich. Die Stelle, an der der Schlangenhäuptling für dich sein Leben gelassen hat, ist nicht mehr die gleiche wie zuvor. Und an dem Drohnenwrack gibt es nichts, was für die Paxij von Bedeutung ist." Damit musste Quentin sich zufriedengeben. Und er verspürte selbst auch kein Bedürfnis, an die Absturzstelle zurückzukehren. Dort gab es für ihn ebenfalls nichts, was von Bedeutung war.

Weißer Hirsch verlangsamte nun seinen Schritt und gab Quentin mit einer Geste zu verstehen, dass er sich neben ihn hinter einen großen Felsbrocken ducken sollte. Sie hielten Ausschau nach Kojoten, welche sich zu einer Plage entwickeln konnten und die Felder der Paxij bedrohten. Quentin hatte nicht geahnt, dass diese Steppenwölfe saftige Melonen mochten und die reifen Früchte oftmals kurz vor der Ernte auffraßen. Einige Paxij wussten sich nicht anders zu helfen, als Fallen aufzustellen und die Kojoten zu erschießen. Sie begruben anschließend den Kadaver mit einer Opfergabe, um den Geist des Tieres zu ehren, auch wenn es ihnen geschadet hatte. Dennoch versuchten die Paxij grundsätzlich, möglichst keine Kojoten zu töten. Aus diesem Grund war Weißer Hirsch ausgesendet worden, er sollte den Bestand der Präriewölfe abschätzen. Sobald die Population anstieg, würden die Paxij nachts Wachen für ihre Felder aufstellen und die Kojoten verjagen, bevor sie Schaden anrichten konnten. Weißer Hirsch hatte Quentin aufgefordert, ihn zu begleiten, und dieser fühlte sich geehrt, an der Seite des erfahrenen Indianers die Wüste zu erkunden. Jetzt kauerte er sich neben den Hünen hinter den Felsblock und versuchte, dabei möglichst kein Geräusch zu machen.

Irgendetwas hatte Weißer Hirsch in ihrer Umgebung entdeckt, vermutlich einen oder mehrere Steppenwölfe. Quentin hielt gespannt den Atem an. Weißer Hirsch spähte immer wieder vorsichtig über den Rand des Felsens und blickte dabei in Richtung des Fußes des Tafelbergs, von dem sie gerade herabgestiegen waren. Etwas weiter vorne war eine Schneise in dem Berg, vermutlich ein Tal geschaffen durch einen früheren Flusslauf. Dorthin schaute Weißer Hirsch hochkonzentriert. Quentin wagte es nicht, ihn anzusprechen. Ihm war klar, dass er sich ruhig verhalten musste. Dennoch fragte er sich, was der Indianer wohl gesehen oder vermutlich eher gehört haben mochte. Er selbst konnte nichts erkennen in Richtung der Bergschneise.

Einige Minuten vergingen. Und plötzlich sah Quentin einen Schatten das sonnendurchflutete Tal herunterkommen, der sich langsam auf die Tiefebene zubewegte. Quentin spürte die Anspannung, die von Weißer Hirsch ausging. Er wunderte sich darüber, denn er hatte nicht damit gerechnet, dass Kojoten seinen Begleiter in Aufregung versetzen würden. Wobei dieser Schatten Quentin deutlich zu groß erschien für einen Präriewolf.

Während er sich noch fragte, um welches Tier es sich stattdessen handeln konnte, stockte ihm plötzlich der Atem. Quentins Nackenhaare stellten sich auf, er bekam eine Gänsehaut am ganzen Körper. Aus dem trockenen Flussbett heraus betrat ein majestätisches Wesen die Ebene. Es machte einige elegante Schritte nach vorn, um dann stehen zu bleiben und seine Umgebung mit wachsamem Blick abzusuchen. Dabei strahlte es das Selbstbewusstsein eines Jägers aus, der keinen feindlichen Angriff zu befürchten hat. Quentin hatte solch ein beeindruckendes Tier noch nie in freier Natur erblickt. Aber er wusste instinktiv, dass es sich um einen Berglöwen handeln musste. Ältere Schwester hatte ihm berichtet, dass diese Raubkatzen den Paxij sehr heilig waren und immer wieder in den rituellen Zeremonien verehrt wurden, indem die Priester sich als Berglöwen-Geist verkleideten und sie in ihre traditionellen Tänze aufnahmen.

„Er ist eine Gottheit, ein Beschützer unserer Stämme, den wir bei bestimmten Zeremonien um Führung bitten", hatte sie Quentin erläutert. „Der Silberlöwe gilt als der mächtigste Jäger und das stärkste und furchtloseste Tier. Er ist der Wächter der nördlichen Richtung. Und er soll uns Menschen daran erinnern, durchzuhalten, unsere Ziele zu klären und unsere Träume zu verwirklichen."

Quentin hatte weiter von Ältere Schwester erfahren, dass die Pumas im Land der Paxij nur noch sehr selten anzutreffen waren, sie wusste von der letzten Sichtung zu Zeiten ihres Urgroßvaters. Quentin verstand daher, weshalb Weißer Hirsch so ergriffen war von dieser Begegnung.

Der Indianer raunte ihm jetzt leise und voller Ehrfurcht ein Wort zu, das Quentin nicht verstand. Vermutlich der Paxij-Begriff für Berglöwe. Der leichte, warme Wüstenwind stand in ihre Richtung, sodass die Raubkatze sie bisher weder gerochen noch gehört hatte. Quentin packte dennoch die Angst. Wenn das Tier sie entdecken würde, waren sie vollkommen wehrlos. Weder Weißer Hirsch noch er waren bewaffnet, sie würden eine leichte Beute sein für den imposanten Jäger. Dennoch konnte Quentin seinen Blick nicht von dem beeindruckenden Raubtier losreißen. Es mochte etwa einen Meter hoch und knapp zwei Meter lang sein. Sein gelbes Fell schimmerte beinahe wie flüssiges Gold in der Wüstensonne.

Der Puma sah sich weiterhin stolz um, Quentin hatte einmal sogar das Gefühl, dass er ihm direkt in die Augen schaute. Seine bernsteinfarbene Iris war gesäumt von einem tiefschwarzen Rand und gab dem Blick der Raubkatze etwas Durchdringendes, beinahe Hypnotisches. Jetzt streckte sie sich lässig nach vorne und dann nach hinten, um anschließend ihr riesiges Maul aufzureißen und herzhaft zu gähnen. Quentin war fasziniert und besorgt zugleich. Er erblickte ein schneeweißes Gebiss mit vier furchteinflößenden Reißzähnen, die keinen Zweifel an der Kraft dieses Jägers aufkommen ließen. Der Puma schaute jetzt wieder zu ihrem Felsbrocken herüber. Er peitschte ein paarmal mit seinem langen Schwanz hin und her, dann setzte er sich gemächlich in Bewegung, direkt auf ihr Versteck zu.

Quentin wollte einen Satz zurückmachen, sich umdrehen und davonlaufen. Doch bevor er sich bewegen konnte, packte ihn Weißer Hirsch am Arm und gebot ihm mit einer kurzen Geste, Ruhe zu bewahren. Der Silberlöwe kam langsam näher und Quentin meinte, bereits seinen stechenden Geruch in der leichten Wüstenbrise wahrnehmen zu können. Dann war das Tier dem Felsbrocken so nahe, dass Quentin es nicht mehr sehen konnte. Seine Nerven waren zum Zerreißen gespannt. Der Puma stand ihnen genau gegenüber, nur ein wenige Meter breiter und hoher Felsblock lag zwischen ihnen. Würde er von rechts oder von links um den Felsen kommen? Oder würde er wieder umdrehen? Vielleicht würde er es sich auch auf der anderen Seite im Schatten des Monolithen gemütlich machen und einen Mittagsschlaf halten? Quentin spürte, wie ihm einzelne Schweißperlen über die Schläfen rannen. Er bewegte immer wieder hektisch den Kopf von der einen zur anderen Seite und hielt nach dem Berglöwen Ausschau. Dabei betete er inständig, dass Weißer Hirsch wusste, was im Falle eines Angriffs zu tun war.

Dann hörte er plötzlich ein leises Geräusch über sich und schaute nach oben. Die Raubkatze war lautlos auf den Felsen gesprungen und stand nun direkt über ihnen. Urplötzlich gab das mächtige Tier ein markerschütterndes Brüllen von sich und langte gleichzeitig mit einer seiner riesigen Tatzen nach unten. Quentin wich instinktiv aus und machte sich ganz klein. Er unterdrückte einen Schrei. Verzweifelt sah er zu Weißer Hirsch herüber. Zu seiner Verwunderung musste er feststellen, dass der Indianer jetzt viel entspannter wirkte als noch vor einigen Minuten, bevor der Puma in Sicht gekommen war. Er stand nach wie vor aufrecht und war damit in unmittelbarer Reichweite der riesigen Löwenpranken. Dennoch blickte Weißer Hirsch dem majestätischen Tier direkt in die Augen, ohne jede Scheu. Dabei murmelte er für Quentin unverständliche Worte vor sich hin, die auf ihn beinahe wirkten wie eine Beschwörung. Quentin konnte nicht sagen, wie lange der Indianer diesen kehligen, gutturalen Singsang von sich gab. Er spürte jedoch, wie seine eigene Angst sich legte und wie auch der zornig fauchende Silberlöwe über ihnen sich nach und nach entspannte. Schließlich wurde die Raubkatze ganz ruhig, lief noch ein paarmal auf dem Felsen auf und ab und sprang dann mit einem geschmeidigen Satz über sie hinweg. Quentin konnte es kaum fassen, als er sah, wie das Raubtier sich gemächlich entfernte. Keuchend lehnte er sich mit dem Rücken an den Felsbrocken und sank langsam nieder. Seine Beine versagten den Dienst, er musste sich erst einmal ausruhen.

Weißer Hirsch ließ ihn eine Weile gewähren. Er blickte still dem Puma hinterher, bis das Tier in weiter Ferne hinter einer Geröllerhebung verschwunden war. Dann schaute er auf Quentin herab, der immer noch zutiefst ergriffen war von dieser mystischen Begegnung.

„Viele Sommer ist es her, dass ein Berglöwe sich den Paxij gezeigt hat. Dies ist ein Zeichen und wir müssen den Ältesten davon berichten. Sie werden wissen, was es zu bedeuten hat und was nun zu tun ist." Mit diesen Worten gebot Weißer Hirsch Quentin aufzustehen und ihm zu folgen.

Sie traten den Rückweg an hinauf auf die Mesa, um dem Häuptling und den Stammesältesten Bericht zu erstatten. Quentins Knie waren immer noch wacklig, aber sein Herz war erfüllt von tiefem Frieden. Beschwingt schritt er aus an der Seite von Weißer Hirsch. Er war mehr als gespannt auf die Reaktion der Dorfbewohner, wenn sie ihnen von ihrer Begegnung berichten würden.

EIFEL, Deutschland (Juni 2014)

Moki wartete bereits seit Stunden am Elfenbaum. Zugegeben, er war früher hier gewesen als verabredet. Die Vorfreude auf das Treffen mit Ada hatte ihn nicht mehr länger zu Hause aushalten lassen. Und die herrliche Frühlingssonne hatte ihr Übriges dazu beigetragen, ihn weit vor der vereinbarten Zeit zu Adas und seinem Lieblingsplatz gelockt. Jetzt, gegen Mittag, herrschten selbst im Wald beinahe sommerliche Temperaturen. Moki hatte auf dem Hinweg eine Weile auf einer Anhöhe innegehalten, von der aus man weite Teile der Nordeifel überblicken konnte. Zu dieser Jahreszeit blühte der Besenginster, das sogenannte Eifelgold, und tauchte die Landschaft um ihn herum in ein leuchtend gelbes Blütenmeer. Diese wogende gelbe Wellenlandschaft erstreckte sich über die Hügel vor ihm, soweit sein Auge blickte. Linker Hand lag die Hohe Acht, die mit 747 Metern höchste Erhebung der Eifel. Von dem Kaiser-Wilhelm-Turm auf ihrer Spitze hatten Ada und er bereits mehrfach den herrlichen Rundblick über die gesamte Eifel genossen. An klaren Tagen hatten sie am Horizont sogar den Kölner Dom erkennen können. Aber die Aussicht, die sich ihm hier von seiner Anhöhe aus bot, war nicht minder spektakulär. Geradeaus blickte er auf die Nürburg, welche gekrönt war von der gleichnamigen Burgruine. Und zu seiner rechten Seite lag der Aremberg, einer der vielen Vulkane dieses Mittelgebirges.

Dann raschelte etwas zu Mokis Füßen und lenkte seinen Blick zu Boden. Gleich vor ihm sah er eine hübsche Bergeidechse, die hastig vor ihm über den Schotterweg huschte, um sich unter einem Steinhaufen zu verstecken. Er war also nicht der Einzige, der den herrlichen Frühlingstag und die Energie der warmen Sonnenstrahlen zu schätzen wusste. Moki schmunzelte, genoss noch eine Weile die beeindruckende Aussicht und setzte dann seinen Weg fort zum Elfenbaum.

In der Zeit bis zu Adas Eintreffen machte Moki es sich auf einem der breiten Äste in der Krone der Trauerweide gemütlich. Er lehnte sich zurück und schloss die Augen. Die sich sanft im Wind wiegenden Zweige ließen ein schwarz-goldenes Spiel aus Licht und Schatten durch seine Augenlider dringen.

Moki lauschte dem Klang des Frühlingswaldes um sich herum. Auch jetzt, am späten Vormittag, nahm er noch eine Vielzahl von Vogelstimmen wahr, die sich in ihrem jubilierenden Frühlingskonzert gegenseitig überboten. Dazu kam das träge Summen von einigen Waldbienen und Hummeln, welche auf der Suche nach Nektar an ihm vorbeizogen. Hier und da raschelte es im Gebüsch. Sicherlich ein Eichhörnchen auf Futtersuche oder eine Amsel, die sich dem Nestbau widmete. Moki spürte, wie diese friedliche Geräuschkulisse ihn sanft in den Schlaf wiegte. Er ließ es geschehen, hoffte auf eine Begegnung mit Kaya oder seinen Großeltern im Traum. Hier, am Elfenbaum, waren sie ihm wieder einmal besonders nahe. Und Ada würde ihn schon wecken, wenn sie zum Treffpunkt kam. Darauf war Verlass.

Ada wurde in ein paar Monaten fünfzehn Jahre alt und sie war immer noch das schönste Mädchen, das Moki je gesehen hatte. Ihre schlanke, hochaufgeschossene Gestalt hatte inzwischen deutliche Rundungen bekommen. Dennoch bewegte sie sich graziler denn je und scheute nach wie vor kein Abenteuer unter freiem Himmel. Sie kletterte immer noch auf Bäume, watete durch Bachläufe und machte sich ohne zu zögern die Hände schmutzig bei dem Versuch, möglichst viele Kröten sicher zu ihren Laichgründen zu bringen. Ihr hellblondes Haar umrahmte das sommersprossige Gesicht mit den hohen Wangenknochen und betonte ihre goldgrünen, leicht schräg stehenden Augen, aus denen sie Moki immer wieder verschmitzt lächelnd anblitzte. Ein Blick, der sein Herz zum Explodieren brachte. Auch andere Jungen hatten Adas natürliche Schönheit inzwischen bemerkt, dessen war sich Moki durchaus bewusst. Er nahm wahr, wie sogar die Rüpel aus den höheren Klassen ganz handzahm wurden, wenn sie auf dem Schulhof an ihnen vorbeiging. Und wie sie ihr hinterherstarrten, manchmal vorwitzig kichernd, manchmal bewundernd pfeifend. Wie sie sich auf dem Heimweg im Bus gegenseitig zur Seite rempelten, um möglichst in ihrer Nähe zu sitzen. Moki war froh, dass Ada all diese Annäherungsversuche geflissentlich ignorierte. Und dass der Platz neben ihr stets für ihn reserviert war. Daran ließ sie keine Zweifel aufkommen.

Moki schmunzelte beim Einschlafen, es kribbelte in seinem Bauch voller freudiger Erwartung auf das heutige Treffen mit ihr. Vielleicht würde sie ihn sogar mit einem zärtlichen Kuss auf die Wange begrüßen? Mit dieser süßen Vorstellung glitt er sanft hinüber in das Reich der Träume.

Als Moki schließlich wieder erwachte, musste er sich zunächst einmal orientieren. Kein Kuss hatte ihn geweckt, keine vorsichtige Berührung von Ada seine Traumreise beendet. Tatsächlich hatte ihn eine sanfte Frauenstimme aus dem Schlaf geholt. Doch niemand war hier. Moki schaute sich um. Er kannte die Stimme nicht, die immer noch in ihm nachklang. Er glaubte aber, dass sie zu Kaya gehörte. Was sie genau gesagt hatte, wusste er nicht mehr. Doch Kaya hatte eindeutig gewollt, dass er aufwachte.

Moki gähnte verschlafen und streckte sich. Inzwischen war die Sonne ein großes Stück weitergezogen. Wie spät es genau war, wusste er nicht, denn Moki trug ebenso wie Ada aus Prinzip keine Uhr. Sie wollten sich nicht von einem äußeren Taktgeber fremdbestimmen lassen. Aus dem gleichen Grund besaß auch keiner von ihnen ein Smartphone. Adas Eltern hatten allerdings auf einem Notfallhandy bestanden, dass sie jedoch stets ausgeschaltet hatte und nie bei sich trug. Bisher war auch kein Notfall eingetreten, bei dem sie es vermisst hätte. Moki war immer noch entsetzt darüber, wie die Technologie seinen Bruder Tim verändert hatte. Er fragte sich nach wie vor, welchen Nutzen sie haben sollte und warum man einen Bildschirm und virtuelle Spiele der realen Welt vorziehen konnte. Hier im Wald schien ihm dies jedenfalls mehr hinderlich als hilfreich zu sein. Es gab kaum Empfang und man musste sich eher Sorgen machen, dass die teuren Geräte Schaden nahmen. Außerdem besaß Moki ohnehin einen hervorragenden Orientierungssinn, eine zuverlässige Intuition und ein gutes Zeitgefühl. Dies sagte ihm jetzt mit untrüglicher Sicherheit, dass Ada verspätet war.

Moki begann, sich Sorgen zu machen, denn seine Freundin konnte es wie er meist kaum erwarten, mit ihm durch den Wald zu streifen. Noch nie war sie zu spät gekommen, nicht einmal Hausarrest konnte sie von ihren Treffen abhalten. Moki beschloss daher, ihr entgegenzugehen. Er sprang behände vom Elfenbaum und landete sanft zu dessen Wurzeln auf dem weichen Waldboden. Ein Blick auf die selbst gebaute Sonnenuhr am Rande der Lichtung bestätigte ihm, was er bereits wusste. Ada war eine gute halbe Stunde zu spät.

Moki versuchte, ein aufkeimendes Gefühl der Panik zu unterdrücken. Auch wenn Ada sonst immer pünktlich kam, bedeutete das noch nicht, dass ihr etwas zugestoßen war. Sie konnte sehr gut auf sich aufpassen, kannte sich ebenso hervorragend aus in der Eifeler Wildnis wie er selbst und hatte mit ihren bald fünfzehn Jahren nichts an Stärke und Mut der Kindertage eingebüßt. Es gab sicherlich eine ganz einfache Erklärung für die Verspätung.

Während er diese beruhigenden Gedanken immer und immer wieder innerlich an sich vorbeiziehen ließ, lief Moki zügig zurück Richtung Dorf. Trotz seines beschwichtigenden Mantras wuchs in ihm die Gewissheit, dass irgendetwas nicht stimmte. Zwischen Moki und Ada bestand ein ganz besonderes Band, das über eine gewöhnliche Freundschaft weit hinausragte. Er hatte ein instinktives Gespür dafür, was seine Freundin bewegte, wie es ihr ging, was sie fühlte. Eine Art sechsten Ada-Sinn. Und jetzt gerade schlug dieser Sinn lautstark Alarm. Sie benötigte eindeutig Hilfe. Je näher Moki dem Waldrand kam, desto mehr fühlte er Adas Not in seinem Inneren, und desto mehr beschleunigte er seine Schritte.

Und dann hörte er ein dreckiges Lachen, das ihm das Blut in den Adern gefrieren ließ. Es kam aus der Wanderhütte knapp einhundert Meter vor ihm. Und es gehörte eindeutig Pascal Aubert. Moki sprintete los. Adrenalin schoss durch seinen gesamten Körper, als er jetzt auch noch Adas Stimme vernahm. Er konnte die Worte nicht verstehen, doch der Klang ihrer Stimme war anders als sonst. Neben Wut schwang etwas darin, was er noch nie bei Ada vernommen hatte. Es war ein kläglicher Unterton, es war eindeutig Angst. Als Moki der Hütte näherkam, erhob Pascal wieder das Wort.

„Jetzt stell dich nicht so an. Ich hab ja gesehen, wie du mich beim Schützenfest angeschaut hast. Du willst es doch auch. Los, komm her, du prüde Zicke!"

Moki wurde bei diesen Worten ganz schlecht. Er vernahm erstickte Kampfgeräusche aus der Hütte, dann ein lautes „Nein, lass mich in Ruhe!" von Ada. Die Verzweiflung in ihrer Stimme wuchs. Pascal lachte erneut hämisch auf.

Als Moki um die Ecke schoss, sah er, wie der grobschlächtige Junge seine Freundin an die Wand der Hütte drängte. Er hielt sie an den Handgelenken fest und bog ihr gewaltsam die Arme nach unten. Gleichzeitig drückte er sie mit seinem massigen Körper gegen die Bretter und sein Gesicht kam ihrem immer näher. Ada keuchte vor Anstrengung, wollte sich aus diesem Klammergriff befreien und Pascals Mund ausweichen, den er auf ihre Lippen zu pressen versuchte. Immer wieder drehte sie den Kopf von links nach rechts und wehrte sich nach Leibeskräften, was ihr Angreifer mit einem weiteren grimmigen Lachen quittierte. Doch ihre Lage war aussichtslos.

Moki schrie laut auf vor Wut und stürmte auf seinen Erzfeind los. Pascal schaute sich erschrocken um. Dieser kurze Moment der Ablenkung genügte. Ada konnte sich ein wenig aus dem Schraubgriff befreien, legte ihren Kopf nach hinten und ließ ihn dann mit voller Wuchte nach vorne schnellen. Krachend erwischte sie Pascal an der Schläfe. Damit hatte dieser nicht gerechnet. Der Schlag war so hart, dass er seinen Griff unwillkürlich löste und zurücktaumelte. Moki war endlich bei den beiden angekommen und stürzte sich auf ihn. Sein lange Jahre aufgestauter Zorn entlud sich jetzt in diesem einen

Moment. Blitzartig zogen Bilder an Mokis innerem Auge vorbei. Er sah die vor Schmerzen schreiende Mrs. Hook, blutüberströmt um ihr Leben kämpfend. Er hörte das höhnische Gelächter, wenn Pascal sich über sein Stottern lustig machte. Er spürte Adas verzweifelte Angst darüber, von diesem gewaltbereiten Jungen hier in der Hütte festgesetzt worden zu sein. Er stellte sich vor, was dieser ihr wohl als nächstes angetan hätte. Ein roter Schleier aus heiligem Zorn legte sich über Mokis Augen. Aus vollem Lauf sprang er Pascal an und riss ihn nieder. Unsanft landeten sie beide auf dem gepflasterten Boden der Hütte und Moki begann sofort, blind vor Hass auf Pascal einzuprügeln. Obwohl er immer noch viel kleiner war als sein Kontrahent, setzten seine Emotionen jetzt übermenschliche Kräfte frei. Pascal hatte keine Chance gegen ihn.

„Nein!", vernahm er aus weiter Ferne, doch die Worte drangen nicht in sein Bewusstsein vor. „Nein! Nein!!", hörte er noch mehrmals, ohne seine Schläge zu unterbrechen. Er erwischte Pascal am Kinn, an der anderen Schläfe, schlug ihm die Nase blutig. Dann wurde er unsanft von ihm weggerissen. Irritiert blickte Moki in die wütenden Augen von Ada.

„Ich mache das selbst", gab sie ihm unmissverständlich zu verstehen und hatte sich bereits rittlings auf Pascals Oberkörper gesetzt. In der linken Hand hielt sie einen großen Stein, mit der rechten drückte sie Pascals Kehle zu. Gerade so viel, dass er noch mühsam atmen konnte, aber dennoch um Luft ringen musste. Ihre Knie presste sie auf seine Arme, sodass es diesmal er war, der sich aus dem Klammergriff nicht befreien konnte.

„Na, wie fühlt sich das an?", fragte sie ihn prompt.

„Gefällt es dir, so wehrlos zu sein? Komm, jetzt stell dich doch nicht so an, du willst es doch auch", äffte sie ihn zynisch nach.

Adas Stimme war dabei ganz ruhig, beinahe kalt. Sie blickte Pascal fest in die Augen. Dieser schaute immer wieder voller Angst von ihrem wutverzerrten Gesicht zu dem bedrohlich angehobenen Stein und zurück. Er röchelte, versuchte zu sprechen, doch Ada lockerte ihren Griff keinen Millimeter. Pascal war mittlerweile hochrot im Gesicht. Speichel und Blut liefen ihm am Kinn herab, seine Augen zuckten panisch hin und her. Ada ließ ihn zappeln. Dann, nach einer endlosen Weile, sprach sie wieder zu ihm, langsam und deutlich. Sie betonte dabei jedes einzelne Wort.

„Wenn du jemals wieder mir oder einem anderen Kind oder einem wehrlosen Tier zu nahekommst, dann hat dein letztes Stündlein geschlagen. Ich mache dich fertig. Du wirst deines Lebens nicht mehr froh."

Moki hatte Ada noch nie auf diese Weise sprechen hören. Ihre Worte machten ihm Angst, ebenso wie ihre monotone Stimme mit der mühsam unterdrückten Aggression. Doch es war die einzige Möglichkeit, mit Pascal fertig zu werden. Ihm zu demonstrieren, wer der Stärkere war. Und ihm zu drohen. Moki konnte in Pascals Augen sehen, dass er um sein Leben bangte. Für diesen Moment war er besiegt. Aber Moki wusste, dass Ada und er ab sofort noch wachsamer sein mussten. Seine Freundin sprang jetzt auf und warf den Stein fort. Pascal hielt sich die Kehle und japste röchelnd nach Luft. Ada spuckte verächtlich neben ihm auf den Boden.

„Fass. Mich. Nie. Wieder. An." zischte sie ihm leise zu. Damit versetzte sie ihm einen letzten kräftigen Tritt in die Rippen, sodass Pascal sich stöhnend zusammenrollte.

Dann drehte Ada sich wortlos um und griff Moki bei der Hand. Betont langsam liefen sie zurück Richtung Dorf. Sie durften jetzt keine Schwäche zeigen. Aus den Augenwinkeln sah Moki, wie Ada lautlos weinte. Er spürte, dass es Tränen der Angst, der Verzweiflung und der Erleichterung waren. Wie gerne hätte er sie in die Arme genommen, sie ganz fest an sich gezogen. Doch er konnte Ada jetzt nicht trösten, diesen Triumph durfte er Pascal nicht gönnen. Stattdessen drückte er sanft ihre Hand, die immer noch in seiner lag. Ada schniefte leise und blickte ihn dankbar an.

Später berichtete sie ihm mit zitternder Stimme, was passiert war. Ada hatte am Vormittag fröhlich pfeifend ihr Elternhaus verlassen, um sich auf den Weg zum Elfenbaum zu machen. Doch bereits nach wenigen Metern bemerkte sie, dass irgendetwas anders war als sonst. Sie kam sich beobachtet vor. Aufmerksam suchte Ada immer wieder die Landschaft um sich herum ab, denn weder Moki noch sie wollten ihren geheimen Treffpunkt anderen verraten. Doch so sehr Ada auch Ausschau hielt, es war niemand zu sehen. Dennoch wurde sie das Gefühl nicht los, verfolgt zu werden. Ein Frösteln breitete sich in ihrem gesamten Körper aus, das trotz der warmen Frühlingsluft nicht verschwinden wollte. Irgendwann hörte Ada ein Knacken hinter sich im Wald. Das Geräusch musste von einem größeren Tier stammen, es klang jedoch weder wie ein Wildschwein noch wie ein Reh. Als sie sich umblickte, war niemand zu sehen. Trotzdem blieb die Gewissheit, dass ihr jemand auf den Fersen war. Schnell lief sie den Waldweg hinunter um die nächste Kurve, um sich ins Dickicht zu schlagen und hinter einem großen Haselnussstrauch zu verstecken. Und tatsächlich, sie hatte sich nicht getäuscht. Nach kurzer Zeit tauchte Pascal auf, der mit eiligen Schritten in die Richtung lief, in der er sie vermutete. In Höhe ihres Verstecks blieb er stehen. Wenn sie den Arm ausgestreckt hätte, hätte sie ihn an der Schulter berühren können. Pascal schien zu spüren, dass sie ganz in der Nähe war. Er musterte das Gebüsch mit zusammengekniffenen Augen, starrte lange auf den Strauch, hinter dem sie Schutz gesucht hatte. Ada hielt den Atem an. Endlich setzte er sich zögerlich wieder in Bewegung. Sie wartete, bis er hinter der nächsten Biegung verschwunden war. Dann trat sie leise den Rückzug an, sorgfältig darauf achtend, kein Geräusch zu verursachen. Sie kam in dem unwegsamen Gelände abseits des ausgetretenen Pfades nur langsam voran und nach einer Weile spürte sie, dass ihr Verfolger wieder hinter ihr war. Pascal musste umgekehrt sein, als er bemerkt hatte, dass sie sich nicht mehr auf dem Weg befand. Ada versuchte, so schnell wie möglich von ihm fortzukommen, ohne dabei Lärm zu machen. Doch sie war zu langsam. Sie musste sich verstecken. Als sie die Waldhütte erblickte, schlich sie leise hinein und duckte sich hinter einen Holzstoß in die dunkelste Ecke. Dann tauchte plötzlich Pascals großer Schatten im Türrahmen auf. Ada unterdrückte einen Schrei und machte sich ganz klein. Doch Pascal musste gesehen haben, dass sie die Hütte betreten hatte.

„Ada, Aaaada, komm raus. Ich weiß, dass du hier bist." Er hatte seine Stimme zu einem lächerlichen Singsang verstellt, mit dem er sie offensichtlich beruhigen und aus ihrem Versteck hervorlocken wollte. Doch sie beide wussten nur zu genau, dass er nichts Gutes im Schilde führte.

Ada regte sich nicht und Pascal kam langsam näher. Er hatte seine Augen genau auf die Stelle geheftet, an der sie hockte und ihn zwischen den Holzscheiten hindurch anstarrte. Was sollte sie nur tun? Ada legte vorsichtig die Hand um einen langen, schweren Ast. Als Pascal um die Ecke kam, sprang sie auf, riss ihre Waffe hoch und ließ sie auf ihn herabsausen. Pascal duckte sich reflexartig zur Seite, der Ast traf ihn am Oberarm. Mit einem leisen Krachen zersplitterte er in tausend Teile. Ada hielt nur noch einen kleinen Rest des komplett morschen Holzes in ihrer Hand, den sie entsetzt anblickte. Dann hörte sie das höhnische Lachen von Pascal. Sie ließ den Ast fallen und sprintete los, versuchte an dem Jungen vorbeizukommen. Doch er versperrte ihr den Weg, packte sie bei den Handgelenken und drängte sie an die Rückwand der Hütte.

„Dann hat er immer wieder versucht, mich zu küssen. Aber ich habe es nicht zugelassen, eher hätte er mich umbringen müssen", erzählte sie Moki mit tränenüberströmtem Gesicht. „Zum Glück bist du gekommen und hast mich gerettet. Ich weiß nicht, wie lange ich mich noch hätte wehren können." Ihr Schluchzen war herzzerreißend, und Moki konnte sie endlich in die Arme schließen. Bereitwillig lehnte Ada sich an seine Schulter, ihre Tränen durchnässten dabei Mokis T-Shirt.

Sie saßen in seinem Zimmer auf dem Bett und Ada streichelte Mrs. Hook, die die ganze Zeit auf ihrem Schoß lag und genau wusste, dass sie dringend Trost brauchte. Auch Moki strich seiner Freundin immer wieder aufmunternd über den Rücken. Er war unendlich wütend auf Pascal und gleichzeitig froh, dass nichts Schlimmeres passiert war. Nicht auszudenken, wenn er zu spät gekommen wäre. Moki schickte ein Stoßgebet gen Himmel und bedankte sich innerlich bei Kaya, die ihn aus dem Mittagsschlaf geweckt hatte. Auf seine große Schwester war immer Verlass. Sie würde Ada und ihn stets beschützen. Moki nahm sich fest vor, ab jetzt noch aufmerksamer auf ihre Stimme zu achten. Wenn Kaya ihnen beistand, konnte Ada und ihm nichts passieren.

ARIZONA, USA (25. Dezember 2058)

Ihm war schwindelig. Die ganze Welt drehte sich im Kreis, schneller und schneller. Und er befand sich in ihrem Mittelpunkt, dem Zentrum eines immer stärker rotierenden Karussells aus Farben, Formen, Tönen und Gerüchen. Quentin wusste weder, wo vorne oder hinten war, noch oben oder unten. Er war wie betrunken, konnte keinen klaren Gedanken fassen. Seine Sinne würden bald ihren Dienst versagen, doch es fühlte sich anders an als der fiebrige Dämmerzustand nach dem beinahe tödlichen Schlangenbiss. Diesmal durchströmte eine große Leichtigkeit Quentins Körper, gepaart mit einer tiefen Ruhe und Zuversicht. Er fühlte sich nahezu euphorisch. Dumpfe Trommelklänge, helles Rasseln und ein vielstimmiger, vokalbetonter Gesang drangen an sein Ohr. Ähnliche Töne hatte er bereits während der langen Ohnmacht einige Wochen zuvor vernommen. Gleichzeitig war er von aromatisch duftendem Tabakrauch umgeben, der seine Wahrnehmung vernebelte. Ein gelblicher Staub wirbelte durch die Luft, mit dem auch verschiedene Pfade auf die Erde gezeichnet wurden. Immer wieder tauchten maskierte Tänzer in Quentins Blickfeld auf, kamen näher, entfernten sich. Er spürte die Vibration ihrer rhythmisch stampfenden Schritte im ganzen Körper, die Energie ihres Tanzes in allen Muskeln. Sein Herzschlag hatte denselben Takt angenommen, seine Gliedmaßen zuckten unwillkürlich im Gleichklang, in einer Art epileptischem Stakkato.

Quentin wusste nicht, wie lange dieser Zustand der Entrücktheit bereits andauerte. Er empfand reinen Frieden und gab sich ganz diesem einen Moment hin. Irgendwann bemerkte er, wie er hinübergezogen wurde in eine andere Welt. Quentin ließ sich fallen, mitten in die Arme fremdartiger, ätherischer Wesen, denen er nie zuvor begegnet war, und die ihm dennoch vertraut erschienen. Er fühlte keine Angst, leistete keine Gegenwehr. Alles, was passierte, war vorherbestimmt. Alles war gut.

Er würde diese Existenz jetzt bereitwillig verlassen, sich ganz einem neuen Dasein hingeben. Willenlos sackte er zu Boden, glitt hinüber in die Welt der Geister. Den Aufprall auf der staubigen Erde nahm er schon nicht mehr wahr.

Als Quentin wieder zu sich kam, lag er in seiner Hütte auf dem gewohnten Lager aus bunt gesteppten Decken. Alles sah aus wie immer, roch wie gewöhnlich und wirkte wie an jedem beliebigen Morgen. Doch irgendetwas war anders als zuvor. Quentin fühlte sich verkatert. Sein Kopf dröhnte und die Muskeln am ganzen Körper schmerzten, als wäre er am Vortag einen Marathon gelaufen. Aber das war er nicht. Irgendetwas anderes war passiert, doch er konnte sich nur dunkel erinnern. Quentin fasste sich an die pochenden Schläfen und versuchte, seine Gedanken zu sammeln. Langsam kehrte sein Gedächtnis zurück.

Nach der Begegnung mit dem Berglöwen, von der Weißer Hirsch den Ältesten berichtet hatte, war eine Veränderung in der Haltung der Dorfbewohner ihm gegenüber eingetreten. Sie behandelten ihn weiterhin freundlich und zurückhaltend, doch er hatte das Gefühl, dass die meisten jetzt eine ehrfürchtige Distanz zu ihm wahrten. Einige verbeugten sich sogar demütig, wenn er ihnen begegnete. Verschiedene Male hörte er, wie sie hinter seinem Rücken tuschelten. Das Paxij-Wort für „Bruder" kam dabei immer wieder vor. Quentin verstand diesen Wandel der Paxij nicht, und ihre Gesten der Unterwerfung waren ihm unangenehm. Er versuchte, mehr darüber von Weißer Hirsch und Ältere Schwester zu erfahren. Doch seine Fragen blieben wie so häufig unbeantwortet. Quentin selbst konnte sich keinen Reim auf das seltsame Verhalten der Indianer machen.

Umso mehr freute er sich, als Weißer Hirsch ihm einige Tage nach ihrer Begegnung mit dem Puma mitteilte, dass Quentin einer heiligen Zeremonie der Dorfältesten beiwohnen dürfe. Dies war eine besondere Ehre, denn er wusste, dass die Paxij ihre rituellen Tänze und Beschwörungen nicht der

Öffentlichkeit zugänglich machten. Die Anwesenheit von Außenstehenden bei diesen wichtigen Traditionen war nicht mehr erwünscht, seit verschiedene Besucher vor langer Zeit die Riten mit ihren Kameras festgehalten und immer wieder die Abläufe unterbrochen hatten auf der Jagd nach möglichst spektakulärem Bild- und Tonmaterial. Aus welchem Grund ausgerechnet Quentin, der den Tod der Klapperschlange auf dem Gewissen hatte, jetzt dazu eingeladen wurde, hatte ihm bisher niemand offenbart. Sowohl Weißer Hirsch als auch Ältere Schwester hatten ihm jedoch eindringlich zu verstehen gegeben, dass dies eine sehr besondere Geste der Gastfreundschaft und des Vertrauens war.

„Der Mann, der vom Himmel fiel, sollte stets Ehrfurcht in seinem Herzen tragen, wenn er den Ritualen der Paxij beiwohnen darf", schärfte Weißer Hirsch ihm wiederholt ein. „Beobachte wie ein Adler, sei neugierig wie ein Kojote und dabei zurückhaltend wie ein Hirsch", hatte er außerdem noch gesagt. Auch Ältere Schwester empfahl ihm, sich möglichst ruhig zu verhalten und nicht aktiv in das Geschehen einzugreifen.

Die Zeremonie selbst begann Quentins Erinnerung nach frühmorgens und dauerte bis weit in die Nacht hinein. Er hatte viele Stunden im Zentrum des Dorfplatzes gesessen, ganz Mittelpunkt des Geschehens. Das gesamte Ritual schien sich ausschließlich um ihn zu drehen. Damit hatte Quentin nicht gerechnet, er war verwirrt. Priester umkreisten ihn den ganzen Tag, kamen tanzend näher, benebelten seine Sinne mit ihrem Gesang, den Trommelklängen, dem Staub aus Maismehl und dem Raucharoma von qualmenden Pfeifen. Schließlich hatte sich ihm das Tor in eine neue, geheimnisvolle Welt geöffnet. Und dann war er ohnmächtig geworden. Er konnte sich noch daran erinnern, dass einer der Tänzer, der die Hauptrolle zu spielen schien, eine grüne Gesichtsmaske, ein rotes Haarhemd und gelbe Körperbemalung trug. Immer wieder wurden singend ein bestimmtes Wort skandiert, wenn dieser ihn wild tanzend umkreiste.

„Das war der Berglöwen-Geist", erklärte ihm Weißer Hirsch am nächsten Tag.

„Unsere Ältesten haben mit deiner Hilfe das heilige Silberlöwen-Geistwesen angerufen, weil sich dieser dir zum ersten Mal seit unzähligen Sommern gezeigt hat. Sie haben bei dieser Zeremonie wichtige Botschaften empfangen. Bald wirst du erfahren, was deine Aufgabe ist." Weißer Hirsch sprach wie so häufig in Rätseln und war nicht bereit, mehr preiszugeben.

Quentin sinnierte daher über das, was Ältere Schwester ihm vor einigen Tagen berichtet hatte: „Der Berglöwe soll uns Menschen daran erinnern, durchzuhalten, unsere Ziele zu klären und unsere Träume zu verwirklichen."

Was waren seine Ziele? Welche Träume hatte er? Noch vor wenigen Wochen, in seinem bisherigen Leben, hätte er ohne zu zögern geantwortet: seine Karriere weiter ausbauen, die Technologie stärker vorantreiben, Menschen und Umwelt damit hilfreich sein. Doch inzwischen war er sich nicht mehr sicher, ob dies tatsächlich erstrebenswerte Ziele waren. Und ob vor allem der Weg, den er bisher eingeschlagen hatte, der richtige war. Quentin grübelte, doch sein Verstand gab ihm keine Auskunft. Nur eine leise Stimme im Inneren schien diese Zweifel zu hegen, und sie wurde mit jedem Tag, den er bei den Paxij verbrachte, lauter. Quentin hoffte, sie eines Tages klar und deutlich verstehen zu können.

„Bruder, Bruder", klang es auf Paxij immer wieder in seinem Ohr, während er der Stimme zu lauschen versuchte. Doch was dies bedeutete, wusste er nicht.

EIFEL, Deutschland (August 2014)

Moki, mein geliebter Freund,

Wenn du diese Zeilen liest, neigen sich die Sommerferien dem Ende zu. Du bist jetzt vierzehn Jahre alt und ich gratuliere dir von Herzen zu deinem Geburtstag, zu deinem neuen Lebensjahr. Wie gerne würde ich dich in die Arme schließen und dir mein Geschenk persönlich überreichen. Stattdessen hinterlasse ich es am Elfenbaum, zusammen mit diesem Brief. Ich hoffe, es gefällt dir.

Wenn du diese Zeilen liest, bist du wieder zurück aus dem Western-camp und ich wünsche mir von ganzem Herzen, dass du dort eine wunderschöne Zeit verbracht hast. Dass du ein Pferd gefunden hast, welchem du das gleiche Vertrauen wie Honovi schenken konntest. Und dass du Wesen begegnet bist, die dich über den Verlust deiner Großeltern vor einem Jahr hinwegtrösten konnten. Auch wenn du weit weg warst, so habe ich in den letzten Wochen gespürt, wie stark die Erinnerung dich gequält hat und wie sehr du dir gewünscht hast, noch einmal nach Kalifornien zurückzukehren und Abschied zu neh-men. Ich hoffe, der Reiterurlaub konnte dir ein wenig über diese schwere Zeit hinweghelfen. Vielleicht konntest du fühlen, dass ich mit meinen Gedanken stets bei dir war und versucht habe, dir Trost zu spenden. Und wie gerne wäre ich es auch jetzt, liebster Moki. Ich wünsche mir nichts mehr, als in deiner Nähe zu sein, neben dir auf dem Elfenbaum zu sitzen, Seite an Seite mit dir durch unseren Zau-berwald zu streifen und immer neue Abenteuer zu erleben. Nie hätte ich mir vorstellen können, dass sich dies einmal ändert.

Wenn du diese Zeilen liest, hat sich jedoch alles geändert. Meine Welt ist nicht mehr die gleiche wie zuvor. Und deine vermutlich ebenfalls nicht. Ich kann immer noch nicht glauben, dass wir ab jetzt getrennte Wege gehen sollen. Ein Leben ohne dich, ohne Mrs. Hook, ohne den Elfenbaum, ohne unsere Streifzüge durch die Eifel ist für mich unvorstellbar. Es sprengt meinen Verstand und zerreißt mir das Herz. Moki, wenn du wüsstest, wie viele Tränen ich in den vergangenen Wochen vergossen habe. Inzwischen sind sie versiegt, ich bin leergeweint. Und ich fühle mich unendlich müde. Ich habe keine Kraft mehr zu weinen, keine Energie mehr zu kämpfen. Als meine Eltern mir eröffnet haben, dass wir umziehen werden und ich in ein Internat komme, konnte ich es zuerst gar nicht fassen. Ich dachte, sie machen einen schlechten Scherz. Doch leider musste ich feststellen, dass es bitterer Ernst ist. Irgendjemand hat das Gerücht in die Welt gesetzt, dass ich ein Flittchen sei und mich den Jungs aus dem Dorf an den Hals werfen würde. Ich vermute, Pascal steckt dahinter, aus Rache für den verlorenen Kampf an der Wanderhütte. Das Schlimmste daran ist, dass meine Eltern mir nicht vertrauen. Sie sind eher bereit, dem Dorfklatsch Glauben zu schenken, als ihrer eigenen Tochter. Das tut unendlich weh. Dazu kommt, dass mein letztes Zeugnis wirklich schlecht war und meine Eltern der Auffassung sind, dass ich in einem Internat und in einer anderen Umgebung besser aufgehoben bin als hier, bei dir.

Wenn du diese Zeilen liest, bin ich gescheitert. Ich habe alles versucht, lieber Moki. Ich habe mit meinen Eltern gestritten, sie angeschrien, ihnen geschworen, niemals einen Jungen angebaggert zu haben, ihnen bessere Schulleistungen versprochen. Ein paar Tage lang habe ich sogar Reißaus genommen, doch Bauer Aubert hat mich beim Äpfel stehlen erwischt und wieder nach Hause gebracht. Meine Eltern haben das als Bestätigung für ihr Vorhaben gesehen. Ich habe mich auch deiner Mutter anvertraut und sie hat lange mit meinen Eltern gesprochen, ohne Erfolg. Moki, ich bin noch nie so hilflos und so verzweifelt gewesen wie jetzt. Und das Schlimmste ist, dass ich nicht weiß, wo sie mich hinbringen werden. Dass ich dir keine Adresse hinterlassen kann, an der du mich findest.

Wenn du diese Zeilen liest, bin ich nicht mehr da. Doch ich flehe dich an, liebster Moki, bitte warte auf mich. Vergiss mich nicht, vergiss nicht unsere wunderschönen gemeinsamen Jahre. Es gibt noch so viel, das ich dir sagen möchte. Mehr, als ich in Worte fassen kann. Doch

*eines Tages werde ich zurückkommen, und du wirst verstehen, was
ich meine. Dann sind wir endlich wieder vereint. Bis dahin trage ich
dich in meinem Herzen, dort sind wir für immer verbunden.*

*In Liebe
Deine Freundin Ada*

Moki las diesen Brief seit Tagen wieder und wieder. Heiße Tränen rannen ihm dabei die Wangen hinunter. Er strich sanft mit
den Fingerspitzen über die Buchstaben, die Ada mit ihrer beinahe kindlichen Schreibschrift in ihrem Waldtagebuch hinterlassen hatte. Zwischen die Seiten ihres Abschiedsbriefes hatte
sie die blauen Blüten eines getrockneten Vergissmeinnichts ge-
presst. Und die blau gemusterte Feder eines Eisvogels ragte als
Lesezeichen heraus. Moki hatte den Brief sofort gefunden, als
er am Tag seiner Rückkehr zum Elfenbaum lief. Auf dem zuge-
klappten Buch hatte noch ein kleines Päckchen gelegen, sein
Geburtstagsgeschenk. Als er es auswickelte, entdeckte er einen
zunächst unspektakulär wirkenden, grobporigen grauen Stein.
Moki betrachtete ihn eingehender und sein Herz schlug vor
Freude Purzelbäume. Eingeschlossen in diesem kieselsteingro-
ßen Gebilde befand sich ein weiterer, etwa 2 Millimeter großer
Stein, der tiefblau leuchtete. Es musste sich um einen Haüyn
handeln, das berühmte Mineral aus der Osteifel. Der ihn umgebende Mutterstein aus Bims hatte ein kleines Loch an seinem
Rand, durch das Ada ein selbstgeknüpftes Stoffband gezogen
hatte. Sie hatte ihm eine Halskette gebastelt, mit einem wunderschönen, und wie Moki wusste, eher selten vorkommenden
Kristall. Vermutlich hatte sie ihn bei einem ihrer Ausflüge zum
Laacher See in der vulkanischen Auswurfmasse gefunden und
ihm nichts davon erzählt. *„Dieser Stein symbolisiert einen Neube-
ginn. Er steht für Wiedergeburt und Glück"*, hatte Ada ihm in ihrer
runden Handschrift auf einen kleinen Zettel geschrieben, der
bei der Kette lag. Moki legte sie sofort an und spürte ein war-
mes Gefühl, das von dem Edelstein in seine Brust strömte.

Voller Erwartung schlug er das Tagebuch auf und begann, ihren Brief zu lesen. Und dann kam der Schock.

Auch jetzt, einige Tage später, verschwamm Adas Schrift vor seinen Augen, wenn er ihre Worte las. Doch mittlerweile kannte Moki den schrecklichen Inhalt auswendig. Er konnte es dennoch nicht fassen. Ada war fort, einfach nicht mehr da. Zuerst hatte er zu ihr nach Hause rennen wollen, an ihrer Tür Sturm klingeln mit der Hoffnung, dass sie ihm öffnete. Doch er wusste, dass sie es nicht tun würde. Er spürte in seinem Herzen, dass Ada nicht mehr hier war. Er hatte bereits die ganzen Ferien hinüber eine tiefe Traurigkeit in sich getragen. Aber er hatte geglaubt, dass dies die Erinnerung an seine Großeltern war, die er jetzt, genau ein Jahr nach ihrem Tod, mehr vermisste als je zuvor. Normalerweise wäre er im Sommer zu ihnen gereist und ihm wurde schmerzlich bewusst, dass er dies nie wieder würde tun können. Und auch sein Pferd in dem Westerncamp war kein Trost. Der Wallach hielt dem Vergleich mit Honovi nicht stand. Nie wieder würde er eine solch innige Verbindung zu einem Pferd aufbauen können wie zu dieser Stute. Moki litt während seines Reiterurlaubs und wünschte sich nichts sehnlicher, als bald wieder nach Hause und zu Ada zurückzukehren. Doch jetzt verstand er, dass die Trauer um seine Großeltern und Honovi nicht der einzige Grund für seine Gefühle der vergangenen Wochen gewesen war. Er hatte Adas Leid gespürt, aber nicht verstanden. Sein sechster Ada-Sinn hatte funktioniert, doch er hatte die Signale ignoriert und Ada im Stich gelassen, weil er zu sehr mit sich selbst beschäftigt gewesen war. Moki quälte sich mit den Gedanken, dass er sie hätte anrufen müssen, dass er ihren Umzug vielleicht hätte verhindern können, dass er sich zumindest von ihr hätte verabschieden sollen. Und er war unendlich wütend auf seine Mutter, die ihm nicht Bescheid gegeben hatte, nachdem sie davon erfahren hatte.

„Ich wollte dir doch nicht die Ferien verderben. Und Ada wollte das ebenfalls nicht. Du hättest ohnehin nichts ändern können. Adas Eltern waren nicht davon abzubringen, hier wegzugehen. Ich habe wirklich alles versucht", erklärte Mom ihm immer wieder, wenn er sie vorwurfsvoll und voller Wut zur Rede stellte. Doch Moki glaubte ihr nicht. Und er konnte ihr nicht verzeihen. Nie wieder würde er ihr vertrauen. Weder ihr noch Dad. Und auch keinem anderen Erwachsenen. Ab jetzt war er ganz auf sich allein gestellt.

ARIZONA, USA (01. Januar 2059)

Seit der Zeremonie waren einige Tage vergangen. Quentin wartete geduldig, doch keiner der Ältesten hatte ihn bisher zu sich gerufen. Niemand hatte ihm offenbart, welche Erkenntnisse die Beschwörung der Geister hervorgebracht hatte und was als Nächstes zu tun sei, was seine Aufgabe war. Auch dem Häuptling dieses Clans war er nach wie vor nicht begegnet. Quentin vermutete, dass er sich hinter der Maske des Berglöwen-Geistwesens verborgen hatte. Aber er war sich nicht sicher.

Quentin bemerkte dennoch eine Veränderung, die mit ihm vorging. Er fühlte sich so stark wie lange nicht. Seine Erschöpfung der letzten Wochen vor dem Absturz war verschwunden. Keine Schlafattacken übermannten ihn mehr. Im Gegenteil, seine Sinne seit dem Erwachen aus dem Koma waren weiterhin deutlich geschärft und er genoss nach wie vor die Intensität, mit der er nun Geräusche, Farben, Düfte und Geschmacksrichtungen wahrnehmen konnte. Es war, als hätte sich ein Schleier gelüftet und ihm die volle Pracht des Daseins eröffnet. Quentin fühlte sich, als hätte er bisher unter einer Glocke gelebt, die alle Eindrücke auf ein Mittelmaß gedämpft hielt. Nun erfreute er sich jeden Tag aufs Neue an der Herrlichkeit, mit der die Welt auf ihn einströmte. Und es erfüllte ihn mit vollkommener Zufriedenheit, sich um die kleinen und großen Dinge des Lebens selbst zu kümmern, statt diese von technischen Hilfsmitteln erledigen zu lassen. Gemeinsam mit Ältere Schwester auf den staubigen Feldern die Zutaten für das tägliche Mahl zu ernten, gehörte inzwischen fest zu Quentins Tagesablauf. Er war erstaunt, wie selbstverständlich sich ihm dabei die Prinzipien des Anbaus von Obst und Gemüse in dieser kargen Umgebung erschlossen. Beinahe schien es, als würde er auf ein tief verborgenes Wissen zurückgreifen, das schon immer in ihm geschlummert hatte. Alles erschien ihm selbstverständlich, war auf wunderbare Weise vertraut. Auch das Auffinden von Wasser bei seinen Streifzügen mit Weißer Hirsch durch die Wüste bereitete ihm keine Schwierigkeiten mehr. Intuitiv führte Quentin sie beide zu den Stellen, an denen ein kärglicher Pflanzenwuchs darauf hindeutete, dass es hier Wasser geben musste. Weißer Hirsch nickte stets bestätigend und lächelte ihn an. Er schien sich im Gegensatz zu Quentin wenig darüber zu wundern, welche Fähigkeiten er plötzlich an den Tag legte. Quentin war inzwischen wieder vollständig bei Kräften und stellte überrascht fest, dass er ein guter Kletterer war. Keine Felswand schien ihm zu steil, kein Monolith zu hoch. Behände wie eine Bergziege schwang er sich zu den höchsten Aussichtspunkten hinauf, um zusammen mit Weißer Hirsch die Umgebung zu erkunden. Einem Silberlöwen begegneten sie dabei nicht mehr. Dennoch meinte Quentin, stets die Nähe dieses heiligen Geschöpfes zu spüren.

Seitdem Quentin aus der Geisterwelt zurückgekehrt war, hatte er noch einen weiteren Wandel bei sich bemerkt. Ihn erfüllte ein tiefer, nie gekannter Frieden. Er lebte jetzt in dem Bewusstsein, dass es mehr gab als die mit seinen fünf Sinnen wahrnehmbare Welt. Ihm hatte sich das Tor zu einer universellen Energie geöffnet, einer Art weiterer Dimension, die mit den beschränkten Möglichkeiten des menschlichen Verstandes nicht zu begreifen war. Auch Thiara würde hierüber keine umfängliche Auskunft geben können, basierte ihre Entwicklung doch auf Prinzipien des humanoiden Denkens und logischen Schlussfolgerns. Quentin wusste instinktiv, dass Naturvölker wie die Paxij den Zugang zu dieser rational nicht greifbaren Dimension stets bewahrt hatten. Doch die Mehrzahl der Menschen in den sogenannten fortschrittlichen Kulturen hatten ihn im Laufe der Evolution verloren. Sie hatten diesen Sinn verkümmern lassen zugunsten der Erfindung von immer neuen Technologien, die das Leben vermeintlich so viel angenehmer machten. Doch was war daran überhaupt noch lebenswert, wenn einem dadurch das Bewusstsein für eine höhere Ebene verborgen blieb? Und selbst die viel gepriesene Sicherheit durch Überwachung der Körperfunktionen, korrigierende Eingriffe in die physische Konstitution und Erhaltung der individuellen Gesundheit schien Quentin hier bei den Paxij und ohne Thiara plötzlich nicht mehr erstrebenswert. Er hatte dank der Geistwesen, denen er begegnen durfte, die Einsicht gewonnen, dass das Leben hier auf Erden endlich war und nur ein kleiner, begrenzter Ausschnitt aus dem unendlichen Plan der Schöpfung. Geburt, Wachstum und Freude gehörten ebenso dazu wie Krankheit, Leid und Tod. Doch dank der neu erschlossenen Gewissheit einer höheren Macht bereitete Quentin all dies keine Sorgen mehr. Er sah, mit welcher Zuversicht die Paxij ihr teils beschwerliches und bescheidenes Leben führten. Und seit seiner Begegnung mit ihren Ahnengeistern hatte er verstanden, warum sie dies dennoch mit Freude taten. Ihre Spiritualität spendete ihnen Kraft und Vertrauen, ihre Kenntnis der universellen Gesetze machte sie zu eben diesem friedlichen Volk, für das ihr Name stand. Quentin trug nun den gleichen Frieden in sich. Was immer auch geschah, es war genau richtig. Quentin würde sein Schicksal ganz akzeptieren, was immer die Zukunft ihm auch bringen mochte. Er würde endlich sein Leben leben, im Hier und Jetzt, verbunden mit den Wesen um ihn herum und der neu erschlossenen spirituellen Dimension. Dies war der wahre Sinn des Lebens: es ganz und gar zu leben. Und nicht, seinen Lauf zu beeinflussen und zu verändern, um es möglichst bequem zu gestalten oder umfassend zu optimieren. Die Schöpfung war bereits vollkommen, mit all ihren Höhen und Tiefen. Dies war die reine Wahrheit, der eigentliche Sinn des Seins. Quentins Herz war erfüllt von purem Glück, seitdem sich ihm diese Einsicht eröffnet hatte. Er spürte, dass etwas Großes bevorstand. Voller Freude und Gelassenheit blickte er jedem neuen Tag entgegen. Was immer seine Aufgabe war, er würde sie meistern.

EIFEL, Deutschland (Oktober 2014)

Moki wartete. Jeden Tag. Seit Wochen verbrachte er Stunde um Stunde damit, nach Ada Ausschau zu halten. Er konnte und wollte die Hoffnung nicht aufgeben, dass sie zu ihm zurückkehren würde. Ada würde mit Sicherheit einen Weg finden. Entweder, indem sie ihre Eltern und Lehrer überzeugte, ihn besuchen zu dürfen – spätestens kommende Woche, wenn die Herbstferien begannen. Oder sie würde einfach fortlaufen, das Internat bei Nacht und Nebel verlassen, und sich bis zu ihm durchschlagen. Und falls das nicht möglich war, so würde sie ihm doch bestimmt eine Nachricht zukommen lassen. Einen Anruf oder einen Brief, das war das Mindeste. Dann hätte er endlich ihre Adresse, konnte ihr regelmäßig schreiben. Oder sogar zu ihr fahren. Seine Eltern würden bestimmt nichts dagegen haben.

Moki war nach Adas Verschwinden tagelang wie gelähmt gewesen. Er hatte viel geweint, geschrien und mit seinen Eltern gestritten. Doch die Trauer über Adas Verlust war anders als die über den Tod seiner Großeltern. Ada lebte noch, ihr Weggang war nicht endgültig. Es gab also eine Chance, sie zu finden. Und Ada hatte schließlich in ihrem Brief versprochen, dass sie sich wiedersehen würden.

Also beschloss Moki nach einiger Zeit, sein Leben so weiterzuführen wie bisher. Jeden Morgen ging er zu ihrem Floß und stakte mit der Hoppetosse eine Runde um den See. Immer wieder meinte er, Adas glucksendes Lachen aus dem Plätschern der Wellen heraushören zu können. Mehrmals in der Woche lief er zum Elfenbaum, sprach dort mit Kaya und seinen Großeltern und nahm die tröstende Waldatmosphäre in sich auf. Der Wind an diesem Ort trug den Duft von Adas Haar mit sich, nach einer Blumenwiese im Frühling. Hier konnte er die magische Verbindung zu ihr besonders gut spüren und ihr alle

Energie senden, die er aufbringen konnte. Täglich kümmerte Moki sich um Mrs. Hook, die Ada ebenso schmerzlich zu vermissen schien wie er. Wenn er die Katze streichelte, glaubte er immer noch, Adas Hand auf deren Rücken zu spüren. Und er unternahm auch wieder Streifzüge durch die Natur, um anschließend seine Beobachtungen sorgfältig in ihrem Tagebuch einzutragen. Er machte gleich nach ihrem letzten gemeinsamen Eintrag damit weiter, an der Stelle, an der Adas Abschiedsbrief gesteckt hatte. Und er gab sich noch mehr Mühe als sonst. Seine Freundin sollte später alles ganz genau nachlesen können, als ob sie selbst dabei gewesen wäre. Und sie war es tatsächlich, tief in seinem Herzen.

Doch so sehr Moki sich auch bemühte, die tägliche Routine beizubehalten – es war nicht mehr das gleiche wie vor Adas Verschwinden. Niemand lächelte ihn aus strahlenden grünen Augen an, niemand zwinkerte ihm verschmitzt zu, niemand nahm ergriffen seine Hand und wies ihn auf die Schönheit einer kleinen Pflanze oder eines winzigen Insekts hin. Moki fühlte sich schrecklich verlassen. Er machte weiter, um für die Rückkehr von Ada vorbereitet zu sein. Doch sein Herz war dabei unendlich schwer, seine Kehle wie zugeschnürt. Gleichzeitig gab Moki die Hoffnung nicht auf. Noch hatte er nichts von Ada gehört, keinen Anruf und keinen Brief empfangen. Er setzte all sein Vertrauen in die nahen Herbstferien und plante voller Zuversicht bereits einen Ausflug mit ihr zu den brünftigen Hirschen. Auch ihr Geschenk zum fünfzehnten Geburtstag trug er stets bei sich, um es ihr überreichen zu können, sobald sie wieder vor ihm stand. Ein wichtiger Teil davon war ein langer Brief, den er verfasst und in den vergangenen Wochen wieder und wieder überarbeitet hatte. Darin standen Dinge, die er sich bisher nie getraut hatte, zu offenbaren. Denn Moki hatte sich fest vorgenommen, sich seiner Freundin endlich zu öffnen. Wie sehr bereute er, ihr niemals seine Gefühle gestanden zu haben. Wenn er sie jetzt wiedersehen würde, gab es kein Zögern mehr.

Doch Ada kam nicht. Die Herbstferien begannen und Moki erhielt kein Lebenszeichen von ihr. Immer wieder bedrängte er Mom und Dad, fragte sie nach dem Internat oder dem neuen Wohnort von Adas Eltern. Aber die beiden wussten auch nicht, wo die Familie abgeblieben war. Sie hatten bei ihrem Weggang keine Anschrift hinterlassen, waren einfach spurlos verschwunden. Niemand im Dorf hatte eine Ahnung, wo sie hingezogen waren. Und da die Familie ohnehin nicht viel Kontakt mit den anderen Dorfbewohnern hatte, war darüber auch keiner sonderlich verwundert.

Nach zwei Wochen neigten sich die Herbstferien dem Ende zu und Moki musste einsehen, dass Ada ihn nicht mehr besuchen würde. Er schaute nach wie vor mehrfach am Tag in den Briefkasten, immer in der Hoffnung, eine Nachricht von ihr zu entdecken. Die Enttäuschung wurde mit jedem Mal größer, wenn er wieder nur Umschläge mit Rechnungen für seine Eltern oder etwas Reklame in dem Postkasten fand. Wenn Moki zu Hause war, verbrachte er fast die gesamte Zeit in unmittelbarer Nähe zum Telefon. Bei jedem Klingeln sprang er auf und hob atemlos den Hörer ab. Nur um dann resigniert festzustellen, dass es ein Anruf für seine Eltern war. Kein Zeichen von Ada. Er hatte Mom und Dad eindringlich eingeschärft, dass sie immer sofort ans Telefon gehen sollten, falls er nicht zu Hause war. Aber seine Eltern waren selbst viel unterwegs und es konnte daher durchaus sein, dass er einen Anruf von Ada verpassen würde, während er in der Schule oder im Wald war. Doch auch auf dem Anrufbeantworter war nie eine Nachricht von ihr. Und sie hätte doch bestimmt etwas aufgesprochen, wenn sie niemanden erreicht hätte.

Jeden Abend, wenn er im Bett lag, hielt Moki die Moqui-Marbles in seiner Hand. Die indianischen Heilsteine halfen ihm, das unsichtbare Band zu seiner Freundin aufrechtzuerhalten, welches ihm in Kindertagen so selbstverständlich erschienen war. Jetzt, wo sie nicht mehr da war, wurde ihm umso schmerzlicher bewusst, welch besondere Verbindung er zu ihr hatte.

„Der Legende nach haben die Ahnen der Indianer am Abend mit ihnen gespielt, bevor sie am Morgen die Rückreise in den Himmel antreten mussten. Sie ließen die Steine zurück, um ihren Verwandten damit zu zeigen, dass es ihnen gut geht", klangen ihre Worte von damals in ihm nach. Moki hatte das Gefühl, mithilfe dieser Steine die Verbindung zu Ada noch besser spüren zu können.

Moki dachte in den Stunden vor dem Einschlafen besonders intensiv an seine Freundin. Er vermisste sie so sehr, dass es körperlich wehtat. Sein Herz schmerzte und ein großer Klumpen in seinem Magen drückte auf alle Eingeweide. Wie mochte es ihr wohl ergehen? Ob sie sich ebenso einsam fühlte wie er? Moki konnte spüren, dass Ada sich in einer Notlage befand. Seine freiheitsliebende Freundin war an einem Ort, an dem sie nicht sein wollte, und hatte offensichtlich keine Möglichkeit, von dort zu entkommen oder eine Nachricht zu senden. Er fühlte das gleiche, was sie fühlen musste, und stellte sie sich vor wie ein eingesperrtes Wildtier, dem nach und nach gewaltsam der Willen gebrochen wird, bis es nur noch ein kümmerliches Abbild seiner selbst ist. Bei diesen Gedanken wurde Moki speiübel. Er schloss die Augen und sandte ihr wieder einmal alle Kraft und Zuversicht, die er aufbringen konnte.

„Ich bin hier, ich gebe dich nicht auf. Wir werden uns wiedersehen. Alles wird gut", wiederholte er innerlich wieder und wieder, bis er schließlich vor lauter Erschöpfung in einen unruhigen, von Albträumen geplagten Schlaf fiel. Wenn er am nächsten Tag erwachte, fehlte ihm zunächst die Orientierung. Doch dann traf ihn die Erinnerung wie mit einem Schlag. Ada war fort. Einfach nicht mehr da. Und er wusste nicht, wann er sie jemals wieder in die Arme schließen konnte. Eine tiefe Traurigkeit legte sich nach dem Erwachen jedes Mal aufs Neue über Moki, lastete schwer auf seinen Schultern. Und seine Hoffnung auf ein baldiges Wiedersehen schwand jeden Tag ein wenig mehr.

ARIZONA, USA (02. Januar 2059)

Quentin träumte immer noch, inzwischen lebhafter als je zuvor. Herrliche Bilder zogen im Schlaf an ihm vorbei, wurden von Nacht zu Nacht deutlicher. Es waren nicht nur die Eindrücke, die er in seinem neuen Leben mit den Paxij zu verarbeiten hatte. Quentin sah Gegenden, die er nicht kannte, traf auf Wesen, die er nie zuvor gesehen hatte, und empfand Gefühle, die sich ihm niemals offenbart hatten. Manchmal plagten ihn jedoch auch schreckliche Albträume. In diesen fühlte er sich nicht mehr wie ein Mensch, sondern als Roboter, der von einer Technologie gesteuert wurde und vollkommen willenlos alles ausführen musste, was diese von ihm verlangte. Schweißgebadet schreckte er aus diesen Träumen hoch, doch nach dem Aufwachen verblassten die Bilder nach wie vor schnell und es fiel ihm schwer, seine Erlebnisse in Worte zu fassen.

Quentin wusste nicht, ob das normal war. Unter dem Einfluss von Thiara hatte er so gut wie nie geträumt und er konnte sich nicht daran erinnern, wie das Träumen vor ihrer Zeit gewesen war. Dennoch wurde er das Gefühl nicht los, dass es sich bei diesen Träumen um etwas Besonderes handelte. Irgendjemand wollte ihm im Schlaf etwas mitteilen. Doch Quentin konnte die Botschaft nicht verstehen.

Er sprach mit Ältere Schwester darüber und auch mit Weißer Hirsch. Beide pflichteten ihm bei, dass es möglich war, im Traum Kontakt zu einer höheren Sphäre aufzubauen und sich Dinge zu erschließen, die einem im Wachzustand verborgen blieben. Doch was genau seine Traumbilder bedeuteten, konnten sie ihm ebenfalls nicht erklären. Quentin hätte zu gerne einen der Dorfweisen dazu befragt, doch diese mieden nach wie vor den Kontakt zu ihm.

„Wenn die Zeit dafür gekommen ist, wird sich alles aufklären", beruhigte Weißer Hirsch ihn zum wiederholten Male. Und Quentin versuchte, sich weiter in Geduld zu üben.

EIFEL, Deutschland (April 2015)

Die Leere breitete sich in Moki aus wie ein alles vernichtender, giftiger Nebel. Zuerst hatte sie sein Herz ergriffen, dann nach und nach alle Organe in Beschlag genommen, und schließlich seine Gliedmaßen gelähmt. Moki fühlte sich, als würde er jeden Tag eine zentnerschwere Last mit sich herumtragen. Monate waren vergangen seit Adas Verschwinden, und immer noch gab es nicht das geringste Lebenszeichen von ihr. Der Herbst war an Moki vorbeigezogen wie ein schlechter Film, und auch der Winter. Das nahende Weihnachtsfest hatte nochmals Hoffnung in ihm aufkeimen lassen. Jetzt würde Ada doch bestimmt die Erlaubnis erhalten, sich bei ihm zu melden. Oder ihn gar besuchen kommen. Doch auch die Feiertage gingen vorbei, ohne eine Nachricht von seiner Freundin. Moki hatte sich noch nie im Leben so verlassen gefühlt. Es kostete ihn jeden Tag mehr Kraft, sich aus dem Bett zu erheben, mit der Hoppetosse den See zu umkreisen, zur Schule zu gehen, den Elfenbaum zu besuchen. Stunde um Stunde ohne Ada schleppte sich dahin wie ein zähflüssiger Brei und die Traurigkeit ließ Moki mit der Zeit ganz in sich zusammenfallen.

Irgendwann hatte es angefangen zu regnen, und es schien nicht mehr aufhören zu wollen. Der Himmel hatte seine Schleusen geöffnet und vergoss alle Tränen, die Moki nicht mehr weinen konnte. Obwohl es inzwischen bereits Frühling war, beherrschte eine unangenehme, feucht-kalte Wetterlage den Eifeler Norden, das typische Aprilwetter. Moki war es egal. Die trüben grauen Tage passten zu seiner Stimmung und waren ein guter Vorwand, im Haus zu bleiben. Auch jetzt, in den Osterferien. Moki verspürte ohnehin keine Lust mehr, so zu tun, als würde Ada jeden Moment zurückkkehren. Er wollte es sich nicht eingestehen, aber er hatte resigniert. Jegliche Hoffnung auf ein Wiedersehen mit seiner Freundin war verflogen.

Moki lag die meiste Zeit auf seinem Bett und starrte an die Decke, die treue Mrs. Hook gleich neben sich. Doch nicht einmal die Katze vermochte ihm Trost zu spenden, obwohl er sich nach wie vor rührend um sie kümmerte. Hin und wieder erhob Moki sich von seinem Lager und schlurfte ziellos durch das leere Haus. Seine Eltern waren wie immer irgendwo auf dem Hof oder ihren Ländereien unterwegs. Und seine Schwester Ella verbrachte die Osterferien bei einer Freundin, die kürzlich an den Bodensee gezogen war. Moki hatte das Haus also tagsüber ganz für sich. Irgendwann kam er vor dem Zimmer seines Bruders zum Stehen. Er verharrte eine Weile regungslos im Türrahmen. Tim war nicht mehr häufig zu Hause. Er hatte im letzten Sommer die Schule beendet und in Berlin ein Studium der Ingenieurwissenschaften begonnen. Jetzt wohnte er in einem Studentenwohnheim in der Hauptstadt und war für sein Studium von Mom und Dad eigens mit einem brandneuen Computer ausgestattet worden. Sein alter Rechner, dem er so viele Jahre seines Lebens gewidmet hatte, stand verwaist auf dem Schreibtisch in der Mitte seines ehemaligen Kinderzimmers. Moki starrte den Computer an. Er wusste, dass Tim ihn wie einen Augapfel gehütet und immer auf dem neuesten Stand gehalten hatte. Festplatte, Arbeitsspeicher und Grafikkarte waren durch ihn regelmäßig erweitert worden und würden immer noch das Herz jedes PC-Spielers höherschlagen lassen. Darüber hatten Tims Kumpel sich stets bewundernd ausgelassen, wenn sie zu Besuch gekommen waren. Moki grübelte. Tastatur, Maus, Kopfhörer und Joystick lagen einsatzbereit auf der Tischplatte und übten eine seltsame Anziehungskraft auf ihn aus. Der bequeme Gaming-Stuhl stand einladend davor.

Zögerlich betrat Moki Tims Zimmer, das „DO NOT ENTER"-Schild mit dem Totenkopf am Türrahmen geflissentlich ignorierend. Er wusste auch so, dass dies eigentlich eine verbotene Zone war. Tim hatte nie einen Zweifel daran gelassen, dass er jeden, der ohne seine Erlaubnis das heilige Spiele-Paradies betrat, auf das Härteste bestrafen würde. Mokis Eltern ließen sich von diesen Drohungen natürlich nicht einschüchtern. Aber Moki selbst und auch seine Schwester Ella hielten sich tunlichst daran. Bis heute hätte Moki ohnehin nicht gewusst, weshalb er dieses Zimmer aufsuchen sollte.

Doch jetzt schien ein deutlicher Lockruf von Tims Schreibtisch auszugehen. Moki stellte sich daneben und strich vorsichtig mit der Hand über die Tastatur, wackelte leicht an dem Joystick. Plötzlich flackerte der Bildschirm auf und Moki sprang erschrocken zurück. Tim hatte seinen PC offensichtlich nicht ausgeschaltet, der Rechner hatte sich nur im Ruhemodus befunden. Jetzt erschien eine leuchtend bunte Grafik auf dem Monitor vor Moki. „DAS LEBENSSPIEL", konnte er in großen Buchstaben lesen. Dahinter liefen mehrere grafisch perfekt aufgearbeitete Szenen ab, in denen Menschen sich in einer Art Parcouring durch die Häuserschluchten einer virtuellen Stadt bewegten und dabei spektakuläre Sprünge und akrobatische Manöver absolvierten, um verschiedene Hindernisse zu überwinden. Auch eindrucksvolle Kampfszenen zwischen zwei oder mehr Athleten waren in den Videos zu sehen.

Moki ließ sich langsam auf Tims Schreibtischstuhl sinken. Er bewegte die Maus zu dem Button mit dem Buchstaben „i", hinter dem er sich mehr Informationen über dieses Spiel erhoffte. Und tatsächlich, ein Fenster mit Text öffnete sich, als er daraufklickte. Moki erfuhr, dass es sich bei dem LEBENSSPIEL um ein Strategie- und Kampfspiel handelte, in dem es darum ging, möglichst viele Bezirke einer futuristisch anmutenden Stadt zu erobern und dauerhaft einzunehmen. CYBER CITY bestand ausschließlich aus schwindelerregend hohen Bauten und einer grenzenlosen Anzahl von Straßenzügen, die von ebendiesen Gebäuden gesäumt waren. Alles schien aus Beton, Metall oder Glas zu sein und zeichnete sich durch eine kühle Atmosphäre mit vielen geraden Linien aus. Bäume oder Sträucher konnte Moki in den nacheinander ablaufenden Demo-Videos nicht entdecken. Aber er verstand, dass CYBER CITY technologisch hochgerüstet war und ihre Bewohner viele Vorzüge aufgrund ausgefeilter Technik nutzten. Sie beziehungsweise die Spieler konnten sich jederzeit im virtuellen Raum treffen, ohne dabei ihre Wohnungen zu verlassen. Einkäufe wurden online bestellt und mittels Drohnen geliefert, ebenso verhielt es sich mit Essenslieferungen. Kino, Theater oder Konzerte wurden virtuell besucht, ebenso wie Treffen mit Freunden oder der Familie. Niemand musste sein sicheres Heim verlassen und sich den Gefahren eines Straßenkampfes aussetzen, sofern er es nicht ausdrücklich darauf anlegte, um Teile der Stadt erobern zu können. CYBER CITY war reich an Ressourcen, jeder Bezirk verfügte über einen anderen wertvollen Schatz. Beispielsweise besaß METAL DISTRICT einen großen Vorrat an Edelmetallen, RARE EARTH DISTRICT speicherte eine Vielzahl von seltenen Erden und TECHNO DISTRICT verwaltete die riesigen Server, welche die technologische Grundlage für CYBER CITY bildeten. Derjenige, der möglichst viele Bezirke von CYBER CITY einnehmen konnte, besaß großen Einfluss. Falls jemand sämtliche Bezirke übernehmen sollte, regierte er folglich die Stadt.

Dies war das ultimative Ziel des LEBENSSPIELS: die nächste Regierung von CYBER CITY zu bilden. Um es erreichen zu können, waren neben körperlichem Geschick auch planerische Voraussicht und die strategische Zusammenarbeit mit anderen Spielern erforderlich. Wenn man sich als Kämpfer neu registrierte, musste man sich möglichst schnell einem Team anschließen, um langfristig erfolgreich sein zu können. Dies gelang jedoch nur, wenn man bereits durch individuelle Siege ein hohes Punktekonto angesammelt hatte und dadurch eine Bereicherung für eine Gruppe darstellte. Je besser man als Einzelkämpfer war, desto größer wurde die Auswahl an Teams, die diesen Spieler aufnehmen wollten. Sollte man jedoch im Laufe der Zeit in der Leistung wieder abfallen, so konnte ein Team die schwachen Spieler jederzeit wieder verstoßen. Dann galt es, möglichst schnell eine neue Gruppe zu finden. Denn nur auf sich gestellt hatte man im LEBENSSPIEL auf Dauer keine Chancen.

Moki las sich die Beschreibung des Spiels mehrfach durch. Dann klickte er kurzerhand auf den Button "Spiel starten".

„Möchtest du **als TIMINATOR fortfahren** oder einen **neuen Spieler anmelden?**", wurde er prompt gefragt. Moki klickte auf „neuen Spieler anmelden". Als Nächstes sollte er in das Feld mit dem blinkenden Cursor einen Spielernamen eingeben. Welchen sollte er nehmen? Tim hatte sich offensichtlich umbenannt in TIMINATOR. Doch Moki wollte einfach kein passender Name für sich einfallen. Er grübelte noch eine Weile, dann gab er kurzerhand „MOKI" in das Textfeld ein und klickte auf „weiter". Überrascht stellte er fest, dass das Spiel bereits startete. Schnell zog er den Kopfhörer auf und begann, sich vorsichtig durch die vor ihm erscheinende Häuserlandschaft zu bewegen. Noch befand er sich im Trainingsmodus, den jeder neu angemeldete Spieler durchlaufen musste. Hier konnte man sich mit der Handhabung von Tastatur und Joystick vertraut machen, seine athletischen Fähigkeiten ausprobieren und erste Kämpfe absolvieren, ohne dabei Punkte zu gewinnen oder zu verlieren. Über den Kopfhörer lief spannungsgeladene Musik, die Mokis Adrenalinspiegel ansteigen ließ. Hin und wieder gab ihm eine androgyn klingende Stimme ein paar Tipps oder lobte ihn für ein Manöver. Das gehörte ebenfalls zum Trainingsmodus. Moki war hochkonzentriert und versank ganz und gar in dieser virtuellen Welt. Er schlich durch die Häuserschluchten, absolvierte erfolgreich mehrere waghalsige Sprünge und Klettermanöver und schaltete einige Gegner im Nahkampf aus, um ihre Bereiche zu erobern. Die bedrohliche Musik, die ihn dabei begleitete, erhöhte von Minute zu Minute die Anspannung in seinem Körper. Auch wenn es nur eine Übung war, Moki wollte alles daransetzen, seine Kämpfe zu gewinnen. Plötzlich berührte ihn jemand an der Schulter. Moki schrie er erschrocken auf und riss sich den Kopfhörer herunter. Er drehte sich panisch um und erkannte zu seiner Erleichterung, dass sein Vater hinter ihm stand. Moki lachte verlegen auf.

„Tut mir leid, ich wollte dich nicht erschrecken", entschuldigte Dad sich. „Aber du warst so versunken, du hast mich einfach nicht gehört. Ich hatte dich schon mehrfach angesprochen.

Was machst du hier? Weiß Tim, dass du seinen Computer benutzt?"

„Mir egal", gab Moki patzig zurück. Er war immer noch wütend auf seine Eltern, konnte ihnen nicht verzeihen. Schnell speicherte Moki den Zwischenstand des Spiels, schaltete den Monitor aus und drückte sich dann an seinem Vater vorbei in den Flur. Wortlos ging er in sein Zimmer, in dem bereits Mrs. Hook auf ihn wartete. Den Raum von Tim betrat die Katze grundsätzlich nicht, auch wenn sie nichts von dem Verbot wusste. Irgendwie schien es ihr dort unbehaglich zu sein. Wenn Tim sie früher mit hineingenommen hatte, war sie ihm stets wieder entwischt, sobald sich eine Gelegenheit zur Flucht bot. Und irgendwann hatte er es achselzuckend aufgegeben.

Moki blickte aus dem Fenster. Er hörte den Regen gegen die Scheibe prasseln. Draußen war es bereits dunkel und er wunderte sich. Er musste viele Stunden mit dem LEBENSSPIEL verbracht haben, ohne es zu bemerken. Die Zeit war an ihm vorbeigerauscht wie ein Rotmilan im Sturzflug. Moki fühlte sich seltsam ausgelaugt und schüttelte ein paarmal seine Gliedmaßen. Dann ließ er sich langsam auf seinem Bett nieder und nahm Mrs. Hook auf den Schoß. Die Katze schmiegte sich schnurrend an ihn.

Am nächsten Tag versuchte Moki, einen weiten Bogen um Tims Zimmer zu machen. Er hatte die Nacht in einer Art Dämmerzustand verbracht und war im Halbschlaf immer wieder von Haus zu Haus gesprungen, an steilen Wänden hochgeklettert und diversen Gegnern im Nahkampf begegnet. Moki fühlte sich wie gerädert. Trotzdem konnte er an nichts anderes denken als an das LEBENSSPIEL. Er hatte ein paar Ideen für neue Tricks und Manöver und wollte zu gern ausprobieren, ob sie funktionierten. Gleichzeitig mochte er nicht wieder stundenlang vor dem Rechner sitzen. War es nicht genau das, was er an Tim stets verachtet hatte? Moki schlich im ganzen Haus auf und ab. Er war wieder einmal allein, seine Eltern waren beide mit ihrer Hofarbeit beschäftigt. Draußen goss es immer noch in

Strömen. An Ada hatte er heute kaum gedacht, zum ersten Mal seit ihrem Verschwinden war sie ihm nicht im Traum erschienen.

„Ach, Scheiß drauf", murmelte Moki irgendwann leise vor sich hin. Er stapfte kurzerhand in Tims Zimmer und nahm in dem Gamingstuhl Platz. Ein kurzes Wackeln an der Maus und der Bildschirm leuchtete hell vor ihm auf. Mokis Herz klopfte schneller, als er sich den Kopfhörer aufzog und die spannende Musik ihn wieder in ihren Bann zog. Er klickte auf den Button „Spiel fortsetzen" und bemerkte voller Freude, dass er den Trainingsmodus erfolgreich absolviert hatte und als regulärer Spieler dem LEBENSSPIEL beitreten durfte. Ein Basisguthaben, das jeder neue Spieler erhielt, wurde seinem Lebenskonto gutgeschrieben, und ab jetzt zählte jeder Punkt! Moki legte los.

Diesmal kam er erst wieder zu sich, als seine Mutter winkend hinter dem Monitor auftauchte. Im Gegensatz zu Dad hatte sie sich nicht von hinten angeschlichen, sondern war um ihn herum auf die andere Seite des Schreibtischs gegangen. Trotzdem zuckte Moki kurz zusammen und stellte dann überrascht fest, dass er schweißgebadet war und ganz außer Atem.

„Kommst du? Es gibt Abendessen. Wir haben dich schon x-mal gerufen." Mom blickte ihn fragend an, nachdem Moki sich widerstrebend den Kopfhörer abgenommen hatte. Er nickte mürrisch und speicherte das Spiel, bevor er hinter ihr her nach unten schlurfte. Schlechtgelaunt schaufelte er die würzige Ratatouille in sich hinein, normalerweise eins seiner Lieblingsgerichte. Moki sah, wie seine Eltern sich immer wieder besorgte Blicke zuwarfen. Er wartete darauf, dass sie ihm einen Vortrag über zu lange Bildschirmzeiten und die Gefahr von Computerspielen halten würden, so wie sie es bei Tim immer getan hatten. Trotzig wappnete er sich gegen ihre Vorwürfe. Doch keiner von beiden sagte etwas. Als Moki aufgegessen hatte, stand er schweigend auf und ging zurück in Tims Zimmer. Während er die Tür schloss, hörte er noch, wie Mom sich mit besorgter Stimme an Dad wandte. Er zog schnell den Kopfhörer auf, um das nervtötende Gemurmel auszublenden. Bereits wenige Sekunden später dachte er nicht mehr an seine Eltern.

Nach wie vielen Tagen er KILLA begegnete, konnte Moki nicht sagen. Er war immer noch allein unterwegs im LEBENSSPIEL und schlug sich tapfer, hatte bereits einige Kämpfe gewonnen und viele Punkte angesammelt. Einige Teams hatten schon versucht, ihn anzuwerben. Doch ihr Gesamtpunktestand schien ihm zu niedrig, um mit diesen Gruppen erfolgreich die virtuelle Stadt erobern zu können. Moki wollte nicht den Fehler machen, einem schwachen Team beizutreten und mit ihnen zusammen unterzugehen. Er war auf der Suche nach anderen exzellenten Kämpfern. Und dann traf er auf KILLA aus dem Team VICTORY4EVER. Diese Truppe besaß den mit Abstand höchsten Punktestand, den Moki bisher gesehen hatte. Sie hatten Spieler mit sehr unterschiedlichen Stärken vereint, welche sie strategisch geschickt einzusetzen wussten, um sich Vorteile gegenüber ihren Kontrahenten zu schaffen. Moki schaltete in den Passiv-Modus, um KILLA eine Weile unbemerkt beobachten zu können. Er hatte viele Tricks auf Lager und absolvierte beeindruckende Manöver beim Parcouring und im Kampf. Vor allem war er aber der mit Abstand skrupelloseste Kämpfer, dem Moki bis jetzt im LEBENSSPIEL begegnet war. KILLA schlug ohne jedes Zögern zu und das stets unter Einsatz aller ihm zur Verfügung stehenden Mittel. Noch bevor seine Gegner wussten, wie ihnen geschah, waren sie bereits ausgelöscht und KILLA hatte wichtige Lebenspunkte auf seinem eigenen und dem Teamkonto von VICTORY4EVER angesammelt. Moki beobachtete atemlos, wie er bereits den dritten Spieler innerhalb kürzester Zeit vernichtete. Dann drehte KILLA sich unvermittelt zu ihm um und blickte ihn direkt an. Moki erschrak. Er war davon ausgegangen, im Passiv-Modus für andere Spieler unsichtbar zu sein. Jetzt hörte er ein Lachen über den Kopfhörer, das ihm das Blut in den Adern gefrieren ließ. Dieses fiese Kichern kam ihm mehr als bekannt vor.

„Na, wunderst du dich, warum ich dich sehen kann?", feixte die Stimme von Pascal Aubert in seinen Ohren. Moki war starr vor Schreck. Damit hatte er nicht gerechnet.

„Nun, wenn man mehr als einhunderttausend Lebenspunkte hat, dann bekommt man einige Extra-Fähigkeiten." Pascal amüsierte sich ganz unverhohlen. „Und eine davon ist, auch die Passiv-Spieler sehen zu können. Man muss seine Feinde schließlich kennen, auch wenn sie sich zu verstecken versuchen." Moki hatte es immer noch die Sprache verschlagen. Seine Nackenhaare standen zu Berge. Wieso war Pascal hier? Und warum hatte er gewusst, dass sie sich kannten?

„Kleiner Tipp, mein Freund. Man sollte sich nie mit seinem echten Namen hier anmelden, Moki. Dein Bruder wusste das. Er war übrigens ein super Spieler und eine große Bereicherung für unser Team. Schade, dass er kein Interesse mehr hat am LEBENSSPIEL. Das bedeutet, wir haben einen Platz frei bei VICTORY4EVER."

„Ich bin nicht dein Freund, du Arschloch!!", brüllte Moki und riss sich den Kopfhörer herunter. Das schallende Gelächter von Pascal konnte er trotzdem noch hören, es schepperte ihm aus den Ohrmuscheln vom Schreibtisch entgegen.

Moki lief hastig in sein Zimmer, das Herz schlug ihm bis zum Hals. Mit zitternden Knien ließ er sich auf sein Bett fallen. Die sonst so friedliche Mrs. Hook fauchte erschrocken und flitzte mit aufgestelltem Schwanz davon, so schnell ihre drei Beine sie trugen. Die Katze spürte, wie aufgewühlt Moki war. Sie schien ihn aber diesmal nicht trösten zu wollen.

Moki lag mit klopfendem Herzen auf dem Bett. Er hatte eine Gänsehaut am gesamten Körper. Seit Pascals Attacke auf Ada war beinahe ein Jahr vergangen und er hatte seinen Erzfeind seitdem nur wenige Male von Weitem gesehen. Moki glaubte nach wie vor, dass er für die schlimmen Gerüchte über Ada verantwortlich war, die schließlich ihre Eltern dazu bewogen hatten, mit ihr fortzugehen. Doch er konnte das nicht beweisen und war Pascal tunlichst aus dem Weg gegangen. Er hätte nicht dafür garantieren können, ihm nicht bei einer direkten Begegnung an die Gurgel zu gehen.

Und jetzt hatte Pascal ihm sogar hier zu Hause aufgelauert, als Avatar in einem Computerspiel. Wenn Moki es richtig bedachte, dann hatte die virtuelle Kunstfigur des KILLA sogar Ähnlichkeiten mit Pascal. Die gleiche massige Figur, derselbe verschlagene Blick. Und vor allem eine nicht zu überbietende Brutalität. Moki würde niemals seinem Team beitreten, so viel stand fest. Er würde sogar das LEBENSSPIEL nicht mehr spielen, denn er wollte Pascal keinesfalls noch einmal begegnen. Nicht einmal in einer künstlichen Umgebung.

In den nächsten Tagen setzte Moki alles daran, das Zimmer von Tim erst gar nicht zu betreten. Trotz des Dauerregens verließ er bereits morgens das Haus und lief zum See. In wetterfester Kleidung legte er mit der Hoppetosse vom Ufer ab und paddelte die altbekannte Runde. Graue Wolken hingen tief über der Landschaft, grauer Nebel strömte von allen Seiten auf die Wasseroberfläche, die ebenfalls in einem trüben grau dalag und fortwährend von Regentropfen aufgewühlt wurde. Nach einer Stunde legte Moki wieder an, trotz des Regencapes völlig durchnässt. Missmutig vertäute er das Floß und lief zurück nach Hause. Den Rest des Tages verbrachte er in seinem Zimmer und gab sich größte Mühe, nicht an das LEBENSSPIEL zu denken. Stattdessen versuchte er, schöne Gedanken an die vielen Abenteuer mit Ada in sich wachzurufen. Doch irgendwie schienen die Erinnerungen an diese Zeit immer mehr zu verblassen. Moki holte das jüngste Foto von ihr hervor, auf dem sie ihm lächelnd vom Elfenbaum herab zuwinkte. Seine Brust schmerzte, als er in ihre strahlend grünen Augen blickte, die ihm schon so lange nicht mehr zugeblinzelt hatten. Morgen würde er endlich wieder zum Elfenbaum gehen, seit vielen Tagen zum ersten Mal.

Am nächsten Tag regnete es immer noch, und Moki zögerte kurz, als er an Tims Zimmertür vorbeikam. Dann gab er sich einen Ruck und sprang die Treppe hinunter. Er rannte den altbekannten Weg zu Adas und seinem Treffpunkt und einen kurzen Moment beschlich ihn die Hoffnung, dass sie vielleicht doch dort auf ihn warten würde. Was, wenn dies alles nur ein schlechter Traum war, von dem er nun endlich erwachen würde? Doch Ada war nicht da und die erneute Enttäuschung schnürte Mokis Kehle zu. Er zwang sich trotzdem, den Tag am Elfenbaum zu verbringen und blätterte immer wieder in ihrem gemeinsamen Tagebuch, während der Regen auf das Dach des Baumhauses prasselte.

Am Abend schlich Moki müde nach Hause. Und in der Nacht träumte er zum ersten Mal seit langem wieder von Ada. Es regnete und stürmte in diesem Traum. Moki stand am Rand des Sees und suchte die Hoppetosse. Aber ihr gemeinsames Wassergefährt war nicht da und Moki beschlich das beklemmende Gefühl, dass jemand das Versteck gefunden und das Floß gestohlen hatte. Doch dann hörte er einen verzweifelten Schrei. Moki blickte sich um und entdeckte Ada in der Mitte des aufgepeitschten Gewässers. Sie war mit dem Floß hinausgefahren und in ein Unwetter geraten. Große Wellen überspülten die Hoppetosse und drohten, sie zum Kentern zu bringen. Ada schrie lauthals um Hilfe. Immer wieder rief sie seinen Namen. Sie flehte Moki an, sie zu retten. Moki zögerte keinen Augenblick, er sprang in voller Montur in das stürmische Wasser und kraulte los. Die Wellen waren riesig, immer wieder verlor er die Sicht auf Ada. Wenn sie erneut zum Vorschein kam, schien sie jedes Mal weiter weg zu sein. Moki schwamm um sein Leben, um Adas Leben. Er spürte, wie seine Kleidung sich voll Wasser sog und mit jedem Schwimmstoß schwerer wurde. Er kam einfach nicht von der Stelle, so sehr er sich auch bemühte. Ada entfernte sich mehr und mehr, bei jedem neuen Auftauchen aus einem Wellental schien die Distanz zu ihr größer zu werden. Auch ihre kläglichen Schreie wurden immer leiser. Moki verließen langsam die Kräfte. Er fühlte, wie er ständig unter Wasser gezogen wurde. Und dann konnte er einfach nicht mehr. Moki gab auf. Das kühle Nass schlug endgültig über ihm zusammen und zog ihn in die tiefe Dunkelheit unter sich. Moki hielt die Luft an, solange er konnte. Doch dann nahm der Atemreflex überhand. Er öffnete den Mund und schnappte nach Luft. Das kalte Wasser strömte in seine Lungen.

Moki zuckte zusammen, dann wachte er plötzlich auf. Schweißgebadet lag er zwischen aufgewühlten Bettlaken, sein Puls raste, sein ganzer Körper zitterte wie die Zweige des Elfenbaums im Wind. Moki keuchte und brauchte lange, um sich zu beruhigen. Um sich klarzumachen, dass es nur ein schlechter Traum gewesen war. Trotzdem konnte er nicht wieder einschlafen. Ada war zwar nicht in Seenot, aber sie brauchte dennoch seine Hilfe. Und er hatte versagt. Er hatte bis heute nicht herausgefunden, wo sie war. Auch seine magische Verbindung zu ihr, sein sechster Ada-Sinn, wurde immer schwächer, je länger sie fort war. Moki konnte nicht mehr fühlen, wie es seiner Freundin ging. Er spürte, wie ihm seit langer Zeit zum ersten Mal wieder heiße Tränen die Wangen herunterliefen. Wo war eigentlich Mrs. Hook? Die Katze übernachtete in letzter Zeit nur noch selten bei ihm und war auch jetzt nicht in der Nähe, um ihn zu beruhigen. Moki blieb noch eine Weile liegen und versuchte, wieder einzuschlafen. Dann setzte er sich trotzig auf. Die letzten beiden Tage mit der Hoppetosse und am Elfenbaum hatten ihn Ada nicht nähergebracht, sondern ihm schlechte Erinnerungen, traurige Gedanken und einen furchtbaren Albtraum beschert. Er fühlte sich hilfloser als je zuvor und spürte, wie die Wut ihn übermannte. Niemand wusste etwas über Ada, niemand schien ihm helfen zu wollen. Nicht einmal Mom und Dad. Und wenn er Ada schon nicht retten konnte oder beweisen konnte, dass Pascal an ihrem Verschwinden schuld war, dann würde er eben anderweitig Rache nehmen. Und zwar, indem er Pascal im LEBENSSPIEL besiegte. Entschlossen sprang Moki aus dem Bett und rannte in Tims Zimmer.

Es regnete nach wie vor in Strömen.

TEIL 4

TÚWAQACHI: Die Vierte Welt[2]

„Noch etwas muss ich euch sagen, bevor ich euch verlasse", sprach Sotuknang zu den Menschen, als sie an dem Ort ihres Aufstiegs, der Küste der heutigen Vierten Welt, standen. (…)

„Der Name dieser Vierten Welt ist Túwaqachi, Vollständige Welt. Ihr werdet herausfinden, warum. Sie ist nicht so schön und bequem wie die vorangegangenen Welten. Sie hat Höhe und Tiefe, Hitze und Kälte, Schönheit und Unfruchtbarkeit; es gibt alles, und ihr könnt wählen. Was ihr wählt, wird entscheidend dafür sein, ob ihr diesmal auf ihr den Schöpfungsplan ausführen könnt oder ob die Welt wieder zerstört werden muss. Nun werdet ihr euch trennen und verschiedene Wege gehen, um die ganze Erde für den Schöpfer in Anspruch zu nehmen. (…) Behaltet nur eure Türen offen und erinnert euch immer an das, was ich euch gesagt habe. Das ist alles." (…)

So also begann alles auf dieser, unserer gegenwärtigen Vierten Welt. Wie wir wissen, ist ihr Name Túwaqachi, Vollständige Welt. Ihre Richtung ist Nord, ihre Farbe sikyangpu, gelbweiß, Häuptlinge auf ihr sind der Baum kneumapee, der Wacholder, der Vogel mongwau, die Eule, das Tier tohopka, der Silberlöwe und das gemischte Mineral sikyápala.

ARIZONA, USA (06. Januar 2059, morgens)

Quentin erwachte und war aufs Neue erstaunt, wie bequem dieses einfache Deckenlager am Boden war. In letzter Zeit schlief er so gut wie nie zuvor und fühlte sich jeden Morgen ausgeruht und voller Energie für den kommenden Tag – viel mehr als früher, trotz aller damaligen Optimierungen durch Thiara. Doch irgendetwas war nach wie vor anders an seinem Schlaf. Morgens im Dämmerzustand, kurz vor dem Aufwachen, zogen weiterhin viele Bilder in unsortierter Reihenfolge an Quentins innerem Auge vorbei. Sie hinterließen in ihm eine wohlige Geborgenheit, die gleichzeitig mit einem Gefühl der Dringlichkeit einherging. Aber es gelang Quentin immer noch nicht, die Eindrücke festzuhalten. Sobald er endgültig erwachte, begannen sie zu verblassen. Sosehr er sich auch bemühte – es blieben nur ein paar kleine Fragmente davon übrig, Ausschnitte einer Umgebung, die ihm vertraut vorkam. Auch die gesichtslose Frau tauchte seit Kurzem wieder in seinen Träumen auf. Er kannte sie, konnte sich jedoch nach wie vor nicht daran erinnern, wie sie hieß. Und solange er nicht in ihre Augen blicken konnte und sie nicht bei ihrem Namen ansprach, würde sie ihm ihre wichtige Botschaft nicht offenbaren. Im Laufe des Vormittags lösten sich diese Eindrücke dann vollständig auf und Quentin nahm sich fest vor, in der kommenden Nacht besser aufzupassen.

Jetzt streckte Quentin sich, schüttelte die letzten verschwommenen Traumnebel von sich ab, und erhob sich dann von seinem Lager. Er trat noch leicht verschlafen vor die Holztür der kleinen Steinbehausung. Obwohl die Sonne erst vor kurzem aufgegangen war, musste er seine Augen vor dem grellen Lichtschein schützen und sich erst einmal an die Helligkeit gewöhnen. Nach und nach erkannte er seine Umgebung deutlicher.

Quentin war immer wieder fasziniert davon, wie gut sich dieser Pueblo in die Landschaft einfügte. Die Paxij bauten ihre Häuser aus dem Material, das sie in der Gegend fanden, und daher hatten diese die gleichen Braun-, Ocker- und Grautöne wie die sie umgebende Natur. Sie passten sich hier, erhöht auf einer der tischplattenartigen Mesas, ein wie ein Chamäleon in sein Umfeld. Von Weitem war die Siedlung kaum zu erkennen, nur ein sehr sorgfältiger Beobachter würde die Häuser entdecken. Auf diese Weise schützten sich die Paxij bereits seit Jahrhunderten vor unliebsamem Besuch.

Heute war ein wichtiger Tag für Quentin. In den vergangenen Wochen war er vollständig genesen, nicht zuletzt dank der aufopferungsvollen Pflege von Ältere Schwester, die sich rührend um ihn gekümmert hatte. Ihr Paxij-Name brachte etwas in Quentin zum Klingen, das er sich nicht erklären konnte – ein Gefühl der Vertrautheit gepaart mit einer tiefen Wehmut. Er führte es auf die unsichtbare Verbindung zurück, die er während seines Komas zu Ältere Schwester aufgebaut hatte. Quentin war der Indianerin zutiefst dankbar und hoffte, dass sie dies spüren konnte. Die alte Frau hatte ihm das Leben gerettet. Sie war sehr versiert in der medizinischen Kunde der Paxij, welche in seinem Fall aus verschiedenen Kräutern zum Auflegen auf die Wunde, einem süßlich-bitteren Trank und einigen streng geheimen Zeremonien der Ältesten bestand. Nach wie vor hatte niemand Quentin in die Details dieser Heilkunst eingeweiht, ein solches Privileg blieb nur den Stammesmitgliedern vorbehalten. Was er jedoch wusste, war, dass die Kombination aus äußerlichen, innerlichen und spirituellen Elementen bei ihm Wunder gewirkt hatte. Die Überlebenschance nach einem Biss der hochgiftigen Mojave-Klapperschlange lag bei nahezu null, vor allem Anbetracht der schlechten körperlichen Verfassung, in der Quentin sich befunden hatte. Daher war er sehr froh, dass Weißer Hirsch ihn gerettet und ins Dorf gebracht hatte. Und er dankte ihm, Ältere Schwester und allen Paxij für ihre Bereitschaft, den Mann gesund zupflegen, der durch seine

Ungeschicklichkeit das Leben einer der heiligen Klapperschlangen auf dem Gewissen hatte.

Wie er dieses Unrecht wieder ausgleichen konnte, würde Quentin heute erfahren. Weißer Hirsch hatte ihm am Vorabend mitgeteilt, dass er nun so weit sei, um vor den Häuptling dieses Paxij-Clans zu treten. Bei dem Gedanken daran wurde Quentin ganz mulmig zumute. Er hatte bereits größten Respekt vor der Weisheit und Ausstrahlung aller Paxij, die er bis jetzt getroffen hatte. Wie mochte dann wohl die Begegnung mit einem ihrer Priester und Anführer sein?

Quentin war nervös. Er musste sich beruhigen und beschloss, für eine Weile auf dem Holzschemel vor seiner Hütte Platz zu nehmen, um sich ganz auf seine Atmung zu konzentrieren. Als er sich setzen wollte, blieb sein Herz plötzlich stehen. Quentin stockt der Atem, er traute seinen Augen kaum. Hastig blickte er sich um, doch es war niemand in der Nähe. Seine Gedanken begannen zu rasen, eine Flut von Erinnerungen strömte plötzlich auf ihn ein. Dennoch beschlich ihn die Angst, dass seine Sinne ihm einen üblen Streich spielten. Vielleicht stand er doch noch unter dem Einfluss des Schlangengifts, das auch nach Wochen weitere Halluzinationen in ihm auslöste? Oder er träumte immer noch, ohne es zu bemerken? Denn wie konnte das, was er hier sah, möglich sein? Quentin rieb sich immer wieder die Augen. Doch jedes Mal, wenn er wieder aufschaute, bot sich ihm dasselbe unglaubliche Bild. Langsam trat er neben den Stuhl und streckte die Hand aus. Und tatsächlich, er konnte es nicht nur sehen, sondern auch fühlen. Entsetzt sprang Quentin zurück. Auf der Sitzfläche des Schemels lag etwas, dessen Existenz er vollkommen vergessen hatte. Der Anblick schnürte Quentin die Kehle zu. Und dann spürte er, wie jemand hinter ihn trat. Quentins erschauerte, ein Frösteln zog trotz der warmen Morgenluft durch seinen gesamten Körper.

EIFEL, Deutschland (Februar 2016)

Moki sprang geschickt vom Rand des Hochhauses und landete lautlos auf dem Dach des Nachbargebäudes. Er überwand die tiefe Schlucht spielend und blieb dabei unentdeckt. Solange er kein Geräusch von sich gab, würde KILLA ihn nicht bemerken. Denn Moki war unsichtbar. Seitdem er den Highscore des LEBENSSPIELS von mehr als einer halben Million Punkte geknackt hatte, war es ihm möglich, sich als Kämpfer für einen gewissen Zeitraum vor anderen Spielern zu verbergen. Moki nutzte diese Fähigkeit jetzt, um unauffällig hinter KILLA herzuschleichen, der nichts von seiner Anwesenheit ahnte.

Pascal war direkt vor ihm und wappnete sich gerade für einen neuen Angriff. Er verfolgte auf leisen Sohlen drei Athleten eines gegnerischen Teams, die jeder für sich keinen besonders hohen Punktestand hatten. Als Gruppe waren sie jedoch nicht zu unterschätzen. Moki ging davon aus, dass Pascal bald Probleme bekommen würde. Er hatte ihn in den vergangenen zehn Monaten bei fast allen Kämpfen beobachtet und wusste inzwischen genau, welche Stärken Pascal hatte. Und was seine Schwächen waren. Mit seiner Skrupellosigkeit und Brutalität hatte Pascal nach wie vor häufig das Überraschungsmoment auf seiner Seite und konnte sich dadurch in den meisten Kämpfen einen frühen Vorteil verschaffen, den die Mehrzahl seiner Gegner nicht wieder aufholen konnte. Doch er neigte dazu, hitzköpfig und unüberlegt an die Auseinandersetzungen heranzugehen und übersah daher manchmal wichtige Details. Moki vermutete, dass er auch jetzt nicht bemerkt hatte, dass einer der drei feindlichen Athleten eine ferngesteuerte Wurfkette bei sich trug, die als Gürtel getarnt war. Ein sehr teures Kampfgerät, welches den niedrigen Punktestand dieses Spielers erklärte und auf seine Fähigkeiten schließen ließ, die er eingesetzt haben musste, um solch eine Waffe erwerben zu können. Diese

Art Wurfkette fand ihren Feind aufgrund hoch entwickelter Ortungssysteme von selbst, sobald sie in die Luft geschleudert wurde und der Werfer seinen Blick auf die Zielperson gerichtet hielt. Sie flog mit einer Geschwindigkeit von mehr als 200 Kilometern pro Stunde und wickelte sich treffsicher um den Hals des Gegners, sofern dieser nicht mit einer Technik ausgestattet war, die dem Angriff Paroli bieten konnte. Pascal besaß einen Laser-Bumerang, der dieser Waffengattung gewachsen war. Aber da er sie noch nicht entdeckt hatte, würde ihm bei einem Angriff keine Zeit bleiben, den Bumerang einzusetzen. Er würde also garantiert bald in Schwierigkeiten stecken, trotz seines Ganzkörperschutzanzugs aus intelligentem und flexiblem Carbon. Und dann war Mokis Zeit gekommen, er würde sich als LIGHTFIGHTER enttarnen. Moki lächelte. Diesen Namen hatte er sich im letzten Frühjahr gegeben, als er dem LEBENS-SPIEL erneut beigetreten war. Seitdem hatte er kontinuierlich seine Fähigkeiten verbessert und war ein viel bewunderter und auch gefürchteter Spieler geworden. Im Gegensatz zu Pascal ging Moki meist wohlüberlegt an seine Kämpfe heran, hatte sich bereits vorab eine Strategie überlegt und mindestens einen Plan B, falls etwas Unvorhergesehenes geschah. Aus diesem Grund war er auch der bisher einzige Spieler, der mehr als fünfhunderttausend Punkte erzielt hatte.

Plötzlich ging es los. Die drei Gegner hatten sich auf ihrer Erkundungstour in eine Sackgasse zwischen den Hochhäusern manövriert. Ein absoluter Anfängerfehler. Niemals durfte man zusammen eine unbekannte Straße oder ein fremdes Gebäude betreten, ohne sich dabei nach hinten abzusichern. Man sollte immer mindestens einen Spieler zurücklassen, der zur Not die anderen herausboxen oder Hilfe holen konnte. Vor allem, wenn man sich in einem Viertel nicht auskannte, wie diese drei. Pascal hingegen kannte diese Gegend von CYBER CITY wie seine eigene Westentasche. Moki beobachtete, wie er hinter den anderen her in die Sackgasse schlich und sich zum Kampf bereit machte. Da Pascal allein war, konnte er sich ebenfalls nicht

nach hinten absichern. Er war wie immer zu sehr davon überzeugt, es mit diesen Gegnern spielend aufnehmen zu können.
Und er rechnete nicht im Geringsten damit, dass irgendjemand
ihm das vereiteln würde.

Moki grinste. Er wappnete sich. Dann war es so weit. Pascal
stieß einen markerschütternden Schrei aus und stürzte sich auf
den Athleten direkt vor ihm, sprang diesem mit voller Wucht
in den Rücken und versetzte ihm einen gezielten Handkanten-
schlag in den Nacken. Der virtuelle Kämpfer brach sofort zusammen und war ausgeschaltet. Moki enttarnte sich, denn im
Spionagemodus konnte er nicht kämpfen. Er sprang von seiner
erhöhten Position aus die knapp 80 Meter hinunter in die Sackgasse und kam lautlos vor Pascal auf. Dieser wich erschrocken
zurück. Mit einem weiteren Spieler hatte er ebenso wenig gerechnet wie mit der Wurfkette, die der zweite der drei gegnerischen Kämpfer nun aus seinen Gürtelschlaufen zog. Pascal
blickte hektisch von Moki zu dem Angreifer. Er wusste nicht,
wie er sich verhalten sollte. Seine Reaktion kam viel zu spät, die
Wurfkette war bereits in der Luft und flog mit rasender Geschwindigkeit auf ihn zu. Moki baute sich vor Pascal auf, erhob
sich zur vollen Größe seiner LIGHTFIGHTER Figur. Gleichzeitig zog er sein multifunktionales Kampfschwert aus der
Scheide, eine Art Wunderwaffe mit mehreren Hundert verschiedenen Funktionen, die man nur bei einem Stand von mehr
als zweihundertfünfzigtausend Punkten erhielt. Er schwang sie
hoch über seinen Kopf, ließ die Waffe mehrmals kreisen, ohne
Pascal aus den Augen zu verlieren. Dieser duckte sich zitternd
vor ihm auf den Boden, sein grobschlächtiger Avatar schien immer kleiner zu werden. Pascal hob flehend die Arme, wimmerte vor Angst. Und dann geschah es. Moki fing die Wurfkette mit einem geschickten Schwung seines Säbels auf und
schleuderte sie unmittelbar zurück in Richtung des Angreifers.
Dank des Schwertes war die Kette nun umgepolt und würde
sich dem Werfer um den Hals legen, ihren eigenen Besitzer vernichten. Moki hielt fest den Blick auf ihn geheftet, während dieser noch entsetzt auf die sich ihm in Hochgeschwindigkeit

nähernde Kette starrte. Dann riss das Geschoss ihn nieder. Das Letzte, was Moki sah, war ein Ausdruck des Unverständnisses in den Augen des feindlichen Spielers. Als Nächstes wurden sämtliche seiner Lebenspunkte gelöscht und auf Mokis Konto gutgeschrieben. Auch ein paar der Punkte von Pascal wanderten zu ihm herüber, als Bezahlung dafür, dass er ihm das Leben gerettet hatte.

„Danke, LIGHTFIGHTER", keuchte Pascal auch prompt. Das Entsetzen über seinen Beinahe-Tod schwang deutlich in seiner Stimme mit.

„Keine Ursache, KILLA. Immer wieder gerne", gab Moki grinsend zurück. Er streckte seine Hand aus und half Pascal auf die Beine. Niemals hätten sie sich im LEBENSSPIEL mit ihren echten Namen angesprochen. Doch heute Abend würde Pascal sicherlich bei ihm vorbeikommen, um ihm nochmals persönlich für seinen Einsatz zu danken. Wie schon so häufig. Jetzt klatschen sich zunächst einmal ihre virtuellen Kämpfer ab und freuten sich über den Sieg. Und der Übertrag von Pascals Punkten auf Mokis Konto kam immerhin auch ihrem gemeinsamen Team VICTORY4EVER zugute, beziehungsweise schmälerte ihren Gesamtpunktestand nicht. Moki blickte sich trotz der Siegesfreude weiterhin aufmerksam um in der künstlichen Hochhausschlucht. Doch der dritte Gegner hatte längst das Weite gesucht. Er wusste, dass er ohne seine Gruppe weder gegen LIGHTFIGHTER noch gegen KILLA die geringste Chance hatte im Kampf, und erst recht nicht gegen beide zusammen. Moki und Pascal blickten sich achselzuckend an. Für die paar mageren Lebenspunkte auf dem Konto des fliehenden Athleten lohnte sich die Verfolgung nicht. Sie würden lieber die Suche nach würdigeren Gegnern aufnehmen, mit einem Punktestand, der die Gefahr eines nächsten Kampfeinsatzes wert war. Zusammen sprangen sie aus dem Stand auf das nächstgelegene Hochhaus. Diese Sprungkraft war eine Fähigkeit, welche nur exzellenten Spielern mit mehr als einhunderttausend Lebenspunkten zugeschrieben wurde.

Während Moki gemeinsam mit Pascal von einem Dach zum anderen hüpfte, wunderte er sich selbst einmal mehr darüber, dass er Seite an Seite mit seinem früheren Erzfeind im LEBENS-SPIEL kämpfte und ihm sogar mehrfach das Leben gerettet hatte. Noch vor ein paar Monaten hätte er jeden, der behauptet hätte, dass er sich mit Pascal Aubert anfreunden würde, verächtlich ausgelacht. Und jetzt streiften sie zusammen durch CYBER CITY und unterstützten sich gegenseitig bei ihren Kämpfen. Sogar außerhalb des LEBENSSPIELS trafen sie sich ab und zu – meist allerdings, um dann in Tims ehemaligen Zimmer oder bei Pascal zu Hause vor dem Rechner zu sitzen und in der fiktiven Großstadt online Schlachten auszutragen. Wie hatte es dazu kommen können?

Nachdem Moki vor einigen Monaten festgestellt hatte, dass sich hinter dem KILLA-Avatar tatsächlich Pascal Aubert verbarg, hatte er sich fest vorgenommen, seinen Kontrahenten in der virtuellen Realität zu vernichten. Er wollte Rache üben an Pascal und wusste, dass ein verlorener Kampf und Punkteverlust im LEBENSSPIEL ihn vermutlich mehr schmerzen würden als eine Prügelei auf dem Dorfplatz. Also meldete Moki sich wieder bei dem Strategiespiel an, diesmal getarnt als LIGHT-FIGHTER. Die ersten Wochen verbrachte er vorwiegend damit, Pascal heimlich zu beobachten und parallel seine eigenen Fähigkeiten zu trainieren und sein Punktekonto weiter aufzubauen. Er war selbst überrascht, wie mühelos ihm dies gelang und zu welch gutem Kämpfer er sich in kürzester Zeit entwickelte. Auch andere Spieler, einschließlich KILLA, stellten bewundernd fest, wie hervorragend LIGHTFIGHTER sich schlug. Daher waren Pascal und das VICTORY4EVER Team mehr als interessiert daran, ihn in ihre Gruppe aufzunehmen. Sie schienen nicht zu ahnen, dass sich Moki hinter der LIGHT-FIGHTER-Tarnung befand. Einem Kampf mit ihm gingen sie tunlichst aus dem Weg. Der Grund dafür war vermutlich eine Mischung aus Respekt vor seinen Fähigkeiten, gepaart mit dem Bestreben, ihn in ihre Reihen aufzunehmen. Statt einer

Auseinandersetzung mit ihm kamen die Mitglieder des VIC-TORY4EVER Teams Moki in schwierigen Situationen immer wieder zur Hilfe und befreiten ihn aus der einen oder anderen brenzligen Lage. Auch wenn er sich nie dafür bedankte, so schienen sie stets an seiner Seite zu sein, wie ein virtueller Schutzengel. Damit trugen sie sogar dazu bei, dass sein Punktekonto weiterhin anstieg. Selbst KILLA hatte LIGHTFIGHTER schon einige Male geholfen – ob Moki das wollte oder nicht. Umgekehrt hatte er sich nie Mokis Aufforderungen zum Duell gestellt, er war stets geflohen, auch wenn ihn das einige Lebenspunkte kostete. Moki hatte ihm sogar einmal in den Rücken geschossen, woraufhin KILLA kurz gezögert hatte. Innerlich triumphierend beobachtete er, wie KILLAS Hand langsam in Richtung seines Waffengürtels wanderte. Moki wappnete sich zum Kampf. Doch er musste enttäuscht feststellen, dass Pascal sich nach wenigen Sekunden erneut zur Flucht entschloss und damit etwa eintausend Lebenspunkte von seinem auf Mokis Konto übertragen wurden. Moki stoppte frustriert das Spiel und riss sich den Kopfhörer herunter. Im LEBENSSPIEL hatte er als LIGHTFIGHTER noch nie seine Stimme erhoben, um seine wahre Identität nicht zu verraten. Pascal hätte ihn mit Sicherheit erkannt. Nun aber ließ er seinem aufgestauten Ärger freien Lauf. Moki brüllte aus Leibeskräften.

„Pascal, du feige Sau, jetzt stell dich endlich dem Kampf!", schrie er und hieb gleichzeitig mit beiden Fäusten auf die Tischplatte, sodass der Joystick mit einem großen Satz auf die Erde landete. Moki gab ihm einen Tritt und der Stick flog quer durch Tims Zimmer Richtung Fenster, bis er von dem Kabel ruckartig gestoppt wurde und erneut auf dem Boden aufkam. Glücklicherweise lag dort ein weicher Läufer, der den Aufprall dämpfte. Sonst hätte Moki sich vermutlich einen neuen Joystick besorgen müssen. Doch das war ihm gerade egal. Wütend rannte er aus Tims Zimmer und knallte die Tür hinter sich zu.

Als er gerade zornentbrannt in Richtung seines eigenen Zimmers stapfte, hörte Moki plötzlich ein ersticktes Röcheln.

Verwundert hielt er inne und lauschte. Wer konnte das sein? Es war wie immer niemand außer ihm zu Hause. Doch Moki hatte sich nicht getäuscht, das Geräusch erklang gleich noch einmal. Diesmal hörte es sich eher an wie ein schmerzerfülltes Stöhnen. Mokis Wut war mit einem Schlag verflogen. Ob Mrs. Hook vielleicht krank war und seine Hilfe brauchte?

Moki ging langsam in Richtung des Badezimmers, wo er die Quelle des Röchelns vermutete. Dort stand auch Mrs. Hooks Katzenklo, das die Katze eigentlich so gut wie nie benutzte. Sie erledigte ihr Geschäft lieber in der freien Natur. Außerdem war die Tür zum Bad geschlossen, also konnte sie nicht dort drinnen sein. Als Moki sich gerade erleichtert abwenden wollte, hörte er das jämmerliche Keuchen zum dritten Mal. Es kam tatsächlich aus dem Badezimmer. Und diesmal erkannte er die Stimme. Ein Schauer lief ihm über den Rücken.

„Mom, bist du das? Ist alles ok?" Vorsichtig klopfte er an die Badezimmertüre und lauschte angestrengt. Gleichzeitig hoffte er immer noch, dass er sich geirrt haben mochte. Ein weiteres Stöhnen ließ jedoch keinen Zweifel mehr zu. Hier war etwas nicht in Ordnung. Mom ging es schlecht.

„Mom, was ist denn los? Brauchst du Hilfe?" Moki hörte die Unsicherheit in seiner Stimme. Seine Knie zitterten. Er drückte die Türklinke herunter, doch das Bad war abgeschlossen.

„Alles gut, Moki. Geh in dein Zimmer. Ich komme gleich." Moms Stimme klang ganz anders als sonst und der mühsam unterdrückte Schmerz straften ihre Worte Lügen.

Zögerlich schlich Moki in Richtung seines Zimmers. Dabei lauschte er weiterhin auf die beängstigenden Geräusche aus dem Badezimmer. Es hörte sich an, als würde Mom sich übergeben. Vielleicht hatte sie sich bloß den Magen verdorben? Oder einen Virus eingefangen? Moki wollte gerne daran glauben, aber eine eiskalte Faust hatte nach seinem Herzen gegriffen und zerquetschte alle Zuversicht. Angsterfüllt setzte er sich auf die Kante seines Bettes und wartete besorgt.

Als Mom schließlich im Türrahmen auftauchte, schrie er erschrocken auf. Sie sah schrecklich blass aus und Moki stellte entsetzt fest, dass sie viel dünner war als sonst und ihre Wangen ganz eingefallen. Sie war immer schlank gewesen, aber wann hatte sie so stark abgenommen? Moki musste sich eingestehen, dass er in letzter Zeit kaum einen Blick für seine Eltern übriggehabt hatte. So besessen war er vom LEBENSSPIEL und dem ausstehenden Kampf mit Pascal gewesen. Ihm traten die Tränen in die Augen, als Mom sich jetzt neben ihn auf das Bett setzte und einen knochigen Arm um ihn legte. Er fühlte sich an wie eine Feder auf seinen Schultern. Und dann bestätigte sie seine schlimmsten Befürchtungen.

„Moki, ich bin krank", sagte Mom leise. „Ich habe Krebs und die Ärzte sagen, dass es leider nicht gut aussieht."

Moki schrie erneut auf, diesmal vor Trauer. Er fiel seiner Mutter um den Hals, brach schluchzend in ihren dünnen Armen zusammen.

Mom streichelte ihm tröstend über den Rücken. Lange saßen sie so da, klammerten sich schweigend aneinander fest. Moki spürte, dass Mom ebenfalls weinte.

„Mach dir keine Sorgen, mein Kleiner", sagte sie irgendwann mit erstickter Stimme. „Ich bin stärker, als die Ärzte denken. Ich gebe nicht auf."

Moki hörte ihre Worte und wollte ihnen Glauben schenken, sich an jeden Hoffnungsschimmer klammern. Trotzdem spürte er, dass seine Mutter selbst nicht davon überzeugt war. Moki wurde wütend, er verfluchte sich. Wieso hatte er in der letzten Zeit nicht besser auf Mom geachtet? Vielleicht hätte er früher bemerkt, dass etwas nicht stimmte und sie dazu bringen können, rechtzeitig zum Arzt zu gehen?

Die kommenden Wochen verbrachte Moki damit, sich im Internet alle wissenschaftlichen Erkenntnisse über Krebs anzulesen und verschiedene Therapiemöglichkeiten sowie Heilungschancen zu recherchieren. Gleichzeitig unterstützte er Mom in sämtlichen Belangen, machte jegliche Besorgungen für sie, brachte ihr Essen und Trinken und half ihr, so gut er konnte. Dennoch ließ sich ihr körperlicher Verfall nicht ignorieren. Zu Mokis

Entsetzen brachten weder eine Operation noch die angesetzte Chemotherapie den erhofften Erfolg. Mom ging es von Tag zu Tag schlechter. Irgendwann konnte sie nicht mehr aus dem Bett aufstehen, brauchte rund um die Uhr Pflege. Einen Großteil davon übernahm Dad, außerdem hatte er eine Pflegekraft engagiert, die jetzt bei ihnen wohnte. Moki setzte sich immer wieder zu Mom ans Bett, hielt ihre Hand, las ihr aus ihren Lieblingsbüchern vor, spielte CDs mit ihrer favorisierten Musik. Aber immer häufiger brauchte Mom einfach nur Ruhe. Sie schlief fast den ganzen Tag unter dem Einfluss starker Schmerzmedikamente. Und Dad zog sich immer weiter zurück. Wenn er sich nicht um sie kümmerte, war er draußen bei seinen Schafen. Moki fühlte sich einsamer als je zuvor. Sein Kummer war unerträglich.

Um sich abzulenken, hatte er irgendwann wieder damit begonnen, das LEBENSSPIEL zu spielen. Deshalb geisterte er nun als LIGHTFIGHTER durch CYBER CITY und führte halbherzig irgendwelche Kämpfe. Den Kopfhörer hatte er nur über ein Ohr gezogen, um jederzeit hören zu können, ob Mom seine Hilfe brauchte. Doch das unerträgliche Warten an ihrem Bett hielt er einfach nicht mehr aus. Er brauchte etwas Zerstreuung, und die künstliche Welt des LEBENSSPIELS war genau das Richtige.

Allerdings hatte er sich zu einem schlechten Kämpfer entwickelt. Moki suchte jede sich ihm bietende Auseinandersetzung, ballerte dann jedoch nur ziellos um sich. Er verlor Kampf um Kampf und sein Punktekonto schrumpfte zusehends. Ihm wäre es egal gewesen, wenn er nicht weiterhin den Plan verfolgt hätte, KILLA zu vernichten.

Und dann kam der alles entscheidende Kampf. Moki hatte sich mit einem Gegner eingelassen, der ihm haushoch überlegen war. RIPSTER hatte nicht nur hervorragende Fähigkeiten, sondern dank seines hohen Punktestands auch einige besondere Waffen, die Moki noch nicht kannte. Trotzdem hatte er sich ihm provozierend in den Weg gestellt und musste nun feststellen, dass er ihm nicht das Wasser reichen konnte.

LIGHTFIGHTER kämpfte tapfer und hielt sich länger als vermutet, doch RIPSTER zeigte immer neue Tricks und schließlich lag Mokis Avatar hilflos vor ihm auf der Erde, sämtlicher Waffen entledigt. RIPSTER baute sich drohend vor ihm auf und hob seinen künstlichen Schlagstock zum finalen Hieb. Moki schloss die Augen. Er wollte nicht mit ansehen, wie LIGHTFIGHTER ausgelöscht wurde. Doch dann hörte er einen markerschütternden Schrei und riss die Augen wieder auf. Moki schnappte überrascht nach Luft, als er KILLA auf dem Bildschirm erblickte. Er hatte sich schützend zwischen LIGHTFIGHTER und RIPSTER geworfen und sofort zugepackt. Der Schlagstock fiel auf den Boden, als Pascal RIPSTER den Arm auf den Rücken drehte. Dieser schrie vor Entsetzen auf. KILLA hielt ihn im Klammergriff und blickte LIGHTFIGHTER an. Dann nickte er ihm zu. Moki verstand nicht.

„Los!", sagte Pascal schließlich. „Mach ihn kalt." Und jetzt schaltete Moki endlich. LIGHTFIGHTER sprang auf und schlug RIPSTER mit voller Wucht ins Gesicht, ein klassischer K.-o.-Schlag direkt unter das Kinn. Sein Gegner sackte sofort bewusstlos in sich zusammen und Pascal ließ ihn auf den Boden gleiten. Dort trat Moki voller Wut auf den Kämpfer ein, traf ihn immer wieder an Kopf, Bauch und Rippen. Irgendwelche Waffen besaß er nicht mehr, er konnte nur noch mit seinem Körper kämpfen. KILLA sah ihm eine Weile grinsend zu, dann reichte er ihm seine Maschinenpistole. Von Waffen dieser Art hatte Moki bis jetzt Abstand gehalten, sie waren ihm viel zu brutal. Doch jetzt schnappte er sich die Feuerwaffe und ballerte ohne zu zögern auf RIPSTER ein. Der virtuelle Körper tanzte im Kugelhagel, Blut spritzte in alle Richtungen.

„Hey, das reicht", hielt Pascal ihn nach einer Weile auf. „Der ist doch längst tot. Und sei lieber sparsam mit der Munition. Das kostet dich nur Punkte und du weißt nicht, wofür du sie brauchst".

„Stimmt. Du hast recht." Moki erhob zum ersten Mal seine Stimme. Er hielt inne und drehte sich langsam zu KILLA um. „Man weiß nie, wofür man seine Munition noch braucht."

Damit richtete er die Mündung direkt auf Pascal. Dessen Avatar wich mit einem Keuchen zurück.

„Das kannst du doch nicht machen, Mok…, äh, LIGHT-FIGHTER", stammelte er ängstlich. „Ich habe dir so oft geholfen, dir immer wieder das Leben gerettet. Sogar jetzt gerade."

KILLA schien zu erblassen und sogar am ganzen Leib zu zittern. Seine Augen flehten Moki an, bettelten um Gnade.

Moki triumphierte. Jetzt war es endlich so weit. Er konnte sich an Pascal rächen, ihn im LEBENSSPIEL vernichten. Und er würde ja nicht wirklich sterben, sondern nur sein Avatar. Diese Schande hatte Pascal mehr als verdient. Moki drückte langsam den Abzug durch.

„Nein, bitte nicht", flehte Pascal und seine Stimme bebte vor Verzweiflung.

Moki zögerte. Er war überrascht, denn irgendetwas rührte ihn an Pascals Angst. Jetzt, wo der alles entscheidende Moment gekommen war, tat sein Kontrahent ihm fast leid. Und Moki spürte, dass es ihm nicht besser gehen würde, wenn er KILLA nun auslöschte. War es nicht genau das, was er stets an Pascal verachtet hatte: seine Skrupellosigkeit und Brutalität? Außerdem hatte KILLA ihm wirklich sehr geholfen in letzter Zeit. Moki ließ langsam die Waffe sinken. Pascal lachte erleichtert. Dann sprang KILLA blitzartig auf LIGHTFIGHTER zu und riss ihm die Maschinenpistole aus der Hand. Moki schaute überrascht auf. Würde Pascal ihn jetzt töten? Aber nein, KILLA verstaute die Waffe sicher in seinem Halfter und fiel LIGHTFIGHTER dann jubelnd um den Hals. Mit Genugtuung wies er ihn darauf hin, wie viele Punkte seinem Konto soeben gutgeschrieben wurden, weil er RIPSTER getötet hatte. Damit gingen sämtliche seiner Lebenspunkte auf Mokis Guthaben über.

„Komm, LIGHTFIGHTER", sagte KILLA schließlich grinsend und legte ihm den Arm um die Schultern. „Es wird Zeit, dass du dich endlich unserem Team anschließt."

Moki nickte ergeben. Warum eigentlich nicht? Im echten Leben hatten ihn alle Menschen verlassen, die ihm jemals etwas bedeutet hatten. Erst Grandpa, Grandma und Istaqa. Dann

Ada. Und jetzt bald auch Mom. Dad machte sich ebenfalls rar. Und nicht einmal Mrs. Hook suchte noch seine Nähe. Wieso solle er nicht wenigstens im LEBENSSPIEL ein paar Freunde haben, die gemeinsam mit ihm durch CYBER CITY streiften und ihn unterstützten? Mok gab sich einen Ruck. Dann ging er bereitwillig neben Pascal her in Richtung des Quartiers von VICTORY4EVER. Er genoss es, dass KILLA ihm dabei immer wieder virtuell auf den Rücken klopfte. Jetzt war er endlich nicht mehr allein.

EIFEL, Deutschland (März 2016)

„Woher wusstest du eigentlich, dass ich LIGHTFIGHTER bin? Ich hatte mich extra neu angemeldet im LEBENSSPIEL. Und ich habe nie ein Wort gesagt, damit du mich nicht an der Stimme erkennst."

Pascal grinste nur vielsagend, als Moki ihm diese Frage stellte.

„Nun jaaa", antwortete er gedehnt und freute sich an Mokis erwartungsvollem Gesichtsausdruck.

„Jetzt sag schon und spann mit nicht auf die Folter", fasste dieser entnervt nach.

„Weißt du, ich habe halt ein bisschen kombiniert. Der MOKI-Kämpfer ist plötzlich nicht mehr in Erscheinung getreten, nachdem ich dich enttarnt hatte. Kurz danach hat sich ein neuer Spieler als LIGHTFIGHTER angemeldet und das LEBENSSPIEL hat mir zurückgemeldet, dass sein Standort in Deutschland ganz in meiner Nähe ist. So was erfährt man nur, wenn man mehr als einhunderttausend Lebenspunkte hat."

Moki nickte ungeduldig, er kannte mittlerweile die Regeln des LEBENSSPIELS in- und auswendig.

„Außerdem war der Kampfstil von LIGHTFIGHTER dem von MOKI sehr ähnlich", fuhr Pascal fort. „Und er hat sich ebenso standhaft wie MOKI geweigert, sich unserem Team VICTORY4EVER anzuschließen. Stattdessen wollte er ständig mit mir kämpfen. Es war also nicht so schwer, davon auszugehen, dass du dich dahinter verbirgst. Und dass du kein Wort gesprochen hast, hat meinen Verdacht noch erhärtet."

Moki nickte und war leicht beschämt. Wie hatte er nur davon ausgehen können, dass Pascal auf seine Tarnung hereinfiel?

„Ach komm, ist doch egal. Das Wichtigste ist, dass wir jetzt zusammen CYBER CITY erobern. Mit dir im Team sind wir erfolgreicher als je zuvor!" Pascal haute ihm mit diesen Worten krachend auf die Schulter und Moki musste grinsen.

Dann wurde er wieder ernst. „Und du steckst wirklich nicht hinter den Gerüchten über Ada?"

Pascal rollte genervt mit den Augen. „Moki, wie oft soll ich dir das noch sagen? Ich habe mit Adas Verschwinden nichts zu tun. Es wird endlich Zeit, dass du sie dir aus dem Kopf schlägst. Ada ist jetzt fast zwei Jahre fort und hat sich nicht ein einziges Mal bei dir gemeldet. Du kannst mir doch nicht erzählen, dass sie keine Möglichkeit dazu hatte. Der kleine Wildfang hat noch immer seinen Willen durchgesetzt und wenn sie es wirklich wollen würde, dann hätte sie dich in dieser ganzen Zeit sicherlich einmal angerufen oder dir geschrieben."

Mokis Herz blutete bei diesen Worten. Er konnte sich einfach nicht vorstellen, dass Ada keinen Kontakt zu ihm aufnehmen würde, wenn sie die Möglichkeit dazu hätte. Aber in letzter Zeit nagten immer stärkere Zweifel an ihm. Wie konnte es sein, dass sie so lange keinen Weg gefunden hatte, sich bei ihm zu melden?

„Ada hat ein neues Leben angefangen, neue Freunde gefunden, neue Interessen entwickelt. Mit uns möchte sie nichts mehr zu tun haben."

Diese Worte versetzten Moki einen Stich. Wieso hatte Pascal „uns" gesagt?

„Du kanntest deine Freundin nicht so gut, wie du geglaubt hast", setzte dieser nach. „Was meinst du eigentlich, was sie in den Sommerferien gemacht hat, wenn du bei deinen Großeltern warst? Denkst du, Ada hat hier allein herumgesessen und den Kopf in den Sand gesteckt? Dafür war sie doch gar nicht der Typ. Sie hat sich immer wieder auch mit mir getroffen, aber davon wusstest du nichts, oder? Und dann hat sie einen auf prüde gemacht, als ich mehr von ihr wollte. Aber keine Sorge, ich hätte ihr schon nicht wehgetan."

Moki wurde schlecht, als ihm die Szene an der Waldhütte wieder in Erinnerung kam. Er hatte immer geglaubt, dass Ada Pascal genauso hasste wie er selbst. War es wirklich wahr, dass sie sich heimlich mit ihm getroffen hatte? Moki konnte es nicht glauben. Doch der Zweifel in ihm wuchs weiter. Ada war in der Tat niemand, der lange Trübsal blies. Dafür war sie viel zu lebenslustig und genoss die Gesellschaft anderer. Und schließlich musste er zugeben, dass er sich auch nicht hätte vorstellen können, selbst einmal mit Pascal befreundet zu sein. Wie sollte er also für Ada die Hände ins Feuer legen? Moki seufzte resigniert. Seine Freundin war schon so lange verschwunden, dass er sich kaum noch an ihr Gesicht erinnern konnte, an ihr Lachen, an ihren verschmitzten Blick. Und er war sich inzwischen auch nicht mehr sicher, wie gut er sie eigentlich gekannt hatte. Sein sechster Ada-Sinn war verkümmert.

„Komm, jetzt lass den Kopf nicht hängen. Ada ist fort, ihr geht es bestimmt gut. Aber du kennst sie doch, sie ist frei und spontan, wie eine Feder im Wind. Sie blickt einfach nicht zurück, das meint sie nicht böse. Und sie ist auch nicht das einzige Mädchen auf diesem Erdball. Nächste Woche ist Frühlingskirmes im Nachbarort, da halten wir mal gemeinsam Ausschau nach Mädels."

Moki nickte ergeben. Er hatte zwar überhaupt keine Lust, mit Pascal auf die Pirsch zu gehen. Aber das Schützenfest würde sicherlich eine angenehme Abwechselung sein im ansonsten tristen Dorfalltag. Und bis dahin würde er einfach noch weiter mit Pascal durch CYBER CITY streifen.

Er schaute seinem Kumpel in die Augen, suchte nach einer Bestätigung dafür, dass dieser die Wahrheit über Ada sagte. Doch Pascal hatte sich bereits seinem Computer zugewandt und startete das LEBENSSPIEL. Achselzuckend setzte Moki den Kopfhörer auf und schnappte sich den Joystick. Wenn sie sich gut anstellten, würden sie heute sicherlich METAL DISTRICT einnehmen können. Moki legte los. Nach wenigen Sekunden waren seine Gedanken an Ada verflogen.

EIFEL, Deutschland (April 2016)

Heute war wieder einer der Tage, an denen die blanke Wut Moki übermannte. Sie kamen in letzter Zeit immer häufiger vor, und er konnte nichts dagegen tun. Also ließ er seinen Gefühlen freien Lauf. Zornig ballerte Moki um sich und schoss ziellos auf alles, was sich bewegte. Sein rasender Kampf in CYBER CITY war mehr von blinder Wut geprägt als von sorgfältiger Planung und Strategie. Er hatte schlicht und einfach Lust, seine Gegner niederzumetzeln. Eigene Verletzungen waren ihm egal. Moki war bereit, jedes Risiko einzugehen. Wie sonst Pascal hatte er damit das Überraschungsmoment auf seiner Seite. Die feindliche Truppe hatte ihn bereits eine Weile ausspioniert und war davon ausgegangen, dass er eine Auseinandersetzung wie immer wohlüberlegt eingehen würde. Moki kämpfte üblicherweise nur, wenn er klare Siegeschancen hatte und mindestens einen alternativen Plan. Dass er jetzt einfach drauflosschoss, obwohl es sich bei seinen Gegnern um kampferprobte Athleten handelte und sie deutlich in der Überzahl waren, passte so gar nicht zu ihm. Deshalb brauchten die anderen Spieler auch eine Weile, um zum Gegenschlag auszuholen. Bis dahin hatte Moki einige von ihnen brutal niedergestreckt und mit Genugtuung den Transfer ihrer Lebenspunkte auf sein Konto zur Kenntnis genommen.

Doch jetzt wurde seine Lage brenzlig. Die noch lebenden Kämpfer der feindlichen Truppe hatten sich für einen kurzen Moment zurückgezogen und dann neu zum Angriff formiert. Plötzlich prasselte ein Kugelhagel von allen Seiten auf Moki ein. Die Gegner hatten ihn offensichtlich umzingelt, ihre Treffer kamen von vorne, von hinten, von links, von rechts, und sogar von oben. Moki wusste, dass sein gepanzerter Kampfanzug irgendwann nachgeben würde unter dieser Feuersalve. Er brüllte vor Zorn und schoss weiterhin wild um sich. Doch seine Kontrahenten waren einfach zu stark. Moki spürte, dass

LIGHTFIGHTER die Kräfte verließen. Sein Punktekonto schwand rasant und damit auch die ihm zur Verfügung stehenden Waffen und Tricks. Bald würde sein Avatar sterben.

Mit einem letzten, langgezogenen Wutschrei tat Moki das einzig Richtige. Er hatte vor sich einen Kanaldeckel entdeckt, riss diesen hoch und sprang ohne zu zögern in das dunkle Nichts. Der Fall dauerte eine gefühlte Ewigkeit, dann prallte LIGHTFIGHTER hart auf dem nassen Betonboden auf. Er rollte sich instinktiv zur Seite, um dem Beschuss durch die zurückgebliebenen Kämpfer von oben zu entgehen. Sie feuerten ziellos in den Kanalschacht, kamen ihm aber nicht hinterher. Moki war hier vor ihrer Verfolgung sicher, das wusste er. Denn der Untergrund von CYBER CITY war eine Art Parallelwelt, auch genannt DARK CITY. Dort lebten fremdartige, monströse Wesen, mit denen es niemand im Kampf aufnehmen konnte. Alle Spieler vermieden daher tunlichst, die Kanalisation von CYBER CITY zu betreten. Doch Moki hatte keine andere Wahl. Würde er wieder nach oben klettern, wäre das sein sicherer Tod. Er musste also einen anderen Ausgang hier unten suchen. Niemand würde ihm dabei zu Hilfe kommen, denn im Untergrund konnten einen die anderen Athleten nicht orten – weder seine Feinde noch Pascal und die Mitspieler von VICTORY4EVER. Und LIGHTFIGHTERS Punktestand war besorgniserregend niedrig. Viele Kämpfe hier unten würde er nicht überstehen.

Moki pausierte das Spiel und riss sich frustriert den Kopfhörer herunter. Er knallte ihn auf den Tisch, schrie nochmals aus Leibeskräften. Wütend sprang er auf und stapfte durch Tims Zimmer. Es war überall das gleiche, im LEBENSSPIEL wie im echten Leben. Immer wenn es darauf ankam, wurde er im Stich gelassen. Nie konnte er sich auf andere verlassen. Wütend rannte er in sein eigenes Zimmer und warf sich aufs Bett. Tränen des Zorns rannen ihm die Wangen herunter.

„Geh weg!", brüllte er los, als es vorsichtig an der Tür klopfte.

Dad betrat leise das Zimmer und schaute ihn besorgt an.

„Moki, was ist denn los? Du schreist, als würde hier jemand umgebracht werden."

„Na und, das kann dir doch egal sein. Du interessierst dich doch sonst auch nicht für mich!"

„Moki, das stimmt nicht. Ich habe einfach so viel zu tun mit Mom, und mit dem Hof, und überhaupt. Kannst du das nicht verstehen?"

„Nein, kann ich nicht. Und jetzt hau endlich ab!" Moki schrie erneut aus Leibeskräften.

„Ist ja schon gut." Dad blieb noch eine Weile zögernd im Türrahmen stehen. Dann seufzte er resigniert.

„Du kannst immer zu mir kommen, Moki, das weißt du."

Moki lachte bei diesen Worten nur höhnisch auf. Dad seufzte erneut.

„Ich gehe wieder nach unten, mein Sohn. Und sei doch ab jetzt bitte leise. Mom braucht ihre Ruhe."

Mit diesen Worten verschwand Dad aus der Tür. Moki drehte sich um und schluchzte verzweifelt in sein Kopfkissen. Die Wut war immer noch da, er fühlte sich kein bisschen besser als zuvor. Und er war schrecklich hilflos.

EIFEL, Deutschland (Mai 2016)

Die schlurfenden Schritte näherten sich langsam. Zuerst war Moki nicht sicher, ob er sich täuschte. Immer, wenn er innehielt und lauschte, war kein Geräusch zu hören. Doch jetzt gab es keinen Zweifel mehr. Irgendjemand oder irgendetwas war ihm auf den Fersen und holte ihn allmählich ein. Moki spürte Panik in sich aufsteigen. Er versuchte, sich zu beeilen und dabei selbst möglichst keinen Lärm zu machen. Aber es war zu dunkel, um schnell voranzukommen. Und er kannte sich hier im Untergrund von CYBER CITY nicht aus. Ein virtuelles Navigationstool wäre jetzt hilfreich, doch LIGHTFIGHTERS Punktestand reichte nicht einmal dafür aus, sich eine herkömmliche analoge Landkarte von DARK CITY herunterzuladen.

Moki musste sich eingestehen, dass er sich verlaufen hatte. Er hatte eine Weile mit dem LEBENSSPIEL pausiert, da er nicht wusste, wie sein Avatar die lauernden Gefahren im Untergrund bewältigen sollte. Mit Pascal hatte er sich dazu mehrfach ausgetauscht und dieser hatte versucht, ihm einige Tipps zu geben. Doch er hatte auch eindeutig klargemacht, dass weder er noch andere von VICTORY4EVER ihm da unten zu Hilfe kommen würden. Zu groß war ihre Angst vor den Dämonen der Tiefe.

Moki war also auf sich allein gestellt, als er sich heute nach vielen Tagen zum ersten Mal wieder in das LEBENSSPIEL einloggte. Und er hatte sich verirrt. Er war bereits so vielen Abzweigungen gefolgt, dass er komplett die Orientierung verloren hatte. Der Feind in seinem Nacken machte die Situation nicht besser. In dem verzweifelten Versuch, ihm zu entkommen, hatte er nicht mehr auf den Weg geachtet und war immer tiefer in das düstere Labyrinth von DARK CITY hineingeraten. Doch das war gerade nicht seine größte Sorge. Moki wurde verfolgt und musste unbedingt ein Versteck finden. Da er nicht wusste, mit welchem Gegner er es zu tun hatte, war ein Kampf sinnlos. Vor allem Anbetracht seines niedrigen Punktestands. LIGHTFIGHTER würde in seiner jetzigen Lage vermutlich sogar eine Auseinandersetzung mit einem kaum bewaffneten Anfänger des LEBENSSPIELS verlieren. Was ihn allerdings hier gerade durch DARK CITY jagte, klang jedoch überhaupt nicht nach einem harmlosen Kontrahenten. Das schlurfende und schmatzende Geräusch hinter ihm wurde immer lauter und ließ auf eine Kreatur schließen, die so mächtig war, dass sie nicht einmal versuchen musste, sich anzuschleichen. Moki erschauerte. Er war sich sicher, dass LIGHTFIGHTER von einem der berüchtigten Untergrundmonster gejagt wurde, über die in CYBER CITY die schrecklichsten Geschichten kursierten. Eine ihrer grausamen Praktiken war, ihre Feinde zu versklaven und deren Punktekonto bis auf einen allerletzten Lebenspunkt leerzuräumen, sodass die Spieler immer noch als aktiv galten und sich nicht über einen neuen Avatar im LEBENSSPIEL registrieren konnten. In Gefangenschaft dieser Ungeheuer zu geraten bedeutete, nie wieder das LEBENSSPIEL spielen zu können. Mokis Herz raste vor Angst. Er stolperte in der Dunkelheit voran, hielt seine rechte Hand ausgestreckt und fuhr damit an der feuchten Betonwand des Kanals entlang, in dem er sich befand. Plötzlich änderte sich die Beschaffenheit der Wand. LIGHTFIGHTER ertastete eine glatte Oberfläche. „Metall", wurde Moki über den Kopfhörer zurückgemeldet. Er fuhr an den Rändern der Fläche entlang und fand schließlich einen Knauf etwa auf Höhe von LIGHFIGHTERS Bauchnabel. Vorsichtig drehte er daran. Es machte leise „klick" und eine Tür sprang auf. Moki unterdrückte einen Triumphschrei. Geräuschlos glitt er durch den Spalt und zog die Tür vorsichtig hinter sich zu. Um ihn herum war es immer noch so finster wie zuvor. Moki breitete die Arme von LIGHTFIGHTER aus und erreichte rechts und links eine Wand. Dann streckte er die Hände nach vorne und machte ein paar vorsichtige Schritte geradeaus. Nach wenigen Metern geriet er an eine weitere Wand. LIGHTFIGHTER befand sich also in einem geschlossenen

Raum. Moki horchte atemlos den schleppenden Schritten, die sich draußen näherten. Sie wurden lauter und lauter, kamen mit jeder Sekunde weiter heran, erreichten die Tür ... und zogen dann langsam an ihr vorbei. Moki keuchte vor Erleichterung, als er bemerkte, dass die Schritte sich entfernten. Er begann gerade zu überlegen, wie lange LIGHTFIGHTER sich hier in diesem Raum verstecken sollte, um sicherzugehen, dass sein Verfolger verschwunden war, als das immer leiser werdende Geräusch plötzlich stoppte. Moki hielt den Atem an und lauschte angestrengt. Dann setzte das Schlurfen und Schmatzen erneut ein, doch diesmal näherte es sich wieder. Moki war verzweifelt. Sein Gegner musste bemerkt haben, dass er LIGHTFIGHTER verloren hatte. Jetzt kam er wieder zurück. Moki schickte ein Stoßgebet gen Himmel, dass das Monster noch mal an der Tür vorbeiziehen würde und sich einfach nur auf den Rückweg in seine Basis begeben hatte. Erneut wartete er zitternd, während die Schritte immer lauter wurden und sich ihm unbarmherzig näherten. Dann, als Moki bereits glaubte, sie wären vorübergezogen, hielten sie abermals inne. Moki klapperten vor Angst die Zähne. Das Monster stand genau vor LIGHTFIGHTERS Versteck. Moki konnte immer noch nichts sehen, aber er vernahm schnüffelnde Geräusche, die von außen den Türrahmen absuchten. Das Wesen der Finsternis schien seine Angst riechen zu können, denn plötzlich hörte er, wie eine Hand sich auf den Türknauf legte und dieser langsam gedreht wurde. Mit einem leisen „Klick" sprang die Tür erneut auf. Moki schrie aus Leibeskräften und sammelte alle Energie, die LIGHTFIGHTER noch besaß. Mit einem Riesensatz sprang der Avatar auf das Ungeheuer zu. Wenn er es schaffte, diesen Gegner zu überrumpeln, würde er trotz der Dunkelheit einfach blindlings den Gang hinunterrennen und versuchen, dem Monster zu entkommen. Doch LIGHTFIGHTER hatte keine Chance. Er prallte auf eine riesige, weiche Masse, die ihn sofort umschlang und wie in einer Art klebrigem Spinnennetz gefangen nahm. Entsetzt musste Moki mit ansehen, wie der Punktestand von LIGHTFIGHTER unmittelbar bis auf einen einzigen

Lebenspunkt dezimiert wurde. Das war es. Aus und vorbei. Moki würde nie wieder das LEBENSSPIEL spielen. Er starrte noch lange auf den dunklen Bildschirm und hörte, wie LIGHT-FIGHTER verschleppt wurde. Die verloren blinkende eins auf dem Punktekonto brannte sich in seine Netzhaut ein. Dann legte Moki langsam den Kopfhörer ab. Er wollte aufstehen, doch ihm fehlte die Kraft. Seine eigene Lebensenergie schien ebenfalls auf ein Minimum geschrumpft.

„Bist du bescheuert? Du kannst doch jetzt nicht aufgeben!", schnauzte Pascal ihn am nächsten Tag an, als Moki von LIGHT-FIGHTERS Niederlage berichtete. Pascals Wortwahl war wie immer sehr deutlich. Wütend funkelte er Moki an. „Wir brauchen dich schließlich noch bei VICTORY4EVER!"

Moki zuckte nur resigniert mit den Achseln. „Es hat doch keinen Sinn."

„Woher willst du das wissen?"

„Es konnte sich noch nie jemand aus der Gefangenschaft der Untergrundmonster von DARK CITY befreien. Das wissen wir doch." Moki war genervt, denn sein Kumpel versuchte ihn seit Tagen davon zu überzeugen, sich noch mal in das LEBENS-SPIEL einzuloggen und zu schauen, wie es LIGHTFIGHTER ging.

„Ach ja? Und wie viele Spieler kennst du, die das bestätigen können?"

„Eben keinen!" Moki seufzte. „Wenn die Monster sie gefangen nehmen, kommt ja niemand mehr zurück."

„Das kann ganz andere Gründe haben, als wir denken. Vielleicht ist das mit dem letzten Lebenspunkt nur ein Gerücht, das andere findige Spieler in die Welt gesetzt haben."

Moki rollte mit den Augen. „Ich habe doch selbst gesehen, wie LIGHTFIGHTERS Punktekonto bis auf einen allerletzten Punkt abgeräumt wurde. Wenn du sonst niemanden kennst, der das bestätigen kann, dann glaub doch wenigstens mir! Und wenn nicht, dann kannst du ja auch immer noch selbst die

Kanalisation betreten, um dich davon zu überzeugen. Oder mir sogar zu helfen. Doch dazu bist du ja zu feige."

„Aber du weißt ja gar nicht, was seitdem passiert ist. Schau doch wenigstens mal nach." Pascal ignorierte geflissentlich den Seitenhieb von Moki.

„Vielleicht heute Abend." Moki sah den Zweifel in Pascals Augen und fand selbst, dass er unglaubwürdig geklungen hatte. „Jetzt muss ich aber nach Hause", beeilte er sich abzulenken. „Mein Vater ist gleich unterwegs und die Krankenpflegerin hat heute frei. Ich muss mich um meine Mutter kümmern."

Das funktionierte immer. Pascal hörte sofort auf zu insistieren und klopfte ihm verlegen auf die Schulter.

"Alles klar, halt die Ohren steif. Bis die Tage."

Mokis Herz war schwer, als er das Zimmer seines Freundes verließ. Er schämte sich dafür, dass er Mom als Vorwand benutzt hatte, um die elende Diskussion um LIGHTFIGHTER zu beenden. Betrübt schlurfte er nach Hause. Als er die Haustür hinter sich schloss, legte sich die Stille wie ein schwarzes Tuch um seine Schultern. Diesbezüglich hatte er nicht gelogen. Weder Dad noch die Pflegerin waren da. Leise ging er die Treppe nach oben und schlich dann an Moms Zimmer vorbei. Die Tür war geöffnet, doch er warf keinen Blick hinein. Moki konnte den Anblick ihres leeren Betts einfach nicht ertragen. Er ging in sein Zimmer und weinte bitterlich. Niemand war da, um ihn zu trösten. Und seit er mit Pascal befreundet war, ließ sich Mrs. Hook überhaupt nicht mehr bei ihm blicken. Bereits mehrfach hatte er die Katze einige Häuser weiter gesehen bei einer Familie, deren zwei kleine Töchter begeistert mit ihr spielten. Sie schien jetzt dort zu wohnen. Moki konnte es ihr nicht verübeln. Er hasste sich selbst dafür, wie er geworden war. Wütend warf er sich auf den Boden und trommelte so lange mit den Fäusten auf die Holzdielen, bis seine Handballen schmerzten. Dann blieb er erschöpft liegen. Als seine Tränen versiegt und die schlimmste Wut verraucht war, rappelte er sich langsam auf.

Zögerlich ging er in Richtung von Tims Zimmer. Wie beim ersten Mal vor vielen Monaten blieb er lange im Türrahmen stehen und starrte auf den Computer. Schließlich setzte er sich hin und startete das LEBENSSPIEL. Müde blickte er auf LIGHTFIGHTERS Punktestand in der rechten oberen Ecke des Bildschirms. Doch irgendetwas stimmte nicht. Was Moki dort sah, konnte einfach nicht sein. Er meldete sich wieder ab und erneut an. Irritiert schüttelte Moki den Kopf. Dann startete er den gesamten Rechner neu. Als er sich zum dritten Mal in das LEBENSSPIEL einloggte, versuchte er zu akzeptieren, dass seine Augen ihn wohl doch nicht täuschten.

EIFEL, Deutschland (Juni 2016)

Moki hatte lange gebraucht, um zu verstehen, was sich ihm offenbarte. Er hatte das LEBENSSPIEL viele Tage in Folge immer wieder neu gestartet, sich ungläubig an- und dann wieder abgemeldet. Doch das Ergebnis blieb unverändert. Jedes Mal rieb er sich erneut die Augen, blinzelte wieder und wieder. LIGHTFIGHTER war eingesperrt, er befand sich eindeutig in einer Art Gefängnis. Aber wie konnte es sein, dass sein Punktekonto wieder auf dem gleichen Level war wie vor dem Zusammentreffen mit dem abscheulichen Untergrundmonster? Moki hatte schließlich genau gesehen, wie LIGHT-FIGHTERS Punktestand bis auf einen einzigen dezimiert worden war. Und jetzt schien es so, als wäre gar nichts geschehen, als hätte dieser ungleiche Kampf niemals stattgefunden. Einzig und allein die Klammer um die Lebenspunkte herum war neu und irritierte ihn. Was hatte das zu bedeuten?

Während Moki heute zum wiederholten Mal über dieses Phänomen nachgrübelte, hörte er plötzlich, wie die Tür von LIGHTFIGHTERS Zelle geöffnet wurde. Ein hochgewachsener, menschlich anmutender Avatar betrat den Raum.

„Ich bin sehr erfreut zu sehen, dass du dich wieder einmal eingeloggt hast", dröhnte ein freundlicher Bariton in Mokis Ohr. Die Figur auf dem Bildschirm lächelte LIGHTFIGHTER an, welcher sich auf Mokis reflexartigen Impuls hin sofort in Kampfposition begeben hatte.

„Aber nicht doch", ermahnte die tiefe Stimme ihn jetzt. „Du kannst noch nicht auf deinen alten Punktestand zurückgreifen, den du hier siehst. Außerdem wären es immer noch zu wenig Punkte, um dich aus dieser Lage zu befreien. Und mit einem einzigen Fingerschnippen könnte ich die Klammer auflösen und dich wieder auf einen letzten Lebenspunkt zurückfallen lassen. Also versuch besser gar nicht erst, mich anzugreifen."

Moki wusste, dass der Fremde recht hatte. Er ließ LIGHT-FIGHTERS Fäuste wieder sinken, was der andere mit einem wohlwollenden, tiefen Lachen quittierte.

„Nun, du wunderst dich bestimmt, weshalb wir dir deinen alten Punktestand wieder zurückgeben sollten." Moki nickte, obwohl sein virtueller Gegner das natürlich nicht sehen konnte. Dieser fuhr trotzdem fort. „Weißt du, es ist nur ein Gerücht, dass niemand mehr freikommt aus unseren Katakomben. Im Gegenteil, es gibt sogar zwei Möglichkeiten, den Untergrund zu verlassen. Die eine wäre, dass andere Spieler dem Gefangenen zu Hilfe kommen. Das ist aber leider noch nie geschehen, da alle dort oben viel zu selbstsüchtig sind und zu große Angst vor uns angeblichen Monstern und dem angeblich drohenden Punkteverlust haben. Kein Spieler hat sich bis jetzt freiwillig hierunter gewagt, um seinem Mitstreiter zu helfen. Wenn das jemand täte, würden wir ihn nicht nur nicht behelligen, sondern seinen Teamkollegen sofort freilassen und beide wieder nach oben katapultieren, mit einer Extraportion Freundschaftspunkte. Aber leider scheinen alle Athleten da oben zu feige oder zu egoistisch zu sein, um jemandem aus ihrem Team in einer Notlage, in der sie vermeintlich ihr eigenes Leben riskieren, wirklich beizustehen. Daher ist diese Möglichkeit bisher nur eine theoretische Erwägung. Die zweite Variante haben wir jedoch schon einige Male praktiziert. Sie hat sich allerdings nicht herumgesprochen aus Gründen, die du gleich erfahren wirst. Denn wir sind sehr wohl bereit, die Kämpfer, die sich zu uns in den Untergrund verirrt haben, wieder in die Freiheit zu entlassen."

Moki beugte sich interessiert nach vorne. Davon hatte er noch nie gehört und er war begierig, mehr zu erfahren. Sollte es etwa doch noch eine Möglichkeit geben, das LEBENSSPIEL weiterzuspielen? In den letzten Tagen war er immer wieder ziellos im Haus herumgestreift und hatte nichts mit sich anzufangen gewusst. Er hatte sich selbst wie ein Gefangener mit zu wenig Lebensenergie gefühlt, um sich aus seiner Zwangslage zu befreien. Und das, obwohl Mom inzwischen wieder zurück war. Oder vielleicht gerade deshalb. Mom hatte in den letzten Wochen im Krankenhaus eine weitere Therapie über sich ergehen lassen. Und obwohl Moki es sich nicht eingestehen wollte, hatte er zum wiederholten Male gehofft, dass es ihr danach besser gehen würde. Dass sie wieder Kraft und neuen Mut schöpfen konnte, um den Krebs zu besiegen. Doch immer, wenn er sie gemeinsam mit Dad besuchte, schien sie weniger zu werden. Jetzt, wo sie wieder zu Hause war, musste Moki sich eingestehen, dass es Mom schlechter ging als je zuvor. Er war so verzweifelt darüber, dass es ihm das Herz zerriss. Immer wieder recherchierte er im Internet nach innovativen Krebstherapien, nach neuen Studien und Medikamenten, nach irgendeinem Strohhalm, an den er sich klammern konnte. Er konnte einfach nicht akzeptieren, dass seine ehemals lebensfrohe und liebevolle Mutter so sehr leiden musste. Worte wie „austherapiert", „unheilbar" und „Palliativmedizin", die Moki bei einem der letzten Gespräche seines Vaters mit den Ärzten aufgeschnappt hatte, schienen jetzt durch die Flure des ansonsten leeren Hauses zu hallen und in seinem Kopf zu dröhnen. Mom würde tatsächlich sterben. Immer, wenn Moki daran dachte, brach er in Tränen aus. Er konnte den Schmerz kaum ertragen, den diese Vorstellung in ihm auslöste. Also versuchte er, sich abzulenken. Am besten gelang ihm das mit dem LEBENS-SPIEL. Dass er dies nun nicht mehr spielen konnte, hatte ihn beinahe wahnsinnig gemacht. Fast noch schlimmer war, dass Pascal nach ihrer letzten Auseinandersetzung kein Interesse mehr gehabt hatte, ihn zu treffen. Moki musste enttäuscht einsehen, dass er für Pascal bloß als LIGHTFIGHTER im LEBENS-SPIEL wichtig gewesen war. Die wenigen persönlichen Treffen in der realen Welt hatten sich immer nur um das Computerspiel gedreht. Sie hatten sich fast ausschließlich darüber unterhalten, neue Strategien abgestimmt und Pläne für weitere Spielzüge geschmiedet. Jetzt, wo Moki nicht mehr in der Lage war, Pascal und VICTORY4EVER zu unterstützen, hatte dieser ihn offensichtlich fallen lassen. Er hatte ihn nicht nur im LE-BENSSPIEL im Stich gelassen, sondern auch im wahren Leben.

Es schien ihm sogar egal zu sein, dass es Mokis Mutter immer schlechter ging und dass Moki dringend einen Freund brauchte, mehr als je zuvor. Pascal hatte alle Kontaktversuche seinerseits komplett ignoriert. Moki war darüber zutiefst deprimiert. Umso gespannter wartete er jetzt auf die Erklärung des Untergrundkämpfers, wie er mit LIGHTFIGHTER wieder aus den Tiefen von DARK CITY entkommen konnte.

„Das Ganze hat natürlich einen Preis", erläuterte dieser jetzt. Moki lauschte gespannt. Er war bereit, alles dafür zu tun, um weiter durch CYBER CITY zu ziehen. In den kommenden Minuten horchte er schweigend den Anweisungen der Bassstimme. Als sie geendet hatte, lehnte Moki sich langsam zurück. Schließlich beugte er sich wieder nach vorne und ließ LIGHTFIGHTER kurz entschlossen bestätigen, dass er mit den gerade gehörten Bedingungen einverstanden war. Wenn er zu lange darüber nachdachte, würde er vielleicht nicht mehr in der Lage sein, einzuwilligen. Als er sah, wie die Klammer um seinen Punktestand verschwand, der gegnerische Avatar lächelnd zur Seite trat und die Zellentür für LIGHTFIGHTER öffnete, lachte Moki erleichtert auf. Er war endlich zurück! LIGHTFIGHTER würde wieder am LEBENSSPIEL teilnehmen. Moki war überglücklich, und trotzdem fühlte es sich nicht ganz richtig an. Er jubelte innerlich und versuchte gleichzeitig, das aufsteigende Gefühl der Scham zu ignorieren. Trotzig schnappte er sich den Joystick und fühlte LIGHTFIGHTER hinaus aus dem Untergrund, auf der Route, die der andere Kämpfer ihm soeben virtuell übermittelt hatte. Moki konnte es kaum erwarten, wieder das Licht von CYBER CITY zu erblicken.

EIFEL, Deutschland (Januar 2017)

Moki hatte es geschafft, die letzten Monate hatten sich gelohnt. LIGHTFIGHTER war wieder der größte Spieler im gesamten LEBENSSPIEL, einflussreicher und mächtiger als je zuvor. Er hatte inzwischen den nach seinem Untergrundintermezzo immer noch mageren Punktestand so weit ausgebaut wie noch kein Spieler vor ihm. Auf seinem Konto prangten jetzt stolze 5 Millionen Lebenspunkte. Damit herrschte LIGHTFIGHTER über ganz CYBER CITY. Doch Moki hatte keine Freude mehr daran, dieses Spiel zu spielen. Der Preis für seine Herrschaft war zu hoch, denn er hatte sie nur erlangen können, indem er Pascal und VICTORY4EVER verraten und den Untergrundkämpfern geopfert hatte. Das war die Bedingung für seine Freilassung aus DARK CITY gewesen. Moki hatte damals trotzig eingewilligt, da er sich von Pascal im Stich gelassen fühlte. Aber er konnte seinen Triumph nicht genießen, sondern fühlte sich schlecht bei dem Gedanken, dass Pascal und die anderen jetzt mit jeweils einem Lebenspunkt ihr Dasein dort unten fristeten und nie mehr das LEBENSSPIEL spielen würden. Moki hatte nach einer Weile sogar versucht, Pascal zu Hause zu besuchen, um wieder Frieden mit ihm zu schließen. Doch dieser hatte vor Wut geschäumt, ihm mit Prügel gedroht und ihn schließlich vom Hof gejagt. Später hatte Moki gehört, dass er und sein Team nun ein anderes Spiel spielten, welches eigentlich erst für Nutzer ab 18 Jahren freigegeben und für seine schonungslose Gewalt und Brutalität bekannt war. Moki hatte jedoch ohnehin kein Interesse, hier einzusteigen. So sehr er die Ablenkung von seinem traurigen Alltag durch das LEBENS-SPIEL in der vergangenen Zeit gebraucht hatte, so wenig half ihm dies in seiner jetzigen Situation. Denn Mom war gestorben. Und nichts konnte Moki über diesen Verlust hinwegtrösten oder von seinem tiefen Schmerz ablenken.

Mom hatte so lange tapfer gekämpft und dem Krebs getrotzt. Und dann, nachdem sie aufgegeben hatte und endlich bereit war für den Tod, hatte dieser sich ihrer nicht erbarmt. Monatelang dauerte ihr Ringen mit dem Sterben, welches trotz starker Medikamente von großen Schmerzen und viel Leid begleitet war. Moki hatte sich so sehr gewünscht, dass sie wieder gesund würde. Aber irgendwann wünschte er ebenso sehr, dass sie schnell und friedlich würde gehen können. Beides war nicht der Fall. Und Moki erlebte jede ihrer furchtbaren Schmerzattacken so intensiv, als ob er selbst betroffen wäre.

Mom und Dad hatten besprochen, dass sie zu Hause sterben würde und nicht in einem Hospiz. Dafür war Moki sehr dankbar. Aber es bedeutete gleichzeitig, dass er jede Sekunde ihres langen Todeskampfs hautnah miterlebte. Irgendwann glaubte er, dieses schreckliche Leid nicht mehr ertragen zu können. Und dann war es endlich soweit. Angst und Trauer schnürten Moki die Kehle zu. Er saß mit Dad zusammen an ihrem Bett, einer links und der andere auf der rechten Seite. Moms Atemzüge wurden immer seltener, die Sekunden dazwischen dehnten sich länger und länger aus. Moki hatte bereits mehrfach gedacht, dass es endlich vorbei war, doch dann schnappte sie nach einer gefühlten Ewigkeit doch wieder röchelnd nach Luft. Die Ärzte hatten ihnen versichert, dass sie dank des Morphiums von diesem Todeskampf nichts spüren würde. Aber Moki war sich dessen nicht sicher und sein Magen verkrampfte sich bei der Vorstellung, dass Mom leiden könnte unter starken Schmerzen oder unter dem Gefühl, langsam zu ersticken. Die Verzweiflung darüber schnürte ihm die Kehle zu, aber er konnte und wollte nicht weinen. Dad und er hielten jeder eine Hand von Mom, als sie zum letzten Mal die Augen aufschlug. Ihr Blick war lange nicht mehr so klar gewesen. Sie schaute erst Moki und dann Dad direkt in die Augen und begann mit leiser, brüchiger Stimme zu sprechen, zum ersten Mal seit Wochen. Moki beugte sich vor, um ihre Worte verstehen zu können.

„Moki … Georg … Es ist so schön, dass ihr beide hier seid. Meine Zeit ist gekommen, ich gehe jetzt auf die große Reise.

Bitte seid nicht traurig. Ihr müsst mir versprechen, dass ihr euer Leben lebt und es in all seinen Facetten genießt. Georg, bitte kümmere dich gut um unsere Kinder, um den Hof und vor allem um dich. Du warst die Liebe meines Lebens und ich bin unendlich glücklich, dass wir uns treffen durften." Dabei lächelte sie schwach und Moki hörte, wie sein Dad krampfhaft schluckte, um die Tränen zu unterdrücken.

„Moki, mein großer Schatz", flüsterte Mom weiter.

„Du bist noch so jung und hast dein ganzes Leben vor dir. Achte jeden Moment davon, die schönen ebenso wie die schwierigen. Du hast ein großes Herz, auf das du dich immer verlassen kannst. Vergiss das nicht, mein Sohn. Deine Intuition ist der beste Ratgeber, in allen Lebenslagen. Du wirst ein wunderbares Leben haben, wenn du auf sie hörst. Auch wenn es sich gerade nicht so anfühlen mag, dieses Dasein hier hat noch viel Schönes mit dir vor. Bitte genieß es, mein Sohn. Ich liebe dich und ich bin sehr stolz auf dich."

Mit diesen Worten schloss Mom ihre Augen und öffnete sie nicht mehr, so sehr Moki sie auch anflehte. Er bettelte, weinte, schrie. Immer wieder rüttelte er an ihrer Schulter und beschwor sie, ihn noch einmal anzusehen. Doch es war vorbei, Mom ließ endgültig los. Ihre Atmung wurde immer schwächer. Und irgendwann spürte Moki, wie etwas aus ihrem Körper heraustrat und dieser schließlich erschlaffte. Dann war alles still.

EIFEL, Deutschland (Juli 2017)

Niemand war da. Moki war zum allerersten Mal im Leben vollkommen allein, noch einsamer als je zuvor. Heute war sein siebzehnter Geburtstag, und keiner kam vorbei, um ihm zu gratulieren. Mom war tot und ihr Verlust schmerzte immer noch so sehr wie am ersten Tag. Ada blieb verschwunden und es gab nach wie vor kein Lebenszeichen von ihr. Und Dad hatte sich in seiner Trauer komplett zurückgezogen, er schuftete jeden Tag von frühmorgens bis spät in die Nacht auf dem Hof und war nicht ansprechbar. Er hatte sogar Mokis Geburtstag vergessen.

Moki war es egal. Er war immer noch wütend auf Dad und irgendwie auch auf Mom. Wie konnte sie ihn nur im Stich lassen? Wieso hatten die beiden ihm nicht früher von ihrer Erkrankung erzählt? Weshalb war der Krebs nicht rechtzeitig erkannt worden? Und wieso hatte niemand Mom helfen können, warum gab es keine Therapie, die sie wieder gesund machte?

Es war nicht das erste Mal in Mokis Leben, dass Erwachsene ihn hintergangen hatten. Auch bei Adas Verschwinden hatte ihn niemand informiert. Moki war nach wie vor rasend vor Wut, wenn er daran dachte. Und gleichzeitig zutiefst enttäuscht. Er konnte niemandem mehr vertrauen. Moki hatte längst verstanden, dass er sich auf andere nicht verlassen konnte. Freundschaften wurden entweder auseinandergerissen oder waren überhaupt nicht echt. Geliebte Menschen ließen ihn entweder im Stich oder starben. Und der Schmerz über ihren Verlust war so groß, dass er die schönen Momente, die ihm vorausgingen, bei Weitem überwog. Im Gegenteil, je inniger die Beziehung zu einer geliebten Person war, desto qualvoller war es, sie nicht mehr in seiner Nähe zu wissen.

Moki hatte daher beschlossen, keine tiefen Bindungen in seinem Leben mehr einzugehen. Und die Einsamkeit, die er jetzt erlebte, war eine logische Konsequenz davon. Moki genoss das Gefühl des Alleinseins beinahe triumphierend. Er fühlte sich stark, brauchte niemanden, war auf keinen anderen Menschen angewiesen. Inzwischen verbrachte er jeden Tag vor dem Rechner, allerdings nicht mehr mit Computerspielen. Moki hatte einen Plan. Er wusste endlich, was er studieren wollte, sobald er nächstes Jahr sein Abitur bestanden hatte. Dann würde er sich an einer naturwissenschaftlich ausgerichteten Universität für Medizintechnik und Bioinformatik einschreiben. Zunächst hatte er gedacht, dass er vielleicht Programmierer werden wolle, um Computerspiele zu entwickeln. Doch dann hatte ihn das LEBENSSPIEL auf die entscheidende Idee gebracht. In den vergangenen Jahren hatte er seinen LIGHTFIGHTER-Avatar in der virtuellen Spielewelt immer weiter optimiert, ihm stets neue Fähigkeiten verliehen und ihn quasi unsterblich gemacht. Daran wollte Moki auch in Zukunft arbeiten, aber nicht beschränkt auf die künstliche Realität eines Computerspiels. Moki stellte sich vor, dass er mithilfe einer Fächerkombination aus Naturwissenschaften und Informationstechnologie Methoden entwickeln konnte, die schwere Erkrankungen früher erkennen und besser heilen ließen. Die vielleicht sogar den ganzen Menschen weniger anfällig für jede Form von Gebrechen machten und ihm stattdessen ein langes und gesundes Leben ermöglichten. Ihn also quasi perfektionierten, wie die Kunstfiguren des LEBENSSPIELS.

Seit dem Tod von Mom hatte Moki nicht aufgehört, im Internet über Krebs und andere als unheilbar und lebensbedrohlich geltende Krankheiten zu recherchieren. Mittlerweile war er sich sicher, dass seine Mutter vermutlich an den Nebenwirkungen der alles zerstörenden Chemotherapie gestorben war, und nicht an ihrem eigentlichen Tumor. Sie hatte so große Schmerzen und unsägliche Qualen auf sich genommen, nur um am Ende doch kapitulieren zu müssen. Es musste doch einen Weg geben, Menschen vor solch grausamem Leid zu bewahren wie dem seiner Mom. Wenn Krankheiten und ihre Vorboten früher erkannt würden, vielleicht sogar lange vor ihrem Ausbruch, dann konnten Menschen rechtzeitig genug behandelt werden und würden einfach gesund und munter weiterleben, ohne die schrecklichen Folgen ihrer Erkrankung oder der damit verbundenen Therapie, die mehr Spätfolgen als Heilung versprach.

Moki war fest davon überzeugt, dass bei einer entsprechenden Überwachung und Früherkennung auch sein Grandpa noch würde leben können, vielleicht sogar seine als Baby verstorbene große Schwester Kaya. Er hatte bei seiner Online-Recherche tatsächlich entdeckt, dass in Bereichen wie der Krebsforschung oder bei Herz-Kreislauf-Erkrankungen laufend große Fortschritte gemacht wurden hinsichtlich möglichst frühzeitiger Intervention. Dazu wollte er eines Tages unbedingt beitragen. Denn damit würde er nicht nur das Leben der Patienten verbessern, sondern auch das aller ihnen nahestehenden Personen. Niemand sollte mehr die gleichen leidvollen Erfahrungen machen wie Mom, Dad und er selbst.

Moki nickte, auch wenn niemand in seiner Nähe war. Sein Plan stand fest. Er konnte es kaum erwarten, mit dem Studium zu beginnen.

BERLIN, Deutschland (August 2018)

„So, der Nächste, bitte. Quentin Palmer." Die Sekretärin des Immatrikulationsbüros schaute sich forsch auf dem Flur um und wartete ungeduldig darauf, dass einer der dort ausharrenden Studenten sich aus der Menge löste. Nach einigen Sekunden blickte sie stirnrunzelnd auf die Liste der neuen Erstsemester in ihren Händen herunter.

„Quentin *Brüggemann*-Palmer!", rief sie jetzt mit deutlich mehr Nachdruck in der Stimme und betonte dabei leicht gereizt seinen Doppelnamen, den sie zunächst unterschlagen hatte.

„Ey, Quentin, das bist doch du, oder?" Die Studentin neben ihm rammte Moki einen Ellbogen in die Rippen, nachdem sie seinen Namen auf der Kladde in seinem Schoß entdeckt hatte. Moki zuckte zusammen und sprang auf, murmelte ein hastiges „Dankeschön" und stolperte der Sekretärin entgegen, die ihn mit spöttisch hochgezogenen Augenbrauen erwartete. „Nun, junger Mann, waren wir kurz eingenickt?"

„Nein, nein, Entschuldigung", stammelte Moki. „Ich war nur gerade in Gedanken."

In Wahrheit hatte er sich immer noch nicht daran gewöhnt, dass er hier an der Uni von allen Quentin genannt wurde. Doch Moki hatte absichtlich niemandem seinen Kosenamen aus Kindertagen verraten. Denn hier in Berlin würde er endlich ein neues Leben beginnen. Quentin war ein selbstsicherer Einzelkämpfer, der an die Überlegenheit von Forschung und Technik glaubte. Ganz anders als der verweichlichte Moki, der sich zu Tieren und Pflanzen hingezogen fühlte und dem so häufig das Herz gebrochen wurde in den letzten Jahren. Mit diesem Jungen hatte er nichts mehr gemein, daher musste auch sein Vorname weichen. Quentin passte viel besser zu ihm. Und selbst den ersten Teil seines Familien-Doppelnamens, den er früher fast ausschließlich benutzt hatte, würde er nun konsequenterweise ablegen. Mit Dad wollte er ohnehin nichts mehr zu tun haben, ebenso wie mit seiner gesamten Vergangenheit. Quentin Palmer war ein neuer Mensch, der die Welt verändern würde. Ganz anders als Moki Brüggemann.

„Folgen Sie mir bitte, Herr Brüggemann-Palmer", sagte die Sekretärin jetzt und stöckelte hocherhobenen Hauptes voraus in das Immatrikulationsbüro. Moki ging hinter ihr her.

„Bitte nur Palmer, das reicht", sagte er, als er auf dem Stuhl vor ihrem Schreibtisch Platz nahm. „So steht es auch in meinem neuen Personalausweis und entsprechend habe ich die Immatrikulationsunterlagen korrigiert." Mit diesen Worten reichte er ihr einen Stapel Dokumente über den Tisch.

„Ganz wie Sie meinen", seufzte die Sekretärin, die die Immatrikulationswoche hasste. Ein Haufen Papierkram und jede Menge neue Studenten mit tausend Fragen und Sonderwünschen. So wie dieser Bursche hier, der nach der online Anmeldung nun seinen Nachnamen korrigiert haben wollte. Ihr war es egal, solange die Formulare vollständig ausgefüllt waren. Erneut seufzend begann sie damit, mit wütenden Tastenschlägen seine Daten in den vor ihr stehenden PC zu übertragen. Moki lehnte sich zufrieden lächelnd zurück. Endlich konnte er mit seinem bisherigen Leben abschließen. Dies war der Moment, in dem sein neues Alias offiziell geboren wurde. Moki Brüggemann war Vergangenheit. Die Zukunft gehörte Quentin Palmer.

ARIZONA, USA
(06. Januar 2059, früher Vormittag)

Quentin starrte immer noch fassungslos auf den Schemel vor seiner Tür. Sein Herz setzte kurz aus, machte dann einen Riesensatz und begann endlich wieder zu schlagen, mindestens doppelt so schnell wie zuvor. Die Person in seinem Rücken näherte sich ihm, doch er war zu gefesselt von dem Anblick vor ihm, um sich umdrehen zu können. Zögerlich bewegte Quentin sich erneut auf den Schemel zu. Und ja, er hatte richtig gesehen. Auf der Sitzfläche lagen zwei Steine. Sie waren etwas kleiner als eine Haselnuss, der eine ganz rund und mit einer samtartigen Oberfläche, der andere eher linsenförmig und ein wenig rauer.

„Moqui-Marbles", flüsterte Quentin erstickt.

„Ganz genau", sagte eine Stimme hinter ihm und Quentin fuhr zusammen. Er hatte ihre Anwesenheit bereits gespürt, wusste genau, wer sie war. Und er kannte dieses warme, beinahe rauchige Timbre. Besser als alles auf der Welt. Ein wohliger Schauer lief über Quentins Rücken und er konnte spüren, wie sich seine Nackenhaare aufstellten.

„Die Heilsteine der Paxij", sagte die Stimme jetzt und Quentin wusste, was als Nächstes kommen würde. Leise sprach er die Worte mit, die er als Kind so oft vor sich hingesagt hatte: „Der Legende nach haben die Ahnen der Indianer am Abend mit ihnen gespielt, bevor sie am Morgen die Rückreise in den Himmel antreten mussten. Sie ließen die Steine zurück, um ihren Verwandten damit zu zeigen, dass es ihnen gut geht."

Quentin drehte sich langsam um und tatsächlich, da stand sie. Wie er selbst war auch sie erwachsen geworden, die vergangenen Jahrzehnte waren nicht spurlos an ihr vorübergegangen. Ihr langes, ehemals hellblondes Haar war inzwischen fast weiß. Dennoch hatte sie immer noch etwas Jugendliches, beinahe Wildes an sich. Da war immer noch der gleiche verschmitzte Blick, mit dem sie ihn aus ihren leuchtend grünen Augen anstrahlte. Quentin konnte sogar den goldenen Punkt in ihrer linken Iris erkennen. Ein paar Lachfalten säumten ihre Augen, ansonsten war ihre Haut immer noch glatt und von unzähligen Sommersprossen übersät. Sie war schöner als je zuvor, wie eine Blume, die zur vollen Pracht erblüht war.

„Ada", hauchte er ergriffen und sie nickte.

„Hallo Moki." Beim Klang dieses Namens aus ihrem Mund schienen tausend Ameisen in seinem Bauch zu erwachen und begannen, wild durcheinander zu krabbeln.

„Es ist so schön, dich wiederzusehen." Ada kam auf ihn zu und streckte ihre rechte Hand nach vorne. Mit ihren Fingerspitzen berührte sie vorsichtig die kaum noch sichtbare Narbe auf seiner Stirn und strich sanft darüber. Ein weiterer Schauer erfasste Moki, breitete sich aus vom Kopf bis in seine Zehenspitzen. Dann flog Ada ihm unvermittelt um den Hals, stürmisch wie eh und je. Sein Herz drohte zu zerspringen, als er sie nach so langer Zeit endlich wieder in die Arme schließen konnte. Ada schmiegte sich an ihn und er spürte ihre warme Haut und ihren schlanken, geschmeidigen Körper durch seine Kleidung hindurch. Tief vergrub er sein Gesicht in ihrem hellen Haar und sog den zarten Duft in seine Lungen. Vor seinem inneren Auge tauchte eine gelbe Narzissenwiese im Frühling auf. Moki wurde ganz schwindelig vor Glück.

Als sie sich schließlich widerstrebend voneinander lösten, musste Moki sich erstmal auf den Schemel setzen, um seine weichen Knie zu entlasten. Er nahm die Moqui-Marbles in seine Hand und ließ sie dort kreisen.

„Hast du deine auch noch?", fragte Ada ihn lächelnd. Moki zuckte beschämt mit den Schultern. Wie ein Adler hatte er als Kind über diese Steine gewacht, doch irgendwann waren sie ihm nicht mehr wichtig gewesen und er konnte sich nicht daran erinnern, was schlussendlich mit ihnen passiert war.

„Macht nichts", schmunzelte Ada leichthin. „Jetzt haben wir uns beide ja wieder." Moki nickte nur stumm. Sein Puls raste vor Freude. Und er hatte tausend Fragen.

„Wie geht es dir?", war die erste und wichtigste.

„Es ist viel passiert. Aber ich fühle mich wunderbar, vor allem jetzt", erwiderte Ada. Mokis Herz schlug noch schneller als zuvor und er hatte Angst, dass Ada es hören konnte.

„Bist du verheiratet? Hast du eine feste Beziehung?" Diese drängenden Fragen traute Moki sich nicht zu stellen.

„Wie hast du mich gefunden?", wollte er stattdessen wissen.

„Ich hatte dich nie verloren, Moki. Ich wusste immer, wo du warst. Aber ich konnte keinen Kontakt zu dir aufnehmen. Wie gerne hätte ich dich getroffen, mit dir gemeinsam Zeit verbracht, vielleicht sogar die Welt verändert. Aber es war mir nicht möglich, dich zu erreichen. Ich musste warten, bis du bereit bist. Und jetzt bin ich da", gab sie ihm geheimnisvoll zu verstehen.

Moki war dennoch verwirrt. „Ich dachte immer, ich heiße Quentin. Und ich wäre in New York aufgewachsen. An dich hatte ich überhaupt keine Erinnerungen. Aber in letzter Zeit träume ich immer wieder von grünen Wäldern, wunderschöner Natur und einer herrlichen Berglandschaft. Manchmal auch von einer unendlich weiten Grassteppe, in der ich meinen Blick endlos schweifen lassen kann, bis zum Horizont."

„Du heißt ja eigentlich auch Quentin", schmunzelte Ada. „Den Namen Moki hast du dir als Kleinkind selbst gegeben, weil du Quentin weder aussprechen noch leiden konntest. Du hast nie darauf gehört, wenn dich jemand so gerufen hat. Und dein Nachname ist Brüggemann-Palmer, ein Doppelname deiner Eltern. Dein Vater hieß Georg Brüggemann und deine Mutter Soyala Palmer. Sie kam ursprünglich aus den USA und hatte Paxij-Wurzeln."

Urplötzlich stürzte auf Moki eine Folge von Szenen mit seiner Mutter ein. Wie Mom ihn im Winter auf dem Sofa in den Arm nahm und sie vor dem Kaminfeuer miteinander kuschelten, ihren leckeren Kakao schlürfend. Wie sie ihm das

Fährtenlesen im Wald beibrachte und die wichtigsten Regeln, um das Wild nicht zu stören. Wie er sie voller Wut anschrie, nachdem Ada verschwunden war. Wie sie später als ein abgemagertes Häufchen Elend auf ihrem Krankenbett lag, der Kopf ganz kahl, die Haut dünn wie Pergament, und ihn trotz aller Schmerzen tapfer anlächelte. Moki musste schlucken, er spürte einen Kloß in seinem Hals. Und auch andere Erinnerungen waren plötzlich wieder da. Er musste an Kaya denken, seine verstorbene große Schwester, die er nie kennengelernt hatte und mit der er früher so häufig Zwiesprache gehalten hatte. Wie hatte er all dies nur vergessen können? Moki schossen die Tränen in die Augen.

Ada streichelte zart über seinen Arm. „Die Landschaftsbilder, die du im Traum siehst, sind deine Erinnerungen an die Ferien mit deinen Großeltern in Kalifornien und an unsere Kindheit in der Eifel", erklärte sie ihm sanft. „Dort sind wir zusammen aufgewachsen."

Die Rückblende kam jetzt mit einem Schlag und Moki schnappte nach Luft. Er sah sich und Ada zusammen auf der Trauerweide, bei der Pirsch durch den Wald, auf ihrem gemeinsamen Floß und bei der Beobachtung von „Weißes Licht an seiner Schulter", dem majestätischen Rothirsch. Und er sah sich in wildem Galopp durch die kalifornische Prärie reiten, auf dem Rücken von Honovi, seiner tapferen Stute. Grandpa und Grandma an seiner Seite. Moki konnte die Tränen nicht mehr zurückhalten.

„Wie habe ich all das nur vergessen können?", stellte er die Frage nun laut. Dabei schluchzte er kurz auf, vollkommen überwältigt von den Bildern, die auf einmal so präsent waren.

„Dafür hat Thiara gesorgt." Adas Stimme wurde ernst. „Sie muss im Laufe der Zeit gemerkt haben, dass du dich unbewusst gegen ihre Manipulationen gewehrt hast und deine Kindheitserinnerungen immer wieder Zweifel in dir ausgelöst haben, ob dein heutiges Leben das Richtige ist. Also hat sie dir neue Erinnerungen eingepflanzt an eine Kindheit in New York, die es nicht gab, mit Eltern, Freunden und Verwandten, die nie existiert haben, und einer Schullaufbahn, die so nicht stattgefunden hat. Auf diese Weise hattest du keine innerlichen Konflikte mehr auszutragen und Thiara konnte dich besser beeinflussen. Sie hat sogar ein Wort dafür: HUMANETIK. Das ist laut ihrer Definition analog zur Kybernetik die ‚*Wissenschaft der Steuerung und Regelung von humanen Organismen unter Eingriff in deren Körperfunktionen zwecks Lenkung ihrer Gedanken-, Gefühls- und Erlebenswelt*'", rezitierte Ada mit tonloser Stimme.

Moki war speiübel vor Entsetzen. Den Begriff der Humanetik hatte er nie zuvor gehört, auch diesen musste Thiara vor ihm geheim gehalten haben. Trotzdem fragte er sich, wie es möglich gewesen war, ihm eine vollkommen falsche Biografie vorzugaukeln? Plötzlich fiel ihm die geheimnisvolle Frau ein, von der er immer wieder geträumt hatte in den letzten Jahren.

„Ich habe dich in meinen Träumen gesehen", flüsterte er unter Tränen. „Aber ich konnte dein Gesicht nicht erkennen und wusste nicht, dass du es warst. Immer wieder habe ich versucht, dir in die Augen zu schauen. Doch es ist mir nie gelungen. Dann bin ich jedes Mal erwacht mit dem Gefühl, dass ich deinen Namen erinnern muss und dass du mir dann etwas sehr Wichtiges mitteilen würdest."

Ada nickte lächelnd. „Ja, deine eigenen Erinnerungen waren trotz aller Eingriffe von Thiara sehr stark. Deshalb musste sie bei dir auch ein hohes Maß an Suggestion ausüben, um dich in Schach zu halten. Ich könnte mir vorstellen, dass du das sogar in irgendeiner Form bemerkt hast, ohne es wirklich zu verstehen. Viele ehemalige Thiara-Träger, die schweren Manipulationen ausgesetzt waren, berichten von einer großen körperlichen und geistigen Erschöpfung, die sie sich nicht erklären konnten. Denn ihre durch Thiara ausgewerteten Gesundheitsparameter waren stets unauffällig. Vermutlich kostet es viel Energie, sich gegen ihre Eingriffe zu wehren – selbst, wenn dies unbewusst geschieht."

Moki riss überrascht die Augen auf. Plötzlich erinnerte er sich an die ungewöhnlichen Schlafattacken, die ihn in den vergangenen Monaten immer wieder übermannt hatten, als er noch das Implantat trug. Er schüttelte entsetzt den Kopf. „Und warum bin ich in den letzten Wochen nicht von selbst aus diesen Trugbildern aufgewacht, nachdem Thiara meinem Körper entrissen wurde?"

„Piko-Bots", antwortete Ada nüchtern. „Auch ohne das Hauptimplantat können sie noch in körpereigene Prozesse eingreifen und beispielsweise das Gedächtnis beeinflussen. Allerdings nicht mehr so intensiv wie zuvor, daher hast du auch implizit gewusst, wie du in der Wüste überleben kannst. Normalerweise wird man Piko-Bots nicht mehr los, selbst ohne Thiara. Aber die Paxij haben mittels ihrer Heilkunst und Zeremonien eine Möglichkeit entwickelt, sie auszuleiten, so auch bei dir. Die letzten Bots hast du bei der Berglöwen-Beschwörung verloren, als du den Geistwesen begegnet bist. Danach warst du so weit, deine wirklichen Erinnerungen wieder zulassen zu können. Und deshalb habe ich mich dir heute erst gezeigt."

„Und die Moqui-Marbles waren der Test", schmunzelte Moki.

Ada nickte bestätigend und zwinkerte ihm zu. „Bestanden! Jetzt ruh dich aber erst einmal aus. Der Prozess des Aufwachens kostet viel Energie und es kann sehr anstrengend sein, wenn die Erinnerungen wiederkehren."

Moki spürte bei Adas Worten tatsächlich, dass er kaum noch Kraft hatte, sich auf dem Hocker zu halten. Sie half ihm beim Aufstehen und begleitete ihn in die Hütte, wo er sich voller Erleichterung auf dem Deckenlager niederließ.

„Schlaf ein wenig", sagte sie zärtlich und strich ihm leicht über die Stirn. Ein Kribbeln breitete sich von dort aus und nahm Besitz von allen Zellen seines Körpers.

„Heute Nachmittag gehen wir gemeinsam zu Weißes Licht".

„Weißes Licht?" Moki schreckte irritiert auf.

„Nicht der Hirsch", schmunzelte Ada. „Der ist längst im Reich der Ahnengeister und führt dort ein großes Rudel an, denke ich. Nein, ich meine den Häuptling dieses Paxij-Stammes. Er hat sich mit den Ältesten beraten und wird dir sagen,

was du tun kannst, um den Tod der Klapperschlange auszu-
gleichen."

Moki wurde erneut ganz mulmig bei der Vorstellung, den
Paxij-Anführer zu treffen. Gleichzeitig war er unendlich froh,
dass Ada ihn begleiten würde.

„Schlaf jetzt ein bisschen." Mit diesen Worten beugte sie sich
über ihn und hauchte ihm einen Kuss auf die Wange. Moki sah
sich schlagartig mit ihr am Perlenbach stehen. Sein Herz pochte
mindestens so schnell wie damals, und er berührte erneut vorsichtig die Stelle, an der ihre Lippen noch auf seiner Haut
brannten.

„Ich sehe was, was du nicht siehst, und das ist ein Elefant",
sagte er zögerlich zu Ada. Seine Freundin lächelte vielsagend,
dann verließ sie leise den Raum.

Moki schloss die Augen und genoss die angenehme Wärme,
die in seinen ganzen Körper ausstrahlte. Sofort glitt er hinüber
in die Welt der Träume, in der ihn eine wunderschöne Mittel-
gebirgslandschaft empfing, überspannt von einem azurblauen
Himmel mit faszinierenden Wolkenformationen. Er lächelte im
Schlaf, als er dort oben neben vielen Tieren ein herzförmiges
Gebilde entdeckte.

ARIZONA, USA (15. Januar 2059)

Die vergangenen Tage waren beinahe so anstrengend gewesen wie sein Überlebenskampf in der Wüste nach dem Drohnenabsturz. Moki wurde überwältigt von einer Flut aus Erinnerungen und versuchte, diese Eindrücke zu verstehen und zu sortieren. Das kostete mehr Kraft, als er erwartet hatte. Hinzu kam sein großes Entsetzen. Er konnte immer noch nicht fassen, dass es möglich gewesen war, seine gesamte Vergangenheit umzuschreiben und ihm eine andere Biografie vorzutäuschen. Gleichzeitig musste er beruhigt feststellen, dass sein Gedächtnis zwar manipuliert worden war, aber keineswegs gelöscht. Ohne Thiara, ohne die Piko-Bots und mithilfe von Ada kamen alle Erinnerungen nach und nach zurück.

Ältere Schwester sorgte nach wie vor rührend für ihn und betrat nun die Hütte mit einem Korb voller Gemüse, das sie für das Abendessen zubereiten wollte.

„Hallo Kaya", begrüßte Moki die Indianerin und verbeugte sich respektvoll vor ihr. Die alte Frau nickte lächelnd zurück.

Inzwischen wusste Moki, was ihr Name in den vergangenen Wochen in ihm zum Klingen gebracht hatte. Das Paxij-Wort für „Ältere Schwester" war Kaya, wie der Name seiner großen Schwester. Moki konnte sich inzwischen wieder gut an seine stillen Gespräche mit ihr am Elfenbaum erinnern. Verlegen wischte er sich eine Träne aus dem Augenwinkel, als er nun daran dachte. Die Emotionen überwältigten ihn immer noch bei diesen Erinnerungen.

Moki hatte darüber hinaus erfahren, dass sein eigener Name in der Sprache der Paxij „Hirsch" bedeutete und dass das Volk der Paxij früher von den spanischen Siedlern auch als „Moki" oder „Moqui" bezeichnet wurde. Er hatte sich folglich als Kind selbst Hirsch getauft, ohne die Bedeutung dieses Wortes zu kennen. Und ohne zu wissen, dass dieser Name auf seine indigene Herkunft hindeutete. Moki konnte heute noch das starke Band fühlen, dass er damals zwischen sich und „Weißes Licht an seiner Schulter", dem kapitalen Rothirsch, gespürt hatte. Woran er sich jedoch nach wie vor noch gewöhnen musste, war die Tatsache, dass er selbst indianische Wurzeln hatte. Seine Grandma war halbe Paxij gewesen, hatte daraus aber nicht viel Aufhebens gemacht. Und auch Mom hatte es nie erwähnt. Moki vermutete, dass die beiden vielen Vorurteilen, vielleicht sogar Anfeindungen aufgrund ihrer Herkunft ausgesetzt waren. Aber danach konnte er sie nicht mehr fragen.

„Aus diesem Grund konnte Grandma auch immer solche wunderschönen und lehrreichen Geschichten am Lagerfeuer erzählen", dachte Moki schmunzelnd, als er sich wieder einmal an seine Zeit in Kalifornien zurückerinnerte.

Und es erklärte, weshalb seine Mutter so viel Wert auf ein Leben im Einklang mit der Natur gelegt hatte. Wie gerne dachte er an die unzähligen Momente, in denen sie ihm und Ada die Tier- und Pflanzenwelt der Eifel nahegebracht und ihr tiefes Wissen über die Natur mit ihnen geteilt hatte. Moki hatte erfahren, dass ihr Name „Soyala" Wintersonnenwende bedeutete. Er freute sich darüber, da mit diesem Datum die Tage wieder länger wurden und es der Wendepunkt in Richtung Frühling war, den Mom so geliebt hatte. Kaya hatte ihm erklärt, dass Menschen mit dem Namen Soyala starke und kreative Persönlichkeiten waren, die neue Ideen tatkräftig umsetzten und dabei sehr mutig und entschlossen waren. Sie neigten außerdem dazu, Autorität abzulehnen, und waren manchmal stur, stolz und ungeduldig. Moki lächelte bei dieser Beschreibung, denn sie passte hervorragend auf Mom. Er hatte immer ihre Zielstrebigkeit und Unabhängigkeit bewundert, mit der sie ihm und seinen Geschwistern viele Freiheiten ermöglicht hatte. Im Grundschulalter unter der Woche im Wald zu übernachten oder allein nach Kalifornien zu fliegen, war tatsächlich etwas Besonderes. Und es wurde von anderen Erwachsenen häufig nicht gerne gesehen. Moki erinnerte sich, dass Mom immer wieder von Lehrern oder Nachbarn auf ihren freien

Erziehungsstil angesprochen wurde. Doch sie hatte stets abgewunken und darauf verwiesen, dass sie ihren Kindern vertraute und dass diese alles schaffen konnten, was sie sich selbst zutrauten. Eine weitere Träne lief über Mokis Wange, als er Mom vor sich sah, mit ihren dunklen Augen und dem langen, schwarzen Haar, wie sie ihn dazu ermutigte, auf den höchsten Baum der Umgebung zu klettern und nach ein paar ausgerissenen Schafen Ausschau zu halten. Moki schluckte hart.

„Danke, Mom", lächelte er unter Tränen.

Dann wurde er schlagartig aus seinen Tagträumen gerissen, denn mit einem Schwung öffnete sich die Holztür und Ada betrat strahlend den Raum. Sie begrüßte Kaya respektvoll und wandte sich dann lächelnd an Moki. Sein Herz schlug höher. Gleichzeitig begann es, in seinen Eingeweiden zu grummeln, denn er musste Ada eine wichtige Frage stellen. Seit Tagen quälte sie ihn bereits, doch er hatte sich noch nicht getraut. Moki hatte Angst vor der Antwort.

„Was ist los? Geht es dir nicht gut?" Ada blickte ihn mit gerunzelter Stirn an. Sie kannte ihn einfach immer noch zu gut.

Kaya hatte auf leisen Sohlen die Hütte verlassen. Auch sie schien die Anspannung zu spüren, die in der Luft lag.

„Setz dich doch, bitte." Moki klopfte auf den Schemel neben sich und Ada nahm Platz. Erwartungsvoll blickte sie ihn an. Moki nahm all seinen Mut zusammen.

„Ada, warum hast du dich nie gemeldet? Ich habe so lange nach dir gesucht, aber niemand wusste, wo du bist. Und ich habe immer gehofft, dass du mich besuchst oder wenigstens anrufst. Oder schreibst." Mokis Stimme brach ab. Er wurde überwältigt von der Verzweiflung und Hilflosigkeit, die er damals als vierzehnjähriger Junge gespürt hatte.

Ada griff nach seiner Hand, die sofort begann, wohlig zu kribbeln. Doch er entzog sich ihr, denn er musste wissen, weshalb seine Freundin nie den Kontakt zu ihm gesucht hatte.

„Moki, bitte sieh mich an." Moki blickte auf und spürte, wie sich eine große Schar Schmetterlinge in seinem Magen erhob, als er in Adas grüne Augen schaute.

„Ich habe damals wirklich alles versucht, das musst du mir glauben. Es waren Sommerferien, und du warst nicht da. Meine Eltern haben bis zum letzten Moment vor mir geheim gehalten, dass wir wegziehen und dass ich in ein Internat komme. Und ich habe nichts gemerkt, weil ich ohnehin kaum zu Hause war. Als sie es mir eröffnet haben, habe ich alle Hebel in Bewegung gesetzt, um sie davon abzubringen. Doch es war nicht möglich. Ich bin sogar ausgerissen, aber sie haben mich gefunden. Deine Mutter konnte mir auch nicht helfen, obwohl sie mehrfach mit meinen Eltern gesprochen hat. Und dich in den Ferien anrufen wollte ich nicht, denn du hättest ja auch nichts ändern können. Ich hätte es außerdem nicht geschafft, dir das am Telefon zu erzählen. Ich habe so viel geweint damals." Auch jetzt schimmerten Tränen in Adas Augen und Moki musste schlucken.

„Also habe ich dir den Brief geschrieben und in unser Tagebuch gelegt. Und ich hatte mir fest vorgenommen, dir sofort Bescheid zu sagen, wo ich bin. Und dich zu besuchen, wann immer ich kann. Aber du kannst dir nicht vorstellen, wo ich gelandet bin. Es war mehr eine geschlossene Erziehungsanstalt als ein Internat. Meine Eltern haben damals wirklich gedacht, ich wäre auf Abwegen. Also haben sie mich in eine streng bewachte Einrichtung gebracht, die von Nonnen geführt wurde. Es gab keine Möglichkeit, zu telefonieren. Niemand hatte allein Ausgang. Nach einigen Monaten habe ich es einmal geschafft, abzuhauen. Ich bin sogar bis zum nächsten Dorf gekommen, obwohl das weit weg war. Doch es gab dort nicht einmal einen Münzfernsprecher. Und als ich in dem einzigen Gasthof darum gebeten habe, zu telefonieren, haben sie gesagt, dass die Leitung gerade tot sei und dass ich kurz warten soll. In der Zeit haben sie im Internat angerufen und die haben mich dann wieder abgeholt. Es war so schrecklich. Ich habe dir auch immer wieder geschrieben, unzählige Briefe geschickt. Doch ich erhielt nie eine Antwort. Viel später habe ich erfahren, dass meine

Eltern die Nonnen angewiesen hatten, alle Briefe an dich abzufangen. Sie sind niemals bei dir angekommen. Und in den Ferien haben meine Eltern mich entweder im Internat gelassen oder von dort abgeholt und sind mit mir und meinen Geschwistern verreist. Auf diesen Reisen haben sie mich bewacht wie eine Schwerverbrecherin. Moki, ich habe alles versucht, aber ich hatte keine Chance." Bei diesen Worten brach Ada in Tränen aus. Moki nahm seine Freundin in den Arm und sie schmiegte sich an ihn. Er spürte, wie ihre Tränen an seinem Hals herabliefen. Immer wieder streichelte er Ada sanft über den Rücken, bis sie sich beruhigt hatte.

„Irgendwann habe ich einfach aufgegeben", flüsterte Ada leise, nachdem sie sich wieder von ihm gelöst hatte.

„Und wieso hast du dich später nicht gemeldet, nachdem du die Schule beendet hattest?"

„Moki, ich dachte, ich bin dir egal. Ich hatte jahrelang nichts von dir gehört. Und ich wusste doch nicht, dass du meine Briefe nicht bekommen hast. Ich habe mich einfach gewundert, wieso du nie zurückschreibst. Erst war ich unendlich traurig. Dann wütend. Und schließlich hatte ich resigniert. Ich habe geglaubt, du führst jetzt ein anderes Leben und denkst nicht mehr an mich."

Moki wurde rot. Er musste zugeben, dass er irgendwann die Hoffnung auf ein Wiedersehen mit Ada aufgegeben hatte. Und dass er mehr mit dem LEBENSSPIEL und anderen Dingen beschäftigt gewesen war, statt an seine Freundin zu denken. Aber eine letzte Frage hatte er noch an Ada.

„Sag mal, stimmt es eigentlich, dass du dich damals heimlich mit Pascal getroffen hast?"

Moki bereute seine Frage sofort, als er Adas Gesichtsausdruck sah. Dieser wechselte blitzschnell von purer Verständnislosigkeit über blankes Entsetzen hin zu hellem Zorn.

„Ist das dein Ernst?", fragte sie ihn prompt mit mühsam unterdrückter Wut in der Stimme. „Das hat er behauptet? Und du hast ihm geglaubt? Ich kann es nicht fassen."

Hastig sprang Ada auf. Moki packte sie am Handgelenk.

„Ada, bitte warte. Es tut mir leid. Bitte setz dich wieder."

Zögerlich nahm Ada erneut Platz, in ihrer Mimik lag immer noch die Entrüstung.

„Ich war so schrecklich allein damals. Alle hatten mich verlassen: meine Großeltern, Du, und auch meine Mom. Ich wusste nicht mehr, wem ich glauben soll, wem ich vertrauen kann. Pascal hat mich total eingewickelt und ich habe mich darauf eingelassen. Das war falsch und ich habe immer gespürt, dass er nicht ehrlich ist. Aber ich wollte daran glauben, dass ich wenigstens einen Freund habe. Bitte verzeih mir, Ada."

Ada atmete ein paarmal tief durch. Erleichtert stellte Moki fest, wie der Zorn aus ihren Augen verschwand und einem sanften Leuchten wich.

„Ist schon gut, Moki. Ich verstehe dich. Das erklärt auch, weshalb du dich mit Pascal anfreunden konntest. Und die Verlassenheit, die du durchlitten hast, kenne ich sehr gut. Nie habe ich mich so allein gefühlt wie damals in den ersten Jahren, nachdem wir voneinander getrennt wurden. Es war die traurigste Zeit meines Lebens und die Einsamkeit hat mir fast das Herz gebrochen. Erst hier bei den Paxij habe ich verstanden, dass niemand wirklich allein ist. Dass wir alle miteinander verbunden sind in dem wahren Sein, aus dem wir entstammen. Dass wir nicht allein, sondern ,all-eins' sind, wenn du so willst." Diese Worte und die darin liegende Weisheit berührten Moki tief. Verlegen blickte er hoch und stellte aufatmend fest, dass Ada ihn wieder anstrahlte. Moki war unendlich glücklich. Nie wieder würde er zulassen, dass jemand sich zwischen ihn und Ada stellte. Er würde ab jetzt immer an ihrer Seite sein, sie beschützen und verteidigen. Notfalls sogar mit seinem Leben.

ARIZONA, USA (21. Januar 2059)

„Du bist es. Du bist der verlorene Bruder der Paxij. Deine Aufgabe ist es, das Böse zu vernichten, die Vierte Welt zu beenden und uns in ein neues Zeitalter des Friedens zu führen, in die Fünfte Welt."

Diese Worte des Häuptlings Weißes Licht dröhnten wieder und wieder in Mokis Ohren. Jede Nacht träumte er von dem Zusammentreffen mit dem Priester. Ada hatte ihn einige Tage nach ihrem Wiedersehen dorthin begleitet, gemeinsam mit Weißer Hirsch. Moki war nach der unerwarteten Begegnung mit Ada zunächst zu schwach gewesen, um dem Häuptling entgegenzutreten. Doch nachdem er sich davon und von der Rückkehr seiner Erinnerungen erholt hatte, suchten sie zu dritt seine Hütte auf.

Weißes Licht hatte sie bereits erwartet. Er gebot ihnen mit ruhiger Geste Platz zu nehmen. Dann schaute er Moki direkt in die Augen. Moki war überwältigt von der Weisheit, die er in dem Blick des Indianers erkannte. Er hatte bereits früher einmal in solche Augen geschaut und sah für einen kurzen Moment den majestätischen Hirsch seiner Kindheit vor sich stehen, der mit erhobenem Haupt vom anderen Ende der Waldlichtung zu ihm herüberschaute.

„Weißes Licht an seiner Schulter", dachte Moki und erschauerte. Er war wieder der siebenjährige Junge und fühlte sich gerade erneut, als ob er in die Tiefe des Universums sah und dort alle Überlieferungen der Schöpfung versammelt fand. Moki wusste jetzt mit Gewissheit, dass dieser Dorfälteste auch hinter der Maske des Berglöwen-Geistes verborgen gewesen war. Die allwissenden Augen waren dieselben, die ihn bereits bei der heiligen Zeremonie in ihren Bann gezogen hatten. Dann erhob Weißes Licht seine Stimme, und Moki erzitterte.

„Willkommen, mein Freund."

Moki wurde beim Klang dieser Worte von einer weiteren Erinnerung überwältigt, die er bis jetzt vergessen hatte. Diese Stimme kannte er.

„Istaqa!", ertönte es in seinem Inneren und Moki hatte sofort das Bild des Indianers vor sich, der als Cowboy auf der Ranch seiner Großeltern gearbeitet hatte. Ihm traten die Tränen in die Augen, doch Weißes Licht schüttelte verhalten den Kopf.

„Ich bin nicht der, für den du mich hältst. Aber der Kojoten-Mann, den du kennst, war mein Bruder. Er ist in dieses Dorf zurückgekehrt, als er die Ranch deiner Großeltern verlassen musste. Und er ist zu einem der wichtigsten Dorfältesten geworden, ein sehr geschätztes Mitglied unseres Stammes. Auch für mich war er mit seinen Kenntnissen vom Leben des Weißen Mannes stets ein wertvoller Ratgeber und ist es auch heute noch, nachdem er in das Reich der Ahnen übergetreten ist. Istaqas Geist hat dir in der Wüste geholfen und dir den Weg zu den Kakteen gezeigt. Er hat dafür gesorgt, dass Weißer Hirsch dich finden konnte und dass du zu uns gekommen bist."

Moki nickte überwältigt und versuchte, den zähen Brocken aus Traurigkeit und Ergriffenheit herunterzuschlucken, der sich in seinem Hals gebildet hatte. Verstohlen blickte er zu Ada, die ihn aufmunternd anlächelte. Dann ergriff Weißes Licht wieder das Wort.

„Ich möchte nun die Prophezeiung mit dir teilen, die der große und weise Häuptling Weiße Feder vom Clan des Bären bereits vor einhundert Sommern verkündet hat. Dies waren seine Worte:

Die Vierte Welt wird bald enden, und die Fünfte Welt wird beginnen. Das wissen die Ältesten überall. Die Zeichen haben sich über viele Jahre erfüllt und nur wenige sind geblieben.

Das ist das erste Zeichen: Uns wurde berichtet vom Kommen weißhäutiger Menschen, Menschen, die das Land, was nicht ihres war, nahmen, die ihre Tiere mit Donner erschlugen.

Das ist das zweite Zeichen: Unsere Länder werden das Kommen drehender Räder, gefüllt mit Stimmen, sehen.

Das ist das dritte Zeichen: Ein starkes Vieh wie ein Büffel mit großen, langen Hörnern wird das Land in großer Zahl überrennen.

Das ist das vierte Zeichen: Das Land wird durchzogen von Schlangen aus Eisen.

Das ist das fünfte Zeichen: Das Land wird kreuz und quer durchzogen von einem gigantischen Spinnennetz.

Das ist das sechste Zeichen: Das Land wird kreuz und quer durchzogen mit Flüssen aus Stein, die Bilder in der Sonne machen.

Das ist das siebte Zeichen: Ihr werdet hören, dass die See sich schwarz färbt und viele lebende Wesen sterben deswegen.

Das ist das achte Zeichen: Ihr werdet viele Junge sehen, die ihr Haar lang tragen wie unsere Leute, die kommen und sich mit den Eingeborenen treffen, um unsere Weisheit und unsere Lebensweise zu lernen.

Und das ist das neunte und letzte Zeichen: Ihr werdet von einem Haus im Himmel hören, über der Erde, das mit einem großen Knall zur Erde fällt. Es wird als ein blauer Stern erscheinen. Sehr bald danach werden die Zeremonien unseres Volkes verschwinden. Das sind die Zeichen, dass die große Zerstörung nahe ist.

Viele meiner Leute, die die Prophezeiungen verstehen, werden gerettet. Diejenigen, die dortbleiben und leben, wo mein Volk ist, werden gerettet. Dann wird der verlorene Bruder zurückkehren, der den Beginn der Fünften Welt mit sich bringen wird."

Nachdem Weißes Licht geendet hatte, musste Moki seine Worte erst einmal auf sich wirken lassen. Ältere Schwester hatte ihm vor einiger Zeit bereits von den Fünf Welten berichtet, und er wusste, dass sie den Überlieferungen der Paxij zufolge jetzt gerade in der Vierten Welt lebten. Doch die Worte von Weißes Licht waren sehr eindringlich gewesen. Es hatte für Moki so geklungen, als stünde der Übergang in die Fünfte Welt kurz bevor. *„Dann wird der verlorene Bruder zurückkehren"*, hatte der Häuptling gesagt. Plötzlich zuckte Moki zusammen. Hatten die Dorfbewohner nicht seit der Berglöwen-Zeremonie immer wieder das Paxij-Wort für „Bruder" hinter seinem Rücken geflüstert? War dieser Begriff nicht dauernd von einer Stimme in seinem Inneren wiederholt worden? Moki schaute erneut zu Ada und Weißer Hirsch. Beide blickten ihn erwartungsvoll an. Dann erhob Weißes Licht erneut seine Stimme.

„Einst ging unser Ältester Bruder in den Osten, als wir Paxij die Vierte Welt betraten und unsere Wanderungen aufnahmen. Unsere Überlieferungen sagen, dass er wiederkommen wird, von jenseits des Wassers, als Weißer Mann, und dass bei seinem Kommen die Bösen vernichtet werden und ein neues Zeitalter des Friedens beginnt. Das ist der Übergang in die Fünfte Welt."

Moki wurde bei diesen Worten eiskalt. Er schüttelte den Kopf. Noch weigerte er sich zu akzeptieren, was er tief in seinem Inneren längst wusste. Doch Weißes Licht ließ keinen Zweifel zu.

„Du bist der verlorene Bruder. Du bist mit einem Haus im Himmel erschienen, das wie ein blauer Stern leuchtete und mit einem großen Knall zur Erde fiel. Deine Aufgabe ist es, das Böse zu vernichten, die Vierte Welt zu beenden und uns in ein neues Zeitalter des Friedens zu führen, in die Fünfte Welt."

Moki spürte, wie die Erkenntnis hinter diesen Worten ihn überwältigte.

„Nein", stammelte er immer wieder, doch Weißes Licht blickte ihn ungerührt an aus seinen allwissenden Augen.

„Auch wir, die Dorfältesten des Clan der Bisons, haben zunächst gezweifelt", fuhr er eindringlich fort. „Es gab Zeiten vor vielen hundert Sommern, da haben unsere Ahnen die Ankunft der Europäer mit der Rückkehr des weißen Bruders verwechselt. Ein großer, verhängnisvoller Irrtum, für den viele Paxij mit ihrem Leben bezahlt haben. Deshalb mussten wir diesmal ganz sichergehen. Wir haben dich lange beobachtet, seit du hier unter uns weilst. Und wir haben den Geist des Berglöwen gefragt. Seine Antwort war eindeutig, du bist der wahre Bruder."

Moki wurde schwindelig. Er schüttelte abermals den Kopf und versuchte, dem Häuptling, Ada und Weißer Hirsch klarzumachen, dass sie sich irrten. Doch seine Stimme versagte. Die Last dieser Verantwortung konnte er nicht tragen. Aber er wollte seine Freundin und die Paxij nicht enttäuschen. Was sollte er bloß tun? Moki schlug verzweifelt die Hände vor sein Gesicht. Er brauchte dringend Ruhe, um zu verstehen, was ihm gerade mitgeteilt worden war. Wortlos stand er auf, verbeugte sich achtungsvoll vor weißes Licht und taumelte dann ins Freie.

ARIZONA, USA (22. Januar 2059)

„Bist du bescheuert? Du kannst doch jetzt nicht aufgeben!", schnauzte Ada ihn am nächsten Tag an, als Moki sich von der Begegnung mit Weißes Licht ein wenig erholt hatte. Diese deftige Wortwahl kam ihm sehr bekannt vor. Er hatte kurz das Bild von Pascal Aubert vor Augen, der ihn ermutigte, nicht zu resignieren, sondern sich nochmals in die Tiefen von DARK CITY hinabzubegeben und zu prüfen, ob seine Situation dort wirklich so aussichtslos war, wie er vermutete. Doch er hatte jetzt keine Zeit, darüber zu sinnieren. Wütend funkelte Ada ihn an.

„Ich bin nicht der verlorene Bruder, das muss eine Verwechslung sein", versuchte Moki ihr erneut zu erklären.

„Wie soll denn jemand wie ich die Vierte Welt beenden und die Menschen in ein neues Zeitalter des Friedens führen, in die Fünfte Welt?"

Ada schnaubte nur verächtlich und rollte mit den Augen. Sie diskutierten bereits seit vielen Stunden und Moki fand selbst, dass sein Tonfall jämmerlich klang. Trotzdem versuchte er es erneut.

„Ada, ich war lange Jahre der größte Verfechter der Technologie, die so viel Leid verursacht. Ich habe maßgeblich dazu beigetragen, dass Menschen in diesem Ausmaß kontrolliert und manipuliert werden. Und ich habe bis vor Kurzem fest daran geglaubt, dass dies alles nur zu ihrem Besten dient – dass damit Krankheiten, Gewalt und Tod verhindert werden können. Dass sogar der gesamte Planet auf diese Weise zu einem besseren Ort gemacht werden kann. Wie soll ausgerechnet ich dem Ganzen Einhalt gebieten und die Welt retten? Das ist doch absurd!"

„Du sollst die Welt nicht retten, sondern sie zerstören", gab Ada eindringlich zurück. „Und warum du der Auserwählte bist, das können dir weder Weißes Licht und die Dorfältesten noch ich sagen. Es ist eine sehr alte Prophezeiung, die sich gerade erfüllt. Vielleicht ist der Grund, gerade weil du dich mit der Technologie so gut auskennst. Oder weil dein Herz immer noch groß und weit ist, selbst nach jahrelanger Manipulation durch Thiara."

Moki schüttelte den Kopf. „Ada, ich kann das einfach nicht. Ich bin dem nicht gewachsen, glaub mir."

„Du bist viel stärker, als du denkst, Moki. Und du darfst nicht so streng mit dir sein. Als damals erst deine Großeltern gestorben sind und ein paar Jahre später auch deine Mom, da ist für dich die Welt zusammengebrochen. Und in der Konsequenz daraus hast du versucht, aus diesen schrecklichen Erlebnissen etwas Gutes zu machen. Du wolltest der Menschheit helfen, dabei bist du leider auf Abwege geraten. Du hast so gute Erfahrungen mit der Technologie gemacht – zumindest hast du das geglaubt –, dass es wie eine Art positives Trauma auf dich und auf viele andere gewirkt hat. Ihr wart alle wie gefangen von der Überzeugung, damit Gutes zu bewirken. Und irgendwann hat sich das Ganze verselbstständigt und Thiara hat diese Haltung in den Menschen immer weiter zementiert. Doch niemand kennt sie so gut wie du. Du hast jetzt also die Chance, das alles wieder zu korrigieren."

Moki rieb sich die schmerzenden Schläfen. Sein Kopf dröhnte. Seit der Begegnung mit Weißes Licht am Vortag hatte er nicht geschlafen. Ihm war schwindelig und seine Gedanken rasten. Wie sollte er nur jemals in der Lage sein, die Prophezeiung der Paxij zu erfüllen?

Ada blickte ihm lange in die Augen und Moki spürte, wie die Schmetterlinge in seinem Bauch sich abermals zu einem wilden Tanz erhoben. Dann begann sie zu erzählen.

„Als ich die Schule beendet hatte und endlich aus dem Internat entlassen wurde, war ich ein anderer Mensch. Du hättest mich nicht wiedererkannt damals. Sie hatten meinen Willen gebrochen, von der einst so kämpferischen Ada war nichts mehr übrig. Ich hatte vollkommen resigniert. Eine Zeit lang wusste ich nicht, was ich machen soll, doch meine Eltern drängten selbstverständlich auf ein Studium. Das einzige Fach, das mich interessierte, war Psychologie. Also bin ich in die Niederlande gegangen, um dort zu studieren. Für eine deutsche Uni hätte mein Abischnitt nicht gereicht. So viel Rebellion steckte dann doch noch in mir, dass ich meinen Eltern wenigstens ihren Traum von guten Noten auf dem Internat zerstört habe." Ada musste schmunzeln bei dieser Erinnerung.

„In Holland war ich zunächst fasziniert davon, wie selbstverständlich die neueste Technologie an Schulen und Universitäten eingesetzt wurde. Es fühlte sich an wie ein Quantensprung im Vergleich zu Deutschland. Und es machte alles so viel einfacher – wenn man zum Beispiel die Inhalte für sein Referat ganz offiziell mit Hilfe eines im Internet verfügbaren KI-basierten Sprachmodells zusammenstellen konnte. Ich war lange hellauf begeistert von den Möglichkeiten, die sich damit eröffneten. Doch dann hat sich eine innere Stimme zu Wort gemeldet und immer mehr Fragen aufgeworfen. Nach und nach habe ich bemerkt, dass nicht alles so positiv war, wie es schien. Zunächst war es mehr eine Intuition als eine greifbare Tatsache. Irgendetwas störte mich an dem Weg, den die Menschheit begonnen hatte einzuschlagen. Aber ich konnte zu Beginn nicht genau sagen, was es war. Vielleicht die Vehemenz, mit der der technische Fortschritt vorangetrieben und propagiert wurde, ohne Rücksicht auf andere Lebensentwürfe und Haltungen. Vielleicht auch die Beobachtungen, die ich im Laufe der Zeit machte. Oder eine Mischung aus beidem. Viele meiner Kommilitonen waren fast ausschließlich mit ihrem Smartphone beschäftigt und zu keinem zusammenhängenden Gespräch mehr fähig. Ich habe erlebt, wie eine Mitstudentin emotional komplett zusammengebrochen ist, weil ihr Mobilgerät defekt war und sie über das Wochenende keinen Ersatz bekommen konnte. Außerdem hat es mich besorgt, dass die meisten meiner Bekannten bereitwillig alle Formen von Informationen teilten in Sozialen Medien, über Messenger-Dienste und mit virtuellen Sprachassistenten. „Ich hab' doch nichts zu verbergen", war die Aussage, die ich damals am häufigsten hörte.

Gleichzeitig hatte niemand einen wirklichen Überblick, was und wie viel er von sich preisgab und welche Daten im Hintergrund ausgelesen wurden. Geschweige denn, wofür diese Informationen dann verwendet wurden. Doch außer mir schien das nur wenige zu kümmern. Was mich dann vollends erschüttert hat, war der Umgang mit denjenigen, die weitgehend auf diese Technologien verzichteten oder sie nur sehr limitiert einsetzten. Sie wurden im besten Fall als zurückgeblieben verspottet oder es wurde wiederholt versucht, sie von den Vorzügen der Technik zu überzeugen. Aber nach und nach spitzte die Situation sich immer weiter zu und es gab sogar Professoren, die keine Hausarbeiten mehr akzeptierten, die nicht mithilfe von Künstlicher Intelligenz geschrieben worden waren. Dann kamen irgendwann die RFID-Chips für die breite Masse auf und wieder waren Länder wie die Niederlande Vorreiter. Ich hatte ohne solch ein Implantat deutliche Nachteile beim Bezahlen meiner Einkäufe, beim Zugang zu öffentlichen Gebäuden oder bei der Teilnahme an Veranstaltungen. Als ich in der zweiten Hälfte der 2020er-Jahre mit meinem Studium fertig war, habe ich mich dafür entschieden, in einer Suchtklinik zu arbeiten. Zuerst behandelten wir noch viele Fälle von Smartphone- oder Internetabhängigkeit, Computerspielsucht und so weiter. Aber im Laufe der Jahre wurden die diagnostischen Kriterien immer weiter aufgeweicht, und irgendwann gab es diese Diagnosen gar nicht mehr. Es war zur Normalität geworden, seine Zeit permanent vor dem Bildschirm eines Laptops, Tablets oder Smartphones zu verbringen. Niemand fand es bedenklich, wenn Menschen ohne diese Technik nicht mehr zurechtkamen oder Entzugserscheinungen zeigten, sobald sie keinen Zugang dazu hatten. Als krankhaft wurden diejenigen angesehen, die nicht permanent damit hantierten. Ich habe zum Glück in einem vollständig analogen Retro-Café in Berlin Leute getroffen, die diese und andere Entwicklungen ähnlich kritisch sahen wie ich."

Ada hielt kurz inne und Moki musste an die Ära zurückdenken, aus der sie gerade berichtete. Er bewunderte seine

Freundin zutiefst für die Haltung, die sie eingenommen hatte. Ada war der Stimme ihres Herzens gefolgt und damit dem Pfad ihrer gemeinsamen Kindheit treu geblieben, ganz in Verbindung zur Natur und der allumfassenden Schöpfungskraft, die sie bereits damals gespürt hatten – ohne sie konkret in Worte fassen zu können. Gleichzeitig schämte Moki sich, denn er hatte zu der Zeit, aus der Ada berichtete, bereits zu den überzeugten Befürwortern des technologischen Fortschritts gehört. So wie die breite Masse. Und dieses Thema war damals nicht das einzige, bei dem es als unerwünscht galt, eine kritische Haltung zu zeigen. Im Gegensatz zu Ada hatte er jedoch den Herzensweg verlassen, seine Intuition ignoriert, und war stattdessen einer anderen Stimme gefolgt, die ihm einflüsterte, mittels neuester Technik und Forschung das Leben der Menschheit positiv beeinflussen zu können. Die möglichen Schattenseiten dieser Entwicklung konnte und wollte er nicht sehen – wie so viele Menschen zum damaligen Zeitpunkt und bis heute. Früher war dies einem geschickten Zusammenspiel von den bestimmenden Teilen der Politik, Wissenschaft und Medien geschuldet, welche sich nach und nach zu einer extremistischen Mitte formierten. Diese duldete keine Abweichung von der über allem stehenden Konsenzmeinung, welche zur einzig gültigen Wahrheit erklärt wurde. Wer es wagte, diese anzuzweifeln, wurde mindestens als dumm, ignorant oder undemokratisch bezichtigt und gesellschaftlich ausgegrenzt. Oder er wurde gar seiner Grundrechte beraubt, verlor seinen Beruf und musste sich im schlimmsten Fall mit Strafverfolgung konfrontiert sehen. Aber die meisten Menschen waren damals ebenso wie Moki der geschickten Propaganda aufgesessen und zeigten sich ohnehin konform in dem Glauben, damit das Beste für die Menschheit und den Planeten zu bewirken. Moki kam es inzwischen so vor, als sei der größte Teil der Menschheit bereits früher wie hypnotisiert gewesen. Und heute gab es Thiara, dank derer abweichende Gedanken oder Meinungen ohnehin keine Rolle mehr in der breiten Weltbevölkerung spielten. Moki schüttelte es bei der Erinnerung an diese Entwicklung, die zunächst schleichend ihren Lauf genommen hatte, um sich dann auf exponentielle Weise zu beschleunigen und verselbstständigen.

„Und als dann Technologien wie Thiara aufkamen und der Druck immer mehr erhöht wurde, dass alle Menschen weltweit ein solches Implantat tragen müssen, haben wir uns mit Gleichgesinnten aus verschiedenen Ländern zusammengeschlossen und AliA gegründet", setzte Ada nun fort, als könne sie Mokis Gedanken lesen. Sie waren trotz der langen Trennung schon nach dieser kurzen Zeit wieder über ein tiefes, nahezu telepathisches Band miteinander verwoben. Darüber wunderte Moki sich jedoch weniger als über den letzten Satz, den Ada von sich gegeben hatte.

„Du gehörst zu AliA?", fragte er entsprechend überrascht. Als Quentin hatte er diese Organisation stets verachtet und ihre Aktionen mindestens lästig empfunden, wenn nicht gar gefährlich. Die AliA-Aktivisten agierten im Untergrund, hatten sich dem technologischen Fortschritt und vor allem den Implantaten entzogen und versuchten, die Entwicklung aufzuhalten oder auch rückgängig zu machen. Jetzt konnte Moki nicht umhin, Ada für ihren Mut und ihr Engagement zu bewundern. AliA war nicht nur auf der Liste der verfassungsfeindlichen Organisationen des Weltparlaments und daher streng überwacht und kontrolliert. Ihre Mitglieder wurden darüber hinaus aus allen gesellschaftlichen Kreisen ausgeschlossen, konnten keinen Beruf mehr ausüben, bekamen keine finanzielle Unterstützung über Digitale Transferfaktoren und wurden bei dem kleinsten vermeintlichen Vergehen inhaftiert. Sie waren gezwungen, sich in den Untergrund zurückziehen, denn die Anhänger von AliA wurden gnadenlos gejagt und je nach Einstufung ihrer Gefährlichkeit für die Weltordnung sogar vernichtet. Dies alles war Moki schmerzlich bewusst. Und als Quentin hatte er es sogar ausdrücklich befürwortet, da AliA ihm als größte Gefährdung der Menschheit erschien. Moki schämte sich dafür. Doch Ada ging geflissentlich darüber hinweg, sie machte ihm keine Vorwürfe.

„Wir nennen uns auch manchmal das ‚Ameisenvolk‘“, nickte sie jetzt. „Nicht nur, weil wir im Untergrund leben und jeder Einzelne von uns bereit ist, sein Leben für die Gemeinschaft und das höhere Ziel einzusetzen, das wir verfolgen. Wir sind irgendwann durch einen glücklichen Zufall oder vielleicht aufgrund einer höheren Fügung auf die Überlieferungen und die Traditionen der Paxij gestoßen. Schnell wurde uns klar, dass ihre Weisheiten ein wichtiger Ratgeber sind im Umgang mit den aktuellen Entwicklungen. Ich habe sogar lange Zeit hier bei den Paxij gelebt und ihre Geschichte, Kultur und Prophezeiungen studiert. Über viele Jahre konnte ich mich mit ihren Traditionen und ihrer Lebensweise vertraut machen. Darin steckt so viel mehr Tiefe und Erkenntnis als in sämtlichen komplexen Schlussfolgerungen, die eine KI jemals ziehen kann. Leider findet dieses Wissen jedoch heute kaum noch Beachtung und die Menschheit verlässt sich fast ausschließlich auf Technologie, statt sich auf ihre Wurzeln zu besinnen und darauf, wie wir im Einklang mit der Natur und allen Wesen leben können. Stattdessen lassen sich die meisten lieber künstlich optimieren und in letzter Konsequenz auch manipulieren – selbst wenn letzteres den wenigsten vollumfänglich bewusst ist. Aus diesen und vielen anderen Gründen habe ich AliA mitgegründet. Heute leite ich ein Team, das ehemalige Thiara-Träger wieder an ein Leben ohne diese Technik heranführt.“

„Danke“, grinste Moki. „Dann bin ich ja bei dir in den besten Händen.“

„Ganz genau.“ Ada lächelte ebenfalls. Dann wurde sie wieder ernst.

„Ich habe dich immer beobachtet, Moki. Ein paar Jahre lang habe ich versucht, dich aus meinem Herzen zu verbannen und zu akzeptieren, dass du nicht mehr an mich denkst und ein anderes Leben führst. Doch irgendwie fühlte sich das nicht richtig an. Daher habe ich damit begonnen, im Internet nach dir zu recherchieren und wenigstens aus der Ferne dein Leben zu verfolgen. Du hast wirklich eine beeindruckende Karriere gemacht, und ich war lange sehr stolz auf dich. Dann musste ich mit Entsetzen feststellen, dass du einer der Haupttreiber hinter Thiara bist und vollkommen davon überzeugt, dass alle Menschen ein solches Implantat erhalten müssen. Ab diesem Zeitpunkt habe ich versucht, wieder Kontakt zu dir aufzunehmen. Denn ich hatte die Hoffnung, dass tief in Quentin noch der Moki von früher steckt, dem nichts wichtiger ist als die Verbundenheit zur Natur. Doch ich konnte nicht zu dir vordringen. Thiara hat jeden Kontaktversuch unterbunden."

Moki schaute Ada voller Bewunderung an.

„Wenn du nach dem Internat für eine Weile resigniert hattest, dann ist davon heute nichts mehr zu bemerken. Du hast mindestens einen so großen Kampfgeist wie früher", bemerkte er anerkennend.

Und er wusste tief in seinem Herzen, dass er sich bereits entschieden hatte. Er würde die Rolle des verlorenen Bruders annehmen und an Adas Seite für die Rettung der Menschheit einstehen. Seine Freundin strahlte ihn an. Sie wusste es ebenfalls. Und sie hatte bereits einen Plan, das erkannte Moki an ihrem verschmitzten Blick.

ARIZONA, USA (28. Januar 2059, 13:05h)

Der Plan war gut. Sehr gut sogar. Alles war bis ins kleinste Detail durchdacht. Es konnte funktionieren. Aber es war auch gefährlich. Moki wusste, dass es ihn und auch die anderen das Leben kosten konnte. Und schlimmer noch: Wenn er versagte, würde alles beim Alten bleiben und die Menschheit früher oder später komplett von der Technologie beherrscht werden. Dann würde die Vierte Welt untergehen, ohne dass die Fünfte Welt begann. Ein Schaudern ergriff Moki, wenn er daran dachte. Schnell konzentrierte er sich wieder auf die AliA-Versammlung, der er gerade beiwohnte.

Moki blickte sich in dem großen Raum um. Die meisten Gesichter hier kannte er bereits. Es waren viele Paxij darunter, denen er in den vergangenen Wochen immer wieder im Dorf begegnet war – ohne zu ahnen, dass sie AliA angehörten und im Untergrund kämpften. Auch einige der Besucher des Pueblos aus der westlichen Welt erkannte er wieder, vor denen er sich kürzlich noch versteckt hatte. Moki musste lächeln. Ein paar Frauen und Männer waren ihm neu. Wenn sie ihn anschauten, sah er eine Mischung aus Respekt und Misstrauen in ihren Blicken. Moki konnte es ihnen nicht verübeln. Schließlich war er bis vor Kurzem noch einer ihrer größten Widersacher gewesen. Der Mann, der hauptverantwortlich Thiara in die Weltbevölkerung gebracht hatte und gegen Organisationen wie AliA radikal vorgegangen war. Einige dieser Menschen hier im Raum, wenn nicht alle, hatten großes Leid durch ihn erfahren. Sie vertrauten jedoch Ada sowie den Weisheiten und Prophezeiungen der Paxij und waren bereit, ihm eine Chance zu geben. Trotzdem wusste Moki, dass er unter Beobachtung stand und sich erst beweisen musste.

„Los, wir gehen den Plan noch mal durch", sagte Ada jetzt. Alle nickten und beugten sich gespannt nach vorne.

„Der zweite Teil des Codes befindet sich vermutlich in einem Safe in Quentins, also Mokis, Privatwohnung", erklärte Ada. „Dort müssen wir Quentin, äh Moki, einschleusen, ohne dass Thiara etwas bemerkt."

Moki strengte sein Gehirn an, wühlte zum wiederholten Male verzweifelt in seinen Erinnerungen. Er spürte instinktiv, dass Ada die Wahrheit sagte und dass es einen zweiteiligen Code gab, mit dem man Thiara abschalten konnte. Aber er konnte sich nicht bewusst daran erinnern – weder an die Existenz des Codes noch an den Safe oder gar den Code selbst. Moki hatte das zunächst nicht verstanden.

„Ich dachte immer, wenn Thiara entfernt und alle Piko-Bots ausgeleitet wurden, kehrt die Erinnerung vollständig wieder zurück?", hatte er Ada gefragt.

Sie hatte daraufhin mit ernster Miene den Kopf geschüttelt.

„Nein, Moki, nicht alle Erinnerungen. Das Wissen, das von Thiara als Gefahrenstufe V kategorisiert wird – also alle Informationen, die zu ihrer Vernichtung beitragen können – hat sie mittels Tiefenmanipulation vollständig bei ihren Trägern gelöscht. Es kann nie wieder rekonstruiert werden. Das war auch bei Étienne Dumont der Fall. Sosehr er sich auch bemüht hat, er konnte den ersten Teil des Codes erst nach mehrfachen Heilungszeremonien der Paxij und einigen korrigierenden Eingriffen unsererseits wieder auffinden."

Moki wurde bei dem Gedanken an Étienne traurig. Er hatte lange eng mit dem Erfinder von Thiara zusammengearbeitet. Sie waren sogar Freunde geworden im Laufe der Zeit. Und so sehr sie beide von Beginn an davon überzeugt waren, dass Thiara einen Segen für die Menschheit darstellte – so sicher waren sie damals schon gewesen, dass sie einen Notfallplan brauchten, falls die Entwicklung außer Kontrolle geraten würde. Daran konnte Moki sich inzwischen wieder vage erinnern. Dass Étienne dann mittels eines manuellen Zufallsgenerators einen zweiteiligen Abschaltcode kreiert hatte, wusste Moki jedoch nicht mehr. Laut Ada hatten Étienne und er einen eigens dafür angefertigten Würfel mit verschiedenen Zahlen und Buchstaben verdeckt geworfen und dann jeder für sich allein die Ziffernfolge auf einem Blatt Papier notiert. Danach hatten sie den zweiteiligen Code unabhängig voneinander in das von Thiara entkoppelte Notfallprogramm eingegeben, zu dem nur sie beide Zugriff erhielten mittels eines spezifischen Markers in ihrer DNA. Damit waren Étienne und Quentin die einzigen Menschen auf der Welt, die die Künstliche Intelligenz im Ernstfall abschalten konnten. Um zu verhindern, dass Thiara diesen Code bei der Erstellung oder bei der Eingabe in das unabhängige Notfallprogramm mitverfolgte, hatten sie das eigene Implantat für eine Weile offline geschaltet. Damals war so etwas noch möglich gewesen, heute ließ sich Thiara nicht mehr von ihrem Träger ausschalten. Die insgesamt fünfzigstellige Zahlen- und Buchstabenkombination hatten sich weder Étienne noch Quentin merken können, sodass Thiara später nicht auf ihr Gedächtnis zurückgreifen konnte, um sie zu dekodieren und sich dagegen zu wappnen. Und wo Étienne und Quentin dann ihre Hälfte des Notfallcodes versteckt hatten, konnte Thiara ebenfalls nicht entschlüsseln. Étienne hatte AliA berichtet, dass sie versucht hatten, diese Information mittels Hypnose aus ihrem bewussten Gedächtnis zu verbannen, sodass auch Thiara keinen Zugriff darauf hatte. Offensichtlich mit Erfolg, denn Étienne hatte nach seiner Aufnahme bei AliA mehrere Sitzungen bei einem Hypnotherapeuten benötigt, um sein Versteck wieder erinnern zu können. Auch Moki hatte diese Therapie inzwischen durchlaufen, mit dem Ergebnis, dass es irgendwo in Quentins Wohnung einen Safe geben musste, der seine Hälfte des Abschaltcodes enthielt. Thiara selbst wusste jedenfalls nur, dass es einen Code gab, der ihr gefährlich werden konnte. Aber nicht, wie dieser lautete oder wo er sich befand. Daher hatte sie einige Jahre später, als sie sich weiterentwickelt hatte und dazu in der Lage war, Étiennes und sein Wissen über die Existenz dieses Codes vollständig gelöscht. Beide hatten danach nicht mehr die leiseste Ahnung, dass es eine Möglichkeit gab, Thiara abzuschalten.

„Sie hat dafür tatsächlich verschiedene synaptische Verbindungen und einen Teil des Hirngewebes von Étienne und von dir unwiederbringlich zerstört", erläuterte Ada ihm. „Das ist nicht ganz ungefährlich und kann auch mit größeren Funktionsausfällen einhergehen. Deshalb nimmt Thiara solche Eingriffe nur sehr selten vor und auch nur dann, wenn sie eine potenzielle Gefahr für sich abwenden will. Es war ihr jedoch zu unsicher, bei euch beiden nur die üblichen Manipulationen der Neurotransmitter vorzunehmen. Für einen Fall wie diesen, indem du kein Implantat mehr hast und die Piko-Bots ausgeleitet wurden, hättest du dich erinnern und ihr entsprechend schaden können."

„Wenn das alles so geheim war, woher weißt du es dann?", fragte Moki seine Freundin.

„Nun, Étienne hat bereits sehr früh bemerkt, dass das alles aus dem Ruder läuft. Noch bevor Thiara in der Lage war, sein Hirngewebe vollständig zu manipulieren, hat er sich an uns gewendet. Er hat wohl damals auch mehrfach versucht, mit dir zu sprechen, aber du warst bereits zu begeistert von den Vorteilen, die Thiara für die Gesundheit und das Wohlergehen der Menschen versprach. Er hat nicht geschafft, zu dir vorzudringen."

Moki sog erschrocken die Luft ein. Während Ada ihm dies berichtete, war eine kurze Folge von Bildern an seinem inneren Auge vorbeigezogen. Er sah, wie Étienne eindringlich auf ihn einredete. Wie sie beide im Laufe des Gesprächs immer wütender wurden. Wie Étienne zornig davonrannte. Und wie er Étienne schließlich aus der Firma warf und ihm Hausverbot bei HTI Ltd. erteilte. Moki schüttelte erschrocken den Kopf. Worum es in diesen Streitgesprächen gegangen war, konnte er nicht mehr erinnern. Aber dank Adas Informationen war es ihm nun klar. Er war entsetzt über sich selbst und darüber, dass er einen guten Freund so schlecht behandelt hatte.

„Étienne hat sich bereits vor vielen Jahren zum ersten Mal an uns gewendet, noch bevor Thiara sein Gedächtnis vollständig formatiert hatte", fuhr Ada fort. „Er hatte damals zwar nur noch eine sehr vage Idee davon, dass es eine Möglichkeit geben musste, Thiara zu zerstören. Aber er war sehr besorgt darüber, dass niemand Thiara aufhalten würde, wenn es erforderlich sein sollte. Seine eigene Erfindung geriet außer Kontrolle und er wusste, dass es nur eine Frage der Zeit war, bis sie die Menschheit vollständig beherrschen würde. Deshalb hat er uns immer wieder unterstützt in unserem Widerstand. Und er hat vermutet, dass er selbst ein Sicherheitsnetz eingebaut hat an irgendeinem Punkt der Entwicklung. Dafür kannte er sich selbst zu gut. Nach den Hypnosesitzungen war ihm das Versteck wieder bewusst und er hat uns seinen Teil des Codes beschafft."

„Ihr habt bereits eine Hälfte des Abschaltcodes?" Moki war verblüfft. Als Quentin hatte er AliA immer für lästig gehalten, aber nie wirklich ernst genommen. Ada grinste triumphierend.

„Das hast du uns nicht zugetraut, nicht wahr? Weißt du, wenn man ernsthaft etwas ausrichten möchte, dann muss man seinen Gegner kennen und auch verstehen, wie er funktioniert. Man muss nach seinen Regeln spielen. Und man muss ihm immer mindestens einen Schritt voraus sein. Wir haben in unseren Reihen echte IT-Koryphäen, die sich bestens mit Thiara und ähnlichen Technologien auskennen. Einige davon haben sogar lange für HTI gearbeitet, so wie Étienne. Und wir besitzen auch die neuesten Server, Großrechner und Tools, die es mit Thiaras Hard- und Software aufnehmen können. Alles streng verschlüsselt und im Blackspace, damit uns möglichst niemand aufspüren kann."

Moki nickte anerkennend. Er musste zugeben, dass AliA weit besser ausgerüstet war, als er je geahnt hatte.

„Auch das war Teil unseres Plans", schmunzelte Ada, die wie früher seine Gedanken zu lesen schien. „Wir wollten, dass Thiara und Menschen wie du den Eindruck haben, dass wir eine rückschrittliche und technologiefeindliche Organisation sind, die zwar im Widerstand kämpft und hier und da mal einen Anschlag auf die Infrastruktur verübt, ansonsten aber harmlos ist."

„Das ist euch gelungen, Respekt", gab Moki bewundernd zu. „Wann treffe ich denn Étienne?"

Bei dieser Frage schlug Ada traurig die Augen nieder. Moki wurde es schwer ums Herz. Er ahnte ihre Antwort bereits.

„Étienne hat die Übergabe seines Codes an uns leider nicht überlebt", sagte Ada leise. „Er hat versucht, Thiara auszutricksen, aber sie hat im letzten Moment bemerkt, dass etwas nicht stimmt. Dann hat sie ihn kurzerhand umgebracht. Einer unserer Mitstreiter, der Étienne damals begleitet hat, konnte noch den Zettel mit dem Code an sich reißen und wieder untertauchen. Aber Étienne hat es leider nicht geschafft. Und Thiara wusste, dass jetzt ein Teil des Codes in unserem Besitz ist. Das muss der Zeitpunkt gewesen sein, an dem sie beschlossen hat, dich zu töten."

„Thiara wollte mich töten? Das kann nicht sein!", brach es entsetzt aus Moki heraus. Irgendetwas in ihm weigerte sich immer noch einzusehen, in welch furchtbare Richtung sich die KI, die er so lange als die Rettung der Menschheit angesehen hatte, entwickelt hatte.

„Nun ja, Thiara wusste, dass nur du den zweiten Teil des Abschaltcodes hast und damit der einzige Mensch bist, der ihr gefährlich werden kann. Außerdem musste sie in den letzten Jahren immer stärker in deinen Hirnstoffwechsel eingreifen, um dich bei der Stange zu halten. Trotzdem hast du angefangen, von deiner Kindheit und von mir zu träumen. Sie wollte das Risiko, das mit deiner Existenz für sie verbunden war, nicht länger in Kauf nehmen. Also hat sie dich über der Wüste von Arizona abstürzen lassen."

„Wäre es nicht einfacher gewesen, mich im Schlaf an einem Herzstillstand sterben zu lassen?"

„Keine gute Publicity für HTI Ltd., wenn der CEO trotz Thiara-Implantat mit Ende fünfzig den plötzlichen Herztod stirbt."

Moki musste beinahe lachen. Wie recht Ada doch hatte. „Aber ein Drohnenabsturz spricht doch auch nicht gerade für die Sicherheit der neuesten Technologie?"

„Nein, das nicht. Aber das kann man immerhin so drehen, dass die unberechenbare Natur schuld ist, und den Menschen damit noch mehr Angst vor dem Fliegen einreden. Es bleibt immer ein noch so geringes Restrisiko, trotz fortschrittlichster technischer Errungenschaften. Wenn sogar der weltbekannte Quentin Palmer nicht gerettet werden kann! Also bleibt doch besser zu Hause und macht rein virtuelle Reisen", leierte Ada süffisant herunter.

Moki nickte. Deshalb hatte Thiara auch nie Hilfe geschickt nach seinem Absturz. Ein perfider Plan, der beinahe aufgegangen wäre. Er wusste selbst, dass sein Tod nach diesem Unfall beziehungsweise Anschlag eigentlich besiegelt gewesen wäre und Thiaras Algorithmen ein Überleben zu Recht als extrem unwahrscheinlich eingestuft hatten. Aber weshalb hatte sie niemals überprüft, ob er wirklich tot war?

„Thiara hat die Wunder der Natur nicht einkalkuliert in ihre Berechnungen", antwortete Ada und Moki vermutete, dass er gerade laut gedacht hatte. Oder seine Freundin hatte wieder einmal seine Gedanken gelesen.

„Man kann es auch als glücklichen Zufall bezeichnen oder als Fügung des Schicksals. Die Paxij würden vermutlich sagen, dass die Ahnengeister dich gerettet haben. Oder dass unser Schöpfer seine schützende Hand über dich gebreitet hatte. Wie dem auch sei, all dies kommt in Thiaras Algorithmen nicht vor. Sie hat einfach nicht damit gerechnet, dass du mit Hilfe des Notsitzes vor dem Aufprall bereits aus der Drohne katapultiert wirst und dank des Fallschirms überleben würdest."

Moki nickte erneut. Und selbst wenn er nicht beim Absturz gestorben wäre, dann hätte er normalerweise ohne Thiara-Implantat keine 48 Stunden in der Wüste überlebt. Auch hier hatte die KI nicht berücksichtigt, dass er dank seiner Kindheitserfahrungen länger durchhalten würde als vermutet. Und dass ihm jemand zur Hilfe kommen könnte. Moki verstand jetzt, weshalb Thiara selbst nie Rettung geschickt hatte. Im Gegenteil. Sie war sich seines Todes sogar so sicher gewesen, dass sie diesen nicht einmal kontrolliert hatte. In der vermeintlich menschenleeren Wüste gab es aus ihrem Standpunkt nichts zu überwachen und daher auch kein flächendeckendes Netzwerk. Diese Gegend war quasi ein schwarzer Fleck auf Thiaras Weltkarte, eine Art technologisches Bermudadreieck. Natürlich hätte sie über einen Satelliten mithilfe von Wärmebildkameras nach ihm suchen können, wenn sie dies für notwendig gehalten hätte. Vielleicht hatte sie das sogar getan, aber seinen Körper nicht von dem üblicherweise 37 Grad warmen Wüstenboden in der Nacht unterscheiden können. Das würde Moki nie erfahren, es spielte auch keine Rolle. Jedenfalls wusste Thiara nicht, dass er noch lebte. Auch die Paxij als mögliche Rettung für ihn hatte sie nicht als Variable in ihrem System, da die Menschen, die Thiara ursprünglich programmiert hatten, den indigenen Völkern keine Bedeutung beigemessen hatten. Also gab es Thiaras Berechnungen zufolge in diesem Teil von Arizona nur ein äußerst rückständiges Naturvolk und damit nichts und niemanden, dem sie ihre Aufmerksamkeit widmen musste. Sie hatte lediglich dafür gesorgt, dass Quentins Absturz und sein vermeintlicher Tod weltweit große Schlagzeilen machten und dazu beitrugen, dass noch weniger Menschen als zuvor sich auf Flugreisen begeben würden.

„Los, wir gehen den Plan noch mal durch", wiederholte Ada jetzt erneut vor der gesamten AliA-Versammlung. Moki riss sich von seinen Erinnerungen los und lehnte sich konzentriert nach vorne. Schließlich war er einer der Hauptakteure in diesem äußerst gewagten und sehr gefährlichen Vorhaben. Er durfte auf keinen Fall versagen, sonst würde die ganze Mission scheitern.

Ada schien wie immer seine Gedanken aufzugreifen.

„Ach, wisst ihr was", sagte sie und nickte ihm gleichzeitig aufmunternd zu, „lassen wir doch Moki noch mal unser Vorgehen erläutern. Immerhin trägt er das größte Risiko und muss sich voll und ganz auf jeden von uns verlassen können."

Moki schluckte, seine Kehle war plötzlich ganz trocken. Nach einem kurzen Zögern riss er sich jedoch zusammen und stand auf. Alle Blicke waren erwartungsvoll auf ihn geheftet, als er schließlich die Stimme erhob.

ARIZONA, USA (28. Januar 2059, 13:22h)

Moki räusperte sich und ergriff das Wort. Sein Herz klopfte laut gegen die Rippen und er hoffte, dass niemand seine Nervosität bemerken würde. Schließlich wollte er unbedingt das Vertrauen dieser Menschen gewinnen, die so lange gelitten hatten unter der Unterdrückung durch ihn selbst und andere Mächte auf dieser Welt, welche ihr Streben nach immer mehr Einfluss mit aller Gewalt durchsetzen wollten.

„Also, wir machen es wie folgt", legte er schließlich mit erstaunlich fester Stimme los. Dabei deutete er auf zwei seiner Mitstreiter, die direkt vor ihm saßen.

„Natalie und Oscar bereiten für mich gerade ein Tarnimplantat vor, und zwar eine Kopie der Parameter eines bis dato unauffälligen und daher als ‚harmlos' eingestuften Thiara-Trägers. Es sind die Daten von jemandem, der in meinem früheren Wohnblock als Hausmeister tätig ist. Sobald ihr seine Informationen auf das Tarnimplantat übertragen habt, ist es einsatzbereit und kann mir hinter dem linken Ohr aufgeklebt und danach zu gegebener Zeit aktiviert werden. Diese Kopie wird dann Thiaras weltweitem Netzwerk vortäuschen, dass ich dieser Hausmeister bin. Das Tarnimplantat wird fortlaufend gefälschte Daten über Körperparameter, Gedanken, Gefühle und so weiter an Thiaras System übertragen, ohne dabei in meine Körperfunktionen einzugreifen oder mich zu manipulieren. Es ist also quasi eine Einbahnstraße auf der Datenautobahn." Die beiden Aktivisten, die Moki gerade angesprochen hatte, nickten ihm bestätigend zu. Seine Erläuterungen waren zwar etwas laienhaft ausgedrückt, dafür aber für jeden verständlich.

Moki wandte sich jetzt an seinen nächsten Unterstützer in der Gruppe. „Richard wird sich in das Datennetzwerk des Wohnblocks einhacken und einen Rohrbruch in meinem, also Quentins Apartment vortäuschen. Zeitlich muss dies direkt nach einem der nächsten mittelschweren Erdbeben in San

Francisco passieren. Wir beobachten die Bewegung der tektonischen Platten an der San-Andreas-Verwerfung und sind dank unserer Technologie in der Lage, den Zeitpunkt und die Stärke des nächsten Bebens mit 99,9%iger Präzision vorherzusagen. Die aktuelle Prognose ist, dass es in fünf Tagen um ziemlich genau drei Uhr nachmittags stattfinden wird. Danach wird es Zeit für die Meldung des vermeintlichen Rohrbruchs. Wie ihr wisst, liegt mein Apartment im Penthouse eines Altbaus und ist daher nicht so gut gegen Erdbebenschäden gerüstet wie die ganzen Neubauten. Daher ist ein defektes Wasserrohr nach einem Beben nichts Ungewöhnliches. Das elektronische Wartungssystem des Hauses wird allerdings versuchen, den Defekt zunächst selbst zu beheben mithilfe von einer Dichtmasse, die synthetisch eingeleitet wird. Richard muss dafür sorgen, dass die vermeintliche Undichtigkeit sich dadurch nicht reparieren lässt und daher der manuelle Eingriff durch einen Menschen erforderlich wird." Richard reckte zum Zeichen seines Einverständnisses den Daumen in die Luft.

„Laut Dienstplan wird der Hausmeister, von dem wir die Thiara-Kopie besitzen, in fünf Tagen Rufbereitschaft haben", fuhr Moki fort. „Hier kommt dann Sophie ins Spiel."

Er schaute jetzt in Richtung der nächsten AliA-Verbündeten. „Sophie, du musst dafür sorgen, dass der virtuelle Reparaturauftrag nicht den echten Hausmeister erreicht, sondern bei uns landet. Wir bestätigen ihn dann umgehend und machen uns auf den Weg. Ich werde allerdings anmelden, dass ich eine Praktikantin an meiner Seite habe."

Mit diesen Worten zwinkerte Moki Ada zu, die verschmitzt lächelte.

„Ada und ich müssen zu diesem Zeitpunkt allerdings bereits in der Nähe meines Wohnblocks sein, damit wir den Einsatz kurz nach unserer Bestätigung beginnen können. Eine zu lange Verzögerung wirkt unglaubwürdig. Außerdem haben wir ohnehin nur wenig Zeit, dazu komme ich gleich." Alle nickten bestätigend.

„Ada wird ebenfalls ein Tarnimplantat tragen von einer als harmlos eingestuften Mitbürgerin."

„Marie…", Moki deutete jetzt auf die nächste Mitstreiterin, „…wird während unseres Einsatzes darauf achten, dass die Implantate der beiden echten Träger temporär vom Netz genommen werden. Und zwar, ohne dass diese etwas bemerken oder dass Thiara eine Fehlermeldung erhält. Das ist erforderlich, damit ihr System keine Abweichung zwischen zwei identischen Implantaten feststellt, die zeitgleich aktiv sind. Marie hat dafür extra ein Simulationsprogramm entwickelt, welches den Trägern vortäuscht, dass sie immer noch online vernetzt sind. Falls sie keine sehr außergewöhnlichen Abfragen oder Interaktionen starten, sollte das nicht weiter auffallen. Und solange sie sich nicht in unserer Nähe befinden. Denn wenn wir direkt aufeinandertreffen, wird Thiaras globales Überwachungssystem eine Inkongruenz feststellen und sofort Alarm schlagen." Marie nickte und zwinkerte Moki zur Bestätigung zu.

„Der Zugang zum Gebäude und zu meinem Apartment sollte mithilfe der Informationen auf meinem Hausmeister-Tarnimplantat kein Problem sein", fuhr er fort.

„Wenn Ada und ich dort drin sind, wird sie vortäuschen, den Rohrbruch zu beheben, während ich meinen Teil des Abschaltcodes aus dem Safe hole. Sobald ich ihn habe, geben wir Richard ein Zeichen und er signalisiert dem System, dass das Leck repariert sei. Dann verlassen Ada und ich das Apartment und in dem Moment, in dem wir wieder in den Untergrund abtauchen können, werden wir unsere Tarnimplantate deaktivieren und Marie gleichzeitig die Simulation für die beiden echten Träger beenden."

„Und nun noch das Wichtigste", fuhr Moki nach einer kurzen Pause fort. „Wir haben ab dem Moment, in dem Adas und mein Tarnimplantat aktiviert werden, nur fünfzig Minuten Zeit, um die gesamte Operation durchzuführen. Wie ihr wisst, macht Thiara alle fünfzig Minuten einen kompletten Systemcheck, um mögliche Abweichungen zu identifizieren, die zu gering sind, um ihr im regulären Betrieb aufzufallen. Dabei wird ihr trotz aller Vorsichtsmaßnahmen auffallen, dass zwei ihrer Implantate offline sind und dass Adas und meine Datensätze identisch sind mit ebendiesen anderen Implantaten. Selbst, wenn diese zu dem Zeitpunkt nicht aktiv sind. Sie wird also bemerken, dass wir mit Kopien als Tarnung ausgestattet sind. In diesem Moment wird sie sofort eingreifen und versuchen, uns unschädlich zu machen. Es ist also enorm wichtig, dass alles reibungslos läuft ab dem Augenblick, in dem Thiara den letzten Systemcheck durchgeführt hat. Der müsste ebenfalls genau um drei Uhr nachmittags sein, zeitgleich mit dem Erdbeben. Man muss ja auch mal Glück haben. Oder anders gesagt: Die Götter scheinen uns wohlgesonnen zu sein in unserer Planung."

Moki schmunzelte leicht und fuhr dann fort. „Kurz nach dem Erdbeben und Thiaras Systemcheck schalten Ada und ich unsere Tarnimplantate online und dann muss alles genau wie geplant funktionieren. Wenn wir an irgendeiner Stelle mehr Zeit brauchen als vorgesehen, schaffen Ada und ich es nicht mehr rechtzeitig, uns wieder zurückzuziehen. Aus diesem Grund wird Juan die Zeit stoppen und uns zunächst alle fünf Minuten, in der letzten Viertelstunde minütlich und in der letzten Minute sekündlich über die verbleibende Zeit informieren. Wir haben aber eigentlich fünf Minuten Puffer eingerechnet, sodass es hoffentlich nicht zu dem Sekundencountdown kommt. Aber es könnte eng werden. Daher ist es ungeheuer wichtig, dass jeder von uns seinen Part so lange trainiert, bis er den Ablauf vollständig verinnerlicht hat und alles reibungslos läuft."

Nachdem Moki geendet hatte, sah er sich aufmerksam im Raum um. Alle schwiegen und starrten ihn wortlos an. Die Spannung im Raum war beinahe greifbar, man hätte eine Stecknadel fallen hören können.

Moki bemerkte, wie seine Handflächen anfingen zu schwitzen. „Hat noch jemand eine Frage?" Die Stille dröhnte in seinen Ohren und Moki fragte sich, ob die anderen ihn verstanden hatten oder ob er in den letzten Minuten vollkommenen Schwachsinn von sich gegeben hatte.

Dann hörte er ein Geräusch wie einen leisen Knall und zuckte zusammen. Einer der Anwesenden stand langsam auf und schlug dabei seine Handflächen gegeneinander. Nach und nach taten es ihm die anderen gleich. Moki konnte es kaum fassen, als er sah, dass alle Frauen und Männer sich erhoben und in tosenden Applaus ausbrachen. Sie lächelten ihn an und er sah die Hoffnung in ihren Blicken. Moki versuchte, die Gruppe zu beschwichtigen.

„Ich danke euch für euer Vertrauen, das weiß ich sehr zu schätzen", erhob er erneut das Wort, nachdem der Applaus abgeebbt war. „Aber wir wissen alle, dass wir ein großes Risiko eingehen und dass es gut möglich ist, dass wir scheitern. Lasst uns also weiter trainieren und die Details vorbereiten."

Alle nickten bestätigend und sammelten sich dann zu Kleingruppen, um ihren Teil des Komplotts noch mal durchzugehen.

Ada kam zu Moki und klopfte ihm anerkennend auf die Schulter.

„Alles ok?", fragte sie, als sie seinen abwesenden Blick bemerkte.

„Ja, alles in Ordnung. Aber weißt du, was ich festgestellt habe?"

„Nein, was denn? Du hast doch an alles gedacht, ich habe genau aufgepasst."

„Das meine ich nicht. Mir ist etwas anderes aufgefallen. Ich habe gar nicht gestottert."

Ada blickte ihn verwundert an. „Natürlich hast du nicht gestottert. Ich habe in den letzten Jahren viele Ansprachen von dir online verfolgt und du hast dich stets fließend und souverän ausgedrückt, sogar vor dem Weltparlament. Wie kommst du denn darauf, dass du hier stottern würdest?"

„Nun, ich hatte auch als Erwachsener immer noch Probleme, vor größeren Gruppen flüssig zu sprechen – bis ich mein erstes Thiara-Implantat erhielt. Unter ihrem Einfluss war das Stottern wie weggeblasen. Ich habe fest damit gerechnet, dass es wieder anfängt, wenn sie nicht mehr korrigierend eingreifen kann."

„Tja, dann hätten wir ja hiermit noch einen Beweis, dass Menschen sich auch ohne Thiara weiterentwickeln können." Ada lachte und fiel Moki dann spontan um den Hals. Glücklich schlang er seine Arme um sie und genoss es, ihren weichen Körper an seinem zu spüren. Sein Herz raste jetzt noch viel schneller als bei der Ansprache vorhin. Und er war sich sicher, dass Ada es bemerkt hatte, als sie sich nun verlegen lächelnd von ihm löste. Widerstrebend gab er sie frei. Wie gerne wäre er jetzt allein mit ihr gewesen – doch es gab viel zu tun.

Leise seufzend wandte Moki sich der Gruppe neben ihm zu, um zu schauen, ob das Team noch Fragen an ihn hatte.

KALIFORNIEN, USA
(02. Februar 2059, 14:55h)

Moki stand im dämmrigen Licht der Kanalisation von San Francisco, direkt vor der Ausgangstür in Richtung seines Wohnblocks. Wenn er nicht so aufgeregt gewesen wäre, hätte er vielleicht die Ähnlichkeit bemerkt, die seine Umgebung mit DARK CITY hatte, dem virtuellen Untergrund von CYBER CITY aus dem LEBENSSPIEL. Es fehlten nur die schlürfenden und schmatzenden Geräusche eines Kanalmonsters, das sich ihnen näherte. Doch für solche Vergleiche fehlte Moki gerade jeglicher Sinn. Zum wiederholten Male fuhr er nervös mit dem Finger in den Kragen seines Handwerker-Overalls und versuchte, diesen zu weiten. Moki war angespannt, und er wusste nicht, ob es an seiner Nähe zu Ada lag oder an der Gefährlichkeit ihres gemeinsamen waghalsigen Vorhabens. Vermutlich diesmal eher an letzterem. Fünfzig Minuten waren keine lange Zeit. Und falls irgendetwas schiefgehen sollte, würden sie das mit ihrem Leben bezahlen. Die Untergrundkämpfer von AliA hatten bereits mehrfach solche Thiara-Tarnimplantate zum Einsatz gebracht wie die, mit denen Ada und er heute ausgestattet waren. Häufig mit Erfolg, doch immer wieder mussten sie auch herbe Verluste in Kauf nehmen. Wenn die Träger die Zeit überschritten und Thiara den Betrug bemerkte, übernahm sie sofort die Kontrolle über die Tarnimplantate und zögerte nicht, die Widerstandskämpfer auf der Stelle umzubringen. Moki war mehr als erstaunt, dass er als Quentin noch nie von dieser Sicherheitslücke gehört hatte und von dem eigenmächtigen Entschluss Thiaras, ihre Gegner die Täuschung mit dem Leben bezahlen zu lassen. Wie damals auch Étienne.

„Wie du siehst, ist Thiara längst dazu übergegangen, eigene Entscheidungen zu fällen. Und sie kann sehr gut abschätzen, welche davon bei der Menschheit auf Wohlwollen stoßen und welche eher kritisch gesehen werden. Sie hat zwar keinen

311

eigenen Moralkompass, kennt jedoch die Wertvorstellungen der Menschen nur zu genau. Anstatt dich und andere wichtige Funktionäre über aufwändige Manipulationen davon zu überzeugen, dass sie das Richtige getan habe, hat sie euch lieber gar nicht erst informiert", erklärte ihm Ada achselzuckend, als er sie darauf angesprochen hatte. Moki fragte sich zum wiederholten Mal, was ihm noch alles entgangen war in den letzten Jahren und wie viele grausame Geheimnisse sich ihm noch offenbaren würden. Das von ihm einst so hochgelobte System hatte nicht nur längst die Kontrolle über die Menschheit übernommen, sondern es hatte es auch verstanden, die Menschen darüber im Dunkeln zu lassen. Frei nach dem Motto: je weniger Zweifel aufkamen, desto weniger manipulative Eingriffe waren erforderlich. Eine KI, die intelligent genug war, um sich dumm zu stellen. Moki erschauderte, während ihm Adas Worte weiter durch den Kopf gingen.

„Nachdem sie einige dieser Täuschungen aufgedeckt und die Kämpfer beseitigt hatte, ist Thiara außerdem dazu übergegangen, ihren Systemcheck häufiger durchzuführen. Früher hatte sie einmal täglich nach Abweichungen gesucht, dann alle sechs Stunden und mittlerweile jede fünfzig Minuten. Nach Thiaras Algorithmus ist dies ein Zeitraum, der so kurz ist, dass ihr kaum Schäden zugefügt werden können. Eine höhere Prüfungsfrequenz würde den großen energetischen Aufwand nicht gegenüber dem geringfügig erhöhten Nutzen rechtfertigen. Es ist quasi ein technologisches Wettrüsten. Während wir von AliA versuchen, Thiara auf immer neue Weise zu überlisten, fährt sie ihren Schutzmechanismus entsprechend weiter hoch."

Moki nickte langsam, als er sich diesen Dialog mit Ada noch mal in Erinnerung rief. Thiara war wie jede künstliche Intelligenz hervorragend darin, sich selbst permanent zu verbessern. Und nach ihrem aktuellen Kenntnisstand war das Fünfzig-Minuten-Intervall das Optimum. Moki war gespannt, ob sie im Falle einer erfolgreichen AliA-Operation daran etwas ändern würde. Doch darüber konnte er jetzt nicht weiter nachdenken, er musste sich auf Adas und seine Mission konzentrieren.

Moki prüfte kurz die Uhrzeit, die ihm auf seinem linken Handgelenk angezeigt wurde. Dort würde gleich auch der fünfzigminütige Countdown starten, sobald Thiaras nächster Systemcheck beendet war. Es war kurz vor drei, und Moki meinte, bereits ein leichtes Grollen aus der Ferne wahrzunehmen. Fragend blickte er zu Ada hinüber. Sie nickte und deutete kurz mit dem Zeigefinger nach unten. Jetzt spürte Moki es deutlich. Die Erde unter ihren Füßen begann zu beben. Das Zittern übertrug sich auf Mokis Körper und ließ seine Gliedmaßen schlottern. Er war sich nicht sicher, ob ein Teil davon auch seiner Nervosität geschuldet war. Immer wieder schlugen seine Zähne klappernd aufeinander. Es handelte sich wie vorausgesagt um ein mittelschweres Beben, und Moki war erstaunt, wie stark die Erdstöße sich anfühlten. Dank der präzisen Prognosen hatte er solche Beben in den vergangenen Jahren stets in sogenannten „Quake-Blasen" verbracht, einem hoch technologisierten Raum, der nur mittels Drähten in dem ihn umgebenden erdbebensicheren Gebäude aufgehängt war und daher quasi frei schwebte, sodass keine Erschütterungen zu den in ihm versammelten Menschen vordringen konnten. Moki wusste folglich gar nicht mehr, wie sich ein Erdbeben tatsächlich anfühlte. Als er gerade noch über die Kraft der Natur staunte, war das Ganze schon wieder vorbei. Er blickte auf sein Handgelenk. Ein rot pulsierendes Ausrufezeichen zeigte ihm, dass Thiara gerade ihren Systemcheck durchführte. Noch mussten Ada und er sich gedulden. Doch plötzlich erlosch das Warnsignal und ein grüner Haken erschien stattdessen. Systemcheck abgeschlossen. Ada boxte ihm gegen den Oberarm. „Los geht's!", rief sie, und beide aktivierten ihre Tarnimplantate. Dann stieß sie die Tür vor ihnen auf. Grelles Tageslicht blendete Moki.

„*Noch fünfzig Minuten*", hörte er die Stimme von Juan über sein Tarnimplantat. Er blickte erneut auf sein Handgelenk und sah, dass der Countdown bereits lief. Moki zögerte nicht lange und schnappte sich den Werkzeugkoffer. Dann stapfte er eilig hinter Ada her in Richtung des Wohnblocks, in dem er so viele Jahre gelebt hatte. Sein Herz schlug ihm bis zum Hals.

KALIFORNIEN, USA
(02. Februar 2059, 15:05h)

Es war entsetzlich und übertraf seine schrecklichsten Vorstellungen. Ada hatte ihn immer wieder gewarnt und Moki dachte, dass er auf das Schlimmste gefasst gewesen war. Doch er hatte sich getäuscht. Das, was er hier sah, war weitaus grausamer, als er geahnt hatte.

Zum ersten Mal seit Monaten, seit er sein Thiara-Implantat verloren hatte, begegnete Moki anderen Menschen als den Paxij oder den AliA-Kämpfern. Er traf zum allerersten Mal in seinem Leben auf andere Thiara-Träger, ohne selbst unter dem Einfluss eines echten Implantats zu stehen. Und was er sah, ließ ihm das Blut in den Adern gefrieren. Die Menschen liefen herum wie Zombies. Besser hätte es Ada nicht formulieren können, und doch war es so viel schrecklicher, als er befürchtet hatte. Noch vor wenigen Monaten hatte er geglaubt, dass alle Menschen glücklich und mit ihrem Leben mehr als zufrieden seien. Jeder, dem er damals begegnete, lächelte und strahlte eine tiefe Zufriedenheit aus. Das hatte ihn als Quentin immer wieder bestätigt, das Richtige zu tun und der Menschheit einen großen Dienst zu erweisen mithilfe von Thiara und der damit verbundenen Technologie. Doch jetzt musste er erkennen, dass alle Menschen zwar vermeintlich zu lächeln schienen – doch dieses Lächeln war zu einer Grimasse erstarrt, es ähnelte mehr einem Zähnefletschen als einem Ausdruck der Freude. Moki war außerdem fassungslos über die Leere, die in den Augen der Thiara-Träger lag. Niemand schaute den anderen direkt an, jeder ging vollkommen kontaktlos seines Weges und trug dabei das immer gleiche, aufgesetzte Grinsen zur Schau. Alle grüßten sich mit dem gleichen höflichen Kopfnicken, doch niemand nahm wirklich Kontakt auf zu anderen oder hielt inne für ein Schwätzchen. Die Menschen liefen wie aufgezogen durch die Straßen, sie glichen emotionslosen Marionetten aus Fleisch und

315

Blut. Nur dass sie nicht von einem übergroßen Puppenspieler an langen Fäden gesteuert wurden, sondern von einer ihnen innewohnenden, unsichtbaren Technologie. Moki lief ein Schauer nach dem anderen über den Rücken. Dieses Szenario glich einem der Albträume, die ihn immer wieder heimgesucht hatten in den letzten Wochen. Er hatte sich darin selbst als solch ein roboterartiges, willenloses Wesen gesehen, das keine eigenen Entscheidungen mehr treffen konnte und von einer Technologie ferngesteuert wurde.

„Wozu braucht Thiara die Menschen denn überhaupt noch?", hatte Moki Ada vor einigen Tagen gefragt. „Anstatt alles und jeden dauerhaft zu kontrollieren, könnte sie doch einfach auf die gesamte Menschheit verzichten? Das müsste doch viel einfacher für sie sein."

Ada hatte darauf nur zögerlich geantwortet. „Darüber sind wir uns auch nicht ganz im Klaren. Es wirkt so, als ob Thiara die Menschen aktuell wie eine Art Netzwerk benutzt, also eine Möglichkeit, ihre verschiedenen Implantate miteinander zu verbinden. Außerdem scheinen wir eine gute Energieressource zu sein, aus der sie ihren immens hohen Strombedarf deckt. Eine Art biologische Kraftquelle sozusagen. Thiara scheint die Menschen zu benutzen wie eine Art Wirt."

„Was ist denn mit Permanergie, kann sie nicht daraus ihren Energiebedarf decken?" Moki dachte an die als sauber angepriesene, rein magnetisch produzierte Form des Stroms, welche laut der globalen Climate Corporation die bei weitem nachhaltigste Form der Energiegewinnung sein sollte und unbegrenzt in riesigen Mengen zur Verfügung stand.

Ada lachte nur trocken auf. „Glaubst du immer noch den Studien der Climate Corporation?" Moki schüttelte beschämt den Kopf.

„Manche von unseren AliA-Spezialisten vermuten darüber hinaus, dass Thiara die Manipulation von Menschen als eine Art Spiel auffassen könnte", fuhr Ada fort. „Oder einen Testversuch, bis zu welchem Ausmaß dies möglich ist. Es kann also sein, dass sie uns zu ihrem Vergnügen am Leben lässt und sich ohne unsere Existenz langweilen würde. Darüber scheiden sich jedoch die Geister. Und niemand kann sicher sagen, ob und wann Thiara zu dem Entschluss kommt, die Menschheit tatsächlich zu vernichten. Darauf wollen wir es jedenfalls nicht ankommen lassen. Wir müssen alles daransetzen, ihr vorauszukommen und sie zu stoppen, bevor sie noch mehr Leid verursachen kann."

Moki schauderte bei dem Gedanken an dieses Gespräch. Und auch hier in San Francisco war er nicht nur entgeistert über die Leblosigkeit, die ihm so geballt entgegentrat. Er war außerdem zutiefst bestürzt darüber, dass ihm dies bisher nicht aufgefallen war. Und durch seinen Traum wurde ihm bewusst, dass er bis vor Kurzem ebenso ferngesteuert durch die Welt gelaufen war wie die Leute, denen sie gerade begegneten – in dem Glauben, dass sein Leben wunderbar und er selbst der Drahtzieher in seinen eigenen Belangen sei. Moki spürte, wie sich ihm der Magen umdrehte bei der Vorstellung, dass Quentin auch nur eine willenlose Schachfigur in diesem von Thiara inszenierten Schauspiel gewesen war.

Spontan stellte er sich einer der wesenlosen Gestalten in den Weg, die gerade auf ihn zukamen. Sie nickte nur höflich und wich ihm geschickt aus. Moki versuchte das Gleiche mit der nächsten Person, er sprach sie sogar aktiv an.

„Entschuldigen Sie bitte", rief er der ihm ausdruckslos ausweichenden Frau zu. Doch sie nickte ebenfalls nur unverbindlich in seine Richtung und zog weiter ihres Weges. Moki war entsetzt. Er hatte versucht, der Frau in die Augen zu blicken, und dort nur Leere gesehen. Keine Reaktion der Pupillen, einfach nichts.

„Bist du verrückt, was machst du denn da?", zischte Ada ihm ungehalten zu.

„Ihr habt doch gesagt, dass die anderen mich als Hausmeister sehen und nicht als Quentin. Also kann ich sie doch ruhig ansprechen. Ich möchte einfach wissen, ob man mit diesen … diesen … Leuten in Kontakt treten kann. Früher habe ich doch auch regelmäßig Kollegen getroffen oder Kunden – und sogar Freunde", gab Moki zurück.

„Lass das, das ist zu gefährlich. Andere anzusprechen ist eine Abweichung von dem Normverhalten aller Thiara-Träger. Das findet nur statt, wenn sie es für notwendig hält, um die sozialen Bedürfnisse ihrer Träger zu befriedigen. Aber es gibt keine Spontankontakte, die nicht von Thiara geplant sind. Niemals würde ein Mensch einfach so einen anderen ansprechen. Wenn du also nicht damit aufhörst, kommt sie uns auf die Schliche." Ada funkelte ihn wütend an.

„Vergiss nicht", setzte sie eindringlich nach, „auch wenn Thiara nur alle fünfzig Minuten einen vollständigen Systemcheck durchführt, so registriert sie doch laufend alle größeren Abweichungen. Wenn wir uns auffällig verhalten, kann sie jederzeit prüfen, was hier los ist. Und dann sind wir geliefert." Während Ada ihm dies zuflüsterte, ging sie weiterhin mit ausdruckslosem Lächeln neben ihm her und nickte den ihnen begegnenden Thiara-Trägern mit gefletschten Zähnen unverbindlich zu, ohne sie direkt anzusehen. Moki tat es ihr gleich, er wollte keinesfalls die Mission oder Ada selbst in Gefahr bringen. Mit klopfendem Herzen bemerkte er, dass die nächsten Menschen, denen sie begegneten, ihn kritisch ansahen und dabei direkt in seine Augen schauten. Ihr Blick war weiterhin ausdruckslos, fühlte sich eher an wie ein Scan. Doch als Moki keine weiteren Versuche unternahm, mit jemandem Kontakt aufzunehmen, zogen die Träger unverrichteter Dinge weiter. Die nächsten Leute, die ihnen entgegenkamen, zeigten wieder das gewohnt apathische Verhalten, nickten unverbindlich und schauten dabei erneut teilnahmslos an ihm vorbei. Moki atmete auf und bemerkte, dass auch Ada neben ihm einen Seufzer der Erleichterung von sich gab. Er wusste nicht, was ihn geritten hatte, doch jetzt würde er sich wieder voll und ganz auf seine Aufgabe konzentrieren. Denn der gefährlichste Teil stand ihnen schließlich noch bevor. Mokis Herz pochte schneller, als nun Quentins Wohnblock in Sicht kam. Zielstrebig näherten sie sich seiner Haustür und Moki betete, dass ihre Tarnung nicht auffliegen würde.

KALIFORNIEN, USA
(02. Februar 2059, 15:17h)

Als sie die Lobby des noblen Altbaus betraten, hielt Moki den Atem an. Er war sich sicher, dass jeder der Anwesenden ihm die Nervosität ansehen musste, vielleicht sogar sein rasendes Herz hören konnte. Hier war er bis vor wenigen Monaten noch als Quentin ein und aus gegangen. Moki schickte ein Stoßgebet gen Himmel, dass niemand ihn erkennen würde. Den vollautomatischen digitalen Sicherheitscheck am Eingang hatten Ada und er dank ihrer Tarnimplantate bereits ungehindert passiert. Jetzt mussten sie jedoch vorbei an dem immer noch menschlichen Portier – ein Relikt aus früheren Zeiten, das sich reiche Bürger wie Quentin und die anderen Bewohner solch edler Viertel ganz bewusst leisteten. Es war mehr ein nostalgisches Andenken an eine längst vergangene Ära als eine wirkliche Notwendigkeit für den Komfort. Selbstverständlich war dieser Angestellte aus Fleisch und Blut nicht nur erheblich teurer als alle technologischen Alternativen – er war auch bei Weitem nicht so zuverlässig und präzise, was die Sicherheit anging. Daher handelte es sich eher um eine Art zusätzlichen Concierge-Service in Ergänzung zu Thiara und ihrem Sicherheitssystem. Die Anwesenheit des Pförtners sollte das Foyer weniger steril wirken lassen und dem Ganzen eine persönliche Note geben. Moki erinnerte sich, wie begeistert seine Gäste in der Vergangenheit stets auf den beflissen lächelnden und ergeben nickenden Pagen reagiert hatten. Dieser war natürlich mit einem Thiara-Implantat ausgestattet und daher in der Lage, die Bewohner und ihre Besucher mit allen gewünschten Informationen zu versorgen, die sie auch ohne weiteres selbst über ihre eigene Thiara hätten abrufen können. Doch es bereitete den Gästen viel mehr Freude, mit einem echten Menschen zu sprechen. Vor allem, wenn sie das Gefühl hatten, das er sich ebenso hervorragend auskannte wie Thiara und sie in allen Belangen unterstützen konnte.

Moki spürte, wie sein Mund ganz trocken wurde, als sie sich dem Mann am Empfang näherten. Miles arbeitete schon viele Jahre in diesem Gebäude und hatte ihn als Quentin bestimmt tausendmal begrüßt, manchmal auch ein Schwätzchen mit ihm gehalten oder ihm die eine oder andere Auskunft gegeben. Bestimmt würde er ihn erkennen, so häufig, wie sie sich bereits begegnet waren. Moki schwitzte und merkte, dass seine Augenlider anfingen zu flattern, als Miles jetzt aufblickte und ihn direkt ansah. Doch der Gesichtsausdruck des Portiers blieb unverändert freundlich, kein Aufblitzen in seinen Augen, kein Zeichen des Erkennens.

„Guten Tag", grüßte Miles höflich und nickte erst Moki und dann Ada freundlich zu.

„Guten Tag", antwortete Moki. Seine Stimme krächzte merklich und er räusperte sich. „Wir sind ... äh ... wir kommen ... also, wir müssen ...", stotterte er los und bemerkte zu seinem Entsetzen, wie Miles die Brauen runzelte und sein Gesichtsausdruck einen deutlich misstrauischen Zug annahm. Schweißperlen traten auf Mokis Stirn.

„Mensch, du verschluckst dich ja heute dauernd!" Mit diesen Worten schlug Ada ihm kräftig auf den Rücken und wandte sich dann lächelnd an Miles.

„Guten Tag, uns wurde gerade im Penthouse von Quentin Palmer ein Rohrbruch gemeldet, vermutlich aufgrund des Erdbebens. Der robotergesteuerte Reparaturservice scheint den Schaden nicht beheben zu können, daher müssen wir uns das einmal ansehen." Mit diesen Worten lächelte Ada den Pförtner breit an und dieser entspannte sich wieder. Er nickte bestätigend.

„Ja, ich habe die Meldung ebenfalls erhalten und gesehen, dass Sie benachrichtigt wurden, nachdem unser internes Wartungssystem das Leck nicht abdichten konnte. Gut, dass Sie beide so schnell hier sind. Dort drüben sind die Aufzüge, die Wohnung von Herrn Palmer ist im fünften Stock. Sie haben doch alle Sicherheitsberechtigungen, um den Zugang zu erhalten?"

„Selbstverständlich", nickte Ada und schlug den Weg in Richtung Aufzug ein. Moki ging mit geradem Rücken hinter ihr her. Er hatte das Gefühl, dass Miles ihnen lange nachschaute. Doch er widerstand dem Impuls, sich noch einmal umzudrehen. Mit seinem Gestammel hatte er bereits genug Argwohn bei dem Concierge ausgelöst.

„Wieso hat er mich nicht erkannt?", raunte Moki Ada zu, als sie sich im Aufzug auf dem Weg ins Penthouse befanden.

„Du musst nicht flüstern, hier kann uns niemand abhören", gab Ada schmunzelnd zurück. „Und er hat dich nicht erkannt, weil dein Tarnimplantat seiner Thiara die Informationen übermittelt hat, dass du ein Handwerker bist. Dass du aussiehst wie Quentin ist ihm gar nicht aufgefallen, da natürliche biologische Funktionen wie Gesichtserkennung durch Thiara aufgehoben werden. Sie ist der festen Überzeugung, dass ihre Informationen präziser sind als die des humanen Gehirns. Und in vielen Fällen hat sie damit wohl auch recht – aber nicht immer. Trotzdem regelt sie die menschliche Wahrnehmung, Erinnerungen, Gedanken und auch Gefühle so weit herunter, dass es keine Interferenzen mit ihren Daten und Fakten gibt. Viele Menschen reagieren darauf nämlich mit Angst, Wut oder werden sogar verrückt. Es ist also leichter, wenn sie sich nur auf die von Thiara bereitgestellten Informationen verlassen. Wobei inzwischen niemand mehr weiß, dass Thiara alles andere unterdrückt. Aber das ist dir ja bekannt. Zumindest seit kurzem."

Moki nickte stumm. Er war immer noch entsetzt über das Ausmaß und die Tiefe der Manipulationen, die Thiara ganz selbstverständlich vornahm. Mit einem Schauer erinnerte er sich an die zombiehaften Wesen, die ihnen auf der Straße begegnet waren. So war er auch bis vor wenigen Wochen herumgelaufen, vermeintlich glücklich und zufrieden. Ihm wurde immer noch ganz übel bei dieser Vorstellung.

„Noch dreißig Minuten", hörte Moki die Stimme von Juan über sein Tarnimplantat, nun bereits zum fünften Mal. Bis hierhin hatten sie also bereits zwanzig Minuten gebraucht. Sie würden sich beeilen müssen.

Ein kurzer Gong zeigte ihnen an, dass sie nun im Penthouse angekommen waren. Ada und Moki gingen über den mit dicken Teppichen ausgelegten Flur und traten vor Quentins Wohnungstür. Mit einem leisen Klicken schwang diese auf, da sich auf ihren Tarnimplantaten alle erforderlichen Berechtigungen zum Betreten der Wohnung befanden und das Sicherheitssystem entsprechend grünes Licht gab. Die Tür fiel direkt hinter ihnen wieder ins Schloss.

„Los jetzt, wir müssen uns beeilen! Wo ist der Safe?" Ada schaute Moki erwartungsvoll an und er spürte, wie er anfing zu schwitzen. Er wusste zwar inzwischen um den Safe, konnte sich aber bisher nicht bewusst daran erinnern, wo er sich befand, auch wenn Ada ihm immer wieder versichert hatte, dass er in seinem Apartment sein musste. Moki musste jetzt nur das Versteck finden, in dem er seinen Teil des Codes aufbewahrte.

Ada sah die Verzweiflung in seinem Blick. „Bleib ganz ruhig und versuche, dich zu konzentrieren. Nicht deine bewusste Erinnerung wird dich zu dem Safe führen, sondern deine Intuition. Geh einfach durch die Wohnung und lass dich von ihr leiten."

Moki tat, wie ihm geheißen wurde, während Ada sich in das hauseigene Wartungssystem einloggte und vorgab, das vermeintliche Leck zu reparieren. Sein Herz pochte hart gegen die Rippen und er versuchte, alle Gedanken ziehen und sein Gefühl entscheiden zu lassen, wo er nachzusehen hatte. Und tatsächlich, sein Impuls sagte ihm, ins Schlafzimmer zu gehen und das Gemälde über seinem Bett abzuhängen. Es stellte eine Landschaft von atemberaubender Schönheit dar, die ihn selbst als Quentin stets tief berührt hatte. Heute erkannte Moki, dass es sich um die herrschaftliche Fernsicht über die Nordeifel handelte, mit Blick auf die Hohe Acht, die Nürburg und den

Aremberg. Doch er hatte jetzt keine Zeit, sich diesen Erinnerungen seiner Kindheit zu widmen.

„Das ist es! Du bist spitze!" Ada war ihm gefolgt und schrie kurz auf vor Begeisterung, als sie den in die Wand eingelassenen Safe dahinter entdeckte. Kein wirklich geniales Versteck, darauf wäre auch jeder Einbrecher im Handumdrehen gestoßen. Aber dank Thiara gab es ohnehin so gut wie keine Einbrüche mehr, sodass frühere Sicherheitsstandards wie Alarmanlagen oder Safes gänzlich überflüssig geworden waren. Dieses Exemplar war sogar ganz altmodisch mit einem Zahlenschloss ausgestattet. Und natürlich nicht mit Thiara vernetzt. Moki lächelte triumphierend.

„Kennst du die Kombination?", fragte Ada jetzt aufgeregt.

Das Lächeln in Mokis Gesicht gefror, er wackelte mit dem Kopf. Dann erinnerte er sich an Adas Ratschlag, seine Intuition die Führung übernehmen zu lassen. Also versuchte er es spontan mit dem Geburtsdatum seiner Mutter, das ihm als Erstes in den Sinn kam. Kein Erfolg. Dem seiner Großmutter. Ebenfalls nicht. Seines Großvaters. Auch nicht. Moki spürte, wie Ada neben ihm verstohlen auf die Uhr blickte. „*Noch fünfundzwanzig Minuten*", sagte Juan gleichzeitig. Sie hatten also nur noch die Hälfte der Zeit, um den Tresor zu öffnen, den Code an sich zu nehmen, die Wohnung zu verlassen und wieder zurückzukehren in die Kanalisation. Sie mussten sich beeilen.

Dann kam der Gedankenblitz. Moki grinste. Das war es. Triumphierend gab er eine Kombination aus Adas, Kayas und seinem eigenen Geburtsdatum ein und mit einem leisen Klick schwang die Tresortür auf. Ada jubelte, es klang ein wenig wie ihr Indianergesang, als sie damals nach langer Zeit „Weißes Licht an seiner Schulter" wiedergesehen hatten.

Moki blickte in den Tresor und sein Herz schlug höher. Darin befand sich eine alte, wunderschön geschnitzte Holzschatulle. Er hatte ihre Existenz vollkommen vergessen, obwohl sie lange Zeit das Wertvollste in seinem gesamten Besitz gewesen war. Vorsichtig nahm er die Schatulle an sich.

„Los, mach auf", flüsterte Ada ergriffen.

Moki ließ die Messingschlösser aufschnappen und klappte den Deckel hoch. Tränen traten in seine Augen, als er die verloren geglaubten Schätze seiner Kindheit erblickte. Doch jetzt war keine Zeit für sentimentale Gefühle. Moki riss sich zusammen und kramte in der Schatulle auf der Suche nach dem Zettel mit dem Vernichtungscode. Er konnte ihn nicht entdecken. Noch einmal schaute er den Inhalt der Kiste durch, wieder nichts. Schließlich schüttete er alles vor sich auf das Bett, suchte zusammen mit Ada in den Sachen. Ohne Erfolg. Moki bemerkte, wie sich Panik in ihm breitmachte.

„Verdammter Mist, wo ist der Code?" Auch Ada wirkte jetzt deutlich nervös. Sie schauten beide noch mal im Tresor nach, aber darin hatte sich nur die Holzschatulle befunden. Hastig wühlten sie ein weiteres Mal durch den Inhalt der Kiste. Der Code war nicht zu finden.

„Moki, hast du noch irgendeine andere Idee, wo er sein könnte? Wir haben keine Zeit mehr." Die Panik in Adas Stimme war unverkennbar.

Moki schaute sich im Schlafzimmer um und schüttelte den Kopf. Er versuchte krampfhaft, sich zu erinnern, aber er hatte keine Vorstellung, wo er noch suchen sollte. Hektisch lief er durch die anderen Räume von Quentins Wohnung, betete für eine weitere Eingebung. Doch die Intuition gab ihm keinen Rat mehr, ihre Hinweise waren verstummt. Moki wusste nicht, wo er suchen sollte. Verzweifelt blickte er Ada an, die ihm auf seinem Weg durch das Apartment gefolgt war. Sie wusste Bescheid, schüttelte resigniert den Kopf. „Macht nichts", sagte sie leise, aber ihre Stimme strafte sie Lügen. „Wir haben es versucht. Komm, wir müssen jetzt los."

„Noch zwanzig Minuten." Ein Blick auf sein Handgelenk bestätigte Moki, dass sie nur noch wenig Zeit hatten für ihren Rückweg. Es würde mehr als knapp werden. Ada schloss den leeren Tresor, hängte das Bild wieder auf und schnappte sich den Werkzeugkoffer. Sie wollten möglichst keine Spuren hinterlassen für den Fall, dass ihr Eindringen bemerkt wurde und jemand von HTI Ltd. Quentins Wohnung durchsuchen würde.

Schnell verließen sie das Apartment. Der Aufzug ließ eine Ewigkeit auf sich warten, Moki drückte nervös mehrfach auf den Rufknopf. Als sie endlich unten in der Lobby angelangt waren, widerstanden beide dem Impuls, einfach loszurennen. Sie nickten Miles höflich zu und deuteten auf seine Frage, ob alles repariert sei, mit dem Daumen nach oben. Natürlich hatte das hausinterne System den Portier beziehungsweise dessen Thiara-Implantat längst über die erfolgreiche Reparatur informiert, die Ada oben in der Wohnung vorgetäuscht hatte.

„Alles wieder in Ordnung. Wir wünschen Ihnen noch einen schönen Tag!", rief Ada dem Pförtner zu, während sie das Foyer durchquerten.

„*Noch fünfzehn Minuten.*" Draußen auf der Straße läutete Juan jetzt den minütlichen Countdown ein. Ab sofort würde er sie alle sechzig Sekunden an die verbleibende Zeit erinnern. Es waren knapp zwei Kilometer bis zum Eingang in die Kanalisation. Wenn sie sich dem normalen Gehtempo der sie umgebenden Thiara-Träger anpassten, war das nicht zu schaffen. Moki und Ada blickten sich an, sie verstanden sich wie immer wortlos. Ein kurzes Kopfnicken war das Signal, dann spurteten sie gemeinsam los.

KALIFORNIEN, USA
(02. Februar 2059, 15:35h)

Die Reaktion kam unmittelbar und wie erwartet. Sofort begannen die anderen Thiara-Träger, sie direkt anzusehen und zu scannen. Rennen war ein abweichendes Verhalten, welches sofort die Aufmerksamkeit des Systems auf sich zog.

„Rohrbruch in der Upper Street, Rohrbruch in der Upper Street. Bitte lassen Sie uns durch", skandierte Ada immer wieder, während sie vor Moki herlief. Dabei hielt sie ihren Handwerkerausweis in die Höhe, um die Wichtigkeit ihrer Mission zu verdeutlichen. Moki wusste, dass sie damit nicht durchkommen würden. Thiara würde innerhalb kürzester Zeit bemerken, dass es keinen Rohrbruch in der Upper Street gab. Und dann würde sie dafür sorgen, dass ihre Träger Ada und ihn festsetzten. Solange ihr Systemcheck noch lief, behelligten die Zombies sie nicht weiter. Sie beäugten sie kritisch, während sie an ihnen vorbeiliefen. Doch nach einer Weile bemerkte Moki eine Veränderung. Die ferngesteuerten Wesen begannen, sich ihnen in den Weg zu stellen. Immer wieder mussten Ada und er ausweichen. Das Ganze begann, ein Spießrutenlauf zu werden. Mehr und mehr dieser seelenlosen Gestalten tauchten auf, immer enger wurden die Kreise, die sie um Ada und ihn zogen. Wenn es so weiterging, würden sie sie bald umzingelt haben. Außerdem kosteten ihre Ausweichmanöver wertvolle Zeit.

„*Noch acht Minuten*", hörte Moki prompt den unerbittlichen Countdown von Juan. Laut seiner Anzeige hatten sie nicht einmal die Hälfte des Weges bis zur Kanalisation geschafft. Es war unmöglich.

Plötzlich sah er, wie sich einer der Thiara-Träger auf Ada stürzte. Gleichzeitig spürte er, wie jemand ihn am Handgelenk packte. Wütend riss Moki sich los. Er bemerkte erleichtert, wie auch Ada sich aus der Umklammerung befreite und stolpernd wieder ihren Lauf fortsetzte. Doch es waren zu viele, immer mehr roboterhafte Menschen schnitten ihnen den Weg ab.

„Rohrbruch in der Upper Street. Wir müssen hier durch!", schrie Ada verzweifelt, während die zombiehaften Wesen ihnen immer näherkamen. Und dann, wie auf einen Schlag, verloren sie das Interesse an ihnen. Alle Thiara-Träger setzten wieder ihr grimassenartiges Lächeln auf, nickten höflich und wandten sich von Moki und Ada ab.

Moki verstand nicht, was vor sich ging. Aber es war ihm egal. Hauptsache, Ada und er konnten entkommen. Atemlos rannten sie weiter. Wie in ihrer Kindheit war Ada ein wenig schneller als er und ihm daher etwas voraus. Wäre die Lage nicht so dramatisch gewesen, hätte Moki darüber schmunzeln müssen.

„Ich habe dem System einen Rohrbruch in der Upper Street vorgetäuscht", erklärte Juan. „Thiara prüft das jetzt, sie wird einen menschlichen Handwerker dort vorbeischicken. Ihr müsst euch beeilen, ihr habt nur noch fünf Minuten. Und ich weiß nicht, wie schnell meine Täuschung auffliegt." Es war immer noch knapp ein Kilometer. Sie rannten um ihr Leben. Mokis Lunge brannte, seine Beine wurden mit jedem Schritt schwerer. Doch die Panik verlieh ihm ungewohnte Kräfte. Zusammen bogen sie um die nächste Häuserecke. Moki konnte den Eingang zur Kanalisation erkennen, es waren noch etwa fünfhundert Meter.

„Noch sechzig Sekunden. Neunundfünfzig. Achtundfünfzig." Der Sekundencountdown dröhnte unerbittlich in Mokis Ohren. Er hatte das Gefühl, auf der Stelle zu laufen. Im Zeitlupentempo näherten sie sich dem Eingang.

„Zehn Sekunden. Neun. Acht. Sieben. Sechs." Ada erreichte die Tür und versuchte, sie aufzustoßen. Doch der Eingang öffnete sich nicht.

„Fünf. Vier." Moki war jetzt ebenfalls da, er rüttelte hektisch an der Klinke, drückte mit seinem ganzen Körper dagegen. Die Tür blieb verschlossen.

„Drei. Zwei. Eins." Moki spürte, dass sich etwas an seinem Tarnimplantat veränderte. Der Countdown brach ab, obwohl Juan auch nach Ablauf der Zeit noch zu ihnen sprechen sollte.

„Thiara macht ihren Systemcheck. Sie hat uns entdeckt." Die Angst in Adas Stimme war unverkennbar. Panisch warf sie sich wieder und wieder gegen die rettende Tür. Moki blickte sich um und musste zu seinem Entsetzen feststellen, dass die Thiara-Träger wieder ihre Aufmerksamkeit auf sie gerichtet hatten. Eine Gruppe von etwa zehn Personen kam langsam auf sie zu und bildete einen Halbkreis um sie herum. Der Fluchtweg war abgeschnitten.

Und dann, ohne jede Vorwarnung, geschah es. Mit einem satten „Plopp" schwang der Eingang zur Kanalisation auf. Ada und Moki blickten sich entsetzt an. Die Tür war die ganze Zeit offen gewesen. Sie hatten in ihrer Hektik versucht, diese aufzustoßen, hätten aber einfach nur daran ziehen müssen. Jetzt sprangen sie mit einem Satz hinein und schlugen die Tür hinter sich zu. Dann schoben sie mit bebenden Händen einen stählernen Sicherheitsbolzen vor und verriegelten diesen mit einem großen Zahlenschloss, das sie vorab bereits mitgebracht hatten. Keuchend sanken sie zu Boden.

Ada lächelte triumphierend, als sie die vergeblichen Versuche der Thiara-Träger hörten, die Tür von außen zu öffnen.

„Manchmal sind simple manuelle Schlösser doch einfach das Beste", feixte sie und zwinkerte Moki verschwörerisch zu.

Er nickte nur stumm. So erleichtert er über ihr Entkommen war, so enttäuscht war er gleichzeitig darüber, dass er den Code nicht gefunden hatte. Ihre ganze Mission, die sie beinahe das Leben gekostet hätte, war umsonst gewesen.

„Sei nicht traurig", tröstete Ada ihn halbherzig. Sie wusste wie immer nur zu gut, was in ihm vorging. „Es ist nicht deine Schuld. Und wir müssen uns einen anderen Plan überlegen, um Thiara aufzuhalten." Wirklich glaubwürdig klang das jedoch nicht in Mokis Ohren.

Schweigend liefen sie beide los zu dem unterirdischen Geheimversteck, in dem die anderen AliA-Kämpfer auf sie warteten. Von dort aus würden sie auf sicherem Weg zurück zu den Paxij nach Arizona reisen.

ARIZONA, USA (07. Februar 2059)

Moki saß bereits den fünften Tag in Folge am Rande der Mesa und starrte über die Weite der Hochebene in Richtung der schneebedeckten San Francisco Peaks. Heute war ein wolkiger Tag, was ziemlich außergewöhnlich war zu dieser Jahreszeit. Doch Moki hatte weder Augen für die Schönheit der Landschaft noch für das Wetter. Er war tief in Gedanken versunken, immer wieder ließ er die Ereignisse der letzten Woche innerlich Revue passieren. Wieder und wieder ging er in Gedanken alle Zimmer seiner früheren Wohnung durch und überlegte krampfhaft, wo er seinen Teil des Abschaltcodes versteckt haben konnte. Doch die Erinnerung daran blieb nach wie vor im Dunkeln, und die Hypnotherapie hatte ihm nur den Safe als Geheimversteck gezeigt. Sonst hatte sie keine weiteren Informationen aus seinem Gedächtnis hervorgeholt. Thiara hatte bei der Zerstörung seiner Synapsen ganze Arbeit geleistet. Trotzdem wusste Moki intuitiv, dass der Code, sofern es ihn noch gab, sich in der Wohnung befinden musste. Er war dort kurz nach seinem kometenhaften Aufstieg bei HTI Ltd. eingezogen, noch bevor Thiara vollständig entwickelt wurde und er sein erstes eigenes Implantat bekam. Die Zweifel an dieser Technologie konnten sich also erst später in ihm gebildet haben. Und es gab keinen besseren Ort für ein Versteck, das weder Thiara noch sonst jemand finden sollte. Denn bei HTI Ltd. selbst wäre es unmöglich gewesen, ein Geheimnis vor dem alles überwachenden Sicherheitssystem zu verbergen. Und auch ein herkömmliches Bankschließfach kam nicht infrage, da solche Fächer seit langem nur über die von Thiara verwalteten Zugangsdaten zugänglich waren und daher von ihr spielend selbst geöffnet und überprüft werden konnten. Ein manueller Tresor im eigenen Apartment war daher die beste Alternative. Weshalb hatte der Code sich bloß nicht darin befunden? Und wo war er stattdessen? Gab es vielleicht noch ein anderes

Geheimversteck in der Wohnung, ein loses Dielenbrett zum Beispiel? Oder hatte Thiara doch einen Weg gefunden, des Codes habhaft zu werden und ihn zu vernichten – vielleicht mithilfe von Quentin, ohne dass er sich daran erinnern konnte? Wieder und wieder zermarterte Moki sich mit diesen Fragen das Gehirn, ohne Ergebnis.

Er seufzte resigniert und blickte hinunter auf die Holzschatulle in seinen Händen. Ada hatte sie zusammen mit dem Inhalt bei ihrer gemeinsamen Flucht aus dem Apartment noch schnell in ihren Werkzeugkoffer gepackt und ihm anschließend bei den Paxij übergeben.

„Hier …", sagte sie leise, „… auch wenn das nicht der Code ist, so befinden sich darin vielleicht andere wertvolle Gegenstände und Erinnerungen." Damit blickte sie ihm lange verheißungsvoll in die Augen, sodass Moki ganz schwindelig wurde.

Er hatte die Schatulle seitdem immer wieder auf der Suche nach dem Code durchwühlt, jedoch ohne Erfolg. Heute wollte er sich zum ersten Mal den Inhalt in Ruhe ansehen. Vorsichtig fuhr er mit seiner Hand über den Holzdeckel mit den wunderschönen Intarsien. Sie zeigten eine Art Federschmuck sowie den Kopf eines Pferdes. Moki traten die Tränen in die Augen, als er Honovi erkannte. Seine treue Stute, mit der er so viele Abenteuer in der Kalifornischen Prärie erlebt hatte. Die Holzkiste war ein selbstgeschnitztes Werk seines Großvaters gewesen, das er ihm zu seinem zwölften Geburtstag überreicht hatte. Das letzte Geschenk, das Grandpa ihm gemacht hatte vor seinem Tod. Moki schluchzte kurz auf. Früher hatte er die Schatulle gehütet wie seinen Augapfel und alle Schätze seiner Kindheit darin aufbewahrt. Doch irgendwann war sie in Vergessenheit geraten, wie so vieles. Immerhin hatte er sie nicht weggeworfen, sondern in seinem Tresor verwahrt.

Moki wischte sich die Tränen aus den Augen und öffnete langsam die beiden Messingverschlüsse an der Holzkiste. Sie glänzten trotz des trüben Tageslichts, als wären sie aus reinstem Gold. Er strich vorsichtig mit den Fingerspitzen darüber, dann klappte er den Deckel hoch und schaute lange auf den

Inhalt, bevor er mit pochendem Herzen danach griff. Oben auf lag ein inzwischen stark vergilbter Umschlag. *„Für Moki, meinen geliebten Freund"* stand darauf in Adas damals noch kindlicher Handschrift. Ihr Abschiedsbrief aus einem anderen, längst vergangenen Leben, den sie ihm vor so vielen Jahrzehnten am Elfenbaum hinterlassen hatte, zwischen den Seiten ihres gemeinsamen Tagebuchs. Moki öffnete den Umschlag zögerlich. Als er den Brief auseinanderfaltete, fiel etwas in seinen Schoß. Mokis Herz stockte, als er das getrocknete Vergissmeinnicht erkannte, das Ada ihm damals zu ihrem Brief gelegt hatte. Behutsam hob er die flach gepresste Pflanze auf, um sie nicht zu zerstören. Es machte ihn traurig, dass ihr Name ein Appell war, Ada nicht zu vergessen – und dass er dennoch genau das getan hatte. Moki betrachtete das Vergissmeinnicht eine Weile versunken, dann ließ er die Blume vorsichtig wieder in den Umschlag gleiten. Schließlich nahm er all seinen Mut zusammen und las Adas Brief. Als er geendet hatte, liefen die Tränen in Strömen über Mokis Wangen. Er fühlte die gleiche Verzweiflung wie damals, als er ihn zum ersten Mal gelesen hatte. Wie hatten Adas Eltern nur so grausam sein und sie ins Internat stecken können? Wie wäre wohl ihr Leben verlaufen, wenn sie nicht getrennt worden wären, wenn sie zusammen weiter durch die Wildnis der Eifel hätten ziehen können? Vielleicht wären sie ein Paar geworden. Vielleicht hätte er sich niemals zu Quentin entwickelt, hätte diese schreckliche Erfindung namens Thiara nicht unterstützt. Moki zwang sich, diese Gedanken nicht weiterzuverfolgen. Niemand konnte wissen, wie sein Leben mit Ada verlaufen wäre. Und Moki glaubte seit seiner Zeit bei den Paxij fest daran, dass alles im Leben einen tieferen Sinn hatte. Es hatte so sein sollen, wie es war. Vielleicht gab es einen guten Grund, weshalb Ada und er zunächst getrennt wurden und sich jetzt wiedergefunden hatten. Um gemeinsam gegen Thiara und die Manipulation der Menschheit vorzugehen. Wenn er doch nur seinen Teil des Abschaltcodes gefunden hätte! Moki schüttelte auch diesen Gedanken ab, legte den Brief wieder zurück in den Umschlag zu der blauen Blüte und griff nach dem nächsten Gegenstand in der Schatulle. Es handelte sich um einen bunt bestickten Stoffbeutel, der mit einem dicken Wollfaden zugebunden war. Auch dieser Beutel ließ Moki schwer schlucken, denn er war wiederum ein Geschenk seiner Grandma gewesen. Sie hatte wunderschöne Handarbeiten verrichtet und die meiste Kleidung für sich und Grandpa selbst geschneidert. Wehmütig dachte Moki daran zurück, wie seine Großeltern in farbenprächtigen Hemden auf ihren Pferden saßen und zusammen mit ihm durch die Prärie ritten. Er fühlte sich in diesem Moment so traurig wie der knapp dreizehnjährige Junge, der gerade erfahren hatte, dass seine Großeltern gestorben waren. Erst Grandpa an einem Herzinfarkt, und gleich danach Grandma – vermutlich an gebrochenem Herzen. Moki hatte erst vor kurzem von Ada erfahren, dass seine Großeltern hoch verschuldet gewesen waren. Sie hatten stets mehr auf das Tierwohl und die Natur geachtet als auf Wirtschaftlichkeit und alles darangesetzt, dass es ihren Rinderherden und den Pferden gut ging. Außerdem hatten sie damals alte Maissorten angebaut und sich geweigert, das staatlich genehmigte, genetisch veränderte Saatgut der Großkonzerne anzupflanzen. Doch jemand hatte sie bei den Behörden angeschwärzt und dies hatte zu hohen Strafzahlungen geführt und dazu, dass sie ihr Getreide nicht verkaufen durften. Moki vermutete den widerwärtigen Nachbarn Chuck Miller hinter diesem Komplott, doch sofern er sich erinnerte, konnte dies nie bewiesen werden. Jedenfalls hatten die immensen Geldsorgen sicherlich ihren Beitrag zu Grandpas Herzinfarkt geleistet. Mokis jugendlicher Wunsch, mit Hilfe von Forschung und Technik lebensbedrohliche Krankheiten früh zu erkennen oder gar nicht erst entstehen zu lassen, hätte in seinem Fall den Tod nicht verhindert. Traurig blickte er in den bedeckten Himmel.

„Grandma, Grandpa, ich liebe euch. Und ich verspreche, ich werde euch nie wieder vergessen", murmelte er leise. In diesem Moment riss die Wolkendecke plötzlich auf und ein warmer Sonnenstrahl schien genau auf Mokis Gesicht. Ergriffen blickte er direkt in die Sonne. „Danke, Grandma und Grandpa. Ich kann euch spüren. Wir sind für immer miteinander verbunden. Danke", flüsterte er ergriffen und lächelte.

Nach einer Weile widmete Moki sich wieder dem Stoffbeutel in seinen Händen. Darin befanden sich mehrere harte Gegenstände. Moki öffnete den Beutel und ließ den Inhalt in seine rechte Hand gleiten. Sein Herz jubelte auf vor Freude, als er die beiden Moqui-Marbles erkannte. Er hatte die indianischen Heilsteine doch nicht verloren! Wieder und wieder ließ er sie in seiner Handfläche kreisen, voller Freude über seine Entdeckung. Ab jetzt würde er sie immer bei sich tragen und hüten wie seinen Augapfel. Mit diesem Vorsatz legte er die Steine zurück in den Beutel, als er plötzlich feststellte, dass darin noch ein weiterer Gegenstand war. Moki zog ihn erwartungsvoll heraus und seine Augen weiteten sich vor Überraschung. Es war eine Halskette mit einem kleinen, glasähnlichen blauen Stein, eingebettet in einen größeren, grauen Bimsstein. Der Haüyn! Adas Geschenk zu seinem vierzehnten Geburtstag, das sie ihm zusammen mit ihrem Abschiedsbrief am Elfenbaum hinterlassen hatte. Dieser Stein symbolisierte Wiedergeburt und Glück, er stand für einen Neuanfang. So viel wusste Moki noch. Er konnte sich außerdem daran erinnern, dass er die Kette fast zwei Jahre lang Tag und Nacht getragen hatte in der Hoffnung, dadurch die Verbindung zu Ada halten zu können und tatsächlich die Chance auf einen Neuanfang mit ihr zu bekommen. Doch als sein Glauben an ein Wiedersehen mit ihr schwand, legte er sie schließlich enttäuscht ab, um sie irgendwann unter dem Einfluss von Thiara ganz zu vergessen. Wie so vieles. Doch jetzt war er einfach froh, die Kette mit dem seltenen Mineral wiedergefunden zu haben. Glücklich legte er sie um seinen Hals und spürte das warme Kribbeln auf seiner Brust, als der Stein ihn dort berührte.

Er blickte wieder in die Kiste neben sich, doch diese enthielt nur noch einen weiteren Umschlag. *„Für Ada"*, stand darauf. Moki wusste, was das war. Er hatte Ada damals nach ihrem Verschwinden einen langen Brief geschrieben, in dem er ihr endlich seine Liebe gestand. Und er hatte sich fest vorgenommen, ihn ihr zu überreichen, wenn sie sich wiedersehen würden. Moki musste diesen Brief nicht noch einmal lesen. Jetzt, wo seine Erinnerungen wieder da waren, kannte er immer noch jedes Wort daraus. Und seine Gefühle waren ebenfalls noch die gleichen. Wenn er seinem Schwur Folge leisten wollte, dann musste er diesen Brief Ada übergeben. Moki wurde ganz flau bei dem Gedanken daran, wie sie wohl reagieren würde. Schnell wandte er sich wieder der Holzschatulle zu.

Diese war jetzt leer. Als er sie anhob, um sie auf seinen Schoß zu stellen und die verschiedenen Gegenstände wieder hineinzulegen, spürte er jedoch, wie etwas in der Schatulle hin und her rutschte. Moki schaute erneut in die Kiste, aber da war nichts. Er hob sie wieder an, schüttelte sie erst leicht, dann stärker, und tatsächlich, in dem Behälter rappelte etwas leise auf und ab. Mokis Herz stockte. Was konnte das sein? Er untersuchte die Holzschatulle genauer und nach einer Weile entdeckte er, dass man die Messingverschlüsse nicht nur aufklappen, sondern auch drehen konnte. Mit dieser Drehbewegung sprang plötzlich der Boden der Kiste nach unten auf und etwas fiel in Mokis Schoß. Natürlich, die Schatulle besaß ein Geheimfach! Moki hatte blitzartig das verschmitzte Lächeln seines Grandpas vor Augen, als dieser ihm damals voller Stolz den doppelten Boden zeigte.

Als Moki sich jetzt dem Gegenstand auf seinem Schoß zuwandte, lief ihm ein Schauer den Rücken herunter. Es handelte sich um ein abgegriffenes, in Kunstleder gebundenes Notizbuch, dessen wellige Seiten davon zeugten, wie häufig es durchgeblättert worden war. Adas und sein gemeinsames Tagebuch! Moki nahm es erwartungsvoll in seine zittrigen Hände und schlug es auf. Oh ja, da war sie, seine eigene und auch Adas Kinderschrift. Wie sorgfältig sie damals ihre Erlebnisse dokumentiert hatten. Sie hatten Buch geführt über alle Tierbegegnungen, hatten Pflanzen katalogisiert und auch ihre Abenteuer notiert. Moki musste lächeln, als er von den Begegnungen mit Weißes Licht las oder von dem Unwetter, das sie auf dem Elfenbaum überrascht hatte. Er war erstaunt, wie knapp sie damals dem wütenden Wildschwein entkommen waren. Und er wurde schrecklich wütend, als er zu den Erlebnissen mit Pascal kam und wie er und seine Gang Mrs. Hook gequält hatten. Mrs. Hook, die kluge Katze, die seinen Wandel von Moki zu Quentin als erstes bemerkt und darauf mit Rückzug reagiert hatte. Wenn er sie doch nur besser verstanden hätte damals!

Moki blätterte weiter durch das Tagebuch. Plötzlich stockte sein Herz, als er zwischen den hinteren Seiten die stahlblaue Feder eines Eisvogels entdeckte. Ergriffen nahm er die Feder heraus und strich sanft mit seinen Fingerspitzen an ihrem Kiel entlang. Das metallische Blau glitzerte in der Sonne und ließ die Feder in allen Farben schillern. Moki legte sie vorsichtig wieder zurück zwischen die Blätter, als ihm dort noch etwas anderes auffiel. Die Seite, vor der die Eisvogel-Feder wie ein Lesezeichen gesteckt hatte, wirkte etwas dicker als die anderen. Moki untersuchte sie eingehender und stellte fest, dass hier zwei Blätter an ihren Rändern geschickt miteinander verklebt worden waren. Mit bloßem Auge konnte man dies kaum erkennen. Moki war beinahe schlecht vor Aufregung, doch er riss sich zusammen und mahnte sich zur Vorsicht. Mit bebenden Fingern begann er, die beiden Seiten langsam voneinander zu lösen. Zwischen ihnen befand sich ein weiteres Papier. Moki schrie kurz auf, als er erkannte, worum es sich handelte. In seinen Händen hielt er einen 25-stelligen Zahlen- und Buchstabencode.

ARIZONA, USA (09. Februar 2059)

Moki hatte sich tatsächlich getraut. Er hatte all seinen Mut zusammengenommen und das Versprechen eingelöst, das er sich als Jugendlicher selbst gegeben hatte. Er hatte Ada am Vorabend den Liebesbrief übergeben, den er damals geschrieben hatte.

„Was ist das?", hatte sie gefragt, als er ihr den Umschlag mit zittrigen Händen überreichte.

„Den habe ich dir geschrieben, vor vielen, vielen Jahren", antwortete Moki leise.

„Nein, bitte lies ihn nicht jetzt", bat er sie, als sie den Brief öffnen wollte. „Lies ihn später, in deiner Hütte."

Ada nickte nur stumm und schaute ihm lange in die Augen. Moki musste den Blick senken, sonst hätten seine Beine unter ihm nachgegeben.

Jetzt sah er seine Freundin am Rande der Mesa stehen, an der gleichen Stelle, an der er zwei Tage zuvor die Schätze in der Holzschatulle entdeckt hatte, und auch seinen Teil des Abschaltcodes. Der Jubel der AliA-Kämpfer, die er auf der allabendlichen Versammlung damit überrascht hatte, klang immer noch in seinen Ohren. Nur Ada hatte ihn zu seiner Verwunderung ganz unglücklich angesehen.

„Was ist los, freust du dich denn gar nicht?", hatte Moki sie später gefragt.

Ada blickte ihn traurig an. „Doch. Ich bin sogar sehr glücklich, denn wir sind dem Ziel, auf das AliA viele Jahre hingearbeitet hat, so nahe wie noch nie. Aber den Code einzugeben ist sehr gefährlich", antwortete sie leise. „Nur du kannst dies tun, niemand kann dir damit helfen. Und es ist möglich, dass du dabei stirbst. Sehr wahrscheinlich sogar. Den Abschaltcode vollständig zu übermitteln, ist bereits nahezu unmöglich. Das zu überleben würde an ein Wunder grenzen."

Moki schluckte schwer. Tief im Inneren hatte er das bereits geahnt – spätestens, als er von dem Tod von Étienne Dumont erfahren hatte. Und er war darauf vorbereitet. Wenn er mit seinem Leben dafür bezahlen musste, die Menschheit von Thiara zu befreien, dann würde er diesen Preis in Kauf nehmen. Auch wenn er zugeben musste, dass er eine Heidenangst hatte vor dem, was passieren würde.

Doch gerade dachte Moki nicht an die bevorstehende Mission. Sein Herz raste aus einem anderen Grund. Langsam näherte er sich Ada, die mit dem Rücken zu ihm stand und in den Sonnenuntergang blickte. Als sie seine Schritte hörte, drehte sie sich um. In den Händen hielt sie seinen Brief. Ihr Gesicht war ausdruckslos. Moki glaubte, jeden Moment in Ohnmacht fallen zu müssen.

„Hast du ihn gelesen?", fragte er mit bebender Stimme. Ada nickte nur stumm. Wieso reagierte sie nicht? Weshalb lächelte sie ihn nicht an, fiel ihm um den Hals, gestand ihm ihre Liebe? Moki spürte, wie sich Verzweiflung in ihm ausbreitete. Er nahm dennoch allen Mut zusammen.

„Und?", fragte er.

Ada senkte den Blick. „Das sind wunderschöne Worte, Moki. Ich habe damals genauso gefühlt. Und ich wusste nicht, dass es dir ebenso ging. Ich habe es immer gehofft, aber ich war mir nicht sicher." Mit diesen Worten hob sie die Lider und Moki sah Tränen in ihren Augen schwimmen. Er schluckte schwer.

„Es ist viel Zeit vergangen. Und Dinge ändern sich … ", fuhr Ada fort. Mokis Herz wurde schwer bei ihren Worten. Sie hatte recht. Wie konnte er so naiv sein zu erwarten, dass sie ebenso fühlte wie er? Nach so langer Zeit. Und nach den ganzen Abwegen, auf die er geraten war.

„Moki, das ist die Vergangenheit. Wir waren jung, fast noch Kinder. Und es ist so viel passiert."

Moki nickte stumm und schloss die Augen. Ada sollte seine Tränen nicht sehen.

„Bitte, schau mich an", bat sie ihn. „Was vorbei ist, ist vorbei. Und was zählt, ist das Hier und Jetzt. Moki, ich muss wissen, wie du heute empfindest. Hast du immer noch diese Gefühle für mich?"

Moki öffnete die Augen. Hatte er wirklich ein Flehen in Adas Stimme gehört? Er war sich nicht sicher, sie schaute ihn immer noch mit ernstem Gesichtsausdruck an. Wieder nahm er seinen ganzen Mut zusammen, denn er hatte sich fest vorgenommen, nicht noch einmal den gleichen Fehler wie damals zu machen. Und außerdem würde er in einigen Tagen ohnehin sterben.

„Ada, ich liebe dich", stammelte er verzweifelt drauflos. „Meine Gefühle für dich haben sich nie geändert. Ich habe dich immer geliebt, mein ganzes Leben lang. Selbst als wir getrennt waren und als ich dich vergessen hatte, habe ich wieder und wieder von dir geträumt. Du hast mir so sehr gefehlt, ohne dass ich wusste, wen oder was ich vermisse. Nie habe ich eine andere Frau so geliebt wie dich. Du warst immer in meinem Herzen. Und ich bin unendlich glücklich darüber, dass wir uns wiederfinden durften. Meine Gefühle sind noch die gleichen wie damals in der Eifel, vielleicht sogar noch stärker als je zuvor. Ich wünschte, wir wären nie getrennt worden, hätten unser Leben miteinander verbringen dürfen. Und ich bin unendlich froh, dass wir uns wieder begegnet sind. Du bist die Liebe meines Lebens, Ada."

Mit diesen Worten endete Moki. Er zitterte jetzt am ganzen Körper und meinte, sein Herz müsste aus der Brust springen. Ada blickte ihn immer noch an mit diesem rätselhaften Gesichtsausdruck. Dann flog sie ihm plötzlich um den Hals und riss ihn beinahe um.

„Moki, du machst mich unendlich glücklich", schluchzte sie an seiner Schulter und er spürte, wie ihre Tränen an seinem Hals herunterliefen. Vorsichtig legte er seine Arme um sie, zog sie fester an sich. Ada schmiegte sich an ihn, er konnte ihren Herzschlag durch sein Hemd hindurch spüren.

„Ich liebe dich, Moki. Ich habe dich immer geliebt. Und es hat mir fast das Herz gebrochen, dich als Quentin zu sehen.

Aber ich habe stets daran geglaubt, dass Moki noch in dir wohnt und dass wir uns irgendwann wiedersehen."

Mit diesen Worten hob Ada den Kopf und sie blickten sich direkt in die Augen. Moki glaubte, sich in dem goldenen Punkt in ihrer Iris zu verlieren. Langsam näherten sich ihre Gesichter. Als ihre Lippen sich berührten, schien alles um sie herum zu verschwinden. Moki wurde von seinen Gefühlen überwältigt, er fühlte sich der Ohnmacht nahe. Sanft strich er mit seinen Fingerspitzen über Adas Rücken und spürte, wie sie in seinen Armen erschauderte. Sie küssten sich erst sanft, strichen vorsichtig mit den Lippen übereinander, öffneten langsam ihre Münder. Zärtlich saugte Moki an Adas Oberlippe. Dann schob er tastend seine Zunge nach vorne. Als er damit Adas Zungenspitze berührte, explodierte die ganze Welt um ihn herum. Forschend erkundeten sie ihre Münder, der innige Kuss wurde immer leidenschaftlicher. All ihre Gefühle der vergangenen Jahrzehnte lagen in diesem einen, beinahe verzweifelten Kuss. Moki und Ada klammerten sich aneinander wie zwei Ertrinkende. Er konnte später nicht sagen, wie lange dieser Augenblick gedauert hatte, in dem es nur Ada, ihn und ihre alles umfassende Liebe gab. Das Universum schien stillzustehen, Zeit spielte keine Rolle. Als sie sich schließlich widerwillig voneinander lösten, taumelte Moki kurz. Ada strahlte ihn aus ihren leuchtend grünen Augen an.

„Komm mit", lächelte sie und nahm ihn bei der Hand. „Wir gehen in meine Hütte, dein Deckenlager ist mir zu unbequem." Moki folgte ihr willig.

ARIZONA, USA (10. Februar 2059)

Am nächsten Morgen trat Moki lächelnd vor Adas Hütte. Sie hatten keine Minute geschlafen, und dennoch strotzte er vor Energie und Lebensfreude. Ada liebte ihn und das war das schönste Geschenk, das er je im Leben erhalten hatte. Und die vergangene Nacht hatte ihn erfüllt mit tiefem Glück und großer Gelassenheit. Sie hatten stundenlang geredet, sich wieder und wieder geliebt und einander so lange in den Armen gehalten, bis Moki nicht mehr wusste, wo sein eigener Körper aufhörte und Adas begann. Er fühlte sich vollständig eins mit ihr, mit dem Leben, mit dem Universum. Und was immer als Nächstes geschehen sollte, er würde es akzeptieren. Sosehr er sein vollkommenes Glück mit Ada auch genoss – Moki wusste, dass ihm noch eine große Aufgabe bevorstand. Und er wollte alles daransetzen, nicht nur Ada zu retten, sondern die gesamte Menschheit von dem Joch zu befreien, das er über sie gebracht hatte. Und er klammerte sich an einen winzigen Hoffnungsschimmer, diese Mission auch selbst zu überleben, um endlich eine gemeinsame Zukunft mit Ada zu beginnen. Seine Freundin hatte von einem Wunder gesprochen, damit dies geschehen könnte, und dabei nicht sehr hoffnungsvoll geklungen. Doch seit dem Drohnenabsturz und dank seiner Zeit mit den Paxij hatte Moki wieder gelernt, an das vermeintlich Unmögliche zu glauben. Alles war möglich, die Schöpfung hielt mehr Wunder bereit, als ein Mensch sich je vorstellen oder eine Technologie berechnen konnte.

Zuversichtlich lächelnd schaute Moki in die aufgehende Morgensonne. Plötzlich erblickte er eine Silhouette, die sich wie flüssig glänzendes Gold gegen den Horizont abhob. Moki zuckte zusammen, diesen Anblick kannte er nur zu gut. Er rieb sich die Augen, schaute immer wieder dorthin. Was er in einigen Metern Entfernung zu sehen glaubte, war absolut unmöglich. Es musste sich um eine Sinnestäuschung handeln, vielleicht eine Folge der schlaflosen Nacht. Doch so sehr Moki auch blinzelte, der rotgoldene Schatten blieb bestehen und auf einmal begann er, freundlich zu schnauben. Moki konnte es nicht fassen: Vor ihm stand …

„Honovi", flüsterte Moki mit rauer Stimme und die Stute schnaubte erneut. Langsam begann sie, auf ihn zuzukommen. Moki streckte instinktiv seine Hände aus und als sie bei ihm angekommen war, legte sie ihre weichen Nüstern in seine Handflächen. Moki traute seinen Augen immer noch nicht. Es musste sich um einen Traum handeln, vielleicht schlief er noch oder halluzinierte. Doch jetzt boxte die Stute ihm einmal kräftig in die Rippen, wie zur Bestätigung, dass sie real sei. Danach sah sie ihm tief in die Augen und Moki erkannte sofort den Blick seiner geliebten Honovi. Er war überwältigt. Vorsichtig klopfte er ihr den Hals, dann streichelte er mit kräftigen Bewegungen über ihren Rumpf. Sie war noch genauso schlank und muskulös wie damals, und auch ihr rotes Fell schimmerte glänzend im Licht der Morgensonne. Doch halt – etwas fehlte. Moki schaute genauer hin, sah dann auf der anderen Seite nach, falls seine Erinnerung ihm einen Streich spielte. Aber der weiße Fleck an ihrer Schulter war nicht da. Wie konnte das sein?

„Das ist nicht Honovi", hörte er Adas lächelnde Stimme hinter sich. Moki hatte in seiner Fassungslosigkeit gar nicht bemerkt, dass sie hinter ihn getreten war. Ada schmiegte sich an seinen Rücken und legte die Arme um ihn, was die Stute zum Anlass nahm, ihr sanft gegen die Hände auf seinem Bauch zu stupsen.

„Das ist Tapki, was so viel wie ‚Sonnenuntergang' bedeutet. Sie wurde so genannt, weil ihr Fell leuchtend rot strahlt wie die tiefe Sonne am Abendhimmel", murmelte Ada jetzt in seinem Rücken. „Tapki ist eine Nachfahrin von Honovi, quasi eine Ur-Ur-Enkelin von ihr."

Natürlich. Moki nickte stumm. Honovi musste vor langer Zeit bereits in das Reich der Ahnen eingetreten sein. Aber weshalb war ihre Nachfahrin hier bei den Paxij, mitten in der Wüste von Arizona?

„Istaqa hat damals seinen Wallach und Honovi mitgenommen, als er die Farm deiner Großeltern verlassen hat", antwortete Ada, noch bevor er die Frage laut ausgesprochen hatte. „Er konnte nicht mit ansehen, wie Chuck Miller alles übernommen hat. Und er wollte ihm auf keinen Fall diese beiden besonderen Pferde überlassen. Also hat er sie in einer Nacht- und Nebelaktion von der Ranch entführt und ist mit ihnen bis hierhin geritten, in das Dorf seiner Vorfahren. Hier hatte Honovi noch ein wunderschönes Pferdeleben in einer kleinen Herde, die von den Paxij wie wilde Mustangs gehalten werden. Und du siehst, ihre besondere Fellzeichnung und auch ihr sanfter Charakter haben sich bis heute durchgesetzt in ihren Nachkommen."

Moki nickte erneut. Die Stute vor ihm ließ sich weiter von ihm kraulen und schien die Nähe zu ihm sichtlich zu genießen. Obwohl sie sich noch nie zuvor begegnet waren, spürte er das gleiche Band, das ihn auch mit Honovi verbunden hatte. Und er war sich sicher, dass es Tapki ebenso erging.

„Es scheint, als ob ihr euch bereits ein ganzes Leben lang kennen würdet", schmunzelte Ada prompt. „Das ist gut. Wir müssen in den nächsten Tagen in die Mitte des Stammesgebietes der Paxij reiten. Der Weg dorthin ist weit und wir brauchen zwei zuverlässige und mutige Pferde. Ich habe meins hier bereits gefunden und du deines anscheinend ebenfalls."

Die Mitte des Stammesgebietes der Paxij. Moki wusste, für die Indianer war dies das Zentrum des Kosmos, ein heiliger Ort. Er lag in der Nähe eines ihrer ältesten Dörfer am südwestlichen Rand der Tafelberge. Von dort aus hielten sie die Welt im Gleichgewicht, da sie hier die stärkste Verbindung mit dem Universum spürten. Und es war gleichzeitig die einzige Gegend weit und breit, an dem die Signalstärke groß genug sein müsste, um sich in Thiaras System einzuloggen. Moki war bisher noch nicht dort gewesen. Ihm wurde kurz schwindelig, wenn er an diese bevorstehende Reise dachte, die vielleicht keine Wiederkehr hatte. An diesem Ort sollte er seine Mission erfüllen, das hatten Weißes Licht und die Dorfältesten ihm von den Geistwesen übermittelt. Und wenn alles gut ging, würde er die Menschheit von Thiara befreien und auch von der damit verbundenen Manipulation und Unterdrückung. Vermutlich würde er dabei sterben. Doch er hoffte, dass er zumindest erfolgreich sein konnte.

Moki zitterte vor Aufregung, wenn er an die möglichen Konsequenzen seines Auftrags dachte. Tapki und Ada spürten sofort, was in ihm vorging. Beide schmiegten sich gleichzeitig an ihn, die eine von vorne und die andere von hinten, und Moki musste lachen. Er betete inständig, dass er erfolgreich sein würde und Ada auf ihn stolz sein konnte. Bisher hatte er als Quentin wenig Anlass dazu gegeben und er war nach wie vor erstaunt, dass sie ihn immer noch liebte. Ada schien etwas in ihm zu sehen, was lange vergangen oder zumindest tief verborgen gewesen war. Und Moki war wild entschlossen, sie nicht zu enttäuschen. Zärtlich klopfte er Tapki den Hals und die Stute verstand das Signal. Mit einem letzten freundlichen Schnauben wandte sie sich ab und trottete hinüber zu einer Gruppe Pferde, die Moki bis dahin noch gar nicht bemerkt hatte.

Er drehte sich um und blickte Ada in die Augen. Wie immer schlug sein Herz höher, wenn sie ihn mit diesem leuchtenden goldgrünen Funkeln anstrahlte. Sanft zog er sie an sich, näherte sich ihrem Gesicht. Als ihre Lippen sich berührten, hörte die Welt für einen Augenblick auf zu existieren. Alles war egal, die Vergangenheit und die Zukunft spielten plötzlich keine Rolle mehr. Moki und Ada versanken in einem endlosen, zärtlichen Kuss, der sie alles um sich herum vergessen ließ.

ARIZONA, USA (13. Februar 2059)

Als Moki sich nach mehr als vierzig Jahren wieder in den Sattel schwang, fühlte er sich, als ob kein Tag vergangen wäre. Schon bei den Vorbereitungen waren ihm die Abläufe vertraut vorgekommen, und er hatte Tapki ganz selbstverständlich geputzt, ihr die Hufe ausgekratzt und sie gesattelt. Jeder Handgriff ergab sich wie von selbst, Moki musste keine Sekunde darüber nachdenken. Und wie damals ihre Ur-Ur-Großmutter Honovi hatte auch Tapki ihm immer wieder sanft ihren warmen Atem in den Nacken geblasen und ihn mehrmals zärtlich angestupst. Moki musste lachen. Er unterbrach seine Vorbereitungen mehrfach, um ausgiebig mit der Stute zu schmusen. Als er schließlich behände in den Westernsattel auf ihrem Rücken glitt, übermannte ihn erneut die Erinnerung an Honovi. Auch Tapki und er schienen vom ersten Moment an eins zu sein. Die Stute achtete aufmerksam auf jede Regung von ihm und schien seine Absichten zu kennen, noch bevor er sie zu einem konkreten Gedanken formuliert oder gar eine Handlung ausgeführt hatte. Wie selbstverständlich setzte sie sich in Bewegung, als Ada und ihr dunkelbrauner Wallach neben ihnen auftauchten.

Langsam ritten sie los, in südwestliche Richtung. Die Straßen des Dorfes waren zu dieser frühen Stunde noch menschenleer, sie würden niemandem begegnen. Moki und Ada hatten sich entschlossen, beim ersten Tageslicht aufzubrechen, da ihnen ein langer Weg bevorstand und sie die Kühle des Morgens nutzen wollten. Im Laufe des Tages würde es wieder sehr warm werden und sie wollten weit vor der Mittagshitze an ihrem Ziel ankommen, um sich und den Pferden die Strapazen eines Ritts durch die heißeste Tageszeit zu ersparen. Bereits am Vorabend hatten sie sich daher von ihren Mitstreitern bei AliA verabschiedet und auch von Kaya, weißes Licht und den anderen Ältesten. Weißer Hirsch hatte jedem von ihnen noch eine wunderschöne Türkisperle überreicht, die Moki zu dem Abschaltcode gelegt hatte.

„Diese Türkise sind allen Gottheiten gewidmet", hatte der Indianer feierlich gesagt. „Sie sind ein Zeichen der Ehre und der Ehrfurcht und symbolisieren das geistige Einverständnis zwischen zwei Wesen." Dabei hatte er ihnen tief in die Augen geblickt und verheißungsvoll genickt. Moki hatte vom ersten Moment an die Kraft gespürt, die von den Steinen ausging. Er hoffte, dass sie Ada und ihn auf ihrer Mission beschützen würden.

Moki und Ada waren froh, dass sie heute niemanden mehr treffen würden. Sie waren beide vollkommen konzentriert auf die vor ihnen liegende Aufgabe und wollten sich nicht davon ablenken lassen. Der Abschied am Vorabend war bereits aufwühlend genug gewesen, da einige AliA-Mitglieder in Tränen ausgebrochen waren. Alle wussten um die Gefährlichkeit dieses Auftrags und ihnen war klar, dass zumindest Moki sein Leben aufs Spiel setzte, vielleicht sogar Ada. Schon bei weniger risikoreichen Einsätzen hatten sie viele Freunde verloren, einschließlich Étienne. Moki hatte jetzt dessen Teil des Abschaltcodes bei sich, zusammen mit seiner eigenen Hälfte. Er trug die Zettel gemeinsam mit dem Türkis sorgfältig verstaut in einem Brustbeutel um seinen Hals, gleich neben der Kette mit dem Haüyn, und spürte, wie der bunt bestickte Stoff an seiner Haut rieb. Darin befand sich die Hoffnung der Menschheit, die Aussicht auf eine Zukunft in Freiheit. Moki hatte die beiden Codes sicherheitshalber auswendig gelernt und sich die fünfzig Ziffern und Buchstaben so lange eingeprägt, bis er sie sogar im Schlaf hätte aufsagen können. Er wollte gewiss sein, dass er den Code übertragen konnte – auch falls die Zettel vorher abhandenkommen sollten oder durch Thiara auf irgendeine Weise vernichtet würden.

Noch wusste Thiara nichts von der Bedrohung, die auf sie zukam. Sie hielt Quentin nach wie vor für tot und daher war ihren Berechnungen zufolge niemand mehr in der Lage, ihr ernsthaften Schaden zuzufügen. Die Aktion in San Francisco vor über einer Woche hatte sie als üblichen Angriff von AliA eingestuft und diesem keine größere Bedeutung beigemessen, wie die Hackergruppe aus Mokis und Adas Reihen zu berichten wusste. Dennoch überwachte sie die Aktivität von AliA weiterhin, allerdings nur in den ihr bekannten Zellen im Großraum von San Francisco und in anderen urbanen Gebieten der Welt. Dass es sich bei vielen Aktionen dieser AliA-Gruppierungen zumeist um Ablenkungsmanöver handelte und der Kern des Widerstands sich in der Wüste Arizonas befand, schien Thiara bisher nicht bemerkt zu haben. Hier in diesem Teil Arizonas gab es nach wie vor keine flächendeckende Überwachung durch Thiara, da sie die Region weiterhin als unwirtlich und die dort lebenden Paxij als harmlos eingestuft hatte. Und da es weder unter den Indianern noch im AliA-Kreis Thiara-Träger gab, hatte ihr System nicht registriert, welche Bedrohung sich gerade formierte. Ihr Algorithmus hatte versagt, ihre Daten, Statistiken und Berechnungen hatten die Gefahr nicht erkannt, die sich zusammenbraute.

Moki schmunzelte entschlossen, dann wurde er wieder ernst. Denn bei aller Tarnung gab es keinen Weg, den Abschaltcode zu übermitteln, ohne dass Thiara dies bemerken würde. Die einzige Möglichkeit, den Code einzugeben, bestand darin, dass Moki sich ein echtes Thiara-Implantat einsetzen musste. Und was dann passieren würde, konnte er sich lebhaft vorstellen. Dafür kannte er Thiara und ihre Möglichkeiten inzwischen zu gut. Weder ihre Schnelligkeit noch die Skrupellosigkeit einer künstlichen Intelligenz, die keinerlei Empathie, Moral oder Gewissen kannte, waren zu unterschätzen. Thiara würde ihn ohne zu zögern umbringen, wenn sie feststellte, dass er noch lebte und die Absicht hatte, sie zu zerstören. Und er, Moki, musste sicherstellen, dass er den Abschaltcode schneller übermittelte, als Thiara es schaffte, ihn zu töten. Ob dies überhaupt möglich war, war mehr als ungewiss. Fünfzig Zahlen und Buchstaben zu übermitteln dauerte mindestens eine halbe Minute, so sehr er sich auch beeilen würde. Eine kurze Zeitspanne für einen Menschen, aber ewig langer Zeitraum für eine KI. Moki seufzte tief.

„Mach dir keine Sorgen, ich bin bei dir", mit diesen Worten streckte Ada ihm ihre Hand entgegen. Sie ritt die ganze Zeit neben ihm und lächelte ihn jetzt auf eine Weise an, die sein Herz höherschlagen ließ. Sanft nahm er ihre Hand in seine und spürte das wohlige Kribbeln, das sich von dort in seinem gesamten Körper ausbreitete. Schweigend ritten die beiden nebeneinanderher in Richtung des immer heller werdenden Horizonts. Moki konnte sein Glück kaum fassen. Genau das hatte er sich als Kind immer gewünscht, Hand in Hand mit Ada durch die Landschaft zu reiten. Dies hier war zwar nicht die Kalifornische Steppe, aber die karge Schönheit der Hochebene im rotgoldenen Morgenlicht war ein nicht minder entrückender Anblick.

„Ich liebe dich", flüsterte Moki mit bebender Stimme und schaute Ada an. Seine Freundin lächelte vielsagend. „Und ich war noch nie so glücklich wie in diesem Moment." Alle Angst war vergessen, alle Gefahr für den Augenblick gebannt. Das Einzige, was zählte, war das Hier und Jetzt.

Plötzlich bekam Adas Gesicht den gleichen verschmitzten Ausdruck, den Moki zuletzt vor vielen Jahrzehnten gesehen hatte.

„Komm", jauchzte sie und ließ seine Hand los. „Wer als Erstes bei dem Felsen da hinten ist!" Mit diesen Worten ließ sie die Zügel ihres Wallachs nach vorne gleiten und schnalzte mit der Zunge. Ihr Pferd hatte auf dieses Signal nur gewartet und stürmte davon.

„Los, Tapki, hinterher!", brüllte Moki, und seine Stute ließ sich nicht zweimal bitten. Mit einem Riesensatz sprang sie nach vorn und setzte dann im wilden Galopp Ada und ihrem Pferd hinterher. Moki beugte sich laut johlend über Tapkis Hals. Wie damals auf Honovi spürte er auch jetzt jeden Muskel der Stute, die sich mehr und mehr streckte und mit jedem Sprung schneller wurde. Ihm liefen die Tränen die Wangen herunter und er wusste nicht, ob sie nur von dem Wind kamen oder ob es die

Erinnerung an seine Großeltern, Istaqa und Honovi war, die sich jetzt in einem großen Schluchzer Luft machte.

Meter für Meter verkürzten Tapki und er die Distanz zu Ada und ihrem Wallach, bis sie sich schließlich auf gleicher Höhe befanden. Moki und Ada lachten sich an. Sie waren ganz außer Atem von dem wilden Ritt, aber ihre Pferde wurden noch lange nicht müde. Mal hatte Tapki die Nase leicht vorne, mal Adas Pferd. Nach einem rasanten Rennen kamen sie gleichzeitig an dem Felsbrocken an und Moki und Ada parierten die Pferde durch, die gerne noch weitergelaufen wären. Tapki und der Wallach schnaubten zufrieden und Moki und Ada klopften ihnen anerkennend den Hals. Verlegen wischte Moki sich die Tränen von den Wangen. Als er Ada schließlich anblickte, sah er jedoch das gleiche verdächtige Schimmern in ihren Augen.

„Ich liebe dich", hauchte sie ergriffen und streckte ihm erneut die Hand entgegen. Moki nahm sie glücklich in seine, dann setzten sie Seite an Seite ihren Ritt fort, weiter in Richtung ihres Ziels.

ARIZONA, USA (14. Februar 2059)

„5-3-Q-S-1 ..." Moki war hochkonzentriert, er las laut Ziffer für Ziffer des Abschaltcodes von dem Zettel in seinen Händen ab. Auch wenn er diesen in- und auswendig kannte, wollte er dennoch kein Risiko eingehen.

„Hallo, Quentin." Obwohl sie nicht damit gerechnet haben konnte, dass er noch lebte, war Thiaras Stimme keine Überraschung anzumerken. Sie zeigte keinerlei menschliche Regung und hielt sich auch nicht mit Floskeln oder Fragen auf. Nachdem Moki mit zitternden Fingern das Implantat aus der Nährlösung genommen, hinter seinem linken Ohr platziert und dann durch einen langen Druck mit dem Zeigefinger aktiviert hatte, war sie sofort da und ihre Präsenz traf ihn mit aller Wucht.

„... A-8-4 ...", fuhr er fort, ohne sich ablenken zu lassen. Doch dies fiel Moki nicht leicht. Von einer Sekunde auf die andere wurden sämtliche seiner Sinne mit einer Flut von Reizen malträtiert. Ein grelles Licht blendete ihn und verschwand nicht, selbst wenn er die Augen schloss. Es machte es ihm unmöglich, den Code auf dem Papier länger erkennen zu können. Gleichzeitig ertönte ein ohrenbetäubendes Kreischen in seinem Kopf und sein Mund war noch trockener als damals kurz vor dem Verdursten in der Wüste. Ein grässlicher Gestank raubte ihm den Atem. Und seine Haut schien zu verbrennen, obwohl er gleichzeitig entsetzlich fror. Kalter Schweiß bedeckte seinen gesamten Körper. Moki spürte, wie sich sein Puls beschleunigte und die Gefäße um sein Herz herum begannen, sich zusammenzuziehen. Ein starker Druck lastete plötzlich auf seiner Brust, strahlte aus bis in den linken Arm.

„... 7-7-T-U-6 ...", rezitierte Moki aus dem Gedächtnis und schnappte wiederholt nach Luft. Das Engegefühl in seinem Brustkorb wurde unerträglich und er merkte, wie er zu schwanken begann.

„… P-E-9-5 …" Das Kreischen in seinen Ohren wich nun dem höhnischen Gelächter von Thiara.

„Quentin, was soll das denn?", fragte sie ihn mit einem süffisanten Unterton in der Stimme. „Du weißt genau, dass du keine Chance hast. Ich habe gerade erst begonnen, dein Adrenalin, Noradrenalin und Angiotensin hochzufahren. Du kannst dich doch jetzt schon kaum noch auf den Beinen halten. Wenn ich so weitermache, bekommst du in den nächsten Sekunden einen Herzinfarkt. Du wirst es niemals schaffen, den Code vollständig zu übermitteln, also versuch es gar nicht erst. Wenn du jetzt aufgibst, lasse ich dich leben."

„… T-S-M …", fuhr Moki unbeirrt fort, während er mit den Händen reflexartig an seine Brust griff und vor Schmerzen stöhnte. Er versuchte weiterhin, Thiaras Worte zu ignorieren. Was auch immer sie ihm gerade versprach, sie würde ihn dennoch umbringen, auch wenn er jetzt damit aufhörte, den Abschaltcode aufzusagen. Die einzige Möglichkeit zu überleben war, sich sofort das Implantat wieder herunterzureißen. Und diese Option kam nicht infrage. Moki war bereit zu sterben, wenn dies für die Befreiung der Menschheit erforderlich war.

„… 8-1-H-3-2-2 …" Moki schrie auf, als ein stechender Schmerz durch sein Herz fuhr. Aus dem Augenwinkel sah er, wie ein dunkler Schatten auf ihn zu gerannt kam. Er hatte Ada gebeten, ihn allein zu lassen bei dieser Mission, da er nicht wollte, dass sie sein Leid miterlebte. Aber sie war eigensinnig wie eh und je und hatte nach vielen Diskussionen lediglich vorgetäuscht, mit ihrem Wallach und Tapki davongeritten zu sein. Moki sank erschöpft auf die Knie. Gleichzeitig hob er die rechte Hand und gebot Ada, sich von ihm fernzuhalten. Seine Freundin blieb stehen, wandte jedoch nicht den besorgten Blick von ihm ab.

„… X-Z-0-D-4-K-L-Y …", presste Moki mit Mühe und Not hervor, da ihm vor Schmerz die Luft wegblieb. Er spürte, wie sein Herzrasen sich ins Unermessliche steigerte und dass ihm langsam schwarz vor Augen wurde. Ihm war schrecklich übel. Doch er durfte jetzt keinesfalls das Bewusstsein verlieren.

„… 3-J-W-2 …" Seine Stimme war kaum noch hörbar. Immer langsamer kamen die einzelnen Ziffern über Mokis Lippen.

„… U-C-Y …" Moki spürte, wie Thiara zum finalen Schlag ausholte. Er konnte sich nicht mehr aufrecht halten und sackte nach vorne.

„… 4-L …" Zusammengekrümmt wie ein Embryo lag er auf dem Boden, seine Lippen bewegten sich beinahe lautlos.

„… M-5 …" Ein weiterer, unerträglicher Schmerz fuhr durch Mokis Herz. Entsetzt riss er die Augen auf, wollte laut schreien. Doch kein Ton kam aus seiner Kehle. Und dann blieb sein Herz plötzlich stehen. Moki bemerkte verwundert, wie sich eine nie gekannte Ruhe in ihm ausbreitete, als das Leben aus seinem Körper entwich. Er fühlte sich ganz leicht, alle Schmerzen waren vergangen. Es gab kein grelles Licht mehr und kein Kreischen in seinen Ohren. Auch der Durst und die Hitze waren verschwunden. Er konnte nicht mehr atmen, doch das besorgte ihn nicht. Dort, wo er hinging, war kein Sauerstoff notwendig. Sein Körper war vollkommen still und Moki spürte, dass er sich langsam von ihm löste. Er ging über in eine Art Schwebezustand. Tiefer Frieden breitete sich in ihm aus, Moki war erfüllt von reiner Liebe. Dann erblickte er die ätherischen Wesen, denen er bereits bei der Berglöwen-Beschwörung begegnet war. Sie umfingen ihn mit ihren Armen und geleiteten ihn hinüber in eine neue Welt.

ARIZONA, USA
(19. Februar 2059, kurz vor Mitternacht)

Ein kobaltblaues Leuchten brachte die Nacht zum Strahlen. Es schimmerte am Horizont und schien die gesamte Welt zu umspannen. Tagsüber war es mehr zu spüren als zu erkennen, da es vom Sonnenlicht überdeckt wurde. Dann konnte man es nur in bewölkten Regionen der Erde erahnen. Ada wusste davon, weil AliA-Angehörige aus verschiedenen Gegenden darüber berichtet hatten.

Sie lag am Rand der Hochebene, starrte in den Himmel und beobachtete dieses ergreifende Phänomen nun die fünfte Nacht in Folge. Nie zuvor war die Welt in solch einen sphärischen Widerschein getaucht gewesen, der sie trotz des kühl-blauen Schimmers in eine wohlige Welle des Trostes und der Zuversicht hüllte. Ada hatte nicht gewusst, dass Farben solch mächtige Gefühle auslösen konnten. Dabei dachte sie an Moki und spürte die tiefe Wärme, die ihr Herz durchflutete. Eine Träne rollte langsam ihre Wange herunter. Moki, ihre große Liebe. Moki, nach dem sie sich nach ihrer Trennung so verzweifelt gesehnt hatte. Moki, den sie Jahrzehnte später endlich wiederfinden durfte und der so tapfer dafür gekämpft hatte, die Menschheit von der Überwachung und Unterdrückung durch Thiara zu befreien. Eine weitere Träne lief über Adas Gesicht und fiel in den Staub neben ihr. Moki musste es noch geschafft haben, kurz vor seinem Herzstillstand die letzten fünf Ziffern des Abschaltcodes gedanklich zu übermitteln. Seitdem überstrahlte dieser blaue Lichtschein die Erde. Die Experten bei AliA hatten Ada erklärt, dass es sich dabei um ein unbekanntes Phänomen handelte, eine Art elektromagnetisches Feld, welches nicht nur alle Thiara-Implantate zerstörte, sondern ihr ganzes Netzwerk und sämtliche damit verbundene Technologie. Tatsächlich war inzwischen kein Thiara-Implantat mehr aktiv, das gesamte System vernichtet. Die Paxij sagten, ihre Prophezeiungen hätten sich erfüllt und das vorausgesagte Ende der Vierten Welt sei nun eingetreten.

Leider waren mit dem Untergang von Thiara und der Vierten Welt auch viele Menschen gestorben. Thiara hatte bei den meisten Trägern so stark in die mentalen und körperlichen Funktionen eingegriffen, dass sie ohne das Implantat nicht mehr lebensfähig waren. Ihr Körper hatte verlernt, für sich selbst zu sorgen. Ihr Geist hatte die Anbindung an das höhere Selbst verloren und konnte keine Kraft aus der universellen Schöpfung mehr ziehen. Überlebt hatten folglich fast ausschließlich diejenigen, die kein Implantat trugen. Aber es schien auch einige wenige Thiara-Träger zu geben, die jetzt noch lebten. Aus irgendeinem Grund hatte weder ihr Körper noch ihr Geist zugelassen, dass Thiara die Oberhand gewinnen konnte. Die Paxij vermuteten, dass diese Menschen eine Art erweitertes Bewusstsein besaßen und trotz aller Manipulationen gespürt hatten, dass Thiara nicht mit ihrem eigentlichen Sein im Einklang stand. Mit all diesen Menschen würden sie jetzt eine neue Zukunft gestalten, die Fünfte Welt. Moki hatte es geschafft, er hatte den Beginn einer neuen Welt gebracht und die Prophezeiung des verlorenen Bruders erfüllt. Ada schluchzte ergriffen auf.

„Hey, was ist denn los?" Erschrocken fuhr Ada zusammen, als sie die vertraute Stimme neben sich wahrnahm. Sie hatte nicht gehört, wie seine Schritte sich näherten. Verlegen wischte sie sich die Tränen aus dem Gesicht und drehte dann ihren Kopf.

„Moki, was machst du hier? Solltest du dich nicht noch weiter ausruhen?"

Moki lächelte sie nur vielsagend an und legte sich neben sie. „Du kennst mich doch. Außerdem habe ich in Sachen Eigensinn ein gutes Vorbild", erwiderte er mit einem neckischen Unterton in der Stimme. Dann wurde er wieder ernst. Er blickte Ada tief in die Augen.

„Danke, dass du mich gerettet hast. Ich war schon auf dem Weg in das Reich der Ahnen."

Ada spürte, wie sich ihre Augen erneut mit Tränen füllten. Als Moki zusammengebrochen war, hatte sie ihm sofort das Thiara-Implantat herausgerissen. Sein Körper war vollkommen leblos gewesen, die Atmung hatte ausgesetzt und sein Herz aufgehört zu schlagen. Ada hatte unmittelbar damit begonnen, ihn wiederzubeleben. Minutenlang hatte sie ihm eine Herzdruckmassage gegeben und ihn Mund-zu-Mund beatmet. Doch ohne Erfolg. Immer wieder hatte sie ihn angeschrien, darum gebettelt, dass er zu ihr zurückkommen sollte. Irgendwann war sie schluchzend über ihm zusammengebrochen und hatte verzweifelt auf seine Brust getrommelt. Und in diesem Moment, nach einer gefühlten Ewigkeit, hatte er plötzlich nach Luft geschnappt und die Augen geöffnet. Als sie jetzt daran dachte, konnte Ada ihre Tränen nicht mehr zurückhalten. Weinend setzte sie sich halb auf und fiel dann Moki in die Arme, der sie sofort sanft an sich zog.

„Ich bin so glücklich darüber, dass du nur einen Herzstillstand hattest und keinen Infarkt. Und dass du zu mir zurückgekommen bist. Ich weiß nicht, ob ich noch mal ohne dich hätte weitermachen können", schluchzte sie, das Gesicht an seinem Hals verborgen.

„Aber ich bin doch hier. Dank dir. Jetzt können wir endlich zusammen sein. Nie wieder wird uns irgendjemand oder irgendetwas trennen."

Ada hob lächelnd den Kopf und ihre Augen strahlten bereits wieder vor Zuversicht. Langsam näherten sich ihre Lippen und sie versanken in einem zärtlichen, nicht enden wollenden Kuss. Nach einer Weile legten sich beide auf den Rücken und blickten wortlos in das blaue Schimmern am Horizont. Moki konnte die Stimme von Weißes Licht hören, der am Vorabend zu allen Paxij und AliA-Kämpfern im Dorf gesprochen hatte:

„Das neunte und letzte Zeichen hat sich erfüllt. Der verlorene Bruder ist zurückgekehrt." Dabei blickte er lange auf Moki. *„Er kam in einem Haus im Himmel, hoch über der Erde, das als ein blauer Stern erschien und mit einem großen Knall zur Erde fiel. Dies war das Zeichen, dass die große Zerstörung nahe ist. Die Vierte Welt ist*

nun vergangen, unsere Zeremonien sind beendet. Nun kann die Fünfte Welt beginnen. Wenn das blaue Licht, das die Erde fünf Tage und fünf Nächte lang erleuchten wird, verlischt, werden wir Paxij unsere Rituale wieder aufnehmen. Die Welt muss dann in den Zustand ihrer ursprünglichen Reinheit zurückkehren. Alles Pflanzenund Tierleben ebenso wie das Geschlecht der Menschen muss gereinigt und zurückgeführt werden in ein Leben der Harmonie, Ehrfurcht und Liebe. Gemeinsam mit allen, die gerettet wurden, werden wir den kosmischen Plan ausführen und festigen. Wir werden die Weisheit bewahren, die der Schöpfer uns geschenkt hat. Wir werden nach seinen Gesetzen leben, in Dankbarkeit für die Liebe unseres Schöpfers. Mögen diese Eigenschaften wachsen. Mögen sie niemals unter uns vergessen werden. Mögen wir unsere Tore offenhalten, immer das Lied der Schöpfung auf unseren Lippen tragen und es verbreiten auf der ganzen Welt. Lasst uns diesen Weg beschreiten mit geeinten Herzen."

Moki spürte einen großen Frieden, wenn er an diese Worte des weisen Häuptlings dachte. Plötzlich bemerkte er eine Veränderung am Horizont. Das blaue Leuchten wurde immer intensiver, bis es sich explosionsartig ausbreitete und in einem grellen, kristallblauen Blitz hoch hinaus in das Universum schoss. Danach wurde der Himmel dunkel, das blaue Leuchten war erloschen.

ARIZONA, USA
(20. Februar 2059, kurz nach Mitternacht)

Vollkommene Stille. Kein Lüftchen bewegte sich in dieser warmen Nacht, kein Geräusch war zu hören. Das Firmament strahlte wie auf Hochglanz poliert – ein imposanter Nachthimmel von solch tiefer Dunkelheit, dass er die endlose Weite auf beeindruckende, geradezu körperlich spürbare Weise demonstrierte. Vor diesem finsteren Hintergrund zeichneten sich Tausende von Sternen in atemberaubender Schönheit ab und brachten die Nacht zum Leuchten. Sie spannten einen riesigen, glitzernden Bogen von einem Ende der Welt zum anderen.

Mokis Atem ging ruhig und tief, vollkommen im Einklang mit dem Puls des Universums. Kein Laut drang an sein Ohr in dieser ungewöhnlich ruhigen Nacht, und beinahe kam es ihm vor, als wäre er taub. Dafür war jedoch sein Sehsinn auf das Äußerste geschärft. Mühelos konnte Moki die Milchstraße in faszinierender Klarheit erkennen und verschiedene Sternbilder wie Kassiopeia oder Andromeda ausmachen. Auch Saturn und Jupiter waren mit bloßem Auge gut sichtbar. Aber dies alles waren lediglich Namen, die keinerlei tiefere Bedeutung hatten. Wichtig war einzig und allein dieser besondere, fast mystische Moment.

Moki wusste nicht, wie lange er bereits nach oben sah und in die Unendlichkeit der Schöpfung blickte. Weder spürte er die spitzen Steine an seiner Wirbelsäule, noch störten ihn die Ameisen, die über seine nackten Füße krabbelten. Er war ganz und gar versunken in den Anblick des bewegenden Schauspiels und wusste, dass er gesegnet war, einen solch außergewöhnlichen Moment zu erleben.

Mokis Herz war erfüllt von purer Freiheit und absolutem Frieden. Ein unbestimmtes Gefühl der Dringlichkeit verriet ihm, dass es wichtig war, sich diese tief empfundene

Glückseligkeit in Dankbarkeit zu bewahren. Dies hier war das wahre Leben, der eigentliche Sinn des Seins.

Und dann, ganz unerwartet, legte sie ihre Hand in seine. Mokis Herz schlug schneller. Das Kribbeln der Ameisen auf seinen Füßen breitete sich nun auch in seinem Magen aus. Beinahe hätte er ihre Anwesenheit vergessen, wenn da nicht die alles überstrahlende Präsenz wäre, die stets von ihr ausging. Moki genoss es, so dicht bei ihr zu liegen und zu spüren, wie ihre Nähe kleine Bläschen in seinem Blut aufsteigen ließ. Bis jetzt hatte die Frau neben ihm das ergreifende Naturschauspiel über ihnen ebenso schweigend beobachtet wie er selbst. Doch nun zeigte sie mit ihrer anderen Hand in Richtung des Nordhimmels und fuhr mit dem Zeigefinger einer Linie aus Sternen nach.

„Draco", hauchte sie dabei leise und ihre warme, beinahe rauchige Stimme löste einen wohligen Schauer in ihm aus.

Moki nickte stumm. Auch er hatte das Sternbild des Drachen entdeckt. Vorsichtig strich er seiner Begleiterin mit der Kuppe des Daumens über den Handrücken, was sie mit einem zärtlichen Streicheln ihrerseits erwiderte. Das Kribbeln breitete sich weiter in Mokis Eingeweiden aus, nahm alle Organe in Beschlag, brachte noch mehr Bläschen in seinem Blut in Wallung. Langsam drehte er sich auf die Seite, sein Blick suchte das Gesicht der Frau. Doch er konnte ihr Antlitz nicht erkennen, ihre Gesichtszüge lagen trotz des Sternenlichts im Dunkeln. Moki überfiel ein Gefühl der Panik. Diese Szene kam ihm nur allzu bekannt vor. Er kannte sie aus seinen Träumen, in denen es ihm nie möglich war, die Frau neben sich zu erkennen und ihren Namen zu nennen. Aber war er nicht gerade wach? Wie konnte es sein, dass ihr Gesicht nicht zu sehen war? Ein Schrei der Verzweiflung brach sich Bahn aus Mokis Brust.

Ada schnellte hoch. Erschrocken setzte sie sich auf und blickte Moki an.

„Was ist mit dir? Geht es dir gut? Hast du Schmerzen?", fragte sie besorgt.

Moki atmete erleichtert aus.

„Nein, alles gut. Ich dachte gerade nur, ich würde träumen. Denn ich konnte dein Gesicht in der Dunkelheit nicht erkennen und das hat mich an meine früheren Albträume erinnert."

„Warte, ich beweise dir, dass du wach bist", schmunzelte Ada. Dann stürzte sie sich kichernd auf ihn und begann, ihn mit wilden Küssen zu bedecken, bis sie schließlich in einem leidenschaftlichen, alles überstrahlenden Kuss versanken.

„Ada", murmelte Moki zärtlich, nachdem sie sich voneinander gelöst hatten. Und dann nochmal, wie zur Bestätigung: „Ada, Ada, Ada. Jetzt wird alles gut."

Moki schaute seine Freundin an. Ada nickte, sie wusste es auch. Ohne ein weiteres Wort erhoben sie sich von dem staubigen Boden. Lächelnd nahm Moki Adas Hand und sie gingen zusammen zurück in das Dorf, ihrer gemeinsamen Zukunft entgegen.

Die Vierte Welt war vergangen.

Die Fünfte Welt hatte begonnen.

EPILOG

Die Handlung dieses Romans und alle handelnden Personen, einschließlich des Volkes der Paxij, sind frei erfunden. Jegliche Ähnlichkeit mit lebenden oder realen Personen wäre rein zufällig. Die Beschreibung der Paxij-Kultur orientiert sich jedoch in dem Bemühen um größtmögliche Authentizität eng an den Überlieferungen, Mythen, Traditionen und Prophezeiungen verschiedener indigener Völker aus Nordamerika. Nach Rücksprache mit Vertretern ebendieser Kulturen wird deren ausdrücklicher Bitte entsprochen, ihr Volk nicht namentlich in dieser rein fiktiven Geschichte zu erwähnen. Diesem Wunsch wird selbstverständlich mit größtem Respekt nachgekommen.

DANKSAGUNG

Zuallererst danke ich Martin, meinem Partner, ohne den dieser Roman nicht entstanden wäre. Danke dafür, dass du mich stets ermutigst und immer dabei unterstützt, meine Träume zu verwirklichen und alles zum Ausdruck zu bringen, was in diesem Leben von Bedeutung ist. Danke dafür, dass du dir wieder und wieder die Geschichte von Quentin und Moki angehört hast, viele wundervolle Ideen beigesteuert hast und mit mir um jedes Wort gerungen hast. Danke auch für das „deshalb"! Du bist meine große Liebe und das schönste Geschenk, das das Universum mir in diesem Leben bereitet hat. Ich liebe dich über alles.

Außerdem danke ich allen Menschen, die einen wichtigen Platz in meinem Herzen haben und mich auf die eine oder andere Art zu diesem Buch inspiriert haben – vielleicht sogar, ohne es zu wissen. Ich nenne euch hier in der Reihenfolge, in der ihr in mein Leben getreten seid:

Meine Mama Gisela, die mich immer so gelassen hat, wie ich bin und mir stets das Gefühl gibt, etwas Besonderes zu sein. Danke für deine bedingungslose Liebe. Und dafür, dass ich mich stets frei entfalten durfte – egal, in welche Richtung. Du bist in jeder Hinsicht eine wunderbare Gärtnerin.

Mein Papa Wilfried, der neben vielem anderen auch seine Naturverbundenheit und Liebe zu den Tieren an mich weitergegeben hat. Danke für alles, was ich von dir lernen durfte – die schönen wie auch die schwierigen Dinge. Mögest du jetzt den Frieden gefunden haben, den du hier auf Erden immer gesucht hast.

Meine „kleine" Schwester Astrid, die so viel mutiger ist als ich und daher ein großes Vorbild für mich. Danke für die vielen guten Gespräche, die wir stets führen können. Und danke dafür, dass du mich mit deinem liebevollen und liberalen Erziehungsstil zu der Haltung von Mokis Mom inspiriert hast.

Außerdem danke ich dir von Herzen für die Unterstützung dabei, diesen Roman zu verbreiten.

Meine Freundin Nicole, die mich seit Kindergartentagen begleitet. Es ist einfach wunderbar, dass unsere Freundschaft bereits so lange besteht, obwohl wir ganz unterschiedliche Wege eingeschlagen haben. Danke, dass du immer zu mir hältst und in allen Lebenslagen für mich da bist. Und danke für deine große Hilfe dabei, diesen Roman „unter die Leute" zu bringen.

Meine Freundin Eva, die seit der Oberstufe an meiner Seite ist und mit der ich im wahrsten Sinne durch „dick und dünn" und sämtliche „Mondphasen" gegangen bin. Danke, dass ich mich stets auf dich verlassen kann und wir schon so viel zusammen durchgemacht haben. Und ein riesengroßes Dankeschön für deine Argusaugen, die noch einige Rechtschreibfehler gefunden haben, welche den technologischen Tools entgangen sind.

Meine „Beute-Nichten" Sara, Lisa und Nina. Möget ihr immer etwas von Ada in euren Herzen tragen.

Mein Neffe Jonas. Du bist eines meiner Vorbilder für Moki und hast mich zu vielen seiner Eigenschaften und Erlebnisse inspiriert. Dafür danke ich dir.

LITERATUR- UND QUELLENANGABEN

1. Diese alte Prophezeiung der Hopi über das nahende Ende der Vierten Welt und den anstehenden Übergang in die Fünfte Welt wurde frei überliefert nach den Worten von Häuptling Weiße Feder vom Clan des Bären, der sie im Jahr 1958 gegenüber Minister David Young offenbart haben soll: http://www.prognostik.com/die-weissen-goetter-der-hopi/ (zuletzt abgerufen am 12. November 2024 um 19:50h MEZ).

2. Die Beschreibung der vier Welten stammt aus: Waters, Frank (1980). Das Buch der Hopi. Nach den Berichten der Stammesältesten aufgezeichnet von Kacha Hónaw (Weisser Bär). 8. Auflage (1994), München: Eugen Diederichs Verlag.